Le jardin du docteur
Des Oeillets

Chers membres,

C'est toujours avec joie que je vous propose un nouveau roman et, avec plaisir, que je reçois ensuite vos commentaires par le biais de Québec-Loisirs qui me les font suivre.

Merci de gentiment m'accueillir, d'aimer à me lire, et de si bien me le dire.

Ma gratitude se manifeste aussi aux abonnés des autres provinces pour leur fidélité.

Denis Monette

Denis Monette

Le jardin du docteur Des Oeillets

roman

www.quebecloisirs.com

UNE ÉDITION DU CLUB QUÉBEC LOISIRS INC.
© Avec l'autorisation de GROUPE LIBREX INC., faisant affaire sous le nom des
Éditions Logiques
© Denis Monette, 2011
© Les Éditions Logiques, 2011 pour la langue française
Cet ouvrage est une oeuvre de fiction. Toute ressemblance avec des personnes
ou des faits réels n'est que pure coïncidence.

Dépôt légal — Bibliothèque et Archives nationales du Québec, 2011
ISBN Q.L. : 978-2-89666-081-0
Publié précédemment sous ISBN : 978-2-89644-012-2

Imprimé au Canada

À mon neveu Georges,
en guise de remerciement
pour son appui constant.

Prologue

Samedi, 14 janvier 1995, Narcisse Des Oeillets, debout à la fenêtre, laissa échapper un soupir de contentement en se tournant vers sa fille Rose pour lui dire :

— Ça y est ! Je l'ai fait ! Je m'y suis rendu ! J'ai quatre-vingt-dix ans aujourd'hui ! Je suis nonagénaire !

Il avait lancé cette tirade d'un trait, dans un souffle retrouvé momentanément afin d'impressionner son aînée qui, loin de partager «l'événement», continuait de piquer l'aiguille dans son canevas représentant un canard ; une autre tapisserie qu'elle allait ensuite encadrer une fois le dernier bout de fil bien passé sous quelques petits points.

Dehors, le temps était encore maussade. «Sale journée!» s'était exclamée Rose en se levant ce matin-là. La veille, il était tombé une pluie verglaçante accompagnée d'une humidité à traverser le corps. Et là, en ce jour de fête qu'elle voulait ignorer parce que son père avait été exécrable avec elle depuis le début de l'année, la pluie, le brouillard et le mercure qui avait dégelé la fenêtre avec ses quatre degrés, ne laissaient entrevoir rien de réjouissant pour la journée. Sauf pour le vieillard, le vieux médecin retraité, content, lui, de passer à la postérité... de son vivant !

Le chat noir aux yeux fauves, également âgé, prénommé bêtement Noiraud, dormait aux pieds de sa maîtresse. Sans se douter, pauvre animal, qu'il avait fait peur à de nombreux superstitieux la veille, en se faufilant entre leurs jambes un vendredi 13 !

Narcisse, encore droit comme un chêne, demanda à sa fille :

— Aucun voeu de ta part, Rose ? Pas même une carte ?

Sans lever les yeux, le bout de fil courant entre ses doigts, elle murmura :

— Bonne fête, papa.

— Que cela ? Sur un ton impatient ? Pas même un petit présent ?

— Anniversaire ou pas, je prépare vos trois repas. Ça devrait être suffisant, non ?

— Non ! Jusqu'à l'an dernier, j'ai eu droit à un petit cadeau. Un foulard, des mitaines, des chocolats...

— Bien, j'ai cessé, papa ! Parce que votre joie, je ne la ressens pas. Depuis longtemps, devrais-je dire, mais je feignais de la partager, de rester agréable. C'est fini ! Vous êtes heureux ? Au chaud sous votre toit ? Jamais malade ? Grand bien vous fasse !

— Pourtant... Quatre-vingt-dix ans, le chiffre rond... Ça se souligne, non ? Ton vieux père qui a guéri tant de monde...

— Et qui en a fait mourir aussi ! s'exclama Rose. Je ne parle pas de vos patients, papa, mais de vos proches ! Maman la première, à force de soumission… Puis… Vous voulez vraiment que je continue ?

— Non, je te sens vilaine aujourd'hui. Le visage crispé, le teint gris comme le temps qu'il fait dehors… Qu'est-ce que j'ai fait au bon Dieu ?

— Vous vous questionnez ? Vous demandez au Seigneur de vous éclairer ? Je vais le faire à Sa place, père ! Que dire de tous ceux, dont moi, qui sont à deux pas de l'anéantissement ? À cause de vous ! Vous avez la vie longue mais la mémoire courte à ce que je vois ! On sait bien ! Quand on a été médecin et qu'on a eu toute la paroisse à ses pieds, on doit s'attribuer soi-même des indulgences et des bénédictions ! En plus d'avoir le nez en l'air ! Voilà pourquoi vous n'avez pas courbé, papa ! Vous avez toujours gardé le menton haut pour mieux nous dominer de votre supériorité ! Et pour impressionner vos patients de vos six pieds, d'un pouce surélevés de cette façon ! Même nous, vos « fleurs », vous nous avez cultivées de votre grandeur, en baissant les yeux juste pour nous rabrouer. Pas de quoi être fier d'être rendu si vieux et encore droit comme un pic, vous nous l'avez volée, votre santé. À nous en rendre malades, papa ! À tour de rôle et ensemble à la fois…

Rose, essoufflée, avait débité d'un trait ce que son coeur retenait depuis tant d'années. Dépité, consterné, accablé par cette soudaine volte-face, le paternel, remontant fièrement le noeud de sa cravate, répondit à sa fille :

— Je t'interdis de me parler sur ce ton, Rose ! Je suis encore le maître ici ! Je suis ton père, le respect s'impose !

Sans se douter que ce ton, plus qu'autoritaire, n'allait pas la faire taire.

Quelques minutes de silence avaient permis de discerner le ronronnement du chat. Dehors, le vent secouait les vitres, et Rose, ayant passé son fil sous plusieurs points de la tête achevée du canard avant d'en couper l'excédent, leva les yeux sur son père et, bravant sa haute stature, répliqua :

— Le respect ? Jadis, papa ! Autrefois ! Plus maintenant ! Pas à presque soixante-cinq ans ! Pas quand votre fille aînée, votre « fleur » la plus mal cultivée, en l'occurrence moi, regarde déjà d'un oeil inquiet l'arbre du cimetière devant lequel sa mère est enterrée.

— Tu exagères ! Tu n'es pas malade… Si seulement tu n'étais pas si vieille fille !

Insultée, n'attendant qu'un faux pas de la part de son père, Rose, sans gêne, rétorqua :

— Vieille fille ? Qu'aurais-je pu devenir d'autre ? Une femme aimée ? Une « fleur » qu'on dépose entre les mains d'un prince charmant ? Devenez-vous sénile, papa ? Avez-vous oublié tous les empêchements pour que vos filles, vos « fleurs », ne rencontrent pas d'hommes ? Vous m'avez désigné Blaise, sachant qu'il ne m'épouserait jamais. Vous aviez sûrement sondé ses intentions avant de me permettre de le fréquenter. Un vieux garçon de la sorte n'épouse pas une vieille fille ! Vous le saviez ! Iris aussi ! Parce que vous nous avez gardées emprisonnées dans le jardin de votre démence ! À moins qu'on s'en évade comme Iris l'a fait ! Comme Violette a tenté de le faire ! Regardez mes mains, papa ! Ces taches brunes qui apparaissent au gré des jours… Prématurément ! Ce sont des fleurs de cimetière, père, ce que je suis en train de devenir moi-même !

— Allons donc ! En ai-je, moi ? À quatre-vingt-dix ans ?

— Oui, vous en avez ! Sur le crâne, papa ! Vous en avez depuis longtemps mais vous ne les avez jamais vues ! Parce que pour les apercevoir il vous aurait fallu baisser la tête de temps en temps, et non la garder haute comme si, plus bas que vous, il n'y avait que du crottin !

— Rose !

Le vieux docteur alla prendre place dans sa berceuse, croyant que sa fille n'oserait ajouter le moindre mot après ce brusque appellatif de son prénom. Mais c'était mal connaître Rose Des Oeillets qui, affaissée sans être résignée, voulait encore piocher dans les débris de ses reproches.

— Je ne vous offre pas de présent, père, pas cette fois ! Vous me faites pitié et la rage me fouette encore le coeur !

— Tu vas au moins me cuire un gâteau...

— Non ! Pas même une compote ! Que le diable vous emporte !

— Rose ! Je t'interdis ! Es-tu devenue folle ? Je te défends de me parler de la sorte ! Vilaine que tu es !

— Vilaine ? Face au père le plus exécrable qui soit ? Vous plaisantez n'est-ce pas ? Vilaine avec un monstre... Si c'est un péché, papa, je suis certaine que le Seigneur va me le pardonner. Il voit clair, Lui ! Il a vu tout ce que vous avez fait de nous, de moi surtout ! Oh ! comme j'aurais peur à votre place ! De plus en plus près du jugement particulier, avec maman à Ses côtés qui vous pointe sans doute du doigt.

— Tais-toi ! Comment oses-tu prêter de telles intentions à ta chère mère ?

— Chère pour nous, papa, pas pour vous ! Vous l'avez mise six pieds sous terre !

Narcisse, de nouveau près de la fenêtre, fier et hautain malgré l'assaut soudain, regardait les glaçons se former sous sa gouttière. Du coin de l'oeil, il surveillait Rose qui, haletante, ayant peine à retrouver son souffle, se frottait le dessus de la main gauche en le bravant de son regard, un rictus amer aux coins des lèvres. Le vieux médecin n'avait pas osé relever la dernière attaque concernant sa défunte femme. Un sujet trop risqué avec une fille qui tremblait encore de colère. Tentant plutôt de la calmer, il lui marmonna sur un ton qu'il s'efforçait de rendre plaintif :

— Je t'ai pourtant offert un beau cadeau à ta dernière fête.

Levant les yeux sur son père, Rose retrouva son aplomb pour sauter sur l'occasion :

— Parlons-en ! Un miroir de fantaisie en vieil argent que vous avez trouvé dans une vente de garage ! La dame qui vous l'a vendu me l'a dit ! Un miroir provenant d'un ensemble de toilette avec des fleurs incrustées et un manche plat oxydé. Sans même la brosse à cheveux qui allait avec, la vieille l'avait jetée tellement elle était maganée. Un miroir à mon âge ! Pour voir de près mes rides ? Pour le tenir de ma main déjà veineuse ?

— Avoue qu'il était joli… Tu l'as gardé, j'espère ?

— Oui, sur le rebord de ma fenêtre de chambre. Comme décoration ! Il a déjà certes eu de la valeur, mais quand on le paie une piastre et que le manche est terni… Une piastre ! Pour sa fille !

— Ingrate ! C'était de bon coeur !

— À ce prix-là, je n'en doute pas ! Je l'ai gardé pour en rire, papa, pour me rappeler longtemps du plus absurde de vos présents. Quoique les autres…

— Qu'as-tu à en redire encore ?

— À en rire aux éclats avec Iris, vous voulez dire ! Allons donc ! Vos cadeaux d'antan ! Des bas de cachemire pour que les hommes ne voient pas mes mollets, des souliers lacés beiges pour qu'on distingue davantage mon infirmité, des souliers que je n'ai jamais portés. Des boucles d'oreilles en perle de la grosseur d'une tête d'épingle comme celles des petites vieilles alors que j'avais vingt-neuf ans. Alors que vous saviez que je n'aimais pas les bijoux ! Puis, pour mes trente-cinq ans, une sacoche noire digne d'une grand-mère ! Je ne me souviens que des plus farfelus, père, ceux dont Iris, votre préférée, se tordait les côtes de rire. À elle, c'était de l'argent que vous offriez, un bon montant chaque fois pour qu'elle s'achète des choses à son goût. Il n'y a qu'avec Violette et moi que vous étiez grippe-sous ! Je continue ?

— Non, tais-toi, tu es odieuse. J'étais parfois économe, mais c'était pour gonfler votre héritage…

— Ce qui ne vous a pas empêché de payer deux voyages à Iris. Un à New York, l'autre sur une plage du Sud. Vous pensez que j'ai tout oublié ça, papa ? Une, très choyée, les deux autres, négligées…

— Tu veux me faire mourir, n'est-ce pas ? Mais tu ne réussiras pas. Je suis solide, tes flèches empoisonnées ne m'atteignent pas.

— Comment le pourraient-elles ? Vous n'avez pas de coeur, donc pas de cible, papa !

Sentant que son aînée n'en avait pas fini avec lui, le vieux, se redressant davantage, s'imposa d'autorité afin de mieux l'affronter :

— Bon ! Ça suffit ! Laisse-moi seul maintenant !

— Oh ! non ! Pas si vite ! Regardez-moi ! Voyez ce que je suis devenue… Une « fleur » flétrie, piétinée ! Même Iris se déracine ! Voilà ce que sont devenues « vos fleurs » dans votre égoïsme maladif !

— Personne n'aurait voulu de toi, Rose ! Tu as une jambe plus courte que l'autre, tu portes des souliers orthopédiques depuis ton enfance ! Alors que ta soeur Iris…

Constatant qu'il l'avait blessée en plein coeur, il s'était arrêté. Juste avant la comparaison qui aurait fait hurler sa fille d'indignation. Elle se retint, mais lui répondit avec des trémolos dans la voix :

— Comment pouvez-vous être aussi méchant, aussi vil, aussi cruel… Dieu vous le reprochera, papa, vous n'irez pas au Ciel tout droit… Oh ! que non ! Même maman n'implorera pas Sa clémence. Elle voit encore de là-haut ce que vous me faites endurer ici-bas. À Iris également, malgré vos bons sentiments. Sauf à Jasmin, le seul qui ait échappé à votre tyrannie et qui a réussi à perpétuer votre nom sans donner de prénoms de plantes à ses deux fils. Ce qui lui a valu d'être déshérité cependant… Que d'injustices ! Que de méfaits de votre part ! Nous n'avons pas eu le droit, nous, vos filles, d'être mères et de serrer un enfant dans nos bras. Afin de porter sans cesse le nom de Des Oeillets, pas celui d'un autre homme. Pour ne pas enfreindre votre « jardin » ensemencé de nos stupides prénoms de fleurs. Nous étions vos esclaves, papa ! Jusqu'à ce qu'Iris parvienne à s'enfuir avec Ed Myers, son beau Juif, pour devenir sa maîtresse ! Pas sa femme, il en avait déjà une !

— Menteuse ! Jalouse ! Des calomnies !

Partie sur un aveu qu'elle ne pouvait plus contrôler malgré ses promesses d'antan, Rose poursuivit dans un excès d'hypertension :

— Votre chère Iris qui, malgré sa fugue, n'a pas osé devenir mère. Vouée à se sacrifier pour protéger son héritage, elle a préféré aller se faire opérer au Danemark par un médecin véreux qui l'a rendue infertile. Savez-vous ce qu'est devenue votre préférée depuis ce voyage, papa ? La maîtresse de plusieurs hommes, une femme entretenue, une fille de rien ! Ce qu'elle vous a toujours caché…

Bondissant de son fauteuil dans lequel il s'était affaissé, Narcisse cria d'une voix rauque :

— Assez ! Tais-toi, Rose, je te l'ordonne ! Comment peux-tu mépriser ainsi ta soeur ? Moins ingrate que toi, elle va venir fêter avec moi, elle !

— Qui vivra verra ! J'en douterais, papa… Mais je n'ai pas fini avec elle ! Ouvrez bien grandes vos oreilles ! Sachant qu'elle ne serait jamais enceinte, Iris a couché avec tous les hommes qu'elle a rencontrés. Elle a joui de l'homme au pluriel sans entraver son héritage. Votre sale argent qu'elle attend encore, la garce ! Pour ensuite venir cracher sur votre tombe !

— Rose ! Tu déraisonnes ! Quelle honte ! Ta mère t'entend !

— Qu'elle se bouche les oreilles si ça la dérange ! Le Seigneur aussi !

— Blasphème ! Dieu va te châtier ! C'est l'enfer…

— Non, le feu éternel, c'est pour les pères indignes comme vous qu'on l'alimente ! Même la bonne sainte Anne vous a renié. Il n'y a que Marie qui pourrait vous sauver si elle parvenait à convaincre Joseph et son Jésus que vous êtes né fou et que vous allez mourir dément ! Autrement, n'y pensez pas, je vois déjà les flammes vous brûler la cervelle !

— Tu n'as plus toute ta tête, ma fille… Les deux bras me tombent…

— Pensez ce que vous voulez, mais je n'ai pas fini avec Iris. Elle est devenue nymphomane, papa. Elle se donne maintenant à des jeunes hommes qu'elle trouve beaux. À Miami ! Des *lifeguards*, des gars qui ont la moitié de son âge, parfois le tiers ! Par vice ! Par besoin ! C'est elle qui me l'a dit en me faisant jurer de ne jamais la trahir.

— Et tu le fais… Dieu te punisse, envieuse que tu es…

— Oui, je me parjure ! Je le dévoile parce que vous avez raison, je suis envieuse de son sort ! Oui, père ! Je suis jalouse de l'imaginer avec autant d'hommes à ses pieds alors que moi, j'ai eu pour sort de perdre toute ma vie ici à vous torcher !

— Rose ! Pour la dernière fois, tais-toi ! Tu parles comme tu marches ! Tout croche ! Et ne me regarde pas de la sorte, je suis ton père !

— Si vous croyez l'avoir été, libre à vous, mais vous ne l'êtes plus ! Quel bourreau vous êtes ! Tout croche, vous avez dit ? La tige de la rose infirme ? Je vous renie, père, quitte à ce que vous me déshéritiez ! Je n'en ai rien à foutre de votre argent ! Je suis à l'aube de l'âge d'or, j'ai des économies… Croyez-vous vraiment que je profiterais de votre héritage à mon âge ? Pour quoi faire ? Pour avoir un plus beau coin de terre que celui où repose notre mère ? Non, merci ! Les fleurs de cimetière que j'ai sur les mains, je les ai aussi dans le coeur, papa ! Mais je vais vous jouer un tour, je vais me faire incinérer… Pour ne pas pourrir auprès de vous quand vous allez crever !

— Sacrilège ! Parler ainsi à son père !

— Pire encore, quand vous mourrez, père, ce n'est pas un bouquet de fleurs que j'irai déposer sur votre tombe, mais une botte de fumier ! À l'odeur de ce que vous avez toujours été !

Le docteur, chancelant, se dirigea vers la table en coin où un verre d'eau l'attendait. Se désaltérant, retrouvant sa salive, il ne put que balbutier :

— Tu es immonde, Rose… Tu n'auras plus jamais l'absolution…

— Pas surprenant, le curé n'aura plus ma confession !

— Pourquoi avoir attendu mon anniversaire pour me détruire ainsi ?

— Parce que je craignais que ce soit le dernier, père. Je ne voulais pas vous voir partir sans entendre tout ce que j'avais sur le coeur. C'était en train de moisir… Ça traînait depuis des années !

— Tu n'as pas le droit de t'élever ainsi contre celui qui t'a donné la vie. Je suis ton créateur…

— Mon géniteur, papa ! Que mon géniteur ! Le Créateur, c'est Celui qui m'a envoyé toutes ces épreuves. Celui qui m'a fait naître de votre semence dans le jardin de votre démence. Ah ! si vous saviez comme je Lui en veux au Tout-Puissant ! Cette vie gâchée ! Ces larmes jamais épongées ! Cette « fleur séchée » ! Existe-t-il vraiment, Lui ? Il m'arrive d'en douter !

— Un autre blasphème ! Abominable créature ! Tu es diabolique ! Tu vas être excommuniée, Rose !

Déchaînée, incapable de se contenir, l'aînée répliqua :

— N'en déplaise à Sa Sainteté, j'en serais fort aise ! Je pourrais enfin me permettre des péchés mortels sans m'en soucier ! Comme Iris, père !

Puis, retrouvant un peu son calme, elle ajouta :

— Et puis, à bien y penser, comme si le pape se préoccupait d'une pauvre « fleur » fanée qui vit quelque part sur le globe sous l'emprise de son père... Et si Dieu existe, papa, il a certes mieux à faire avec tous les enfants qui sont victimes de grenades et de bombes à travers les continents. Une vieille fille avec le cou ridé et les mains couvertes de taches brunes, c'est loin de faire pitié à côté de la misère qui sévit dans le monde.

Narcisse Des Oeillets, sévèrement abattu, se laissa tomber dans le fauteuil en gémissant :

— Ah ! si seulement Violette...

— Tiens ! Vous voulez qu'on parle de votre troisième « fleur », papa ?

— Non, Rose, surtout pas, ménage-la et aie pitié de moi.

— Pitié ? Je n'ai que du mépris pour vous, père ! Seriez-vous mourant que je prierais pour vous voir lâcher le dernier souffle.

— C'est le jour de mon anniversaire, Rose... Quel douloureux présent...

— Tous les miens l'ont été, papa ! De mon enfance jusqu'à ce jour ! Sans rubans ! Des flèches empoisonnées ! Dans mes pétales comme vous saviez si bien les décocher !

Le vieux, les bras pendants, regardait maintenant par terre, alors qu'une larme ou deux humectaient sa joue. Se levant avec peine, arpentant les quatre coins du tapis, Rose le suivit des yeux pour lui annoncer :

— Trop tard pour les remords ! Je pars, papa ! Je vous quitte ! Mes bagages sont presque faits.

Levant la tête, implorant des yeux sa clémence, Narcisse marmonna :

— Et moi ? Tu vas me laisser seul, Rose ? À quatre-vingt-dix ans ?

— Vous irez vivre avec Iris ! Elle va vous accueillir à bras ouverts avec ma part d'héritage que je lui lègue !

— Mais je ne veux pas quitter cette maison, moi ! Je l'habite depuis mon mariage ! La maison familiale, Rose, le cabinet du bon docteur Des Oeillets…

— Vous n'étiez pas un bon docteur, papa ! Votre vie professionnelle a été un échec ! Vous n'avez jamais enlevé une écharde du pied d'un enfant ! Je vous avais à l'oeil, vous savez. Que des pilules, des prescriptions, jamais de piqûres de peur de manquer votre coup. Pour ensuite les référer aux spécialistes !

— Tu as tort ! J'ai pris soin de mes patients, j'ai été un grand médecin…

— Grand de stature, papa, mais un petit docteur de famille sans décorum. On vous a déjà appelé pour un moribond et vous aviez pris tellement de temps pour vous y rendre que le pauvre homme avait rendu l'âme. Vous aviez peur d'être incapable de le sauver ! Je me souviens aussi de la jeune mariée qui vomissait sans cesse et à qui vous aviez annoncé qu'elle était enceinte. Elle avait fait venir un autre médecin le lendemain qui lui avait diagnostiqué une jaunisse ! Elle avait le teint comme un citron, papa ! Enceinte, lui aviez-vous dit ! Parce qu'elle était mariée depuis cinq mois ! Elle ne vous a jamais rappelé, celle-là ! C'est à peine si vous avez pu soigner votre propre mère…

— Rose ! Je t'en supplie…

— Pour ce qui est de maman, je vous épargne sa maladie, mais n'empêche qu'elle n'a jamais fait le moindre voyage avec vous. Que son voyage de noces au Nouveau-Brunswick dont elle nous parlait sans cesse. La pauvre ! Mariée à un médecin et un seul bon souvenir ! Un supposé illustre docteur qui se contentait des trottoirs du devant de la maison pour sa marche quotidienne et de sa véranda d'en arrière pour lire. Sans parler de votre endroit préféré, votre jardin où vous cultiviez vos maudites fleurs qui portaient nos prénoms. Sans parler des oeillets pour votre nom que vous aimez tant ! Je les ai toujours haïes, vos fleurs ! Tellement que j'ai habitué Noiraud à pisser dessus dès qu'on l'a eu ! Comme je l'avais fait avec Boule, notre première chatte, qui chiait dans vos gros pots de terre ! Et maintenant, ne me parlez plus de votre maison, de votre jardin, de votre cabinet et de vos patients…

— Tu devrais surveiller ton langage, Rose. Tu as été si bien éduquée. Je me souviens que, petite…

— Qu'importe mon vocabulaire, ne changez pas de sujet, papa ! Trêve de nostalgie ! Vos derniers jours, c'est avec quelqu'un d'autre que vous allez les vivre ! Avec de la mangeaille infecte et des remords plein le coeur !

— Iris ne permettra jamais…

— Vous l'attendez encore, celle-là, hein ? Mais je vous ai leurré, elle ne viendra pas ! Parce qu'elle se prélasse sur les plages avec un amant d'occasion d'à peine trente ans !

Oui, c'est avec des gigolos de cet âge qu'elle se pavane, votre préférée. Avec ses soixante-deux ans, ses souliers à talons aiguilles qui vous plaisent tant et une partie de votre argent ! Encore voluptueuse parce que bien arrosée, elle ! Vous comprenez, n'est-ce pas ? Ses «jardiniers» ne font pas que la cultiver, votre «fleur» préférée ! Elle va vous couvrir de cartes postales, de baisers… Avec sans doute l'espoir de recevoir de ma part un coup de fil l'avisant… Ah ! Seigneur ! Si vous saviez comme elle a hâte de mettre votre argent dans sa sacoche et d'en glisser une liasse dans la poche de son beau mâle du moment ! Pauvre papa… Père damné !

— Damné ? Misérable fille ! Et tu mens ! Iris n'est pas telle que tu la décris, c'est ta convoitise qui s'exprime, Rose, pas ton intégrité !

— Si vous saviez… Je la devine à travers mon âme, votre préférée. Je vais néanmoins tout faire pour qu'elle vienne. Peut-être que l'appât du gain… Qui sait ?

— Et toi, Rose, où iras-tu ? lui demanda le père sur un ton devenu doucereux.

— Au diable, papa ! Au diable vert ! Sans la moindre chance d'un retour en arrière !

Sur ces mots, l'aînée des «fleurs» du «jardinier» se retira du salon en claquant du talon, alors que le vieux, consterné, dépité, en fit autant de son côté sur la pointe des pieds. De peur de se remémorer tout ce que sa fille, sans un brin de pitié, venait de lui hurler.

Première partie

Narcisse
et
Marguerite

Chapitre 1

Vendredi, 5 octobre 1928, Narcisse Des Oeillets, vingt-trois ans, étudiant en médecine et fils unique du regretté docteur Ignace Des Oeillets et de Zéphirine Migneau, se rend à une danse paroissiale avec son ami le plus précieux, Philippe Courcel, futur notaire. Les deux jeunes hommes, bien vêtus pour la circonstance, se font vite remarquer par les demoiselles du quartier. Une soirée plutôt mondaine où le prix d'entrée est passablement élevé. Mais les bien nantis d'Outremont, habitués aux folles dépenses par le biais de la générosité des aînés, regardent de haut les serveurs, tout en consultant leur montre de poche. En or pour celle de Narcisse, la montre de son défunt père. Sa mère, inconsolable, était allée vivre chez sa soeur à Oakville en Ontario, laissant sa vaste demeure de la rue Hutchison à son fils bien-aimé. Déjà héritier du patrimoine et de la fortune de son père, Narcisse n'avait guère à se soucier des lendemains. D'autant plus que la profession qu'il allait exercer le classait déjà parmi les notables de la paroisse Saint-Viateur. Peu dévot, il ne fréquentait l'église que pour la messe du dimanche, mais se tenait à distance du curé et des vicaires, de peur d'être approché comme marguillier ou, tout simplement, pour son pécule. Ce soir-là, une coupe de champagne à la main, il scrutait la gent féminine d'une façon si condescendante que son ami Philippe intervint :

— Narcisse ! Change d'attitude ! Tu vas toutes les faire fuir avec ton bec pincé ! Détends-toi, souris, regarde la jolie brunette avec sa mère.

— Non, c'est la blonde avec un chignon que je reluque de cette façon. Elle a l'air si distingué… Tu as remarqué sa robe ? Son col de dentelle ? Son long collier de perles ? Son père est sûrement très à l'aise.

— Sans doute, mais elle est peut-être mariée, cette jolie femme. A-t-elle retiré ses gants blancs ?

— Oui, tantôt, et j'ai vu sa main. Aucune alliance, Philippe, elle ne porte qu'une bague sertie de perles. Comme son collier ! Dieu qu'elle est belle ! Je n'ai jamais vu un tel sourire… Elle éclipse les autres.

— Bien, moi, en ce qui me concerne, je fixe encore la brunette avec sa mère. Beau port de tête et elle m'a rendu mon sourire.

— Tant mieux, vieux ! Moi, la jolie blonde ne m'a pas encore remarqué. J'attends juste qu'on enchaîne avec une valse et je l'invite à danser.

Quelques minutes plus tard, comme si les violonistes du quartier l'avaient entendu, ils entamaient les premiers accords de *La valse brune* de Georges Villard, et Narcisse, empressé, invitait à danser celle qu'il convoitait. Elle avait levé les yeux sur lui puis, laissant là ses amies, elle s'était laissé entraîner sur la piste improvisée dans les bras de ce valseur assez maître de ses pas. Elle était vraiment jolie. Encore plus de près que de loin. Et quelle taille fine à toucher de la main. Le dos cambré, le port de tête altier, elle n'était pas aussi grande que lui, évidemment, Narcisse faisait six pieds, mais elle lui dépassait l'épaule de son chignon. Peu bavarde, voire réservée, Narcisse ne réussit à lui soutirer que son nom : Esther Fougère. Non loin de lui, mais habile sur ses arabesques, Philippe Courcel faisait virevolter la brunette Marie-Paule Jubé qui, plus loquace, lui avait admis être la fille... du barbier !

De son côté, Esther avait petit à petit raconté à Narcisse être venue avec des amies, tandis que Marie-Paule se trouvait là avec sa mère qui la surveillait du coin de l'oeil. Les deux jeunes filles, de milieux différents, ne se connaissaient toutefois pas. Même si l'avocat Fougère allait s'asseoir sur la chaise du barbier Jubé pour la taille de sa barbe, sa coupe de cheveux et l'entretien de ses longs favoris. Narcisse, conquis par sa dulcinée du moment, lui avoua n'être jamais sorti sérieusement avec une fille. Sans ajouter que, pour la bagatelle cependant, Philippe et lui avaient fréquenté à certains moments des lieux peu recommandables. Il lui parla de son défunt père, médecin de profession, et de sa mère partie vivre chez sa soeur aînée à Oakville en Ontario.

— Vous habitez donc seul dans cette grande maison, monsieur Des Oeillets ?

— Oui, comme un grand garçon. Mais j'ai gardé la femme de ménage, qui vient une fois par semaine, et une servante, nourrie, logée, pour la lessive, le repassage et la préparation des repas. Une brave fille prénommée Mina que nous avons depuis que je suis jeune. Bonne comme du bon pain, très avenante, elle me traite aux petits oignons. Néanmoins, je compte bien la vendre, cette maison. Dès que je serai reçu médecin, ou avant, si une charmante demoiselle me fait franchir le pas.

Voyant qu'il la désignait du regard, Esther rougit et baissa les paupières. Comment pouvait-il être aussi sûr de lui après une seule danse ? Elle ne le connaissait pas. Lui non plus. On ne tombe pas amoureux après un bout de conversation, pensa-t-elle. D'autant plus que Narcisse Des Oeillets, aussi cérémonieux pouvait-il être, n'était pas tout à fait le genre d'homme qu'elle cherchait. Trop révérencieux, selon elle, trop sérieux, peu amusant, elle lui préférait de loin son ami Philippe qui était si souriant, plus simple et beaucoup plus séduisant. Mais ce dernier, malgré la beauté d'Esther, n'avait d'yeux que pour mademoiselle Jubé. Soupirant d'amertume, la fille de l'avocat Fougère avait regardé Narcisse de plus près pour intérieurement admettre : « Il a quand même un bel avenir. Il semble fortuné. Voilà certes un parti qui plairait à papa. » Ils dansèrent encore plusieurs fois ensemble et, la soirée terminée, il demanda à la revoir. Esther accepta du bout des lèvres alors que, de son côté, la fille du barbier déposait déjà, à l'insu de sa mère, un baiser sur la joue de Philippe. Ce qui, dans leur cas, venait de tout sceller !

Narcisse Des Oeillets, se remettant du verre de trop ingurgité la veille, songeait à la jolie blonde devant laquelle il s'était pâmé. Elle lui avait promis de le revoir à la condition qu'elle le présente d'abord à ses parents. Ce que Narcisse, futur médecin imbu de lui-même, accepta, assuré de faire bonne impression. Mais ce matin-là, assis dans son fauteuil préféré, grelottant sous la couverture qui lui couvrait les épaules, il demanda à Mina d'ajouter du charbon dans la fournaise. Ce que la vieille servante s'empressa de faire après avoir servi un café noir à son « petit homme » devenu « très » grand et, en somme son patron.

Seul dans sa rêverie, Narcisse se revoyait enfant, en train de regarder un film muet dans le sous-sol d'un voisin dont le père avait une « machine à vues » et des roulettes de trente minutes. Il avait été bouleversé par celui d'une femme ligotée sur une chaise, alors qu'un tracteur s'avançait vers elle pour l'écraser. La projection s'arrêtait juste avant pour ne pas effrayer les enfants, mais il s'était toujours demandé si la dame avait été écrabouillée ou sauvée de justesse par un héros instantané. Des images qui l'avaient suivi fort longtemps. Il revoyait aussi son adolescence, le jour où son père avait acheté un appareil de radio Marconi à ondes courtes. Une boîte d'où sortaient des bulletins de nouvelles ainsi que des chansons de la populaire Mistinguett et de Georgel, le chanteur à la mode du temps, qui plaisait beaucoup à sa mère. Tiens ! Sa mère ! Il fallait qu'il lui écrive, qu'il lui parle d'Esther, de ses études… Il l'avait passablement négligée ces derniers temps alors qu'elle, de son coeur aimant, lui écrivait souvent. Jetant un coup d'oeil à sa bibliothèque, il put voir sur la rangée du haut, dans une reliure de cuir, le roman *La porte étroite* d'André Gide, que son père avait reçu d'une cousine à l'occasion d'un anniversaire. Et que dire des films que sa mère allait voir avec Mina parce que son père n'était pas friand de cinéma. Charlie Chaplin qu'elle trouvait si drôle, Theda Bara qu'elle trouvait mystérieuse. Mais son culte pour la peinture réaliste la gardait loin de Picasso qui avait dessiné au crayon sur papier, *Pierrot et Harlequin*, qu'elle trouvait enfantin. Renoir et Degas étaient beaucoup plus dans les cordes de Zéphirine Des Oeillets. Surtout Edgar Degas, dont elle aimait les ballerines peintes à l'huile sur de grandes toiles.

De retour au temps présent, Narcisse songeait à sa soirée de la veille. Esther Fougère l'avait-elle trouvé respectable ? Aussi beau qu'il l'avait trouvée belle ? Ça, il en doutait. Il n'était pas mal de sa personne, il le savait, mais de là à faire tourner la tête des demoiselles comme son ami Philippe, non ! Narcisse n'avait rien d'un tombeur de femmes. Il était certes charmant, mais son peu de charisme ne soulevait guère les feuilles au sol. Il en était conscient mais ce qu'il souhaitait, c'était que la blonde jeune femme l'ait trouvé intéressant. Elle lui avait dit vouloir le présenter à ses parents le vendredi suivant et que, de cette introduction, elle accepterait peut-être de l'accompagner au restaurant. Pas à Outremont, mais dans le centre-ville, là où les salles à manger des grands hôtels étaient des plus huppées. Narcisse allait donc devoir attendre sept jours avant de revoir celle qu'il convoitait, ce qui lui permettrait de se consacrer davantage à ses études. Tandis que Philippe, pour sa part, avait donné rendez-vous à la pétillante Marie-Paule deux jours plus tard. Sans que son père, le barbier, s'en mêle. Ils avaient convenu d'aller manger pas très loin, pour ensuite danser toute la soirée. Et beaucoup plus si Philippe en manifestait le désir. Mademoiselle Jubé n'était pas très pudique.

Le futur médecin, désireux de revoir Esther, avait vu les jours défiler à une vitesse vertigineuse. D'autant plus que ses études le qualifiaient pour les plus hautes notes à l'université. Selon Philippe, à s'instruire comme il le faisait, on allait certes lui décerner un diplôme honorifique avant celui de médecin. Alors que lui-même, sans être négligent pour autant, ne se donnait pas corps et âme à son avenir. Surtout pas de corps, puisque Marie-Paule l'avait pris en charge dès les premiers balbutiements charnels d'amoureux transi qu'il lui disait être. Tant et si bien qu'il la revoyait chaque soir depuis. Marie-Paule se nourrissait certes d'illusions, car il était plus que certain que le futur notaire n'allait pas épouser une fille de barbier sans instruction. Mais pour les plaisirs de la chair, mademoiselle Jubé était dépareillée. Elle valait à elle seule toutes celles que Philippe avait rémunérées lors de ses foires nocturnes. Il s'en était même vanté à Narcisse qui l'avait réprimandé:

— C'est mal ce que tu fais là, Philippe. C'est de l'abus de confiance. Cette fille est amoureuse de toi et tu ne t'en sers que pour ton contentement.

— Tout de même! Tu me vois arriver à la maison avec elle? Mignonne, la petite, bien sûr, mais sans manières, sans instruction, sans aucun bagage intellectuel. Elle ne sait même pas qui est Paul Claudel! Elle ne lit que les petits romans américains à trois sous traduits en Europe que sa mère fait venir d'outre-mer. Sans intérêt! Romanesques, pas plus!

— Ce n'est pas une raison pour te servir d'elle comme d'une fille de joie. Ses parents l'ont quand même bien élevée. Tu devrais avoir au moins la franchise de lui dire que tu ne l'épouseras pas, qu'elle n'est pas de ton rang, que tu l'aimes bien mais que ce n'est pas le grand amour.

Deux jours plus tard, Philippe suivait le conseil de son ami et, Marie-Paule, malheureuse, versa toutes les larmes de son corps. Elle n'allait plus le revoir, elle avait sa fierté. En écoutant son copain Narcisse, Philippe Courcel venait de perdre les joies charnelles que la jeune fille lui prodiguait. Pauvre de lui ! Coupé sec de ses envies et de ses fantasmes, il allait devoir recommencer à… débourser ! Et risquer encore des maladies ! Car, contrairement à Narcisse, il n'était pas quasi-docteur, lui !

Narcisse, friand de médecine, suivait de près l'utilisation du poumon d'acier dans une clinique de Boston, tout comme la découverte de la pénicilline par le Britannique Alexandre Fleming. Ce qui ne l'empêcha pas de voir le vendredi arriver avec, en fin de journée, une visite chez les Fougère et une soirée superbe avec la belle Esther. Bien vêtu, la tête haute, Narcisse Des Oeillets sonnait à la porte de la résidence des Fougère à cinq heures pile, moment convenu entre lui et sa « bien-aimée ». Le terme avait précédé le premier baiser. Tel était le futur médecin lorsqu'il devenait « maniéré ». C'est Esther qui lui ouvrit et qui le convia à passer au salon. D'un regard, Narcisse remarqua le décor somptueux, les meubles aux coussins satinés, les tentures de velours, le tapis de Turquie… Que c'était beau ! songea-t-il. Avant même de se rendre compte à quel point Esther était ravissante dans sa robe de mousseline d'un vert menthe, avec ses cheveux blonds, dénoués cette fois, qui lui tombaient plus bas que les épaules. Comme elle était gracieuse dans ses escarpins d'un cuir mat beige, avec, aux lobes d'oreilles, deux pastilles nacrées de la teinte de sa robe. L'avocat suivi de sa dame se pointa. Esther fit les présentations d'usage, et le père fut contraint d'admettre que le prétendant de leur fille avait le port de tête altier de son défunt père. Madame Fougère, plus discrète, n'en fut pas moins charmée par la gerbe de fleurs que le jeune homme lui tendait suivi d'un baisemain. Assis les uns en face des autres, les tourtereaux dans des fauteuils rembourrés, monsieur et madame sur une causeuse à deux places, Narcisse ne se sentit pas embarrassé. Sûr de lui, condescendant comme de coutume, il se vanta de ses succès universitaires pour ensuite s'enquérir de la carrière de l'avocat. Sans un mot à madame qui se sentit momentanément oubliée. Le constatant, Narcisse répara sa bévue en lui disant qu'elle arborait un bien joli camée sur sa robe grise. Ce qui eut l'heur de la faire sourire. Esther, ennuyée par ces formalités, souhaitait que son prétendant en vienne aux fréquentations, qu'il leur en demande la permission, mais Narcisse, en plongée sur la pente de son égocentrisme, parla avec le père des découvertes de l'heure, comme si Esther lui était déjà acquise. Enfin, constatant qu'il avait fait le tour de sa vantardise, il allait aborder le but de sa visite lorsque la porte s'ouvrit, laissant apparaître une jeune fille timide, les épaules hautes comme prise en faute, et les pieds vers l'intérieur des chevilles, comme si elle était figée sur place. L'avocat se leva et, invitant sa cadette à s'avancer, il la présenta officiellement au visiteur distingué :

— Monsieur Des Oeillets, ma fille Marguerite.

Sans qu'on s'y attende, Narcisse resta cloué sur place. Comme si on l'avait enfoncé dans le ciment. La bouche ouverte, ne sachant que dire, il avança la main que la jeune fille toucha à peine. Esther ne comprenait pas. Narcisse était-il en proie à un malaise ? L'avocat, devant la stupeur du jeune homme, se demandait bien ce qui avait pu le foudroyer ainsi. La cadette avait pris place dans un fauteuil en coin et Narcisse, les yeux hagards, la fixait étrangement. Puis le regard dans le vide, il soupira et s'exclama en son for intérieur : « Marguerite ! Un prénom de fleur ! »

Le coup de foudre ! La flèche au coeur ! Non pas pour la jeune fille mais pour son doux prénom. Quel don du ciel ! Marguerite Fougère et Narcisse Des Oeillets ! Le moment précis où germa la folle idée de son atroce jardin. Subitement ! Qu'importe que les fougères ne soient que des plantes vasculaires et sans fleurs ! Elles poussaient dans la terre ! Voilà donc celle qui lui donnerait les « fleurs » dont il serait le semeur ! Narcisse et Marguerite ! Quel odorant amalgame ! La regardant sans trêve au point qu'elle en baissa les yeux, il transcendait déjà l'avenir en une tout autre réalité. Esther n'existait plus ! Il ne voyait que l'autre, la cadette, la petite brunette d'à peine… dix-huit ans ! Moins grande qu'Esther, la soeurette allait devoir lever la tête pour regarder Narcisse dans les yeux. Elle lui allait à la hauteur des aisselles, même avec les talons cubains de ses souliers vernis. Boulotte comme sa mère, pas très jolie, le visage trop rond, le nez trop plat, encore comme sa mère, elle n'avait ni le port de tête ni l'élégance de sa soeur aînée qui, elle, avait hérité de la grâce de son père. Et de ses traits ! Se demandant encore ce qui se passait, Esther posa un regard intéressé sur son prétendant qui, se levant, lui dit :

— Je m'excuse, je suis indisposé… Une migraine soudaine… Sauriez-vous m'excuser, Esther, si j'annulais l'invitation ? Je serais un fort mauvais compagnon. Ce malaise subit…

Esther n'eut pas le temps de répondre, c'est son père qui le fit à sa place :

— Vous êtes pâle, monsieur Des Oeillets… Peut-être un rhume que vous couvez ? Je vous conseille de rentrer et… Que fais-je avec mes conseils, vous êtes médecin, vous savez mieux que moi comment vous soigner.

Narcisse s'empara de l'imperméable qu'Esther lui remettait sans même la regarder. Ni la remercier. Mal à l'aise de l'affront qu'il lui faisait, il s'excusa plutôt à la famille, le père en particulier. Puis, franchissant la porte d'entrée, il se retourna pour gratifier une dernière fois l'avocat de son amabilité. Sans regarder Esther, plantée derrière son père. Mais non sans avoir jeté un regard favorable sur Marguerite qui, ne saisissant rien de la situation, replaçait de son pied le coin relevé du tapis du salon.

Il lui fallait la revoir ! Il lui fallait l'aimer ! L'épouser ! Refusant toutes les offres à sortir de Philippe, il se terra dans son cabinet d'études et passa ses soirées à jongler à la « fleur » qui l'avait bouleversé. Marguerite Fougère ! Qu'elle ! Aucune autre ! Loin d'être belle pourtant, il la trouvait superbe ! Enrobée, les hanches fortes, les seins plats, il la voyait telle une déesse. Parce qu'elle portait un prénom qui allait porter ses enfants ! Parce qu'il avait décidé, lui, qu'elle serait à lui ! Comme si, d'avance, tout lui était acquis. Même le « oui » qu'elle allait prononcer lorsqu'il la demanderait en mariage. Comme si le « non » était inimaginable du bout des lèvres de celle qu'il avait choisie. Marguerite ! Sa « fleur » ! Sa chose ! Même si Esther, délogée, n'en savait rien encore. Ce que personne ne comprendrait, sauf lui ! Laisser la plus que belle pour s'emparer de la non jolie… Philippe en resterait certes bouche bée, qu'importe, lui savait pourquoi la plus jeune allait supplanter la plus vieille. Marguerite ! Pouvait-on espérer plus jolie « fleur » à effeuiller pour en engendrer d'autres ?

Philippe était venu lui rendre visite et, à son air inquiet, Narcisse se douta que quelque chose se passait :

— Ça ne va pas ? Une mauvaise nouvelle ?

— En quelque sorte, oui, nous déménageons. Mes parents ont décidé d'aller s'installer en Europe où l'un de mes frères habite. Mon père rêve d'avoir un jour la nationalité française, ma mère aussi. Allez savoir pourquoi, mais je n'ai d'autre choix que de les suivre.

— Et tes études ? Tu vas les poursuivre là-bas, Philippe ? Chez des étrangers et non parmi les tiens ?

— Eh oui ! Mais l'université qui m'attend est très qualifiée. Je m'en vais en France, Narcisse, pas dans le fin fond de la Mésopotamie ! Ça me déçoit un peu, mais notaire à Paris ou ici… Et mes parents semblent si heureux de changer de pays, de retrouver celui de leurs ancêtres… Tout leur sera facile puisque mon oncle est juge à Lyon et qu'il connaît des hauts placés pour accélérer les choses.

— Mais je vais perdre mon seul ami, moi ! T'en rends-tu compte ?

— Allons, la France, ce n'est pas le bout du monde ! On pourra s'écrire, et lorsque tu seras médecin, lors de voyages… Au fait, ça s'est bien passé chez les parents de la belle Esther ?

— Heu… si on veut ! Mais j'ai eu tout un choc ! Parti quasiment pour demander l'aînée en mariage, j'ai eu le coup de foudre pour sa soeur, Marguerite.

— En voilà une affaire ! Ne viens pas me dire qu'elle est plus belle que l'autre ?

— Non, mais il n'y a pas que la beauté qui compte. Marguerite est plus discrète, plus effacée, plus jeune aussi…

— Et du genre plus soumise, si je peux me permettre ?

— Non, non ! Elle m'est apparue comme une petite princesse sortie d'un conte de fées ! Je n'en suis pas encore revenu, mais je m'en suis amouraché dès que je l'ai vue. De grands yeux noirs, les joues roses…

— Décidément, tu changes vite ton fusil d'épaule, toi ! Tu étais presque fou d'Esther ! Tu la voyais dans ta soupe pas plus tard qu'avant-hier !

— Et c'est ce même soir que Marguerite m'a remis le coeur en place ! Son apparition au salon, son prénom…

— Qu'a-t-il de si particulier, son prénom ?

— Laisse ! Tu ne saurais comprendre, mais je me dois de la revoir, je ne peux passer à côté d'une telle chance !

— Elle a quel âge, la soeurette ?

— Dix-sept ou dix-huit ans, menue, timide…

— Narcisse ! C'est encore une enfant ! Jamais son père ne te permettra ! Surtout pas après avoir laissé tomber l'autre bêtement ! Tu n'es pas sorti du bois, toi !

— Laisse-moi aller, je suis certain que je vais l'épouser. Fie-toi à moi !

— Je veux bien, mais elle est peut-être encore sur les bancs d'école, la petite soeur de la grande.

— Qu'importe ! Revenons à toi, Philippe. Comment vas-tu apprendre la nouvelle de ton départ à Marie-Paule ?

— Je n'aurai pas à le faire, j'ai déjà rompu avec elle. Tu ne croyais tout de même pas que j'étais pour faire ma vie avec la fille d'un barbier ?

— Tu en étais si amoureux ! Elle te rendait si bien tes baisers…

— Oui, elle m'a même rendu plus que ça, mais c'est fini, Narcisse. Je suis libre comme l'air et je trouverai sûrement, en Europe, celle qui me conviendra. Je dois rentrer maintenant. On commence à empiler les bagages à la maison. On vend tout ce qu'on possède ici, sauf les souvenirs de famille, bien entendu.

— Déjà ? Vous partez quand ?

— D'ici deux semaines ! Père veut s'installer là-bas avant l'hiver.

— Deux semaines ? Ce qui veut dire que c'est presque la dernière fois qu'on se voit, Philippe ?

— Peut-être, mais on s'écrira, ne crains rien. Je te ferai suivre mon adresse, on ne se perdra pas de vue, vieux frère !

Mais Narcisse Des Oeillets n'allait plus revoir son ami Philippe Courcel. Ni recevoir de ses nouvelles. Ce dernier, n'ayant pas semé de cailloux blancs entre lui et le futur docteur, ne laissa aucune trace. À vrai dire, Philippe ne tenait plus à être lié à Narcisse qu'il trouvait de plus en plus étrange. Sa façon de voir la vie, ses allures de vieux garçon, sa condescendance, ne concordaient plus avec ce que Philippe vivait au gré de sa folle jeunesse. Bien sûr que Narcisse l'avait suivi chez les dames de petite vertu. Une fois ou deux, et de force ! Sans être à la hauteur, selon les demoiselles des bordels. Il était trop scrupuleux. Tandis que Philippe, beau gars, charnel, laissait son numéro de téléphone à chacune d'elles. Pour les revoir à tour de rôle, ailleurs que dans les maisons closes. Philippe s'embarqua donc pour l'Europe après un simple coup de fil à son ami. Il n'avait pas eu le temps, avait-il dit, pour un dernier verre avant de monter à bord du paquebot. Parti à jamais ! Bien décidé à ne plus revoir Des Oeillets. Et à laisser derrière lui une ou deux anciennes amies de coeur éplorées comme Marie-Paule Jubé, ainsi que les filles de joie à qui allait manquer, outre ses ébats, sa générosité. Narcisse n'entendrait plus parler de lui et ne chercherait pas à le relancer. De toute façon, Philippe n'avait laissé aucune adresse pour un suivi. Pas même à son vieil ami. Ce qui n'avait pas surpris Narcisse qui avait presque deviné que le futur notaire désirait faire le vide. Même de lui ! Avec le temps, personne du quartier ni de l'université ne sut ce qu'il était advenu de Philippe. Études terminées en Europe, le Beau Brummell, devenu Français, ouvrit son cabinet à Paris, fréquenta les filles les plus en vue, dépensa comme un fou, entretint une actrice de théâtre déchue, pour finalement épouser la fille d'un magistrat à l'âge de trente-quatre ans. Pas jolie, guindée, mais fortunée. Le genre de femme toute désignée pour le soulager de ses dettes accumulées. Le Ciel leur donna deux enfants, un garçon et une fille, puis le reste de sa vie se perdit dans le néant. Narcisse n'en saurait jamais rien, mais il ne s'en doutait guère le jour où son ami avait pris le large. Dès le lendemain, néanmoins, centré sur lui-même, Narcisse s'en foutait déjà ! L'amitié pour lui… Avec Philippe Courcel quasi dévergondé… La réalité, chassant vite la moindre mélancolie, lui fit revoir le doux minois de Marguerite. Ce visage rond à la bouche pâteuse qu'il imaginait… encadré de pétales !

Marguerite Fougère était née le 15 février 1910, ce qui lui donnait dix-huit ans révolus lorsque Narcisse en tomba amoureux dès le premier regard. Toutefois, mal à l'aise, ne sachant comment s'y prendre pour ne pas blesser Esther et se rapprocher de l'autre, il opta pour la franchise et convoqua l'aînée chez lui pour le thé d'après-midi que Mina allait leur préparer. Esther, ne sachant trop à quoi s'attendre, s'y rendit, curieuse d'apprendre enfin la raison du malaise soudain de monsieur Des Oeillets. Très élégante dans un long manteau vert recouvrant une robe beige, elle portait un joli chapeau cloche de feutre vert et des souliers à talons fins d'un pouce, de la teinte de sa robe. Les cheveux relevés en chignon, elle s'était légèrement maquillée et laissait voir, sur sa toilette, un long sautoir retenant une broche sertie d'une topaze épinglée à la ceinture. Après l'avoir gentiment accueillie, il la fit passer au salon et Mina, empressée, lui versa le thé qu'Esther avait poliment accepté. Sans toucher, cependant, aux biscuits à la vanille et au chocolat, dressés sur un plateau superposé. Puis, regardant Narcisse droit dans les yeux, elle lui demanda :

— Quel est le but de cette invitation formelle, monsieur Des Oeillets ?

— Écoutez, je ne suis pas du genre à tourner autour du pot, Esther. Je prône la franchise dans tout ce qui survient et je préfère vous le dire sans détour, je crois que nous ne sommes pas faits l'un pour l'autre, vous et moi.

Soulagé du début de l'aveu, il fut surpris de la sentir si dégagée. Se redressant, déposant sa tasse de thé sur une petite table en coin, Esther Fougère le regarda, lui sourit, et répondit très calmement.

— Voilà qui me rassure, Narcisse, je n'éprouvais rien pour vous.

— Quoi ? Et vous m'avez laissé me rendre jusqu'à votre père ?

— Oui, dans l'espoir qu'il se rende compte que vous n'étiez pas fait pour moi. Remarquez que vous avez de grandes qualités, que vous êtes même un parti privilégié, mais eussiez-vous plu à mes parents que je ne vous aurais pas épousé. Fréquenté, peut-être, mais pas jusqu'à devenir votre femme. Je crois en l'amour, moi. Comme vous !

— Mais vous me plaisiez Esther, j'avais des vues...

— Voilà, « vous » aviez, mais pas moi. Le coeur ne se commande pas. N'avez-vous pas fini par vous en rendre compte ? Là, ce qui vous blesse, je le sens, c'est d'apprendre que je ne vous aimais pas. Votre fierté en est heurtée. Mais c'est vous qui avez énoncé que nous n'étions pas faits l'un pour l'autre. Donc, « vos vues », comme vous disiez, étaient dépourvues de sentiments.

— Sans doute ! Continuons d'être francs...

— Est-ce nécessaire d'aller plus loin ? Nous venons de tout régler, monsieur Des Oeillets. Ah ! j'oubliais... Une chose m'intrigue... Quelle était donc la raison de votre malaise à la maison ? Ce chancellement subit, ces sueurs froides… Souffririez-vous d'une maladie que vous cachez ?

— Non, Esther, et je vous sais gré de la question. Je ne vous aurais pas laissé partir sans vous dévoiler la cause de cet embarras.

— Je vous écoute.

— C'est que… C'est qu'à la vue de votre soeur Marguerite, j'ai ressenti un violent coup de foudre… Je ne sais trop pourquoi, mais dès qu'elle est apparue, mon coeur n'a fait qu'un bond dans ma poitrine.

— Marguerite ? Mais elle n'a que dix-huit ans… J'ai du mal à m'imaginer qu'un homme tel que vous…

Esther s'était arrêtée. Elle ne voulait en rien dénigrer sa jeune soeur.

— Il faut que vous m'aidiez, Esther. Maintenant que nous avons réglé un différend, soutenez-moi, je vous en prie. Parlez à votre père. Je souhaiterais fréquenter Marguerite avant qu'un autre ne s'avance.

— J'en douterais, Margot termine son cours en arts ménagers.

— Pas Margot ! Marguerite ! lui lança-t-il d'un ton sévère.

— Si vous voulez, mais à la maison, entre nous…

— Ne l'appelez jamais Margot devant moi, je vous en conjure, Esther ! Pas quand on porte le doux prénom de la plus fragile des fleurs.

— Bon, si vous insistez… Mais ne la tenez pas pour acquise, père va s'interposer, ma mère aussi. Marguerite est encore une enfant pour eux. Et, sincèrement, je ne m'explique pas votre engouement. Vous qui, avec la carrière qui vous attend, pourriez jeter votre dévolu…

— Que sur elle, Esther ! Nulle autre qu'elle ! Et je saurai la rendre heureuse, je vous le jure !

Éberluée, l'aînée des Fougère ne trouva rien d'autre à répondre que :

— J'espère pour vous que le coup de foudre a été réciproque. Marguerite n'a jamais, à ce jour, levé les yeux sur un homme. Pas même sur un garçon de son âge. Elle est très renfermée…

— Oui, repliée, figée, peu éclose, et c'est ce qui me plaît chez elle. Dites à votre père, promettez-le-moi, que j'en ferai une femme émancipée, fière d'elle, s'il envisage de me donner sa main. Puisse-t-il, au moins, percevoir les sentiments que j'éprouve pour elle et, d'un autre pas calculé, je ferai la grande demande.

— Narcisse ! Ma soeur n'est pas une statue de sel ! Il faudrait commencer par vous enquérir auprès d'elle de son intérêt pour vous !

— Ne vous emportez pas, je vous en prie, elle m'aime déjà. Je l'ai senti dans son léger sourire, je l'ai deviné dans son regard intéressé… Si seulement vous acceptiez d'intercéder…

Esther se leva, promit et reprit le chemin de la maison, heureuse d'être délivrée de cet étrange personnage et malheureuse d'avoir à plaider pour que sa jeune soeur lui appartienne. Elle allait, tout du moins, en parler à son père et, en toute intimité, à sa soeur, la personne concernée. Malgré tout, creusant dans son discernement, elle ne parvenait pas à cerner la raison qui avait fait que Narcisse, d'un coup de coeur, ait pu tomber amoureux de Marguerite. Sa cadette, timide, raidie, peu attrayante, le cou dans les épaules, les hanches fortes, les seins plats… Marguerite, peu comblée par la nature et dont aucun garçon ne s'approchait… Comment Narcisse pouvait-il ? Aucune réponse. Parce que Esther ne savait rien encore du jardin déjà bêché dans la tête du futur médecin, et des « fleurs » qui allaient en germer.

Elle avait présenté la situation à son père le lendemain et ce dernier, songeur, lui avait répondu :

— Étonnant, tu ne trouves pas, Esther ? Préférer ta soeur à toi… Elle n'a rien pour être la femme d'un médecin, pas même la classe requise ni le maintien ni l'entregent. Elle est si timide, elle regarde toujours par terre.

— Je sais papa, il y a anguille sous roche… Comment un homme de son gabarit peut-il s'intéresser à Marguerite ? Il ne l'a vue qu'une fois ! Entrevue, devrais-je dire, ils n'ont échangé aucun mot sauf un « bonsoir » lorsqu'il est parti. Et il parle de coup de foudre ? J'ai lu beaucoup de romans d'amour, père, mais aucun avec un tel prologue. Ça frise l'impossible ! Marguerite a certes droit au bonheur et Narcisse est un bon parti, mais ce n'est pas parce qu'elle est figée, cimentée dans ses souliers, malhabile dans sa tenue, qu'il faille la donner au premier venu.

— Le premier et peut-être le dernier, ma fille. Un fait auquel il faut songer… Car, sans ce drôle de type, ta petite soeur risque de rester accrochée aux jupes de sa mère pour bon nombre d'années. Narcisse Des Oeillets n'est pas un méchant homme. Il semble avoir de la prestance et le coeur à la bonne place. Je suis certain que sa future aura un beau destin. Mais, je m'interroge encore. Jeter son dévolu sur Marguerite quand tu étais là, toi, avec ta grâce…

— Je ne l'aurais pas épousé, père, pas même fréquenté sérieusement. J'aime trop la vie, je suis frivole, j'aime la danse, les soirées mondaines, tandis que lui… Il sera pantouflard quand il sera marié. Je le sens, je le vois d'ici. Bon compagnon, mais ennuyant.

— Je me fie à ton jugement, Esther, tu connais mieux les hommes que moi ! s'exclama-t-il en riant.

— Oui, et ce n'est pas parce qu'il m'a fait valser qu'il affectionne les bals que moi j'adore. Je crois qu'il était là par accident. C'est son ami Philippe qui l'avait traîné de force…

— Et ce Philippe ? Il ne t'intéresse pas ?

— Non, papa, cet homme n'est qu'un Don Juan ! Très bien de sa personne, séducteur, mais avec une fille dans les bras tout en reluquant celle qui vient d'entrer. Je l'ai remarqué quand il dansait avec Marie-Paule Jubé. J'ai même eu droit à un singulier clin d'oeil alors que je valsais avec son meilleur ami.

— Bon, revenons à ta soeur. Qu'allons-nous faire, Esther ? Elle n'a que dix-huit ans…

— En âge de se marier, papa. Comme tant d'autres… Parce que Marguerite, après ses cours en arts ménagers, en aura fini avec les études. Qu'allez-vous faire d'elle ensuite ?

— Voilà ce qui m'inquiète… Mais il faudrait commencer par lui en parler, chercher à savoir si Narcisse l'intéresse. Toi seule peux l'approcher, Esther. Elle n'est pas gênée avec toi, elle se confie facilement. De plus, si Margot est intéressée, il faudrait que Narcisse commence par la fréquenter. Qui sait s'il ne changera pas d'idée ?

— Pas Margot, papa, Marguerite ! Narcisse m'a reprise avec véhémence quand je lui ai parlé de ma soeurette en utilisant son diminutif. Il avait l'air furieux ! Il semble avoir en horreur qu'on abrège un nom aussi évocateur pour lui. Donc, Marguerite ! Jamais plus Margot ! On avisera maman si les fréquentations commencent et persistent, mais je vais d'abord parler à ma petite soeur sans l'influencer une miette. Si elle le fréquente, si jamais elle l'épouse, ce sera son choix, papa, pas le nôtre. Voilà pourquoi je la laisserai libre de s'exprimer. Sans insister ! Je ne veux rien avoir sur la conscience !

— Moi non plus, Esther ! Puisse Dieu nous entendre !

Le lendemain après-midi, attendant le retour de Marguerite qui rentrerait de son cours vers trois heures, Esther s'était allongée sur le canapé du vivoir en lisant quelques faits saillants de l'année, pendant que sa mère était allée chez le boucher se faire couper des tranches de veau. Plus portée sur les fatuités que sur les malheurs de la vie, Esther put lire que Walt Disney, inconnu et inspiré par une souris qui « logeait » dans son appartement, avait créé le personnage de *Mickey Mouse*. Un premier dessin animé *Streamboat Wellie* venait de voir le jour, et c'était Disney lui-même qui lui avait prêté sa voix. Elle en souriait lorsque le téléphone sonna : c'était un client de l'avocat Fougère qui voulait prendre rendez-vous. Esther, secrétaire de son père, assez instruite dans le domaine juridique, le lui fixa après avoir noté quelques détails élémentaires. Comme l'avocat était à la cour ce jour-là, elle ne pouvait s'absenter du cabinet de son père, adjacent au vivoir, laissant pour une fois sa mère faire les emplettes. Tournant la page du journal, elle apprit que deux céréales avaient fait leur entrée sur le marché : les *Rice Krispies* et les *Shredded Wheat*. Bien sûr, sa mère allait choisir la seconde marque et même l'adopter, elle adorait le blé entier. Pas elle, cependant, qui préférait les oeufs au miroir le matin. Un peu plus loin, on pouvait lire que, chez les hommes, la moustache fine et les cheveux séparés par une raie étaient en vogue. Elle éclata de rire. Elle s'imaginait mal Narcisse Des Oeillets avec une telle tête ! Quant à son père, la moustache s'ajouterait sûrement, l'avocat étant un tantinet dandy, mais sûrement pas la coiffure, puisqu'il n'avait plus de cheveux sauf une couronne qui courait d'une oreille à l'autre. Plus bas, elle put apprendre que le romancier britannique D. H. Lawrence venait de publier *L'amant de lady Chatterley*. Déjà traduite en français, cette oeuvre faisait scandale un peu partout. À l'index, quoi ! Elle savait que Narcisse allait l'éviter, mais ignorant que Philippe avait troqué le Canada contre la France, elle l'imaginait en train de se délecter de ce roman scabreux et interdit. Elle tourna quelques pages du journal, ne s'arrêta pas au fait que le prix du pain montait à douze sous, mais ne passa pas outre à la nouvelle qui disait que Janet Gaynor avait remporté l'Oscar de la meilleure actrice pour son rôle dans *Street Angel*. Une vedette de l'écran qu'elle admirait grandement. Elle faillit s'arrêter sur l'assassinat du président mexicain Alvaro Obregon lorsque la porte d'entrée s'ouvrit sur Marguerite qui déposa son sac de cuir au pied de la patère. Essoufflée, la soeurette lui dit en l'apercevant :

— J'ai couru du coin jusqu'ici, le chien des Béland me montrait les dents.

— Allons… Les petites bêtes ne mangent pas les grosses, comme dirait maman. Il est de la taille d'un pou, cet animal-là ! Tu n'as qu'à lui faire peur…

— Pour qu'il me morde la cheville ? Non, merci ! Je vais demander à papa de s'en plaindre à ses maîtres.

— Pourtant, il reste sage lorsque je passe, moi. C'est parce qu'il sent que tu le crains qu'il te court après, Marguerite. Il s'en fait un plaisir !

— Bien… j'en ai peur ! Je n'y peux rien, je n'aime pas les chiens. D'autres aussi me pourchassent dès que je les regarde. Mais lui, c'est le pire !

— Bon, oublie-le et viens t'asseoir près de moi, j'ai à te parler, ma petite soeur. Tu veux que je te verse un peu de thé ?

— Heu… oui, mais ça semble donc bien sérieux. Est-ce que maman…

— Non, je t'arrête, maman va bien, elle est présentement chez le boucher ou l'épicier, et papa va rentrer un peu plus tard. C'est de toi qu'il s'agit, Marguerite. Que de toi pour une fois. Tu es prête à entendre tout ce que je vais te dire ?

— Bien… si ça me concerne, oui.

— Alors, prends tes aises. Tu veux un carré de sucre dans ton thé ?

La jeune fille avait acquiescé et, buvant une gorgée, elle regardait sa grande soeur, hébétée, inquiète comme si elle avait commis un crime.

— Change d'air, ce n'est pas une réprimande, c'est plutôt une bonne nouvelle. Enfin, à toi d'en juger…

Encore plus intriguée, la soeurette avait la bouche ouverte. Jamais elle n'avait été le sujet de quoi que ce soit dans cette maison. Ni même attiré l'attention, elle ne faisait qu'y vivre sans faire de bruit. Sa mère la couvait quelque peu, mais sans plus. Madame Fougère n'avait jamais été affectueuse envers ses enfants. Bonne épouse, mère à juste titre, elle accomplissait bien son devoir. Son mari, pour sa part, moins jésuite dans ses idées, l'avait, sans qu'elle le sache, souvent trompée. Marguerite, curieuse de savoir, agitée, voire impatiente, regardait Esther qui n'osa plus la faire attendre :

— Que dirais-tu, petite soeur, si je t'annonçais qu'un homme, un gentil célibataire, s'intéresse à toi ?

Stupéfaite, pétrifiée même, la cadette balbutia :

— À moi ? Tu veux dire à toi, Esther ! Personne ne s'intéresse à moi.

— Si, ma petite soeur, et quelqu'un de bien qui m'a demandé d'intercéder auprès de toi. Il aimerait beaucoup te fréquenter.

— Moi ? Qui ça ?

— Monsieur Narcisse Des Oeillets, celui qui est venu ici l'autre soir.

Marguerite crut défaillir. Elle avait rougi, elle avait même détourné la tête, et Esther comprit que le futur médecin avait vu juste. La réaction de sa jeune soeur prouvait qu'il ne lui était pas indifférent. Ne sachant quoi répondre, sans opposition cependant, Marguerite murmura :

— Je croyais qu'il était ici pour toi, Esther. C'est ce que mère m'avait laissé entendre.

— D'une certaine façon, oui, mais jusqu'à ce qu'il t'aperçoive. Il m'a avoué son coup de foudre, il ne pense qu'à toi. Tu l'as chaviré, petite soeur. C'est en son nom que je te parle…

— Mais, toi ? Tu semblais pourtant intéressée ?

— Non, pas vraiment. Aussi charmant soit-il, nous sommes trop différents. Le futur docteur est trop sérieux pour moi.

— Mais, mais… je n'ai que dix-huit ans…

— Et lui, vingt-trois, ce qui n'est pas trop vieux pour un célibataire…

— Il y a papa, maman…

— Écoute, Marguerite, le plus important est de savoir si tu es intéressée par ce prétendant. Ensuite, on verra bien…

Marguerite l'interrompit pour lui répondre d'un ton timide :

— Oui… oui, je suis intéressée. À le fréquenter, à le connaître, mais comme je suis encore aux études. Et puis, avec papa…

— Papa est au courant, maman l'apprendra dès ce soir. Père n'a pas d'objection à des fréquentations, à la condition que la décision vienne de toi. On ne fréquente pas un homme pour plaire à ses parents ni pour faire plaisir à sa grande soeur. On le fréquente parce qu'on a une certaine attirance, une envie…

— Je n'ai jamais eu de cavalier à ce jour, tu le sais, mais je l'ai trouvé très sympathique, cet homme-là. Oui, j'aimerais bien faire sa connaissance, mais de là à ce que ça devienne sérieux…

— Allons ! Tu ne te vois pas rouler des yeux ? Je suis persuadée que tu l'aimes déjà, Marguerite. J'entends ton coeur battre…

La jeune fille, rougissant, s'exclama :

— Esther ! Tout de même !

Madame Fougère n'avait pas été ravie d'apprendre que sa cadette allait être courtisée par un homme. Déçue, elle avait dit à son mari :

— Je ne comprends pas que tu lui aies donné la permission, Lauréat. Elle n'a que dix-huit ans, elle est si jeune de caractère. Laisse-la mûrir un peu !

— Allons, Bérénice, il y a des filles qui se marient à seize ans dans le quartier. La petite Michaud n'avait que quinze ans quand elle a épousé le pharmacien. À l'âge de Marguerite, elle était veuve avec deux enfants.

— Ça ne se compare pas, elle avait la cuisse légère, la petite Michaud, ce qui n'est pas le cas de notre fille, elle n'a jamais embrassé un garçon.

— On ne la jette pas dans les bras de n'importe qui, Bérénice ! On lui présente un futur médecin déjà fortuné ! Que demander de plus ?

— Même à cela ! Elle n'est pas femme, elle est encore sous mes jupes !

— Comptais-tu en faire ton bâton de vieillesse, ma femme ? Si c'était le cas, ce serait fort égoïste de ta part. Marguerite à une chance inouïe d'être choisie par un tel homme. Sans lui, avec son peu d'allure, elle resterait vieille fille toute sa vie. À moins d'entrer au couvent… Je suis le père, c'est moi qui décide ici. Esther est d'accord avec ce choix et comme Marguerite n'est pas indifférence aux avances de Des Oeillets, on va les laisser se fréquenter et se marier si ça devient sérieux. Plus un mot sur le sujet !

Et comme il fallait s'y attendre, madame Fougère avait baissé la tête sans rien ajouter. Le maître de la maison venait de se prononcer.

Tel que planifié entre Esther et Narcisse, ce dernier devait se présenter le samedi suivant à la résidence de l'avocat et demander au paternel s'il pouvait fréquenter sa fille, Marguerite. Sur acceptation de maître Fougère, la cadette se vêtirait chaudement et suivrait Narcisse jusqu'à sa voiture, une Chevrolet National de l'année, pour se rendre avec lui dans un petit restaurant et, de là, au cinéma. Narcisse avait déniché un petit bistrot discret où l'on servait de la soupe, des saucissons avec patates en cubes, et une tarte aux cerises pour dessert. Rien d'élaboré afin de ne pas effaroucher la jeune fille qui en était à sa première sortie. Puis, pour le cinéma, il avait choisi un film léger, drôle même, avec Buster Keaton, pour que sa « fleur » puisse se détendre, rire, et non être crispée devant un mélodrame. Une façon bien pensée de la part du futur médecin de casser... la glace ! Pour l'occasion, Marguerite avait enfilé une robe boutonnée jusqu'au cou de couleur taupe et endossé l'imperméable noir doublé que sa mère lui avait récemment acheté. Aux pieds, de jolis souliers à petits talons, enfouis dans des *rainettes* de caoutchouc. Un soupçon de rouge sur les lèvres, elle avait vissé à ses lobes d'oreilles des petites larmes en nacre de perle, ce qui la gratifiait d'un tantinet d'élégance de plus. La soirée s'écoula passablement bien, sauf que la jeune fille avait frémi au cinéma lorsque Narcisse lui avait pris la main dans le noir. Ce qui étonna le futur médecin, c'est qu'elle n'était pas bête, la petite Fougère. Timidité de côté, gêne à part, elle s'exprimait très bien et semblait renseignée sur plusieurs sujets courants. Elle n'avait pas étudié que les arts ménagers, elle était allée à l'école et avait beaucoup appris dans les livres. Elle avait tout lu sur la découverte de la vitamine C, elle savait même que la prohibition sévissait aux États-Unis et que 75 000 personnes avaient été arrêtées dans les bars. Elle connaissait les actrices Greta Garbo et Clara Bow dont elle avait vu plusieurs films. Et, en ce moment, elle était plongée dans le roman *La cousine Bette,* d'Honoré de Balzac. Agréablement surpris, Narcisse regrettait à la fin de la soirée de l'avoir emmenée voir un film sans intérêt de Buster Keaton. Même si Marguerite avait ri à certains passages. Parce que c'était lui qui risquait de passer pour un «quelconque» en ayant donné préférence à un film absurde. Au retour, ils causèrent longuement et Narcisse prenait un plaisir à répondre aux questions pertinentes de Marguerite. Puis, stationné devant sa porte, avant de la quitter, il lui dit:

— Comme tu es jeune, je vais te tutoyer, Marguerite. Tu permets?

— Bien sûr! répondit-elle spontanément.

Pour ensuite répliquer:

— Et je vais en faire autant!

Il sourit, la regarda grimper les quelques marches de la galerie et, juste avant de rentrer, elle lui souffla un baiser. Sans doute celui qu'il n'avait pas osé lui dérober. Mais il était charmé. Cette «fleur» plus qu'ordinaire était à ses yeux la plus belle. Fort épris, amoureux fou cette fois, il songeait déjà au jour où cette agréable jeune femme allait sortir à son bras de l'église paroissiale.

Les fréquentations allaient bon train, les tourtereaux se rencontraient fréquemment et l'avocat semblait heureux de voir sa cadette plus délurée, moins repliée, apte à converser de tout et de rien avec la famille, elle qui, avant, écoutait sans se prononcer sur ce qui se disait à la table ou au salon. Sans jamais mettre son grain de sel ! Esther, ravie de voir sa soeurette plus épanouie, la conseillait dans le choix de ses vêtements. Incapable néanmoins de la rendre aussi coquette qu'elle, elle avait tout de même réussi à l'élever d'un cran. La petite brunette allait maintenant chez la coiffeuse et se maquillait elle-même. Légèrement, bien entendu, mais assez pour être féminine. Elle avait fait l'acquisition de quelques bijoux, des colliers de perles, un sautoir de cristal, des boucles d'oreilles appareillées, délicates pour la plupart, un ou deux bracelets discrets et des souliers plus fins à talons à la mode. Elle avait même acheté de la modiste un joli feutre cloche avec une plume de paon sur le côté, ainsi qu'un bonnet de laine blanc pour les jours plus frisquets. Narcisse, sans le lui dire, était fier de ce changement. Marguerite était devenue aussi présentable que sa soeur aînée, même si elle n'avait guère la taille, le maintien, la beauté et la grâce de l'autre. Novembre s'était présenté avec ses pluies, ses bourrasques de vent, et Narcisse, le nez plongé dans ses études, restait sagement à la maison, sauf les soirs où il allait veiller chez Marguerite. Car madame Fougère trouvait inconcevable qu'une fille passe la soirée chez son cavalier, sans surveillance. Le futur médecin se rendait donc chez sa dulcinée les soirs de sortie, soit les mardis et les jeudis, pour ensuite la revoir les samedis pour une sortie à deux au cinéma, au restaurant, ou une balade en voiture. Jamais dans une salle de danse, Marguerite n'aimait pas danser et Narcisse n'en était plus friand. Il savait certes valser, il l'avait prouvé, mais sa «fleur» adorée avait peine à mettre un pied devant l'autre. Un soir qu'ils étaient chez elle, il lui demanda abruptement :

— Dis, ça te plairait de venir souper chez moi au jour de l'An ? Ma mère sera de passage et elle a exprimé le désir de te connaître.

— Ta mère ? Elle va venir d'Oakville ? Ça va être gênant…

— Mais non, ma douce, maman est d'une grande simplicité. Et comme elle cuisine à merveille… Tu verras, tu vas l'adorer !

— Je ne dis pas non, mais avant, il y a Noël, le réveillon…

— Oui, je sais, chez toi, ton père m'a déjà prévenu. Esther va inviter des amis. Ils vont sûrement danser toute la nuit.

— Oui, mais pas moi ! Un *slow* peut-être avec toi, pas plus.

— Ça suffira… Ce qui nous permettra de nous retirer dans un coin tous les deux pour bavarder ensemble et causer avec tes parents.

— Ta mère va être seule, Narcisse ?

— Non, elle passe Noël avec sa soeur. Ce n'est que deux jours plus tard qu'elle prendra le train pour Montréal. Pour être avec nous au jour de l'An.

— J'ai l'impression que ce sera le plus beau Noël de ma vie. Le plus beau temps des Fêtes, devrais-je dire.

Passant une main dans les cheveux lissés de sa bien-aimée, Narcisse se rapprocha d'elle et, la regardant avec amour, lui murmura :

— Un autre baiser comme ceux des derniers temps ?

— Discrètement, Narcisse, si maman nous surprenait…

Et le futur médecin, épris symboliquement de sa « fleur », plus que profondément de sa future, l'embrassa sur les lèves délicatement… Pour ne pas provoquer de bruissements.

Décembre se pointa avec ses flocons puis ses bordées, et Narcisse Des Oeillets, satisfait des résultats de ses derniers examens, se sentait de plus en plus près de son diplôme qui en ferait un respectable médecin de quartier, généraliste dans sa pratique. Il avait trouvé le temps de magasiner un peu, de se choisir un complet neuf dans les tons de gris à la mode, et d'acheter pour sa mère son flacon de parfum coutumier accompagné d'une jolie bonbonnière remplie de menthes vertes, ses préférées. Pour Marguerite, son idée était faite, mais il n'avait pas omis de réserver un centre de fleurs pour le déposer sur la table, le soir du réveillon. Pour sa part, Marguerite avait terminé avec succès ses cours en enseignements ménagers et comptait prendre un peu de repos avant de faire d'autres choix d'études. Casanière, chez elle la plupart du temps, elle écoutait la radio, surtout les bulletins de nouvelles qui alimentaient ses conversations. C'est ainsi qu'elle entendit parler de l'inauguration du panneau électrique animé sur l'édifice du New York Times. Elle connaissait les dernières chansons en vogue des États-Unis, comme *Lover, come back to me* et *You're the cream of my coffee*, sans toutefois s'y intéresser. Elle avait appris qu'André Breton avait publié *Nadja*, mais elle était encore plongée dans les classiques de Balzac. Somme toute, le temps s'écoulait et Noël était à quelques pas lorsqu'elle décida d'aller s'acheter une toilette neuve pour les Fêtes, avec Esther. Elle avait choisi une robe de velours rouge à manches longues avec poignets et collet de dentelle. Et de jolies boucles d'oreilles en perles satinées de la grosseur d'un pois. Elle souhaitait que Narcisse la trouve ravissante dans sa tenue, ce qui se produisit lorsqu'il se présenta chez les Fougère avec des poinsettias sur une bûche givrée de mousse blanche. Madame Fougère le remercia sans plus, ce qui lui valut de la part de son mari :

— Bérénice ! Voyons ! Tu aurais pu au moins lui sourire. Il fait tout pour nous plaire !

Bérénice avait haussé les épaules et regagné sa cuisine pour arroser la dinde qui rôtissait au four. Esther avait invité des amies et leur cavalier, si c'était le cas, et entrevoyait une soirée joyeuse. D'autant plus que l'un d'entre eux, musicien d'occasion, avait apporté son accordéon. Un instrument qui déplaisait à Narcisse qui n'adulait que le son du violon dans les symphonies. Pas les bruyantes comme celles de Beethoven, mais discrètes comme les plus douces de Haydn. Les Fougère, père et mère, partagèrent le repas avec eux. Chacun se régala de tourtière, de ragoût, de dinde et de tartelettes au sucre. Le tout accompagné de bière, de vin et de spiritueux. Auparavant, bien entendu, ils étaient tous allés à la messe de minuit, avaient communié et écouté les cantiques. C'était maintenant l'heure des festivités. On s'échangeait des cadeaux. Une cravate pour papa, des savons parfumés pour maman, une blouse de soie pour Esther, une paire de gants de cuir pour Marguerite, et les invités s'offraient aussi des présents entre eux. Les parents se retirèrent ensuite dans le boudoir adjacent afin d'être éloignés du bruit et de laisser les jeunes dans leur euphorie. Marguerite, discrètement, s'empressa alors de remettre une boîte enrubannée à Narcisse qui, l'ouvrant, en sortit un foulard de laine gris avec des franges noires. Importé d'Italie. Puis, voyant que les parents s'apprêtaient maintenant à regagner leur chambre, Narcisse les retint, puis commandant le silence, remit à Marguerite une petite boîte enveloppée d'un papier doré. Timidement, se sentant observée, la jeune fille dénoua le ruban soyeux et, retirant le papier, aperçut le coin d'un écrin de velours rouge comme sa robe. Tremblante, elle l'ouvrit délicatement pour y découvrir une superbe bague en or blanc sertie d'un superbe diamant sur deux feuilles de fougère repliées. Sur mesure ! En hommage à son nom ! Solennellement, regardant les parents, Narcisse déclara :

— Je fiance votre fille ce soir avec, évidemment, votre consentement.

Tous applaudirent ! Esther embrassa sa soeur et son futur beau-frère, alors que les autres se précipitaient sur la main gauche de Marguerite qui laissait voir fièrement la bague qui ornait son annulaire. Surprise totale et consternation de la part de Bérénice Fougère qui embrassa poliment sa fille sur le front sans féliciter son futur gendre. Ne s'en rendant pas compte, Narcisse serra fièrement la main que lui tendait l'avocat, tout en regardant sa bien-aimée verser quelques larmes de joie.

Madame veuve Ignace Des Oeillets, de son prénom Zéphirine, arriva chez son fils le 27 décembre, tel que convenu. Heureuse de le revoir, elle s'était jetée dans ses bras avant d'accepter la tasse de thé de sa vieille Mina. Peu frileuse à cause des hivers assez durs d'Oakville, elle refusa la veste de laine que sa fidèle servante tenait à lui prêter. Jacassant comme une pie, voulant tout savoir sur ce qui se passait dans le quartier, elle apprit le décès de quelques vieilles, de plusieurs vieux, la mort subite de poupons ainsi que celle de quelques enfants qu'elle avait vu naître, emportés par des maladies contagieuses. Narcisse s'empressa de lui offrir le parfum qu'elle aimait tandis que, de son côté, elle lui remettait une eau de toilette récemment introduite sur le marché. «On va sentir bon tous les deux, mon garçon!» s'était-elle écriée en riant de bon coeur. Narcisse s'empressa de lui parler de sa fiancée qu'elle allait rencontrer au souper du jour de l'An, et Zéphirine s'en dit enchantée, tout en lui reprochant de vouloir s'établir trop tôt, avant même d'être diplômé. Il la rassura, la priant de ne pas s'inquiéter, qu'ils n'allaient pas se marier dans l'immédiat, que Marguerite n'avait que dix-huit ans…

— Au moins, tu auras ta maison, mon fils, ton cabinet…

— Non, maman, quand le jour viendra, je vais la vendre et en acheter une autre. Je ne veux pas pratiquer dans la maison de mon père. Encore moins dans son cabinet. C'était là sa vie, pas la mienne…

— Comme tu voudras Narcisse, mais j'aurais cru que prendre la relève…

— Non, pas la relève, maman! J'entreprends ma carrière. La mienne! Pas la prolongation de celle de mon père. Et ne vous en faites pas, quand je vendrai, vous aurez votre dû. Vous m'avez tout laissé!

— Et je te le laisse encore, mon fils, pour la famille que tu auras à ton tour. Je n'ai besoin de rien à Oakville. Ton père m'a légué assez d'argent pour y mourir à l'aise. Et quand le jour viendra, c'est avec mes parents que je veux être enterrée. Là-bas! Ne ramène pas mon corps ici. Le lot de la montagne est pour les Des Oeillets, pas pour les Migneau. Je veux retourner à la terre de mes ancêtres. À Oakville.

— Quelle conversation lugubre, maman! En plein temps des Fêtes! On change de sujet? Vous avez fait bon voyage? Vous avez bien mangé à bord du train?

De fil en aiguille, la soirée s'écoula entre la mère, le fils et la vieille Mina qui, cette fois, avait pris place à la table des maîtres. Afin de partager le repas de madame Des Oeillets, sa patronne de tant d'années. Et de son fils qu'elle avait vu grandir. Mina qui savait qu'elle allait être congédiée le jour où Narcisse allait se marier pour ensuite déménager. Mina qui, chaque soir, priait le Seigneur pour qu'il vienne la chercher avant de vivre cette douleur.

Le Premier de l'an 1929 se leva avec l'espoir dans le coeur pour tous. On se souhaitait du bonheur, de la santé, le paradis à la fin de ses jours, bref, la joie était dans l'air et c'était tout juste si les moineaux gelés ne babillaient pas entre eux. Narcisse s'était levé tôt et, après être allé à la messe avec sa mère, il revint préparer la maison avec l'aide de Mina, afin de recevoir sa fiancée pour le souper. Toutefois, c'est en après-midi que Marguerite allait être présentée à sa mère. Chez les Fougère ! Car l'avocat et sa dame, à l'instar d'Esther, voulaient connaître la mère de celui qui allait faire partie de la famille. Marguerite était nerveuse. Rencontrer sa future belle-mère l'angoissait. S'il fallait qu'elle ne soit pas à la hauteur de ce que madame Des Oeillets attendait ? Elle aurait même souhaité qu'Esther ne soit pas là, pour éviter les comparaisons, certaine que la mère de Narcisse allait la trouver plus jolie qu'elle. Pourtant, c'était Esther elle-même qui avait tout mis en oeuvre pour que sa jeune soeur soit belle comme un coeur. La coiffeuse lui avait remonté les cheveux, ce qui l'écrasait moins dans son maintien. Une jolie tête bouclée sur le dessus, avec des noeuds dorés pour retenir les mèches qui encerclaient ses cheveux d'une oreille à l'autre. Ce qui lui permit de porter, pour une fois, de longs pendants d'oreilles quoique délicats. De minces tiges scintillantes comme des jets d'eau. Esther lui avait conseillé de porter une robe plus ample mais parée de garnitures brillantes. Marguerite avait hésité, ça ne lui semblait pas distingué, l'actrice Clara Bow en avait une semblable dans sa garde-robe, elle l'avait vue dans un magazine. Mais sa grande soeur sut la convaincre de faire quand même bonne impression.

Narcisse et sa mère se présentèrent chez les Fougère à l'heure du thé. Des biscuits à l'orange et aux raisins avaient été disposés dans une assiette de cristal. La rencontre fut cordiale entre les deux femmes, même si Bérénice, chercheuse de poux, trouvait que Zéphirine avait la poitrine trop ferme pour une femme de son âge : « Un corset trop serré, sans doute ! » songea-t-elle. Mais l'avocat sut détendre l'atmosphère et madame Des Oeillets trouva sa future bru tout à fait charmante. Elle la complimenta sur sa toilette, ce qui fit plaisir à Narcisse, et, regardant Esther, sans déployer le fond de sa pensée, lui dit : « Vous, mademoiselle, vous ressemblez à une actrice française, mais je ne me souviens pas de son nom, je n'ai que son visage en tête. » Esther la remercia respectueusement. Car, sans trop le démontrer, madame veuve Des Oeillets, dès son arrivée, avait remarqué l'étonnante beauté de l'aînée. Comment son fils avait-il pu lui préférer la petite ? Elle n'en laissa rien paraître, ne se doutant pas un instant que Marguerite allait être la « fleur » douairière du jardin insensé de son fils aliéné.

Ils rentrèrent à la maison tous les trois ensemble, Zéphirine confortablement assise sur le siège arrière de la Chevrolet lavée, cirée. Narcisse en prenait soin comme de ses yeux ! Pour lui, sa voiture se devait d'être immaculée en tout temps, hiver comme été. Lors des intempéries, elle était garée à l'abri. Mina les attendait avec du café pour madame et son fils, et du chocolat chaud dont raffolait Marguerite. Elles passèrent au salon et Zéphirine entretint sa future bru de sa maison qu'elle avait habitée durant tant d'années avec le docteur, son défunt mari. La résidence qui avait vu grandir Narcisse, son fils unique. Cette belle demeure dont elle avait pris soin pour la garder intacte. Puis, de son enfance à Oakville, de sa soeur, de ses cousines… Bref, elle parlait tant que la jeune fille n'avait qu'à l'écouter, sans avoir à répondre. Ce qui l'intimidait moins que de converser, Zéphirine parlait… pour deux ! Narcisse servit un jus de fruits à sa mère qui avait refusé le café et, se versant un brandy dans un verre minuscule, il trinqua à la nouvelle année. Avec sa mère et son jus, Marguerite et son chocolat chaud, et Mina et sa tasse de thé ! Puis, comme pour impressionner sa douce, il offrit à la domestique en guise d'étrennes du jour de l'An, un châle de laine marine pour la tenir au chaud. Mina, ravie, avait les larmes aux yeux en le montrant à Marguerite.

Le souper fut excellent. Madame Des Oeillets avait encore la main habile et ses tourtières remplies d'une tête de porc vidée étaient à la fois tendres et juteuses. Marguerite mangea avec précaution pour ne rien laisser tomber sur sa robe alors que Mina, sans façon, dévorait une tranche de cuisse de dinde, sans se soucier de la sauce qui tombait sur sa jupe de coton. Narcisse, regardant sa mère, lui demanda en désignant sa fiancée :

— Qu'est-ce que vous pensez d'elle, maman ? N'ai-je pas eu la main heureuse ?

Marguerite avait rougi jusqu'aux oreilles et, Zéphirine, la sentant mal à l'aise, répondit pour qu'elle retrouve son teint pâlot :

— Oui, mon fils, mais elle aussi ! Tu es un brave garçon et tu seras un bon mari. Vous formez déjà un fort joli couple ! Mais, soyez sur vos gardes Marguerite, il n'a pas que des qualités, mon fiston, il a aussi des défauts, le snoreau !

Tous éclatèrent de rire, ce qui permit à Marguerite de retrouver sa quiétude. Madame Des Oeillets devait repartir le lendemain. Avisant sa future bru de son départ imminent, elle lui dit devant son fils :

— Je reviendrai quand vous vous marierez, pas avant !

— Oh ! madame, ce n'est pas pour demain… murmura la fiancée.

— Alors, ce sera dans l'temps comme dans l'temps !

Narcisse esquissa un sourire, serra Marguerite contre lui et, devant sa mère et Mina, lui souhaita :

— Bonne année, ma « fleur » bien-aimée !

Stupéfaite, embarrassée, Marguerite ne sut quoi répondre. C'était la première fois que son fiancé l'appelait sa « fleur ».

Chapitre 2

L'année 1929 s'était levée dans l'accalmie sans pressentir le krach d'octobre qui allait secouer la planète. La crise boursière marqua le début de la grande dépression. Le 24 octobre était devenu le *Black Thursday* pour les Américains. Et suivirent le lundi noir, le mardi noir, pour traduire ces surnoms effarants. Les titres détenus en Bourse s'effondraient et de riches personnages devenaient soudainement pauvres. Plusieurs, ne pouvant surmonter cette chute, se suicidèrent, alors que d'autres allaient faire la queue dans le but de recevoir un bol de soupe à défaut de se trouver un emploi. Bref, ça allait être la catastrophe ! Le Dow Jones allait perdre 80 % de sa valeur et la famille Rockefeller, voir fondre 80 % de son patrimoine. Winston Churchill allait s'appauvrir de cinq cent mille dollars, sans parler de ceux qui verraient s'engloutir toutes leurs économies. Des gens de tous les milieux, acteurs de cinéma inclus, sombrèrent dans de fortes dépressions. Presque tous allaient s'agiter, crier, pleurer et geindre, sauf Narcisse Des Oeillets qui, ayant eu un doute sur l'économie qui chancelait, avait mis son avoir en lieu sûr, en plus de se munir d'un coffre-fort plus pesant que celui de son défunt père pour y entasser autant d'argent qu'il en aurait besoin, jusqu'à ce que le soleil de la finance réapparaisse graduellement. Mais, avant ces événements inoubliables de la fin de l'année, les mois qui les avaient précédés avaient apporté dans chaque famille son lot de joies et de peines.

Février s'était à peine levé qu'Esther était rentrée chez elle, haletante, pour annoncer à ses parents :

— J'ai trouvé un cavalier ! Quelqu'un de bien, papa, vous allez l'aimer !

— Ah oui ? Qui donc est-il ? Que fait-il dans la vie ?

— Il est ingénieur civil, il vient d'une bonne famille, il a trente ans !

— Et encore célibataire ? Tu n'as pas déniché un veuf, au moins…

— Non, papa, vieux garçon si on veut, mais de belle apparence.

Marguerite qui venait d'entrer eut droit à la bonne nouvelle à son tour et, embrassant sa soeur aînée, s'informa :

— Il s'appelle comment ton prétendant ?

— Albin Babin.

— Et il habite dans le coin ? lui demanda sa mère.

— Un peu plus au nord, mais il travaille à Outremont.

— Tu l'as rencontré où, ce type-là ? insista sa mère en sourcillant.

— C'est l'ami du frère d'une de mes amies… Ça semble nébuleux, mais je l'ai rencontré dans une soirée dansante. On s'est revus et il m'a demandé s'il pouvait me fréquenter. Et celui-là, tu ne vas pas me le voler, Marguerite ! Tu es fiancée maintenant !

Elles éclatèrent de rire et la plus jeune lança :

— C'est drôle que tu rencontres tes amoureux toujours dans les bals où tu vas danser. On dirait presque *Cendrillon* !

— Ce qui ne veut pas dire que c'est dans ces endroits qu'on rencontre les meilleurs garçons ! reprit la mère.

— Maman ! Narcisse nous est arrivé de cette façon ! Voyez quel beau parti il est ! Marguerite va devenir sa femme !

Bérénice préféra ne pas répondre et reprendre son tricot. Malgré tout le bien qu'on lui disait de son futur gendre, elle restait encore sceptique, sur ses gardes. Quelque chose chez Narcisse ne lui revenait pas… S'être désintéressé soudainement de celle qu'il convoitait pour s'amouracher subitement de « la petite chenille », comme elle la qualifiait, n'était pas conforme à la norme. Ce Des Oeillets avait une idée derrière la tête, songeait madame Fougère. Elle craignait, plus que tout, que sa cadette soit dominée par ce grand maigre présomptueux. Bref, contrairement à son mari, Narcisse n'était pas dans ses bonnes grâces. Et pas tout à fait… sa tasse de thé !

— Dis, c'est sérieux entre Albin et toi ? demanda Marguerite à sa soeur.

— Ça va le devenir, je le sens. Albin cherche à se caser. Il en a assez de rapiécer lui-même ses chaussettes ! Sa mère est décédée et son père, âgé et sénile, vit dans un hospice où il attend sa mort. Or, seul sur terre, Albin a besoin d'une compagne. C'est un bon vivant, maman ! Il danse le charleston, il aime le cinéma, il a beaucoup d'humour, il lit toutes les bandes comiques des journaux et il rit de bon coeur !

— Grand bien lui fasse, ma fille. En autant qu'il ne soit pas écervelé et énervant à côtoyer. Moi, les amateurs de blagues…

— Maman ! Ne soyez pas si pessimiste ! Vous allez voir, vous allez l'aimer ! Je crois que papa l'aime déjà, lui !

— Hum… un instant, Esther ! Faudrait d'abord le rencontrer, ton cavalier, insista l'avocat.

Ce qui ne sut tarder car, le samedi suivant, Esther invitait Albin Babin à souper chez elle où tout le monde serait présent, Narcisse inclus. Le futur médecin trouva l'ingénieur quelconque, peu éduqué côté arts et lettres, et déplora intérieurement qu'Esther en soit amoureuse. Madame Fougère n'était pas ravie du choix de son aînée, elle ne le voyait pas aussi joli qu'Esther l'avait décrit en se rendant compte, toutefois, qu'il était plus sympathique que Narcisse qu'elle trouvait… constipé ! Monsieur Fougère s'en accommoda fort bien, Albin était tout à fait le genre d'homme qui lui plaisait. Bon vivant, empressé auprès d'Esther et passablement à l'aise. Marguerite le trouva aimable, voire gentil, et partageait la joie d'Esther d'avoir trouvé un éventuel bon parti. Elle en fit part à Narcisse qui balaya tout d'un hautain revers de la main en haussant les épaules.

Au cinéma, de nouvelles vedettes faisaient leur apparition. Marlene Dietrich, Charles Farrell et, au firmament des étoiles, la blonde Jean Harlow dont tous les cinéphiles parlaient. Esther surtout, qui aurait aimé avoir les cheveux platine comme elle, mais qui n'osait pas de peur de déplaire à sa mère qui trouvait que ces blondes fades de l'écran, aux lèvres écarlates, avaient l'air de filles de joie. De toute façon, Albin l'aimait avec ses cheveux blonds naturels. Pour lui, Esther Fougère était la plus jolie créature de la terre. Ce qui n'était pas loin d'être vrai et on se demandait encore comment Narcisse Des Oeillets avait pu la troquer contre sa jeune soeur «courte sur pattes» et sans attraits.

Voyant que la relation d'Esther et d'Albin prenait de la force, Narcisse ne souhaitait pas rester en retrait. Précipité par les événements, il décida d'épouser Marguerite avant d'être reçu médecin, c'est-à-dire durant l'année en cours. Il ne voulait pas qu'Esther et son amoureux transi les devancent. Il tenait à être le premier à convoler en justes noces, même si Esther était l'aînée de la famille. Il en parla à Marguerite qui resta stupéfaite. Elle se trouvait bien jeune, elle n'avait pas encore ses dix-neuf ans… Elle croyait que le mariage revenait de droit plus à son aînée qui avait commencé à en parler et savait qu'Albin Babin ne demandait pas mieux que de faire de cette jolie blonde son épouse en bonne et due forme. Au plus sacrant! Expliquant le cas à son fiancé, ce dernier s'impatienta:

— Écoute, Marguerite! Veux-tu, oui ou non, devenir ma femme?

— Heu… bien sûr… Mais ça ne pourrait pas attendre un an de plus? Tu serais alors médecin, j'aurais vingt ans…

— Non! Tu veux tout simplement laisser la place à Esther! Je regrette, mais nous nous sommes connus avant eux, nous sommes fiancés, Marguerite! C'est nous qui devons franchir le pas en premier! Et que ta soeur ne vienne pas me parler d'un mariage double ! C'est bon pour les jumeaux, ça ! Autrement, ça fait basse classe ! Comme si on voulait épargner de l'argent !

— Tu... tu voudrais qu'on se marie quand, Narcisse ?

— En juin qui vient, pas plus tard. Nous habiterons ici pour un bout de temps, ensuite nous vendrons et nous trouverons une autre maison pour nous établir en permanence et y pratiquer ma médecine.

— Il ne serait pas préférable de faire tout ça avant ?

— Non, je te le répète, Marguerite, c'est maintenant ou jamais ! À moins que tu sois indécise sur ton choix...

— Oh non ! Surtout pas ! s'écria la jeune fille, apeurée à l'idée de perdre le seul homme qui se soit intéressé à elle.

Trois jours plus tard, Narcisse Des Oeillets faisait officiellement sa demande à l'avocat Fougère qui lui accorda la main de sa fille sur-le-champ. Trop heureux de pouvoir la caser, il ne voulait pas risquer la moindre rupture en s'opposant, malgré les objections de Bérénice qui trouvait que sa fille n'était pas assez mûre pour le lit d'un homme. Esther fut quelque peu choquée de cette précipitation, devinant que c'était là l'idée de Narcisse, qui voulait lui damer le pion. Albin Babin fut également contrarié, puisqu'il comptait fiancer Esther à Pâques et l'épouser à la fin de l'été. Il était plus qu'évident que l'intention de Narcisse était de contrecarrer leurs plans. D'autant plus que le futur médecin avait formellement annoncé à l'avocat que le mariage aurait lieu le samedi 15 juin 1929 à neuf heures du matin, selon « sa » volonté. Le curé en était déjà avisé. Avant même Marguerite qui, de toute évidence, n'aurait rien eu à dire. Esther félicita sa jeune soeur et, peinée, convainquit Albin de se fiancer à Noël et de se marier l'an prochain. Pour ne rien entraver de «l'année» réservée à sa jeune soeur et pour avoir «la leur» bien à eux lorsque le temps viendrait. Albin fit contre mauvaise fortune bon coeur, mais se promit intérieurement de ne pas fréquenter ce futur beau-frère désobligeant. Ce qui n'allait pas décevoir Narcisse qui qualifiait Albin, malgré sa profession, de «gros habitant»! Parce que Babin, gai luron, riait tout le temps!

Et ce qui fut dit allait être fait. Narcisse avait écrit à sa mère pour la prévenir de son prochain mariage. Cette dernière, étonnée, lui avait répondu : «Tu n'en as même pas parlé aux Fêtes! Elle n'est pas en famille au moins?» C'était mal connaître son fils. Depuis leurs fréquentations, Narcisse et Marguerite n'avaient échangé que de chastes baisers. La main du futur docteur n'avait même pas effleuré l'un des menus seins de sa bien-aimée. Par respect. Tandis qu'elle, par pudeur, n'aurait jamais baissé les yeux plus bas que la taille de son fiancé. Jouant les hommes très réservés, Narcisse n'allait certes pas lui dévoiler que, l'année précédente ou quelque peu avant, il s'était envoyé en l'air avec des filles de joie dans le bordel préféré de Philippe. Sous un nom d'emprunt, bien entendu, et un adroit déguisement pour que l'une de «ces belles» ne l'interpelle en le croisant dans la rue. Or, des deux, il n'y avait qu'elle qui était vierge. Marguerite n'avait jamais été approchée par aucun autre homme. Une certitude respectable qu'on ne pouvait toutefois pas accorder à sa soeur Esther. La future d'Albin Babin, lors des fins de bals, sans le crier sur les toits, avait parfois joué des doigts... en remontant même sa jupe !

Dans les journaux, les nouvelles allaient bon train. En début d'hiver, on pouvait lire dans *La Presse* qu'à Jérusalem, un pendu dénoué, mécontent, s'était relevé pour invectiver le bourreau et les témoins. On recommença et la corde se montra plus solide la seconde fois. Ce qui avait fait frémir l'avocat Fougère qui suivait de près les affaires judiciaires. En mars, Sir Lomer Gouin, lieutenant-gouverneur de la province de Québec, était mort à son poste. Et en mai, une explosion avait fait plus de cent cinquante morts dans une clinique de Cleveland. Narcisse, de son côté, ne lisait qu'en diagonale ces nouvelles qui ne l'intéressaient pas. «Des faits divers», selon lui. Sauf la mort de Sir Lomer Gouin pour lequel il eut une brève pensée. Ce qui retenait son attention, c'était son mariage qui arrivait à grands pas. Il s'était déjà muni d'un *tuxedo* à queue de pie, même si la cérémonie allait être intime. Il tenait à ce que, chez le photographe, le portrait soit solennel et mémorable. Il avait exigé de Marguerite et obtenu de son père que le mariage soit discret et qu'une brève réception suive chez les Fougère. Somme toute, malgré la robe à traîne de la mariée et son long voile blanc, il n'y aurait pour les féliciter que la stricte parenté : la mère de Narcisse, madame Zéphirine Des Oeillets, veuve du médecin père, les parents de Marguerite, sa soeur Esther accompagnée de son futur fiancé, Albin, ainsi que la vieille Mina qui avait vu grandir le marié. Que ce petit groupe à l'église Saint-Viateur et quelques curieux, bien entendu, composés de dames âgées pour la communion et de quelques fillettes et un garçonnet pour admirer de près la toilette de la mariée. Narcisse avait «ordonné» à son futur beau-père de ne servir qu'un léger buffet et de déboucher une bouteille de champagne, rien de plus. Il alléguait qu'ils allaient partir l'après-midi même, sa femme et lui, pour le Nouveau-Brunswick. En voyage de noces! Madame Fougère avait sourcillé. Elle, l'épouse d'un professionnel, marier sa fille dans le dénuement le plus total. Ce qui irritait aussi son mari, l'avocat, sa clientèle paroissiale allait certes chuchoter dans son dos. Mais il avait tellement craint depuis quelques mois que Narcisse ne change d'idée, qu'une rupture ne survienne, qu'il ne s'opposa pas aux «conseils» de son futur gendre; lui qui, pourtant, n'en acceptait de personne dans sa pratique journalière.

Et c'est ainsi que se déroula le mariage de Narcisse des Oeillets et de Marguerite Fougère, le 15 juin 1929. Sans déroger d'une virgule du plan tracé! L'après-midi même, le jeune couple prenait le train pour le Nouveau-Brunswick où il visiterait les villes principales, et Zéphirine allait prolonger son séjour de deux jours avant de retourner à Oakville. Seule avec sa chère Mina dans son ancienne demeure, toutes deux allaient évoquer de bien doux souvenirs. De son côté, madame Fougère vociférait contre son gendre qui les avait fait passer, elle et son mari, pour de vulgaires va-nu-pieds!

Les tourtereaux avaient effectué un voyage de noces plutôt culturel. Narcisse lui avait fait visiter des musées, des lieux historiques, rien de bien réjouissant pour une jeune femme de dix-neuf ans. Marguerite n'avait acheté aucun vêtement et, lorsqu'elle avait manifesté le désir de rapporter des souvenirs à ses parents, Narcisse lui avait répondu que les souvenirs, ça ne s'offrait qu'au retour d'un voyage d'agrément. Elle n'avait pas insisté et avait fermé les yeux sur un petit chapeau de coton dont elle avait eu envie. Elle n'avait même pas osé le lui indiquer d'un regard, c'était lui qui tenait les cordons de la bourse. Il fallait s'y attendre ! Marguerite, désormais, ne dépendrait que de lui. Rien dans son sac à main ou presque, à part un mouchoir de dentelle et de la menue monnaie, la femme de ce futur médecin allait être bien entretenue, logée, nourrie, vêtue… Mais selon la volonté de son mari. Tout comme sa mère l'avait été en épousant un avocat. Les femmes de ces professionnels ne retrouvaient leur autonomie que lorsque leur mari était sous terre. Comme Zéphirine depuis la mort de son époux bourru, vieux médecin quasi avare, père de Narcisse. La fortune héritée à son décès en avait fait une femme indépendante. Finalement ! D'où Oakville pour ses vieux jours, sa maison léguée à son fils unique, avec une bourse d'études ronflante.

Marguerite, vierge et naïve sur la sexualité, n'avait guère apprécié sa nuit de noces. L'engin de son mari, à découvert, lui avait fait peur au point d'en fermer les yeux. Lui, sans pudeur, sans tact, l'avait déflorée si violemment qu'elle en avait poussé des cris. Contrarié, il lui avait fait la morale, l'incitant même à participer pour qu'il puisse garder sa «fermeté». Que lui ! Son devoir doublé de plaisir ! Qu'importait donc que sa femme soit estomaquée de ce qui lui arrivait d'un seul trait. Elle qui n'avait jamais vu un homme nu ou en petite tenue même dans une revue. Si ! Une seule fois, mais

elle avait si vite tourné la page qu'elle n'avait gardé en souvenir que l'ombre d'un… pis de vache ! Ce qui n'était pas
le cas de Narcisse qui, bien doté par la nature, l'avait péné-
trée beaucoup plus d'un pieu… que d'un pis !

Au retour, Esther s'empressa de lui demander en catimini si elle avait aimé devenir femme, si la première nuit lui
était mémorable. Sourcillant, la jeune femme avait répondu :
— Non, je n'ai pas aimé cela, Esther. Ça m'a fait mal…
— C'est normal la première fois, mais on dit qu'avec le
temps…
— Non, ça ne me plaira pas. Pas plus demain qu'hier. Je
n'aime pas l'acte conjugal, mais je me garde bien de le dire
à Narcisse. Je remplirai mon devoir d'épouse, rien d'autre.
Les yeux fermés, comme chaque fois depuis.

Quelques mois s'écoulèrent et, installée dans la maison
familiale du couple Des Oeillets, Marguerite s'accoutu-
mait peu à peu à son nouveau rôle d'épouse et de maîtresse
des lieux. Narcisse, pour sa part, poursuivait ses études
avec acharnement. Stagiaire dans un hôpital à proximité, il
allait graduer l'année suivante et ouvrir, enfin, son cabinet
de médecin. Mais, au moment où l'été s'achevait et que
la pelouse jaunissait, il avait une triste besogne à accomplir. Il lui fallait congédier Mina, celle qui était sous leur
toit depuis son enfance. Celle qui l'avait parfois bercé et
choyé, pour devenir avec les ans sa pure et simple employée.
Une domestique, quoi ! Comme lorsqu'elle était arrivée au
temps de ses parents. Celui qu'elle appelait naguère « mon
petit homme », était devenu « monsieur Des Oeillets »,

accompagné du « vous » respectueux que Narcisse avait accepté d'emblée. Néanmoins, il ne savait comment s'y prendre, il se « dégourmait », il ne voulait pas la blesser. Mais c'est la vieille qui le mit à l'aise en lui demandant sans sourciller :

— Vous n'avez plus besoin de mes services, monsieur Des Oeillets ?

— Bien, c'est que… Vous savez, avec ma femme, sa jeunesse, son savoir-faire…

— Je sais, ne vous en faites pas, je m'y attendais. J'en discutais avec votre mère durant son séjour. Elle m'a même offert un emploi à Oakville.

— Ah oui ? Voilà qui faciliterait les choses… Vous avez accepté ?

— Non. J'ai refusé parce que je n'ai pas envie d'aller vivre au loin à mon âge. J'ai déniché une maison de vieux où je serai heureuse avec des gens de ma génération. Comme je suis en santé et forte sur mes jambes, je ne vais débourser que la moitié du prix demandé en échange de menus services. Moi, le ménage, les lavages et le fer à repasser, ça ne me dérange pas ! Je serai bien à cet endroit, j'aurai une chambre privée, un appareil de radio juste pour moi… Ne craignez rien, monsieur Narcisse, ça ne m'incommode pas de m'installer ailleurs. J'ai eu de bonnes années ici, je vais en sortir avec de beaux souvenirs au fond du coeur, je ne vous oublierai pas, mais faut savoir céder sa place. Surtout à la maîtresse de maison ! Madame est déjà très bonne pour moi. Comme l'était votre mère ! Mais, si ça ne vous dérange pas, je partirai lundi matin seulement, le temps de faire mes valises, de ramasser mes bibelots, mes cadres…

— Vous avez tout le temps voulu, Mina. Même mardi, si cela vous convient mieux !

Mais le lundi suivant, alors que Narcisse était à l'hôpital où il pratiquait déjà, Mina quittait la maison de la rue Hutchison après plus de vingt ans de loyaux services. Elle serra la main de Marguerite, « Madame », comme elle l'appelait, et bagages chargés dans un petit camion de sa nouvelle pension, elle partait avec le chauffeur pour un ailleurs dans le bas de la ville.

Les premières feuilles au sol, la rentrée des classes, la reprise de certains petits bals du samedi soir qu'Esther et Albin fréquentaient et, pendant que monsieur Fougère s'intéressait au fait que le Canada adhère à la Cour internationale de justice, et madame Fougère à la ligne distinguée des robes du soir, survint le fléau ! La crise économique ! Le fameux krach qui fit perdre à l'avocat Lauréat Fougère de fortes sommes placées à l'étranger et sauver de justesse sa maison. Pour la pratique, ce fut la débandade : les clients, ruinés, n'affluaient guère. Même les notaires eurent peine à trouver des contrats de mariage ou des hypothèques à consigner sur papier. Les gens étaient sur les dents, l'argent se faisait rare, les emplois tombaient au gré des pluies d'automne. C'était la famine à plusieurs endroits et les moins fortunés abandonnaient leur maison, incapables de la payer. Plusieurs s'étaient réfugiés au loin, croyant y trouver une plus juste part, mais la contagion de la misère s'étendait partout. Sauf chez Narcisse Des Oeillets, comme il était écrit, parce que ce dernier avait vu venir la tempête et qu'il avait solidifié le coffre-fort de son défunt père en plus d'en acquérir un autre pour y enfouir son avoir et ses biens. «Jusqu'à ce que l'accalmie revienne», disait-il à Marguerite qui, inquiète, le suppliait de venir en aide à son père. Ce qu'il fit du bout des doigts, en lui prêtant de petites sommes lorsque le besoin se faisait sentir. Au grand désespoir de Bérénice Fougère qui supportait mal de dépendre de leur gendre. Elle qui ne le portait guère dans son coeur et qui le trouvait, dans son aisance, condescendant devant la misère des autres. Albin Babin avait conservé son poste d'ingénieur, mais il dut s'expatrier, aller travailler au Manitoba pour un certain temps, non sans avoir rassuré Esther sur leurs prochaines fiançailles qu'elle croyait brisées. Privée de son salaire à cause du manque à gagner de son père, elle avait déniché un emploi mal rémunéré dans un salon de coiffure huppé de Westmount. À laver des têtes! Quelques pourboires s'ajoutaient à ses maigres revenus, mais «laveuse de têtes» n'était pas tout à fait aussi honorable comme titre que «secrétaire juridique». Madame Fougère, sans baisser les yeux pour autant, avait dû troquer ses pièces de viande coûteuses contre des coupes plus populaires avec lesquelles elle cuisinait des pâtés ou des ragoûts. Une cuisine plus indigeste dont se plaignait l'avocat mais, les poches vides ou presque, il ne pouvait s'attendre à plus. Pas pour le moment, du moins! Ce qui n'empêchait pas Bérénice de déposer sur sa nappe un carafon de vin bon marché pour rehausser la table. Que pour agrémenter car, souvent, le vin bouchonné était repoussé de la main par Esther alors que son père, l'avocat, l'avalait sans rouspéter... pour oublier!

Marguerite, assez ravie de son mariage malgré la soumission qui lui était imposée, faisait de son mieux pour que la maison soit propre et les repas bien préparés. Narcisse n'avait guère eu à lui enseigner quoi que ce soit, elle était diplômée en arts ménagers. Et sa cuisine était excellente ! Dix fois supérieure à celle de Mina, dont il s'était accommodé, et un tantinet plus raffinée que celle de sa mère. Un soir, rentrant plus tard que de coutume sans la prévenir, elle lui servait le potage sans le questionner lorsqu'il lui dit :

— Marguerite, j'ai une bonne nouvelle pour toi.

Surprise, croyant qu'il s'était encore haussé dans ses notes déjà élevées, elle le regarda et attendit qu'il débite ce qu'il avait à lui annoncer :

— J'ai trouvé une maison superbe ! Pas loin d'ici, sur la rue Querbes ! Une maison à deux étages que les propriétaires ne peuvent plus payer. C'est là que nous irons vivre, je l'ai achetée !

Étonnée, soucieuse, elle répliqua :

— Achetée ? Avec quoi, Narcisse ? Tu n'as pas encore vendu celle de ta mère...

— Non, et je ne la vendrai pas pour le moment, on va chercher à l'avoir pour rien ! C'est le temps d'acheter, ma femme, pas de vendre !

— Oui, mais l'autre... Tu ne travailles pas encore, Narcisse.

— Je sais, j'ai utilisé mes économies pour le dépôt. Elle va se payer toute seule, il y a un locataire en haut.

— Pourtant, tu dis que le propriétaire actuel ne pouvait pas...

— Je t'interromps, ma femme, il ne pouvait même pas rembourser le minimum de son emprunt initial. Il a tout perdu dans ses investissements en plus de son emploi.

— Le pauvre homme ! Est-ce qu'il a une femme et des enfants ?

— Ça, je n'en sais rien et ça ne me regarde pas. De toute façon, il a déjà quitté, la maison est vide et elle m'appartient.

— Nous allons l'habiter quand, Narcisse ?

— Dès que je pratiquerai ma médecine. En attendant, je vais la louer temporairement. Un grand sept pièces, Marguerite, en plus d'un vivoir inutile qui deviendra la salle d'attente. Bon, je t'en ai assez parlé, je n'ai pas à entrer dans les détails.

En effet, il n'avait pas à le faire puisqu'elle ne savait rien de son avoir ni du contenu de ses coffres d'acier. Elle allait suivre de toute façon ! L'aurait-il avertie d'un déménagement aux États-Unis qu'elle aurait suivi ! Sans mot dire ! « Qui prend mari prend pays ! » lui aurait clamé son père. Mais elle était ravie que ce soit à quelques rues de ses parents, ce qui lui permettrait de les voir souvent. Somme toute, Marguerite était heureuse d'être devenue madame Narcisse Des Oeillets. Elle aimait tout de son union sauf, sans le lui reprocher ouvertement, les trop fréquentes relations... intimes !

L'hiver semblait se promettre de prendre sa place précocement, puisque les froids s'installaient et que les vents commençaient à souffler, avant que les calendriers changent de page. Chez les Des Oeillets, tout semblait au beau fixe malgré la crise économique qui sévissait encore et les séquelles que la fin de l'année s'apprêtait à laisser. L'avocat Fougère défendait encore quelques causes, mais pour la moitié de ses honoraires habituels. Certains clients le consultaient dans le but de poursuivre des firmes de placements, mais que pouvait-il faire ? Il avait lui-même perdu son avoir dans l'une d'elles ! Il fallait vivre au jour le jour, ce que faisait Esther qui, malgré son petit salaire, préparait ses fiançailles avec faste. Parce que Albin lui glissait dans la main l'argent nécessaire pour impressionner la parenté, laquelle serait invitée des deux côtés. Tantes, oncles, cousins, cousines… Orgueilleux quoique bon vivant, il voulait en mettre plein la vue à Narcisse qui s'était fiancé et marié comme s'il avait grandi dans la pauvreté. Mais, le 21 décembre 1929, la fatalité allait jouer un vilain tour à la plus jolie blonde du quartier. En ce matin précis, son père, Lauréat Fougère, était foudroyé dans sa chambre alors qu'il enfilait une chaussette de laine. On manda l'ambulance de toute urgence et on le transporta à l'hôpital où l'on diagnostiqua une sévère thrombose du côté gauche. Immobilisé, balbutiant avec peine, il fallait le calmer avec de puissants sédatifs pour venir à bout de son agitation. Bérénice était désespérée, Marguerite pleurait à chaudes larmes et Esther, la future d'Albin, sanglotait tout en songeant à ses fiançailles qui allaient être perturbées par cette épreuve soudaine. On gardait bon espoir de le sauver mais, deux jours plus tard, le 23 au soir, alors qu'il était agité, l'avocat fut victime d'une seconde thrombose, du côté droit cette fois. Les médecins firent tout en leur pouvoir pour lui sauver la vie, mais dans la nuit du 24 décembre, Lauréat Fougère rendit le dernier souffle alors que sa femme, accrochée à lui, pleurait de toute son âme. La crise économique, la perte de sa fortune, les dettes qui s'accumulaient, la crainte de voir sa résidence lui échapper avaient eu raison du courage de l'avocat. L'anxiété permanente, ajoutée à une forte angoisse récente, venait de le tuer. Madame Fougère faisait peine à voir tellement sa détresse était profonde. Esther, le mouchoir aux yeux, se rendait compte que ses fiançailles allaient s'ensevelir avec le défunt. À moins, bien sûr, d'un échange discret entre Albin et elle. Mais la plus inconsolable fut Marguerite qui, voyant son père sur les planches, cria à sa mère à la stupéfaction de tous :

— Quel choc brutal, maman ! Quelle douloureuse épreuve ! Papa ne saura jamais que j'attends un enfant !

On exposa la dépouille durant deux jours et l'on se hâta de l'enterrer avant le gel dans le lot familial pour ne pas faire obstacle aux quelques joies en vue, décembre terminé. Bérénice, malgré sa souffrance et son deuil, ne voulait pas que l'année nouvelle se lève sur un drame. Pas avec une fille qui allait donner naissance à son premier enfant et une autre qui avait compté se fiancer plus sobrement à la fête des Rois, le 6 janvier. Avec la mort de l'avocat, il fallait s'y attendre, Noël passa inaperçu dans la famille. Le corps était à peine froid et à quelques jours d'être six pieds sous terre. Il fallait faire un deuil précipité du disparu, même si ce brave homme allait rester à jamais dans les pensées de celles qui l'avaient aimé. Esther et Albin soutinrent la pauvre Bérénice qui sanglotait sans cesse alors que Marguerite et Narcisse se firent discrets, se contentant de la messe de minuit, pour ensuite installer, au-dessus de la porte de chambre de leur futur enfant, le crucifix d'argent que madame Des Oeillets mère avait fait parvenir d'Oakville afin de le déposer dans le cercueil de feu l'avocat. Or, arrivé trop tard et à défaut d'être enterré avec la dépouille, le crucifix allait accueillir, au nom du père de Marguerite, l'enfant à sa naissance.

Le Premier de l'an 1930 se leva sans faste chez les Fougère en deuil, mais avec beaucoup d'espoir chez ceux qui végétaient encore dans la misère. Cinq jours plus tard, jour des Rois, Esther avait invité pour ses fiançailles Narcisse et Marguerite, le frère de sa mère et son épouse, ainsi qu'un cousin d'Albin venu de loin. Un souper assez intime, la présentation de la bague, et les yeux ruisselants d'Esther apercevant le diamant. Plus gros que celui de Marguerite ! Plus étincelant ! Ce que Narcisse avait remarqué en faisant mine de regarder ailleurs. Après les compliments d'usage, madame Fougère s'empressa de demander à sa cadette :

— C'est pour quand la venue de l'enfant ? On ne distingue presque rien encore…

— Ce qui est normal dans mon cas, je n'ai jamais eu tendance à prendre du poids… J'aurais certes pu vous l'annoncer ainsi qu'à papa bien avant, mais j'avais peur de le perdre, je voulais être sûre… Les débuts ne sont jamais faciles… Selon le médecin, je devrais accoucher en avril ou en mai, il n'en est pas certain. Mes calculs sont nébuleux, mais je crois bien qu'à la mi-avril…

— Si tôt ? Si ça continue, tu vas mettre au monde une puce !

— Non, madame Fougère, une « fleur ! » lança Narcisse. Avec ses premiers bourgeons ! ajouta-t-il avec un étrange sourire.

— Et toi, Esther, je veux dire vous deux… Vous comptez vous marier quand ?

— Pas avant l'an prochain. Un événement à la fois, maman. Marguerite aura son premier bébé cette année et l'an prochain m'appartiendra. Je veux un mariage somptueux !

— Pareille à ton père, toi ! La folie des grandeurs ! Vois où ça l'a mené… Mais nous aurons d'autres chats à fouetter avant, ma fille ! Il n'est pas dit que nous garderons notre maison. Ton père ne sera plus là pour…

Albin l'interrompit pour lui dire :

— Ne vous alarmez pas, vous ne perdrez rien, madame Fougère. Je m'en charge ! Et une fois mariés, Esther et moi, votre toit sera aussi le nôtre. Ça vous va ?

Chapitre 3

Narcisse Des Oeillets s'était empressé de faire effectuer des rénovations à sa nouvelle maison de la rue Querbes. Il avait finalement refusé de la louer. La grossesse de Marguerite précipitait les choses et comme les chômeurs étaient nombreux, la main-d'oeuvre ne lui coûtait presque rien. Tout comme les matériaux dont on ne savait que faire. Les aubaines débouchaient de partout et le futur médecin, doublé d'un homme d'affaires averti, n'en ratait aucune. Comptant sur l'argent qu'il allait faire dans sa profession, il évinça le locataire du haut et fit défoncer le plafond afin d'y ériger un escalier et faire de son duplex un cottage pour la grande famille qu'il comptait fonder. Marguerite, l'écoutant religieusement lui prôner les progrès de la construction, n'avait pas son mot à dire. Pas même une opinion à émettre ni un goût personnel à suggérer lorsque vint l'étape de la décoration et de la peinture. Leur chambre serait tapissée de rayures dans deux tons de bleu, le maître en avait décidé ainsi, et le salon familial allait être meublé de divans de velours brun avec de lourdes tentures beiges aux fenêtres, un tapis de la même teinte et, sur un pan de mur, une tapisserie beige ornée de feuilles orangées. Il était évident que la maison du futur médecin allait être l'une des plus fastueuses du quartier. Les passants s'arrêtaient déjà devant la demeure en se demandant où Des Oeillets avait pris son argent alors que la plupart, bien nantis naguère, grattaient leurs fonds de tiroirs lorsque venait le temps de régler l'épicerie. Sans savoir que Narcisse, pourvu d'un avoir alléchant pour les pauvres marchands, obtenait sa marchandise à rabais et, bien souvent, au prix coûtant. Marguerite, bien vêtue avec son manteau de renard roux avec chapeau cosaque assorti, faisait l'envie de bien des femmes, même d'Esther qui, malgré la générosité de son fiancé, portait un manteau de drap avec un simple col de fourrure. Madame Fougère, pour sa part, ne s'était pas départie de son manteau de mouton de Perse noir que son défunt mari lui avait offert, parce que en ces temps durs, selon elle, « l'habit faisait le moine » ! Peu fortunée, elle tenait à conserver l'allure altière de l'épouse de l'avocat qu'elle avait été. Selon ses proches parentes, Bérénice avait un orgueil mal placé, mais la veuve savait, elle, qu'il ne fallait pas étaler sa misère. Afin d'être toujours en mesure de négocier ! Ce que lui avait confié son mari qui s'était fait confectionner deux complets de gabardine, lors de moments creux au début de son mariage et de sa pratique.

Pour sa part, Esther avait délaissé son minable emploi sur la recommandation de son fiancé qui ne pouvait supporter que « la plus belle femme du monde » lave les têtes des laiderons de Westmount. Elle avait quelque peu hésité mais, fermement, il avait insisté : « Reste chez toi, ma chérie. Tu ne manqueras de rien ! » Et c'est lui qui, dès ce jour, lui versa le maigre salaire qu'elle gagnait au salon de beauté, ce qui lui suffisait pour ses menues dépenses. Albin avait beau avoir le coeur sur la main, il ne roulait pas sur l'or pour autant. Sans perdre son emploi, il avait dû baisser d'échelon pour conserver son poste et ne pas empiéter sur ses économies. Patient, il attendait que tout se replace pour s'installer à son compte. Les gens l'aimaient, on lui demandait conseil, on attendait la fin de cette débâcle pour avoir recours à lui sans passer par ceux qui l'embauchaient. D'ici là, il manipulait bien ses affaires et, pour lui, rien n'était plus important que de voir sa bien-aimée à son rang d'antan, c'est-à-dire la fille d'un avocat fortuné. Avant d'être la femme d'un ingénieur qui allait la dorloter avec de petites douceurs.

Marguerite souffrait de nausées depuis le début de sa grossesse, mais elle n'avait engraissé que de quelques livres seulement. Voilà pourquoi personne ne s'était rendu compte de son état. Sa mère qui s'en inquiétait lui répétait : «Coudon ! Vas-tu accoucher d'une chenille comme tu l'étais à ta naissance ?» Ce qui faisait sourire la future mère, heureuse de ne pas avoir à traîner un gros ventre, elle si peu grande, la tête enfouie entre les épaules. Narcisse veillait à son bien-être et à sa santé. Il lui conseillait souvent de garder le lit, de ne pas faire trop d'efforts. Il désirait ardemment que le bébé se rende à terme. Pour occuper ses temps libres, il lui avait acheté le roman *Le blé en herbe,* de Colette. Mais comme la jeune femme préférait le tricot et l'entretien des poissons de l'aquarium à la lecture, le roman resta sur une étagère avec le signet en permanence à la cinquième page.

Un soir, alors qu'elle écoutait en sourdine des chansons à la radio, Narcisse lui dit :

— Tu sais, dans la cour arrière de notre vaste maison, je vais faire un grand jardin. Tu pourras y cultiver des fleurs.

— Autant te le dire tout de suite, je ne suis pas avide d'horticulture. J'aime bien les vivaces, mais de là à faire pousser des fleurs et des légumes…

— Non, pas de potager, que des fleurs ! Les plus jolies qui soient ! Et comme tu sembles ne pas avoir le pouce vert, je m'en chargerai, ma femme !

Cela dit sur un ton ferme. Marguerite s'en étonna et risqua :

— J'aurais cru que cette cour servirait aux enfants… Un carré de sable, des balançoires sur des branches d'arbre…

— Non ! tonna-t-il bruyamment. Que des fleurs ! Un jardin magnifique de toutes les couleurs ! Les enfants, avec l'âge, iront s'amuser au parc public. Dès leur naissance jusqu'à leurs premiers pas, je compte sur toi pour les promener et les bercer dans la véranda, pas plus loin. Aucun petit pied ne viendra piétiner ce que j'aurai ensemencé, sous peine d'une fessée !

Constatant qu'elle l'avait vivement contrarié et se demandant bien pourquoi, Marguerite avait, néanmoins, avalé de travers la menace d'une fessée à l'endroit d'enfants pas encore nés. Mais elle préféra se taire et prêter l'oreille à une mélodie interprétée par une chanteuse française. Embêté, Narcisse lui ordonna :

— Baisse le son ou, plutôt, va à l'autre station où il y a un bulletin de nouvelles. Moi, les chanteuses à la voix braillarde…

Marguerite obéit sans rien ajouter et, rivé sur son poste coutumier, Narcisse put apprendre, de la voix de l'annonceur, que des guerres civiles faisaient rage en Chine et en Espagne alors que sa femme put saisir au vol qu'un nouveau produit pour enfants faisait son entrée sur le marché : le *Pablum*.

Tout allait pour le mieux dans le meilleur des mondes pour Narcisse qui s'en pétait les bretelles. Il possédait deux maisons, il allait être reçu médecin à la mi-juin et, entre-temps, sa femme allait lui donner un premier enfant. De quoi se vanter à sa mère qui, d'Oakville, lui répondait : « Garde ton humilité, mon fils. N'affiche pas trop ton orgueil ! Le Seigneur ne favorise guère ceux qui sont dotés de l'un des sept péchés capitaux ! » Narcisse était resté bouche bée. Il n'affichait que sa fierté. Ce qui n'était pas pour offenser le bon Dieu au point d'avoir à s'en confesser.

Aux premiers jours d'avril, à son grand étonnement, Marguerite ressentit des malaises. Comme si l'enfant qu'elle portait voulait sortir de son ventre. Elle en parla à Narcisse qui, surpris, lui répondit que c'était là de fausses douleurs. Ce qui ne rassura pas la future mère pour autant. Ses calculs et ceux du médecin la prédisposaient à une naissance en mai ou, à la rigueur, en toute dernière semaine d'avril. À moins que l'enfant qui gigotait si fort soit un prématuré ? À huit mois ? Ce qui était risqué… Sans s'affoler, Marguerite fit de nouvelles spéculations avec son médecin traitant qui, cette fois, sembla encore plus incertain. Comme la petite dame n'avait pris que dix livres, il ne pouvait guère compter sur son aspect physique pour tenter de se prononcer…

— Soyez sur vos gardes, lui avait-il dit. Au moindre signe, vous faites appel à moi ! Mais comme votre mari est également médecin…

— Pas encore ! riposta Narcisse. En serait-il ainsi que je n'accoucherais pas ma femme.

— Je sais, mais en cas d'urgence…

— Si ses eaux crèvent, vous viendrez la délivrer. C'est vous, son accoucheur, docteur !

Quelques jours plus tard, Marguerite s'étant couchée plus tôt que Narcisse se releva brusquement en pleine nuit, en proie à ses premières contractions. Pliée en deux et réveillant son mari qui ronflait, elle le somma d'appeler le docteur en ajoutant :

— Dis-lui de faire vite ! J'accouche !

Se tenant le ventre à deux mains, elle réussit à s'asseoir au pied du lit pendant que son mari, agité après avoir communiqué avec le médecin, lui épongeait le front avec une serviette humide. Le médecin qui habitait à quelque cent pas de leur résidence arriva en trombe avec sa trousse, le paletot détaché, la chemise sortie du pantalon. Marguerite se tordait de douleur, sans toutefois émettre un seul cri. Le médecin lui donnait des consignes et, après une heure et douze minutes d'efforts de la part de la mère, l'enfant sortit d'un coup et n'attendit pas la tape sur la fesse pour pousser ses premiers pleurs. Marguerite était en sueur, mais heureuse d'être délivrée de ce mal intolérable que lui avait causé l'accouchement.

— C'est une fille ! s'exclama le vieux docteur. Pas grosse, mais pleine d'énergie !

Marguerite avait souri alors que Narcisse, encore sous le choc, retrouvait peu à peu ses esprits. Ce qui incita le vieux médecin à lui demander :

— Nerveux, Des Oeillets ? Comment allez-vous faire en pratique ?

— Je... je ne ferai pas d'accouchements. Que de la consultation générale.

— À ce compte-là, qui donc prendra ma relève ?

— L'hôpital, docteur ! Il y en a un tout près... Mais pas moi !

Le vieux médecin, haussant les épaules, examinait de plus près la petite qui pesait à peine cinq livres, pendant que Narcisse, complaisant pour un moment, essuyait le front de sa femme en la remerciant de lui avoir donné cette belle enfant. Puis, regardant du côté de son confrère, il le vit sourciller :

— Quelque chose qui ne va pas, docteur ?

— Non, elle est pétante de santé, elle a tous ses membres, mais un petit défaut quand elle bouge ses petites pattes...

— Quoi donc ?

— Venez voir, Narcisse. J'ai pourtant l'oeil averti, mais quatre yeux vaudront mieux que deux. Regardez, elle a une jambe plus courte que l'autre. La gauche ! Rien pour en faire un drame...

Mais, quoique faible, en entendant la remarque, Marguerite avait fondu en larmes. Narcisse, la tête entre les mains, dépité, avait demandé au médecin d'une voix étranglée :

— Dites-moi pas qu'elle est infirme, docteur ?

— Allons, Des Oeillets, changez de ton, votre femme est dans tous ses états… Qui sait ? Peut-être qu'en grandissant, ça va se replacer…

Narcisse, blessé dans sa fierté, désespéré, releva la tête pour lui répliquer :

— À d'autres, docteur ! J'ai fait ma médecine ! Je vais bientôt pratiquer ! La petite est infirme ! Seigneur de Dieu ! Qu'avons-nous fait pour être ainsi éprouvés ?

Marguerite, sanglotant, réclamait son enfant que le docteur déposa dans ses bras. Sans compassion, regardant sa femme avec un certain mépris, Narcisse s'exclama d'un ton dur :

— Comment as-tu pu me donner une enfant mal formée ? Je ne l'ai pas ensemencée de la sorte !

Marguerite avait beaucoup pleuré, non pas parce que sa fille avait un handicap, mais à cause de la remarque de Narcisse devant le médecin qui avait affiché un rictus. Comment pouvait-il la rendre responsable du problème de l'enfant ? Ce n'était pas génétique, c'était la volonté de Dieu et la petite était si belle avec son petit nez retroussé, ses yeux ronds, sa bouche en coeur. Elle avait pris le meilleur des deux, sauf pour sa petite « patte » qui se replacerait sans doute avec les ans. Mais Narcisse était morose. Adepte de la perfection, il ne pouvait s'imaginer que « son enfant », sa première « fleur », viendrait au monde avec une anomalie. Lorsque Marguerite lui avait demandé tendrement si elle pouvait la prénommer Micheline, il lui avait aussitôt rétorqué :

— Non, elle s'appellera Rose. Le nom d'une fleur ! D'ailleurs, tous nos enfants auront des prénoms floraux, filles ou garçons. Pour aller avec Des Oeillets ! J'aurai ainsi un jardin rempli de « fleurs » suaves.

— Je serai donc la seule à part ?

— Mais non, voyons ! Tu t'appelais Marguerite Fougère avant de prendre mon nom ! Tu es fleurie en entier, ma femme, tout comme moi avec le prénom Narcisse suivi de Des Oeillets !

Et c'est à ce moment-là que, subitement, brutalement, Marguerite comprit qu'il l'avait épousée pour son prénom et non par affection. Voilà pourquoi il avait évincé sa soeur aînée, plus jolie qu'elle. Tout était planifié ! Narcisse Des Oeillets voulait cultiver un jardin avec Marguerite Fougère et le garnir de « fleurs », leurs enfants, de tous les prénoms possibles, en commençant par Rose. Et voilà pourquoi il était si contrarié de la petite jambe plus courte que l'autre de son aînée. C'était comme si sa première « fleur » lui arrivait avec la tige brisée. Désemparée, le regardant avec une main sur la bouche, Marguerite se demanda un moment si elle avait épousé un docteur décent ou un jardinier dément. Car, depuis quelque temps, il lui parlait beaucoup plus d'horticulture que de médecine. Comme s'il entrevoyait passer sa vie à soigner ses fleurs et non ses patients.

Malgré tout, la jeune madame Des Oeillets s'abstint de dévoiler sa « découverte » à sa soeur et à sa mère. Surtout à cette dernière qui avait toujours vu en Narcisse un être bizarre et capricieux. Et si Esther apprenait qu'elle n'avait été préférée à elle qu'à cause de son prénom, Marguerite risquerait d'en être la risée. La grande soeur ne se gênerait pas pour le lui remettre souvent sur le nez. Parce que, au fond,

Esther aurait préféré devenir la femme d'un docteur plutôt que celle d'un ingénieur. Pour le cran de respect plus haut de la part des badauds.

Rose Des Oeillets était donc née le 8 avril 1930 alors que sa mère l'attendait au début de mai, le mois de Marie. Et la petite n'était pas prématurée, Marguerite avait tout simplement mal calculé, et le médecin traitant s'était, lui aussi, empêtré. Quand on parla de baptême, de parrain et de marraine, Narcisse s'opposa à ce que Babin, son futur beau-frère, soit dans les honneurs. Il voulait bien d'Esther comme marraine, mais pas de cet «énergumène» comme parrain. Devant le fait, Esther refusa d'être marraine. Elle n'acceptait pas l'affront dont son fiancé était victime. Pris au dépourvu à deux jours des fonts baptismaux, Narcisse accepta que madame Fougère se retrouve dans les honneurs, accompagnée du vieux docteur qui avait accouché Marguerite comme parrain. Ce n'était certes pas lui qui allait choyer sa filleule, car retraité quelques mois plus tard, le vieux médecin changea de ville sans laisser de traces. Pauvre petite! Avec, en plus, une grand-mère âgée et souvent alitée qui ne songerait guère à la gâter! Tel était d'ores et déjà le triste destin de la première «fleur» du jardin ensemencé. À cause d'un père… troublé!

En juillet, le docteur Narcisse Des Oeillets ainsi que son épouse et leur petite emménageaient dans leur nouvelle maison de la rue Querbes. Une vaste demeure dans laquelle Marguerite allait élever sa fille et les autres enfants à venir. Madame Fougère mère était venue la visiter et, sans démontrer de fierté pour sa fille, trouva le moyen de lui faire remarquer que l'ambiance était austère et que les rayons du soleil n'arrivaient pas à percer les fenêtres à cause des tentures denses choisies par Narcisse. Esther, pour sa part, s'était exclamée devant tant d'opulence et se montra ravie de voir sa cadette si bien casée avec le plus jeune médecin diplômé des environs. Le cabinet du docteur, à grandes fenêtres donnant sur la rue, se trouvait au rez-de-chaussée. Deux placards adjacents avaient été transformés en salle d'examen discrète. La salle d'attente comprenait huit chaises de bois et quelques revues françaises pour combler l'attente. Juste à l'entrée du cabinet, on avait installé un pupitre avec un téléphone pour une éventuelle réceptionniste. Pour l'instant, c'était Marguerite qui allait prendre les rendez-vous et gérer les horaires, à moins que les soins apportés à son enfant ne la retiennent, ce qui mettrait Narcisse dans l'obligation de prendre lui-même ses appels.

Pour ce qui était de la maison de la rue Hutchison, celle léguée par sa mère, il l'avait louée à des notables du quartier qui avaient perdu la leur durant la crise économique. Des gens bien à qui il la céderait peut-être, s'ils se renflouaient avec le temps. Mais pour le moment, comme tout se vendait au rabais, Narcisse refusa toutes les offres des profiteurs, préférant attendre que les finances se remettent du krach et que les prix grimpent assez pour lui faire empocher de bons bénéfices. Entre-temps, la clientèle du nouveau docteur prenait de l'ampleur ; il était presque le seul à pratiquer chaque jour sauf le dimanche. L'autre médecin, son collègue le plus près, était plus mal en point que ses malades. Âgé et souffrant de rhumatismes aigus, il avait peine à peser sur la pompe quand venait le moment de prendre la pression d'un patient. Ses douleurs dans les articulations des doigts faisaient tomber des mains le fil noir de caoutchouc et tout se retrouvait par terre. Inutile de dire que ses patients tentaient de plus en plus d'aller chez le docteur Des Oeillets qui, surchargé, dut mettre un frein à sa nouvelle clientèle. La salle d'attente était constamment bondée, sans parler des cas urgents qui se présentaient sans rendez-vous et des visites à domicile qu'il devait faire pour les alités. L'argent rentrait, certes... lorsqu'il était payé! Car en ces temps durs, les gens faisaient tout «marquer». Chez l'épicier comme chez le docteur! Et ils réglaient au compte-gouttes quand l'un des créanciers devenait trop insistant. Ce qui était souvent le cas de Narcisse. On venait porter une piastre ou deux, ce qui gênait madame Des Oeillets. Un jour, une petite fille vint lui remettre deux pièces de vingt-cinq cents pour sa mère, en lui racontant qu'ils étaient pauvres et qu'ils ne pouvaient faire plus et, Marguerite, attendrie, les larmes aux yeux, l'avait retournée chez elle avec ses deux «trente sous» dans la petite poche de sa robe souillée. Fort heureusement pour elle, Narcisse n'en avait rien su!

La vie, peu à peu, reprenait son cours, et Esther Fougère, toujours éprise d'Albin Babin, fiancée à lui de surcroît, entrevoyait déjà la prochaine année pour convoler en justes noces avec son bien-aimé. Madame Fougère aimait bien Albin qu'elle trouvait simple et cultivé à la fois. Pas guindé comme le mari de sa cadette! Malgré qu'elle soit devenue grand-mère, elle s'était peu attachée à la petite Rose. Le fait d'avoir à franchir le seuil de la demeure de son gendre la tenait malheureusement loin de l'enfant. Marguerite, qui travaillait avec son mari le docteur, ne la visitait guère, sauf le dimanche quand Narcisse était épuisé, car, habituellement, il préférait sortir avec sa femme, promener leur fille dans le gros landau de paille beige, et être ainsi le point de mire du quartier. Il aimait entendre de la bouche des gens : « Bonjour, docteur ! » Ce qui lui permettait d'étaler le titre honorifique qu'il détenait. Plus personne ne l'appelait « monsieur ». Que « docteur » ! Ce qui lui faisait resserrer son noeud de cravate davantage. Marguerite, plus modeste, saluait les gens, s'informait de leurs enfants. Ce qui lui valut un rappel à l'ordre de son mari : « La femme d'un médecin n'engage pas de conversation avec la femme du boulanger ou du plombier. Contente-toi de saluer et garde la tête haute. Tu n'es pas de leur rang, Marguerite, tu fais maintenant partie d'une plus haute société. De fille d'avocat à épouse de médecin, ce n'est pas le bas de l'échelle, c'est l'élite ! Ne l'oublie pas ! » Elle ne répondit pas, se contentant de hausser les épaules. Car, rang ou pas, la femme du boulanger était allée à l'école avec elle. Et c'était grâce à son mari s'ils avaient du pain frais sur la table chaque jour. Pauvre Narcisse qui se prenait pour le nombril du monde ! Pourtant, les patients plus âgés, ceux qui avaient le plus de malaises, doutaient de plus en plus de ses capacités. Un bref examen, une ordonnance ou un onguent, et le tour était joué. De plus, les visites étaient de plus en plus brèves, ce qui avait fait dire au vieux chapelier du quartier : « D'une fois à l'autre, il ne se rappelle même pas de ton nom, le docteur Des Oeillets. Il lui faut consulter ses dossiers pour te reconnaître ! J'te dis que j'manque mon vieux docteur, moi ! Il me suivait à la lettre, lui ! Dommage que le Ciel l'ait rappelé à lui ! »

Esther et Albin, malgré la disette qui sévissait partout, n'avaient pas mis les bals populaires de côté pour autant. Tous les samedis soirs, ils allaient danser avec des amis au son d'un orchestre. La jeune femme sirotait une menthe légèrement alcoolisée, pendant qu'Albin y allait de sa *Black Horse* « tablette », sa bière de gros format. Puis, il y avait le cinéma. Esther aimait les films avec Jean Harlow qu'elle trouvait si jolie. À la radio, elle écoutait les succès américains de l'heure et *Three Little Words* était sa chanson préférée. Comme la mode était aux cheveux longs, elle avait laissé les siens, souvent noués, lui tomber sur les épaules. Ce qui faisait tourner bien des têtes. Esther était d'une si grande beauté. Et quel tour de taille ! Mais, aveuglée par Albin, elle ne voyait pas tous ces mâles la reluquer. Un collègue anglais avait dit à Albin en parlant d'Esther : « *You should thank God for having such a sweet girl for you !* » Et Babin avait répliqué : « *Dont worry, Esther is in my prayers every day !* » L'autre, insistant, avait ajouté :« *And in your heart ?* » Ce à quoi Albin avait répondu : « *That, she knows of !* » Il adorait sa fiancée, il ne voyait qu'elle, mais, intimidé parfois par les élans, il se retenait de lui dire à quel point il l'aimait. Esther le savait, évidemment, mais elle aurait apprécié lire des mots d'amour dans ses lettres lorsqu'il était au loin. Mais Albin, aussi épris était-il, était d'une discrétion pour ne pas dire d'un mutisme effarant sur ce plan alors qu'elle, sans gêne, lui copiait les mots des chansons d'amour pour les lui faire parvenir. Un soir, alors qu'ils étaient assis côte à côte au salon, elle lui déclara :

— Tu dis m'aimer, mais je ne te trouve pas enflammé, Albin !

— Attends qu'on soit mariés, il te faudra refréner mes ardeurs, mon amour.

— Oui, mais là, pourquoi tu ne me serres pas dans tes bras ?

Accompagné d'un geste qui dénotait l'impossibilité, il répondit :

— Ta mère, Esther !

La clientèle du docteur Des Oeillets était bien établie. Moins nombreuse qu'à l'ouverture de son cabinet mais assidue. Les plus âgés avaient rebroussé chemin, trouvant le médecin antipathique et peu apte à écouter leurs jérémiades, mais les plus jeunes, toujours pressés de sortir de son bureau, l'avaient adopté. Depuis septembre, le docteur avait maintenant une réceptionniste qui lui servait aussi de secrétaire. Pas la plus jeune et la plus jolie des postulantes qui s'étaient présentées, mais la plus vieille, la soixantaine, assez revêche, expérimentée dans le domaine, et qu'en vertu de son âge, il payait moins cher. Mademoiselle Graziella Grassi, de descendance italienne, que plusieurs connaissaient. Ce qui avait plu au docteur, c'est qu'elle lui avait dit : « Les comptes en souffrance, laissez-moi ça ! Vous allez voir qu'ils vont payer avec moi ! » Ce qu'elle s'employa à faire dès son entrée en poste et qui fit sursauter les patients. Madame Des Oeillets avait été si indulgente… Mais Narcisse ne voulait pas soigner pour rien. Même s'il soignait mal ! Même s'il prenait plus soin de son jardin que de la fillette anémique qui le consultait avec sa mère. Son jardin ! Ses fleurs ! Sans trop se pencher sur sa petite Rose, sauf pour lui regarder la jambe et tenter, de la main, de lui étirer la cheville. Ce qui faisait hurler l'enfant et qui mettait Marguerite hors d'elle. Un jour, alors qu'il s'approchait du bébé, sa femme l'arrêta :

— Laisse-la, Narcisse ! Tu ne l'aimes pas et elle te craint ! Ses petites mains tremblent lorsque tu l'approches ! Aussi jeune, aussi frêle soit-elle, elle sent que tu vas lui faire mal !

— Mais, c'est pour son bien ! Je suis médecin !

— Tu l'approches sans même lui sourire ! Tu es brusque avec elle comme si elle était un petit animal ! Tu es médecin, Narcisse, pas vétérinaire !

— Je t'interdis de me parler sur ce ton, ma femme ! Je suis le maître ici ! Tu n'as pas le droit de parole ! Je suis...

— Oui, je sais, tu es tout, Narcisse. Même Dieu le Père ! répondit Marguerite en sortant de la pièce avec son enfant dans les bras.

Stupéfait, choqué que sa femme ose lui parler de la sorte, Narcisse comptait bien la remettre à sa place le plus tôt possible. Sans se rendre compte, toutefois, que l'amour de son épouse, tout comme son respect, fondait à vue d'oeil. Marguerite, constatant que son mari déraisonnait souvent, regrettait même de l'avoir épousé. Sans l'avouer à sa mère ni à Esther, évidemment ! « Pour le meilleur et pour le pire », disait-on. Mais la jeune madame Des Oeillets, soupirant d'impatience, avait néanmoins dans les bras ce que le Ciel lui avait donné de plus précieux, sa petite Rose adorée ! Même handicapée !

Il était environ midi, le 14 octobre 1930, lorsque Narcisse reçut un télégramme d'Oakville l'avisant que sa mère venait de mourir d'une crise cardiaque. Entrant en communication avec sa tante, il apprit que Zéphirine, en forme la veille, s'était effondrée le lendemain matin. La tante avait cru à une perte de conscience, une défaillance, mais le médecin mandé sur les lieux ne put que constater le décès de la veuve du premier docteur Des Oeillets, mère du deuxième. Marguerite, avisée, fut sous le choc toute la journée. Pauvre femme ! Elle ne connaîtrait jamais sa petite-fille ! Narcisse, stoïque devant l'épreuve, pas du tout alarmé quoique surpris, demanda à sa belle-mère de séjourner auprès de Marguerite pendant son séjour à Oakville pour les obsèques. Devant ce fait, Marguerite, entre deux sanglots, lui demanda :

— Je n'y vais pas ? Tu me laisses ici ? Je l'aimais tant…

— Tu l'aimeras dans ton coeur, ma femme. Éternellement. On ne peut laisser Rose avec ta mère. C'est une trop lourde charge.

— Mais la petite aurait pu suivre ?

— Pas question ! On ne trimballe pas une enfant de six mois dans les trains ! C'est malsain pour sa digestion. J'irai seul ! C'est de ma mère qu'il s'agit, pas de la tienne !

— Tu n'as même pas versé une larme, Narcisse…

— Je suis un homme, pas une mauviette ! Je ne pleure pas ! Et je suis médecin ! Je vois des gens mourir chaque jour… Le Ciel nous reprend tour à tour…

— Elle n'était pas âgée, pourtant…

— Pas jeune non plus, elle avait soixante-cinq ans. Elle m'a eu sur le tard… Et puis, je n'ai pas de temps à perdre ! Je vais annuler les rendez-vous pour cause de mortalité, je partirai dès demain matin et je reviendrai le plus tôt possible.

— Voyons ! C'est ta mère ! Tu n'as pas à te presser...

— Maman avait dicté ses dernières volontés. Elle désirait être enterrée à Oakville dans le lot familial. Il en sera ainsi.

— Esther aimerait que tu apportes des fleurs de sa part...

— Non, je ne m'embarrasse de rien ! Dis à ta soeur de lui faire chanter une messe. Les âmes ont besoin de prières, Marguerite, pas de fleurs !

Le lendemain, tel que planifié, Narcisse des Oeillets roulait sur les rails le conduisant en Ontario. Après de multiples arrêts, il arriva enfin à destination où sa tante l'attendait sur le quai de la gare. Le mouchoir à la main, sanglotant, elle étreignit son neveu en lui disant :

— C'est moi qui aurais dû partir la première, je suis l'aînée.

— Allons, consolez-vous, chacun son tour, vous verrez...

La pauvre Zéphirine fut exposée deux soirs dans son coffre de satin et les gens défilèrent nombreux pour lui porter leurs derniers respects tout en offrant leurs condoléances à la famille, le fils en premier. En français et en anglais, puisque Zéphirine avait été élevée dans les deux langues. Droit comme un poteau de corde à linge, collet monté, habit pressé, le jeune docteur des Oeillets recevait sans broncher les « sympathies » de gens qu'il ne connaissait pas. Durant la journée du lendemain, il resta chez sa tante de peur d'avoir à converser avec d'illustres inconnus. Puis, après une autre soirée qu'il trouva éprouvante et la nuit qui s'ensuivit, il se rendit à l'église catholique anglaise paroissiale, où avait lieu le service funèbre de sa mère. De là, alors que les cloches sonnaient, le cortège se dirigea vers le cimetière où Zéphirine fut mise en terre par-dessus son père et sa mère, laissant une autre place pour... la suivante ! Sa soeur pleurait à chaudes larmes, quelques parents et amis lançaient des fleurs sur le cercueil. Bref, tous étaient tristes en ce matin lugubre, sauf lui ! Son fils unique ! Narcisse Des Oeillets qui, sans verser la moindre larme, regardait le cercueil de chêne de sa mère se déposer sur celui en acier de son grand-père. Sans la moindre émotion ! Comme s'il était normal d'enterrer sa mère morte subitement ! À soixante-cinq ans ! Les gens l'avaient à l'oeil et l'on pouvait sentir, d'après quelques regards, que le fils de la défunte n'était pas populaire dans le patelin. Pas même un geste pour soutenir sa tante qui titubait de tristesse. La terre jetée sur les fleurs lancées, Narcisse fut le premier à tourner les talons et se diriger vers la voiture noire qui les attendait. Le soir venu, après avoir embrassé sa tante et lui avoir promis de la revoir, il prit le train de nuit afin de rentrer chez lui au petit matin. Il avait prétexté une réunion médicale, ajoutant que sa petite lui manquait déjà ! Le mufle ! Lui qui n'avait encore déposé aucun baiser sur le front de l'enfant ! Et lui qui se promettait bien, à bord du train, de ne jamais revoir cette tante... casse-pieds !

De retour à la maison à la grande stupéfaction de sa femme, il lui déclara que ses malades avaient plus besoin de lui que le corps mort de sa mère. Sans sourciller, sans lui parler de quoi que ce soit, il rouvrit son bureau plus tôt que prévu, et les premiers patients se présentèrent sur appel de Graziella Grassi. Le dimanche venu, il fit chanter une messe pour sa mère et alluma deux lampions pour les âmes des fidèles défunts. Puis, mettant vite de l'ordre dans sa paperasse et dans celle de sa défunte mère, il bénéficia quinze jours plus tard de son héritage. Une forte somme qui l'étonna ainsi que des bijoux de grande valeur. Pour ce qui était des meubles de feu Zéphirine, il les laissa « généreusement » à sa tante. Ne voulant pas avoir à débourser pour les faire venir d'Oakville !

Il avait été convenu que Marguerite et Narcisse allaient recevoir les Fougère le jour de Noël puisque Bérénice, la belle-mère « chérie » du docteur, les avait reçus pour le jambon de Pâques et les oeufs à la coque peints à la main par Esther. Mais, avec le décès de madame Des Oeillets mère, l'agenda allait sûrement être bousculé. Un soir de novembre, Marguerite demanda à son mari :

— Pour Noël, Narcisse, tes intentions ne sont certainement plus les mêmes ?

— Que veux-tu dire ?

— Nous avions planifié recevoir maman, Esther et son fiancé. Mais, là, avec la mort de ta mère…

— Ça ne va rien changer, nous les recevrons quand même.

— Voyons ! Tu es en deuil, Narcisse… Ça vient à peine d'arriver…

— Qu'importe ! Moi, le deuil, c'est dans mon coeur que je le porte, pas à la vue de tous. Je n'ai rien à prouver à la paroisse.

— Mais, le curé, le vicaire…

— Pas d'importance, je suis le médecin, moi ! Et puis, pour le peu de dévotions que je fais... Je paie ma dîme, je me confesse à Pâques...

— Le vicaire se plaint de ton peu de pratique, Narcisse. Il m'en a fait part ! Le curé voit d'un mauvais oeil...

— Dis-leur de se mêler de leurs affaires, ma femme. Tu vas à la messe, toi ? Tu paies le banc pour deux ? Tu allumes des lampions ? Tu déposes de l'argent dans les troncs ? Que veulent-ils de plus ? Je suis croyant, ils le savent, je vais à la confesse une fois l'an, je communie le matin de Pâques... Ça suffit pour moi ! Ils ont chaque année mon dû ? Dis-leur que je vais m'arranger avec mon salut !

Marguerite n'insista pas. À quoi bon ! Son mari avait toujours le dernier mot de toute façon. Elle prévint sa famille que le souper de Noël allait avoir lieu et madame Fougère s'en montra offusquée :

— Il n'a même pas de respect pour sa défunte mère !

Marguerite le défendit du mieux qu'elle put et sa mère ainsi qu'Esther acceptèrent de se joindre à eux. Afin de combler la petite Rose de cadeaux, entre autres sa première poupée de chiffon. Le souper allait être élégant, un bon vin serait versé dans les verres de cristal, mais à la toute dernière minute, Albin se désista, prétextant un voyage urgent au Manitoba. Esther se fit sa complice pour excuser son absence à sa soeur, mais madame Fougère avait souri. Elle savait, elle, qu'Albin Babin, avec la bénédiction d'Esther, ne serait pas du repas conventionnel. Parce qu'il ne pouvait supporter ni de près ni de loin son futur beau-frère, le pédant médecin.

L'année 1931, celle qui devait enfin appartenir à Esther, s'était levée dans la froidure, même si tout le monde avait encore de la chaleur dans le coeur. Frivole, l'aînée des Fougère scrutait les revues de mode ainsi que les magazines venus des États-Unis. Dans une publication française, elle regardait les tendances pour l'année à venir et constata que les gants de suède assortis aux souliers et au sac à main allaient être très populaires. Tout en jetant un regard furtif sur quelques robes de mariées dans un catalogue américain. Trop simples à son goût, elle voulait la sienne élaborée. Dans une parution mensuelle des États-Unis, elle fureta dans les pages des vedettes et, regardant de près les photos d'acteurs, elle trouva que Clark Gable, le nouveau venu à l'écran, était aussi beau que Michel Simon, en France, pouvait être laid. Puis elle apprit que Bette Davis allait signer un contrat avec la *Universal Pictures*. Toutefois, la regardant deux fois, elle ne la trouvait pas jolie, cette actrice aux yeux globuleux. Janet Gaynor était plus ravissante et Norma Shearer plus belle encore, même si elle louchait. Que de sornettes ! Rien de sérieux ou presque pour Esther qui aimait danser, s'amuser et rire avec Albin qui le lui rendait bien. Madame Fougère était mécontente d'apprendre que le timbre postal allait monter à trois cents ! Le coût de la vie avait de nouveau grimpé avec la décadence quelque peu apparente de la crise. Le pain se vendait maintenant dix sous ! Comme si les pauvres gens ruinés avaient renfloué leurs coffres en moins de deux ans ! Marguerite était heureuse dans son rôle de mère. La petite Rose prenait tout son temps et Narcisse, épuisé par sa pratique, s'endormait si vite le soir que sa femme pouvait se glisser à ses côtés sans risquer d'être tâtée. De toute façon, depuis la naissance de Rose, le docteur s'était de beaucoup éloigné de son épouse. Les marques d'affection étaient rares et les rapprochements davantage. Que le devoir conjugal de temps en temps, ce dont Marguerite ne se plaignait pas. Menue, chétive, elle avait toujours déploré que son mari soit si bien doté... par la nature. Pas des bras ni du thorax sans muscles, juste entre les deux jambes ! Soumise, elle se pliait de bonne grâce, mais quand, certains soirs, endormie ou presque, elle sentait le membre s'enfoncer, elle égrenait son chapelet caché sous l'oreiller.

Le printemps était beau, les lilas refleurissaient et le jardin du docteur Des Oeillets reprenait vie avec ses vivaces et ses fleurs semées, même ses pivoines qui, hélas, courbaient vite l'échine avant de s'éplucher. Mais les coloris étaient magnifiques et, en l'honneur de sa fille, sans l'aimer d'amour tendre, Narcisse avait planté plusieurs rosiers dont les boutons, sous les rayons du soleil, s'épanouissaient. Des rouges, des jaunes, des blancs... L'enfant, lorsque les roses s'ouvraient, aurait certes aimé en saisir une de sa petite main, mais Narcisse lui emprisonnait vite les doigts entre les siens.

Esther et Albin avaient jeté leur dévolu sur le mois de juillet pour s'épouser. Le samedi 11, plus précisément, à dix heures du matin. En grande pompe ! Avec beaucoup d'invités dont les cousins et cousines les plus éloignés des deux côtés, surtout celui de la mariée. Restait à choisir la robe, l'endroit pour la réception, le voyage de noces... Albin lui avait dit de ne se priver de rien, qu'importaient les prix ! Afin d'en mettre plein la vue à Des Oeillets qui le regardait trop souvent de haut.

Esther s'était rendue chez madame Jacob afin de lui donner ses instructions pour la robe de mariée unique qu'elle lui confectionnait. Entre deux essayages, elle jeta un regard sur le journal et s'écria :

— Tiens ! Une nouvelle qui aurait plu à mon défunt père, l'avocat !

La couturière se releva et, voyant l'article illustré d'un portrait, elle put y lire : « À Chicago, Al Capone est condamné à onze ans de prison pour fraude fiscale. » La photo montrait le chef notoire de la maffia, sérieux, portant un feutre blanc à ruban noir. Bien sûr que Lauréat Fougère aurait été enchanté de cette condamnation. Lui qui suivait de près tous les agissements des gangsters de son vivant. Mais il aurait trouvé que la prison pour fraude, c'était bien peu à côté de ce qu'il méritait pour tous les crimes commis. Plus loin, on pouvait lire que Maurice Chevalier voulait se consacrer au cinéma, ce qui ne dérangeait pas Esther, elle ne l'aimait pas comme chanteur. Côté sciences, les premiers climatiseurs faisaient leur apparition. Ce qui la fit s'écrier :

— Dès que ce sera rendu ici, Albin va sûrement en faire installer un ! On aura fini de suer en été !

Madame Jacob la pria de ne pas trop bouger de peur de la piquer et, premier essai terminé, elle la félicita :

— Vous allez être la plus jolie mariée de la paroisse, mademoiselle Fougère. Personne n'aura jamais vu une robe de dentelle aussi somptueuse, rehaussée d'autant de satin plissé ! Et ce voile surmonté qui tombera jusqu'à vos chevilles ! Belle comme vous l'êtes, vous allez rivaliser avec les princesses qui se marient en Europe. Et que dire de votre ensemble de voyage de noces ! Une robe beige garnie de perles ! Jamais je n'en ai cousu une aussi magnifique ! Avec la mante de la même teinte ! Tout cela va coûter cher ! Le saviez-vous, au moins ?

— Non et je n'y tiens pas ! Vous n'aurez qu'à faire suivre la facture à mon fiancé, Albin Babin, c'est lui qui va tout régler.

— Votre chapeau de voyage est confectionné, mademoiselle Fougère ?

— Oui, la modiste s'en est chargée. Il est de toute beauté ! En paille d'Italie teinte en vert, genre cloche, avec une voilette à carreaux assez grands pour qu'on puisse voir mon ombre à paupières de la même teinte. Mon sac à main s'y appareille. Il est si petit, si mignon, qu'on peut à peine y glisser un mouchoir !

L'union du couple Babin-Fougère fut telle que souhaitée par la nouvelle épouse qui avait le culte de l'apparat. L'église Saint-Viateur était bondée. Par les nombreux invités, les quelques connaissances non conviées ainsi que les badauds rassemblés pour voir en personne « la plus belle mariée de 1931 », selon les dires des commères du quartier. Et c'était vrai qu'elle était belle ! Sublime même ! Taille de guêpe, chignon noué sous le voile retenu d'un diadème perlé, la traîne de satin soutenue par deux bouquetières, une dame d'honneur vêtue d'une robe taupe derrière elle... Tous les yeux étaient rivés sur Esther qui pouvait damer le pion aux plus belles vedettes de cinéma, Jean Harlow incluse ! Albin Babin, debout près du prie-Dieu avec son témoin, la regardait monter l'allée d'un pas lent, au bras d'un vieil ami de son défunt père, pour que tout le monde puisse la contempler. Conquis, il ne pouvait croire qu'il allait être le mari de cette superbe créature. Pas laid lui-même, mais rien pour faire pâmer les filles, il lui prit la main en la dégageant de son escorte, non sans lui murmurer : « Dieu que tu es belle ! Si tu savais comme je t'aime ! » Esther en avait les larmes aux yeux. Spontanément, dégêné soudainement, Albin venait de lui dire de vive voix qu'il l'aimait. En rougissant bien sûr, mais avec tant de franchise. L'incomparable vision de son bonheur avait enfin eu raison de... son mutisme ! Narcisse, solennel dans le premier banc à côté de sa femme, soupira sans que personne ne sache pourquoi. Sauf lui ! Il venait de comprendre, en voyant Esther s'avancer, qu'elle aurait été plus à la hauteur de la femme d'un docteur que sa pauvre Marguerite. Il avait troqué « la belle » contre « la fleur » et il s'en mordait un peu les doigts. Son orgueil, sa fierté en prenaient un coup, d'autant plus qu'Esther, sculpturale et si bien constituée, ne lui aurait jamais donné un bébé... flanqué d'une infirmité !

La réception avait eu lieu à la salle de bal qu'Albin avait louée pour la journée. On y avait servi des plats chauds, des viandes froides, des spiritueux, des vins divers, de la bière et, après les discours et les compliments de tout un chacun, les mariés avaient ouvert la danse sur *Delirium,* une valse de Joseph Strauss. Esther tenait sa traîne d'une main gantée alors que l'autre, laissant voir ses alliances, entourait le cou de son mari. Narcisse, bien vêtu pour la circonstance, regardait sa femme qui n'était guère éblouissante dans une robe d'un mauve foncé avec chapeau cloche de même teinte... un 11 juillet ! Tandis que sa belle-mère, Bérénice, attirait les regards dans une jolie toilette vert pelouse, découpée de rubans jade, et arborant un chapeau blanc à rubans des deux tons de vert de son ensemble. Narcisse, altier, aurait tant souhaité que sa femme provoque des murmures, mais ne disait-on pas que les fleurs les plus jolies étaient, pour la plupart, dépouillées ? Il lui fallait donc faire un choix entre le fier médecin qu'il était et le sobre jardinier qui, le dimanche venu, vêtu d'une salopette, cultivait !

Dans *La Presse*, on disait que Marlene Dietrich, vedette du film *L'ange bleu*, portait le pantalon et voulait en lancer la mode. Esther grimaça d'horreur. Elle, si féminine, qui n'en avait que pour les froufrous et les robes amples. Elle, si élégante ! Marguerite, cependant, ne trouva pas l'idée bête, mais Narcisse la remit vite sur ses propres principes en lui disant :

— Voyons donc ! Tu te vois dans un pantalon ? Courte sur pattes, les hanches fortes ? Il faut avoir la taille de Marlene Dietrich pour se permettre un tel avant-gardisme ! De toute façon, une femme en pantalon n'est plus une femme ! Les hommes vont avoir l'impression d'avoir sur les genoux... un garçon ! Quelle idée ! À moins d'être de celles qu'on redoute, mais passons... De telles balivernes ne vont rien ajouter à ton éducation, ma femme. Savais-tu que c'était le centenaire de la découverte de l'induction électromagnétique par le Britannique Michael Faraday ?

— Non et ça ne m'intéresse pas plus que l'âge de Mathusalem! lui répondit Marguerite, en changeant la couche de la petite.

Esther et Albin étaient allés à New York en voyage de noces. Ce qui avait fait l'envie de plusieurs. La ville des concerts, ses gratte-ciel, l'Empire State Building, les vedettes qui y séjournaient... Esther n'avait d'yeux que pour les gens qui entraient ou sortaient de l'hôtel où ils résidaient. Installée dans un fauteuil rembourré du lobby, alors qu'Albin était au bar, elle scrutait du regard les gens les mieux habillés. Quelques hommes, l'apercevant et la trouvant divine, la saluèrent élégamment. L'un d'eux, très beau, bien mis, la trentaine, osa même lui baiser la main en faisant mine de l'avoir reconnue, pour ensuite s'excuser de l'avoir confondue avec une autre. Une stratégie de classe pour faire la cour. Avec, derrière un sourire angélique, les excuses à profusion pour la méprise. Surtout quand la jolie madame Babin répondait en français. Mais, puérile de nature, Esther s'amusait ferme de ces marques d'attention de la part de très jolis garçons. Un moment, elle crut apercevoir James Cagney, mais ce n'était qu'un piètre sosie de l'acteur. Aussi petit, aussi agité, mais sans porteur de bagages. Ils rentrèrent finalement à Montréal, regagnèrent leur maison d'Outremont, et furent accueillis par un souper d'honneur préparé par madame Fougère et sa fille Marguerite, qui, tout en cuisinant, avait tenté d'éviter d'avoir à reprendre dans ses bras sa petite accrochée à ses jupes. Rose, qui avait maintenant quinze mois, marchait et courait allègrement d'un mur à l'autre. Chancelante, cependant, sur sa jambe plus courte que l'autre. Ce qui avait fait dire à Narcisse un certain soir : «Fais-lui fabriquer une bottine plus haute, ça va au moins camoufler son infirmité !» Sans même songer, d'abord, au confort de l'enfant. Néanmoins, le retour des nouveaux mariés fut souligné par un quasi-banquet chez madame Fougère où Esther et Albin habitaient en permanence. On avait même invité les plus proches parents à partager ce souper durant lequel Esther narrait tout ce qu'elle avait vu d'impressionnant dans la plus belle ville des États-Unis. Marguerite la questionnait sur les spectacles, mais ils n'en avaient vu aucun ; ils avaient préféré faire des tours guidés à travers la cité ou se promener en amoureux à Central Park dont on vantait l'étendue. Albin parlait l'anglais couramment, ce qui aidait lors des excursions et des visites dans les musées. C'était lui qui traduisait à sa jeune femme les commentaires de l'accompagnateur. Discrètement. À son oreille, pour ne pas déranger les autres touristes. Esther avait rapporté un ourson de peluche à Rose qui le serrait affectueusement dans ses bras. Pour Marguerite, un flacon de parfum passablement «sucré». Ce dont Narcisse se plaindrait sûrement. Et pour madame Fougère, de très jolies boucles d'oreilles en forme d'étoiles, serties de petites pierres aux multiples couleurs. Esther n'avait pas omis de faire étalage de ses toilettes et de ses chapeaux venant des avenues huppées de la ville «enchantée». Et, pour épater davantage la parenté, elle leur avait même raconté avoir aperçu, dans le lobby de son hôtel, nul autre que l'acteur James Cagney ! Même si ce n'était pas lui ! Marguerite, embarrassée par les présents, se souvenait que son mari lui avait interdit de rapporter de petits cadeaux lors de leur voyage de noces. Parce que les souvenirs, selon lui, n'avaient leur place qu'au retour d'un voyage d'agrément. Esther et Albin étaient pourtant revenus… les bras chargés ! Bref, le souper du retour avait été une réussite. Rien ni personne ne manquait ! Sauf Narcisse qui avait préféré rester chez lui plutôt que de voir son beau-frère jouer les paons moqueurs… en riant de bon coeur !

Chapitre 4

Février 1932, la neige poudrait, le froid était mordant, c'était normal, le mois le plus court et le plus long à la fois se voulait, comme de coutume, sans merci. Esther, levée de bon pied, avait annoncé à sa mère au petit déjeuner :

— Bonne nouvelle pour vous, maman, je suis en famille.

Bérénice déposa le petit pot de confiture à la citrouille qu'elle tentait d'ouvrir, regarda son aînée et, ahurie, lui répondit :

— Bonne nouvelle pour moi ? Plutôt pour toi, ma fille, c'est toi qui vas être mère. N'en es-tu pas heureuse ?

— Heu… oui, bien sûr, sauf que la grossesse déforme le corps…

— Esther ! Tu devrais avoir honte ! Ne parle plus de la sorte, ne pense plus jamais de cette façon, le Seigneur va te punir !

— Oui, je sais, je m'en excuse, maman. Et je m'en confesserai. C'est sans doute les malaises, les nausées qui me font mal accepter mon état.

— Ou ton orgueil, ma fille ! Mais tu t'arrangeras avec le bon Dieu pour ça ! En as-tu parlé à Marguerite ? Elle pourrait te conseiller…

— Marguerite ne le sait pas encore. J'irai la voir cet après-midi.

— Et ton mari ? Il doit être content, le pauvre diable ! Lui qui n'a ni frère ni soeur… J'imagine sa joie !

— Oui, Albin est fou comme un balai ! Mais c'est pas lui qui le porte, maman, c'est moi ! Les hommes n'ont qu'à les faire…

— Ah ! doux Jésus ! S'il avait fallu que je pense comme toi ! Je n'ai jamais parlé de la sorte, moi ! Être enceinte, c'était une bénédiction du Ciel. J'en aurais eu plusieurs autres si le Seigneur l'avait voulu et je n'en aurais jamais blâmé ton père, Dieu ait son âme !

Bérénice avait fait son signe de croix et Esther, sortant de table sans avoir avalé une galette, marmonna à sa mère :

— Excusez-moi, j'ai mal au coeur… Je mangerai plus tard.

Narcisse Des Oeillets n'était pas le médecin de famille de sa belle-soeur ni de son mari. Esther, mettant en doute ses compétences, avait gardé pour elle et Albin le bon vieux docteur Grenier de la rue Sainte-Catherine. De plus, avoir à se dévêtir devant son beau-frère, c'était à ne pas y penser. Albin, de son côté, était content que sa femme ne lui ait pas imposé Des Oeillets. Non seulement il ne l'aimait pas personnellement, mais il n'avait aucune confiance en lui en tant que médecin, trop de patients s'en plaignaient dans le voisinage. Surtout ceux en dette avec lui qui étaient souvent négligés ou laissés de côté. Ces pauvres gens, harcelés par mademoiselle Grassi, préféraient soigner leurs maux avec les recommandations du pharmacien et les indications à suivre sur les boîtes de médicaments des étagères. Madame Fougère, pour sa part, par respect pour Marguerite, consultait son gendre pour l'examen annuel sans pour autant se dévêtir, mais elle s'abstenait de s'y rendre pour un rhume ou une grippe. « Soignés ou pas, ça dure sept jours ces microbes-là ! » avait-elle lancé à sa fille en avalant une cuillerée de sirop de pin. Ce qui s'avérait juste chaque fois. Albin Babin, plus que fier d'apprendre qu'il allait être père, avait répondu à Esther lors de la confidence :

— C'est tout un cadeau que tu m'fais là, ma chérie ! Un enfant ! Garçon ou fille, qu'importe, je vais l'gâter comme ça s'peut pas !

Pour toute réponse elle avait répliqué, passant outre à sa joie :

— Je ne rentre déjà plus dans mes robes, Albin ! Marguerite était petite jusqu'à la fin, elle ! Je vais être grosse comme un ballon si ça continue ! Regarde mes cuisses, les jarretières s'y sont imprégnées ! C'est pas des farces de grossir comme ça !

— Allons, tu es encore la plus belle des femmes, ma chérie. Et tu seras la plus jolie des mamans... Pour ce qui est des rondeurs, je ne m'en plaindrai pas, tu peux être sûre de ça !

— On sait bien ! Tous pareils, les hommes ! Plus il y a de viande après les os, plus vous devenez gourmands ! Cochons, va !

Marguerite avait serré sa soeur sur son coeur lorsque cette dernière lui avait annoncé qu'elle attendait un enfant. Parce que l'aînée pleurait. Elle sanglotait même dans les bras de sa cadette :

— Est-ce que ça fait mal ? Il paraît qu'on se tord de douleur !

— Mais non, voyons, qui t'a dit ça, Esther ? Moi, pour Rose, j'ai à peine sursauté. Le travail se fait tout seul et tu es loin d'en être rendue là. C'est pour quand l'accouchement ?

— En juillet, selon le médecin… Mais je prends tant de poids…

— C'est moi qui n'en prenais pas assez, Esther. Et rappelle-toi comme Rose était chétive à sa naissance. Toi, tu auras un gros bébé ! Bien en santé !

— Dis-tu cela en rapport avec sa petite jambe ?

— Non, je parle de santé, pas d'infirmité. Je veux dire que plus un bébé est joufflu, plus il résiste aux maladies. Rose est fragile. Le moindre courant d'air et elle attrape le rhume, Narcisse en est découragé. Mais, que veux-tu, elle était si fragile quand elle est née. Je l'appelais «ma petite chenille», comme maman le faisait avec moi. Mais ça ne veut rien dire, ça peut changer avec le temps.

— Et elle est si belle ! Elle a de si beaux traits ! Dans mon cas, je suis certaine qu'Albin aimerait avoir un garçon ! Si c'est le cas, il va me défoncer, ce bébé-là ! C'est rude, un p'tit gars ! J'aimerais mieux avoir, comme toi, une frêle petite fille.

— Fille ou garçon, qu'importe Esther. En autant que la Vierge te le donne en santé. Et cesse de blâmer Albin pour tout ce qui te dérange. On se marie pour avoir des enfants, pour les élever et pour servir son époux.

— Ça, c'est maman et toi, Marguerite, pas moi ! Je ne me suis pas mariée pour nourrir des petits et torcher un mari ! Il y a des femmes qui vivent leur mariage autrement, tu sauras !

— Oui, des femmes sans enfants que le bon Dieu a punies et qui finissent par perdre leur mari. Ne te fie pas à leurs fourrures et à leur maison, Esther. Quand on se marie sans envie de remplir son devoir d'épouse et de mère, le châtiment ne se fait pas attendre ! À moins d'être infertile comme la pauvre madame Delisle que Narcisse soigne sans succès.

— Ben, moi, à sa place, j'irais voir le docteur Grenier en bas de la ville !

Malgré son état et ses rondeurs, Esther ne voulait pas démordre d'aller danser le samedi soir, même si sa mère l'avertissait que trop de trémoussements sur la piste n'étaient pas bons pour le bébé. Ces soirées permettaient à la future maman de renouer avec ses amies, de potiner sur les vedettes de l'heure et de se complimenter les unes les autres sur leurs toilettes ou leurs bijoux, pendant que les hommes se la coulaient douce dans la bière ou le whisky. Albin avait ouvert la danse avec sa dame sur *Perles d'amour*, une valse de Josef Strauss, pour ensuite la serrer contre lui sur le plus récent succès américain, *Night and Day*. Esther, toutefois, n'exagérait pas, car l'enfant qu'elle portait lui semblait déjà lourd. Puis, fatiguée avant l'heure convenue pour rentrer, elle pria Albin de la ramener à la maison où sa mère, inquiète, l'attendait. Étendue sur le canapé rembourré, elle laissa tomber ses souliers et demanda à son mari de lui apporter une eau pétillante pour contrer ses nausées. Sa mère, sourcils froncés, lui lança en la regardant essayer de digérer :

— Blâme pas ton souper, ma fille ! Laisse plutôt le vin de côté dans ton état !

Ce dont Esther avait abusé sans s'en rendre compte en commérant avec ses amies d'occasion. Ce qu'Albin n'avait pas remarqué, occupé lui-même à vider quelques verres de whisky avec les maris ou amants des présumées copines.

En avril, le père d'Albin, sénile et enfermé dans un hospice, rendait l'âme en pleine nuit. Les religieuses de l'asile qu'on qualifiait plutôt de refuge avaient téléphoné chez les Fougère pour en avertir son fils, seul parent du défunt. Albin qui n'avait pas vu son père depuis des mois, fut quand même repentant de n'avoir pas été là pour recueillir son dernier souffle :

— Il est mort comme un chien, Esther ! Comme ceux qui crèvent seuls au fond d'une ruelle !

— Allons, cesse de te morfondre et de te sentir coupable, il ne te reconnaissait même plus quand tu le visitais. Il t'appelait « monsieur » et il te vouvoyait.

— N'empêche que son sang coule dans mes veines ! J'aurais aimé être là pour serrer sa main osseuse dans ma main potelée. J'aurais pu lui murmurer qu'il allait être grand-père. Qui sait ? Parfois, une dernière lueur… Un sursaut de lucidité…

— Mais non, il n'avait plus toute sa tête, Albin !

— Oui, j'sais, mais n'empêche qu'avec un effort de ma part…

Impatientée, Esther, qui avait d'autres préoccupations, lui répondit brusquement :

— Ben, c'était à toi d'y penser avant ! C'est trop tard maintenant !

Madame Fougère avait fait parvenir quelques fleurs à l'hospice où le défunt était exposé à la chapelle. Marguerite et Narcisse avaient fait de même en venant offrir leurs condoléances au beau-frère. Sans omettre, bien sûr, de faire une courte prière devant le mort qu'ils n'avaient jamais vu de son vivant. Un service intime eut lieu, une messe fut célébrée par un dominicain, aumônier de la chapelle, et l'on enterra le corps du père d'Albin dans un coin du cimetière où son épouse, inévitablement squelettique, reposait depuis belle lurette. Une petite fosse à deux places seulement, car Albin n'avait pas l'intention, un jour, d'aller pourrir avec eux. La pierre tombale sur laquelle on lisait, avec l'usure, à peine le nom de sa mère fut nettoyée et l'on y ajouta le nom de son père, sa date de naissance, celle de sa mort et une petite croix de bronze pour remplacer le scapulaire gravé qui s'était effrité. Madame Fougère, présente lors de l'enterrement, déplora intérieurement que son gendre préféré n'ait jamais visité sa mère au cimetière. Les quelques personnes présentes, dont deux religieuses, se dispersèrent alors qu'Esther laissait tomber nonchalamment deux roses blanches sur la terre pas tout à fait dégelée. Marguerite était venue avec sa petite dans les bras, mais Narcisse s'en était abstenu. Un déplacement pour un pur étranger, décédé, ne valait pas l'argent qu'il allait soutirer de ses patients à visiter.

Avec le temps, Narcisse Des Oeillets était devenu un médecin impopulaire dans son quartier. Il s'occupait de près de sa clientèle fortunée au détriment des pauvres que Graziella Grassi s'évertuait à collecter. Ce qui voulait dire que les moins nantis étaient repoussés de plus en plus bas sur la liste des rendez-vous. Au point, pour ces derniers, d'annuler après avoir trouvé un autre docteur plus compatissant. Les salaires avaient connu une baisse de 60 % depuis 1929, ce qui voulait dire que les pères de famille qui avaient conservé leur emploi avaient à peine de quoi payer le loyer et mettre du pain sur la table. On reprochait également au docteur Des Oeillets de ne pas pratiquer d'accouchements, d'envoyer les futures mères à l'hôpital le plus près. Certaines, n'ayant pas le temps de s'y rendre, accouchaient à la maison, aidées d'un mari incompétent, à moins qu'une voisine vienne prêter assistance. Alors que le docteur vivait à deux pas ! Lorsque mademoiselle Grassi l'avertissait qu'une femme allait accoucher, que c'était devenu urgent, il lui faisait répondre qu'il n'était pas là. Parce que, au départ, la plupart de ces femmes en étaient à leur sixième ou septième rejeton, ce qui voulait dire qu'elles n'avaient pas d'argent et qu'elles pouvaient fort bien se tirer d'embarras avec le mari, la grand-mère, une voisine ou Dieu sait qui ! N'importe qui, mais pas lui ! Des Oeillets avait aussi cessé de visiter les malades âgés à domicile. Selon lui, il n'y avait rien à faire avec ces moribonds et mieux valait les placer dans les hôpitaux pour les vieux. Sans ajouter ouvertement que la plupart étaient sans le sou de toute façon ! Il n'avait conservé que sa clientèle de notables, même si parfois le malade n'avait plus sa raison. Parce que, pour une petite visite, un « ça va aller, vous verrez… », madame payait rubis sur l'ongle la visite à son mari, ou vice versa. Bref, le docteur Des Oeillets était de plus en plus haï dans le voisinage et c'était Marguerite qui en souffrait, les gens qui la croisaient ne la saluaient plus autant. Un autre vieux docteur des alentours avait pris sa retraite, ce qui laissait de moins en moins de choix aux résidants de la paroisse. Certains persistaient à se rendre chez Narcisse, malgré les soins hâtifs et le harcèlement de mademoiselle Grassi, mais d'autres avaient préféré prendre le tramway et se rendre chez de jeunes médecins plus compatissants des quartiers voisins. Mais voilà que la mort soudaine de son seul concurrent du quadrilatère lui avait permis de voir grossir sa clientèle. Avec l'aide de sa secrétaire, le docteur Des Oeillets avait fait le tri des patients : conviant les riches, repoussant les pauvres. Ceux qu'il connaissait moins devaient payer comptant. « Plus de crédit ! » avait-il commandé à sa secrétaire. « J'en ai assez de perdre de l'argent ! » Ce qui se répandit et qui le fit détester davantage des paroissiens, le curé et le vicaire inclus !

Esther, avançant dans sa grossesse, restait de plus en plus chez elle. Elle avait mis la danse de côté, trop essoufflée pour en suivre les rythmes. Mais elle se promettait bien de reprendre lorsque délivrée de la charge qu'elle portait avec peine. Lisant les journaux, elle avait appris que, malgré la crise dont on ressentait encore les dommages, les gangsters américains étaient prospères. Parmi les plus célèbres de l'heure : Dillinger, Bonnie et Clyde, ainsi que Ma Barker et ses fils. Sans compter les hommes de Capone, leur chef étant emprisonné. Soupirant, elle avait murmuré : « Mon Dieu que papa aurait aimé suivre ça ! Il se serait certes interrogé, il aurait même télégraphié… » Mais l'avocat était mort et c'était maintenant sa fille qui s'intéressait aux causes judiciaires, à défaut de ne plus être secrétaire dans ce milieu qui la passionnait. De son côté, Marguerite avait pu lire que, côté mode chez les hommes, les cravates de laine étaient en vogue. Réunissant ses quelques économies, elle surprit son mari en lui en offrant une dernier cri, mais le docteur, furieux, lui fit retourner la cravate en lui disant que lui seul allait s'habiller. Sans son aide ! Ce qui lui valut, bien sûr, de continuer à porter ses vieilles cravates de soie. Néanmoins, toujours obsédé par la jambe plus courte de sa fille Rose, il emmena l'enfant chez le cordonnier qui lui fabriqua une bottine orthopédique avec un talon plus haut que l'autre et, par conséquent, plus lourd. La petite, habituée à marcher un pied sur le talon, l'autre sur la pointe, eut du mal à s'accoutumer à cette chaussure trop pesante pour sa cheville, mais forcée par son père, elle parvint graduellement à s'y habituer et à ne plus boiter. Au prix de quels efforts, toutefois ! Sa mère en avait les larmes aux yeux et la rage au coeur. D'autant plus que Rose allait porter ce genre de chaussure toute sa vie. Marguerite en voulait à Narcisse de l'avoir obligée à traîner cette bottine sur le plancher, sans même avoir tenté de la faire examiner par un spécialiste au cas où une intervention… Mais elle ferma les yeux et s'en remit à Dieu. Sans se sentir trop fautive d'avoir baissé les bras car, pour ajouter à son mécontentement, elle venait d'apprendre qu'elle attendait un autre enfant.

Marguerite Fougère-Des Oeillets n'avait rien contre le fait d'être mère. C'était là son devoir et elle aimait les enfants. Ce qui la contrariait, c'était de constater que Narcisse n'avait pas la fibre paternelle et qu'il négligeait sa fille Rose, sauf pour les soins médicaux dont elle avait besoin. Or, le fait d'être père à nouveau le laissait froid. L'apprenant, il avait simplement murmuré à sa femme : «Ça fera une «fleur» de plus pour mon jardin.» Pour sa part, Esther dont la grossesse se rapprochait de plus en plus de la délivrance se montra ravie d'apprendre que sa soeurette allait avoir un autre enfant. Seule avec elle alors que Rose dormait, elle lui avait demandé :

— C'est pour quand, ce bébé-là ?

— Début décembre, j'en ai la certitude. Et comme le médecin qui a délivré Rose est parti vivre ailleurs, c'est Narcisse qui va m'accoucher cette fois.

— Quoi ? Lui ? Il avait pourtant juré... Il ne peut pas...

— Pas seul, voyons ! Avec le vieux docteur de la paroisse voisine. Il veut mettre la main à la pâte maintenant. Tu sais, je ne te l'ai jamais dit, mais il a toujours blâmé le médecin qui m'avait accouchée pour l'infirmité de Rose. Il prétend encore qu'avec lui l'accident ne serait pas arrivé.

— Voyons donc ! L'accident ! Elle a été formée de la sorte, la pauvre enfant ! Mais pour qui se prend-il donc, Narcisse ! Dieu le Fils ?

— Je sais... Mais je préfère que ce soit lui qui s'en charge cette fois. Si quelque chose survient, il ne pourra s'en prendre qu'à lui, à personne d'autre, pas même à moi comme ce fut le cas la première fois.

— Tu as raison... D'autant plus qu'il blâme le médecin qu'il a ensuite choisi pour être le parrain... Quel drôle de bonhomme, ton mari ! Mais je suis contente de te savoir enceinte, ce qui veut dire que nous aurons toutes deux un enfant en 1932.

— Oui, la même année ! Moi qui voulais te laisser toute la place…

— Non, celle-là, je peux la partager, ma petite soeur. Si tu savais comme j'ai hâte de débouler ! Ça s'en vient vite ! Albin m'encourage, maman aussi, mais j'ai si peur ! Je sens que ça va faire mal, que ça va m'arracher le bas du corps !

— Esther ! Cesse de penser comme ça, sinon ça va t'arriver ! Sois plus confiante et tu vas avoir une belle délivrance. Demande à papa de t'aider de là-haut… Prie un peu plus et cesse de te plaindre d'avance. Accoucher, c'est pas la pire des souffrances !

Mais le jour arriva et ce fut pour Esther « la pire des souffrances ». Dès les premières contractions, elle s'était mise à pleurer, crier, pour ensuite hurler de douleur. Malgré les encouragements de sa mère et l'assistance du bon docteur Grenier, la future mère était incontrôlable. Elle était en sueur, elle clamait qu'elle allait mourir, elle suppliait le médecin de lui ouvrir le ventre ! Albin, dans la pièce adjacente à la chambre, était dans tous ses états. Il craignait, d'après les plaintes incessantes, de perdre sa femme ou l'enfant. Ou les deux ! Il fumait cigare par-dessus cigare et implorait ses défunts parents de venir en aide à sa femme. Or, après quatorze heures de fortes douleurs, épuisée, sans force mais dans un ultime effort, Esther poussa une fois de plus et le médecin put enfin saisir la tête de l'enfant et le retirer du ventre de sa mère. Une grosse fille de dix livres ! Un bébé rond comme un ballon ! Belle sans même être lavée. Madame Fougère avait les larmes aux yeux tout en épongeant le front de sa fille quasi « agonisante ».

— C'est fait Esther, l'enfant est née ! Une belle grosse fille qui semble en bonne santé !

— Et comment ! d'ajouter le médecin. Elle crie aussi fort qu'un faucon !

— Elle a tous ses membres ? questionna la mère à demi inconsciente.

— Tous ! La perfection, madame Babin ! Souhaitez-vous la prendre ?

— Non, juste la voir. Montrez-la-moi, maman, je n'aurai pas la force de la prendre, j'ai les mains ravagées à force de serrer les barreaux de la couchette.

Au même moment Albin s'approcha et, l'apercevant, Esther lui cria :

— Jamais plus, Albin ! T'as compris ? Jamais plus d'autres enfants ! J'ai tant souffert… Une seule suffira…

Puis, fermant les yeux, Esther s'endormit d'épuisement. La petite, bien au chaud dans les bras de sa grand-mère, dormait aussi à poings fermés. Confortable en ce bas monde, son père en larmes au-dessus d'elle, Mireille ou Francine, comme elle allait s'appeler, était née le 29 juillet.

Esther avait repris des forces, mais elle restait distante avec son mari, comme s'il était responsable des douleurs qu'elle avait subies. Madame Fougère, plus indulgente, avait réprimandé sa fille :

— Albin n'a pas à être ignoré de la sorte. S'il fallait que tous les pères soient blâmés pour les souffrances de leur femme durant leurs accouchements, le Seigneur en serait choqué ! Prends madame Quéry, notre voisine d'en face, elle en est à son neuvième et c'est toujours avec un sourire qu'elle remet le petit dans les bras de son mari. Albin est un homme merveilleux, ma fille. Compte-toi chanceuse ! Pense à Marguerite et à son... J'aime mieux ne pas en parler !

Esther, mieux disposée, se remit à sourire faiblement à son mari qui, de son côté, la portait sur la main plus que jamais. Deux jours plus tard, alors qu'elle était aimable avec lui, il lui demanda :

— Comment allons-nous l'appeler cette petite bonne femme-là ?

— J'ai pensé à Mireille ou Francine... Qu'en penses-tu ?

— Bien, les deux prénoms sont jolis, mais j'aurais une faveur à te demander.

— Une faveur ? Laquelle ?

— Je te serais reconnaissant à vie si tu l'appelais du prénom de ma mère. Tu sais, je me reproche bien des choses, je ne l'ai jamais visitée au cimetière, je ne l'ai pas aimée de son vivant comme j'aurais dû... Mon père était si vilain avec elle. J'ai beaucoup à me faire pardonner et si je donnais son prénom à notre enfant, je crois que ma conscience serait beaucoup moins chargée.

— Bien, c'est possible... Quel était son prénom ?

— Gwen.

— Quoi ?

— Gwen ! Ma mère était de la Nouvelle-Écosse, ses parents étaient Anglais...

— Mais nous sommes Canadiens-Français, Albin ! Ce prénom est ridicule ! Je préfère de beaucoup Mireille ! De plus, Gwen se prononce très mal avec notre nom de famille. C'est insensé !

— Nous aurions pu garder Mireille pour une prochaine fille…

— Voyons, Albin ! Je t'ai dit et je te répète que je ne veux plus d'enfants ! Cette petite sera fille unique !

— Je m'excuse de t'interrompre, Esther, mais c'est le bon Dieu qui décide, pas nous…

— Bien, tu vas voir que je suis capable de l'influencer le Créateur ! Et s'il m'en veut, tant pis, mais la maternité pour moi, c'est fini !

— Bon, puisque c'est comme ça, fais ce que tu voudras pour le prénom de la petite. Oublie ce que je t'ai demandé… Ton choix sera le mien, ma chérie. Tu en as assez arraché sans que j'insiste…

Esther reprenait des forces peu à peu, mais elle resta à la maison le dimanche où sa petite allait être baptisée en l'église du quartier. Madame Fougère était porteuse et Albin suivait derrière elle. Marguerite était présente avec sa petite Rose, mais Narcisse ne se dérangea pas. La marraine était une amie d'Esther, venue en compagnie de son mari. Une amie d'occasion de ses soirs de bal à la salle paroissiale. Ce qui était dommage pour Marguerite mais, selon Esther, n'importe quel parrain, sauf… le beau-frère ! La petite, joufflue dans sa couverture blanche, les joues rouges, fut prénommée… Gwen ! Esther avait plié et Albin en avait pleuré de joie. Gwen… précédé de Marie tout simplement. Parce que la marraine s'appelait Marie également. Gwen Babin ! Un prénom que, même avec l'explication, Marguerite trouvait de mauvais goût. Un prénom anglais par-dessus le marché ! Fallait croire qu'on allait s'y habituer !

La cérémonie fut brève et tous revinrent à la maison pour un petit goûter préparé d'avance. Rose voulait prendre le bébé, croyant qu'il s'agissait d'une poupée, mais lorsque « la cousine » se mit à pleurer fort, elle s'en éloigna rapidement. Esther se retira pour nourrir sa fille et madame Fougère annonça à tous qu'elle allait être encore grand-mère en décembre. On félicita Marguerite qui, une fois de plus, n'affichait rien de son état. Elle était pourtant à cinq mois de son accouchement. Cette fois, aucune nausée, aucun malaise, une grossesse dont toute femme pouvait rêver. Elle était, aux dires de sa mère, une exception à la règle. Les invités se dispersèrent, Marguerite marcha jusque chez elle avec sa petite Rose dans un carrosse et, la maison maintenant vide de ses invités, Esther s'empressa de remettre sa fille à son mari en lui disant : « Va la porter à maman, elle va s'en occuper. » Pour ensuite regagner sa chambre et se coucher sur l'embonpoint qu'elle risquait de garder. Madame Fougère s'éloigna avec le bébé et, resté seul, se débouchant une pinte de bière, Albin se demandait bien ce qu'il allait devenir dans le décor. Esther n'était pas des plus affables avec lui, on sentait même qu'elle s'entraînait à devenir distante. Elle avait fait une concession pour le prénom de la petite, mais elle n'en ferait pas deux. Elle le gardait éloigné d'elle, le tenant encore responsable de ses atroces douleurs et de la disgracieuse apparence de son corps depuis cette maternité. Comme si le post-partum de son accouchement lui avait fait brusquement haïr celui qu'elle avait pourtant aimé. De son côté, madame Fougère, sans mal faire, était si dévouée à l'enfant, qu'elle oubliait que son gendre vivait sous leur toit. En ignorant involontairement qu'Albin avait peut-être le ventre creux. Et comme elle mangeait comme un oiseau… Le pauvre homme, se sentant délaissé, mais armé de patience, se contentait dans de tels moments de prendre son chapeau et de se rendre au restaurant. Lorsque septembre se pointa, il s'enquit auprès d'Esther s'il pouvait aller travailler pour quelques mois au Manitoba. S'attendant à un refus ou, du moins, à une hésitation, il fut étonné d'entendre sa femme lui répondre : « Vas-y, mon homme ! Et prends ton temps ! Maman et moi, on va s'occuper de la petite ! » Albin Babin comprit ce jour-là qu'Esther ne l'aimait pas. Ou qu'elle ne l'aimait plus. Il mit donc son plan à exécution et partit le coeur gros, laissant derrière lui sa « poupoune », comme il appelait Gwen qu'il ne reverrait pas avant les Fêtes. Puis, à bord du train, l'âme à la tristesse, il essuya de sa manche une paupière humide. Parce que, depuis son accouchement, sa femme lui avait fermé la porte de sa chambre. Une semaine, un mois, puis indéfiniment !

Le mois des morts, ses feuilles trempées au sol, et Esther, sortie enfin de sa léthargie, retrouvait peu à peu sa taille… et sa beauté ! Se rendant au cinéma avec une amie, elle fut surprise d'y découvrir une toute jeune actrice d'à peine quatre ans, belle comme un coeur, nommée Shirley Temple. Elle était certaine qu'avec son visage rond Gwen allait lui ressembler avec le temps. D'autant plus qu'elle comptait bien lui boucler les cheveux comme la petite vedette de l'écran. Dans ses moments libres, elle répondait bien sûr aux lettres d'Albin, mais sans empressement. Que pour être polie, par devoir, sans même un mot tendre en passant. Ça commençait toujours par Albin sans Cher, et c'était signé Esther. Pas même avec un *With love* ou Avec affection. Sans post-scriptum ! Le genre de lettre pour un ami occasionnel, elle qui lui avait pourtant reproché son manque de chaleur au temps de leurs fréquentations. Au cinéma américain, les films en vogue étaient *Mata Hari* avec Greta Garbo et *Trouble in Paradise* avec Kay Francis. Parmi les vedettes établies, on citait les noms de Charles Boyer et de Joan Crawford. Côté sports, les Maple Leafs de Toronto avaient remporté la coupe Stanley. Ce qui avait laissé de marbre Narcisse Des Oeillets qui ne s'intéressait qu'à l'horticulture et au jardin qui gelait dans sa cour. Puis, de temps à autre, à sa médecine, et un tantinet à sa femme et à son enfant.

L'année s'était écoulée si rapidement que Marguerite se demandait si on avait célébré Pâques dans sa famille ! Ressassant ses souvenirs, elle se rappelait avoir observé le carême et fait un chemin de croix en compagnie de sa mère. Rose avait reçu un petit oeuf en chocolat de la part de sa tante, et on avait fait honneur au jambon orné d'une fleur de papier chez les Fougère où la famille s'était rassemblée… sauf Narcisse ! Parce qu'il n'avait pas voulu partager la table de son beau-frère. Puis, Marguerite revoyait les fleurs s'épanouir, son mari en semer d'autres, trouver des pots pour les plus rares, et ignorer sa petite qui, parfois, voulait s'accrocher à sa salopette. Le curé se demandait si le docteur Des Oeillets était encore croyant car on ne le voyait plus à l'église, mais comme il payait sa dîme, on n'osait pas le rappeler à l'ordre. Après la naissance de Gwen vint la fin de l'été, suivie de l'automne qui s'était écoulé avec la force de l'éclair. Le 3 décembre au matin, avec l'aide de son mari, Marguerite accoucha de son second enfant, une autre petite fille, mais intacte de la tête aux pieds cette fois. Narcisse qui n'avait rien eu à faire ou presque comme assistant, avait examiné l'enfant pour la tenir, victorieux, à bout de bras :

— Regarde comme elle est superbe, celle-là, Marguerite ! Aucune anomalie !

Ce qui avait transpercé le coeur de la jeune mère qui lui avait répondu :

— Ce n'est pas parce qu'elle a un petit défaut que Rose est moindre que...

Mais le docteur ne l'écoutait pas. Fier de sa seconde fille, la serrant sur sa poitrine, il s'était écrié :

— Nous allons l'appeler Iris, cette petite ! Une bien jolie fleur ! Et je crois que je vais l'aimer, celle-là !

Ce qui avait provoqué des sanglots soudains de la part de Marguerite. Éberlué, le vieux docteur qui l'avait accouchée était resté bouche bée, et Narcisse avait ajouté :

— Pleures-tu de joie, ma femme ? Ce serait de circonstance. Un si beau bébé !

Esther avait été renversée d'apprendre que sa soeur avait accouché comme une chatte. En moins d'une heure après quelques contractions et de légères douleurs. Pourtant, Iris était plus pesante que Rose, elle faisait presque huit livres. Délivrance terminée, Marguerite était assise dans son lit avec sa petite dans les bras. Comme si donner naissance à un enfant était moins souffrant que l'extraction d'une dent !

Esther en était chavirée ! Jalouse même ! Regardant sa mère, elle lui demanda, le front plissé :

— Pourtant, vous avez souffert, vous, maman ?

— Heu… oui. Plus que Marguerite, mais moins que toi. Il n'y a pas un corps de femme semblable à un autre, ma fille. Faut croire que Marguerite est élastique…

— Je veux bien le croire, mais entre ne rien ressentir et souffrir comme une vache, il y a une marge !

— Que veux-tu, c'est le Seigneur qui décide, Esther. C'est même Lui qui décide que certaines femmes vont enfanter et que d'autres seront stériles.

— Bien, entre vous et moi, j'aurais préféré être du deuxième groupe ! Je n'en serais pas à me tenir les reins pour marcher et à compter mes bourrelets avant de les enfouir dans un corset !

Le temps des Fêtes s'écoula sans faste cette fois. Marguerite, nouvelle maman, n'avait guère envie de fêter et Narcisse, professionnel jusqu'aux bouts des doigts, disait-il, accompagnait une riche octogénaire de la rue Bloomfield dans ses derniers moments. Excellente raison pour fuir toutes les invitations. Voyant cela, Esther organisa un petit réveillon auquel elle convia quelques amies de la salle paroissiale. Sa mère s'occuperait de Gwen pendant que ces dames danseraient une partie de la nuit après la messe de minuit. Esther avait des disques populaires, mais l'un des invités avait apporté son petit harmonica pour mieux les faire sautiller. Ce qui irrita madame Fougère qui ne parvenait pas à endormir la petite avec ce tintamarre venant du salon. Le vin coulait à flots, la bière aussi, et Esther fut ravie du succès de son réveillon. D'autant plus qu'elle n'avait pas eu à subir Albin qui n'allait rentrer du Manitoba que le lendemain matin. À cause d'un changement de dernière heure dans le fuseau horaire des trains.

En début mai de l'année suivante, Narcisse se décida à vendre la maison de la rue Hutchison qu'il louait à des notables du quartier. Sans cesse dérangé à cause d'un tuyau crevé ou de la toiture qui s'effritait, il devenait impatient, n'ayant pas de temps à consacrer à ces réparations. Pas plus qu'il n'avait envie d'en absorber les coûts ! Comme les gens se renflouaient peu à peu, il était certain de vendre à bon prix. La famille qui l'habitait lui offrit de l'acheter, mais à un prix dérisoire à cause des travaux à effectuer. Pour ne pas qu'ils dévalorisent la demeure, il décida de les évincer dès que leur bail se termina et, la laissant vide quelques mois, il trouva un acheteur parmi ses patients fortunés, pour l'un de ses fils qui allait se marier. Au prix fort élevé demandé par le docteur ! Sans négocier et sans questionner l'état de la résidence, en déléguant les futurs mariés pour la visiter. Ces derniers en furent éblouis ! C'était si grand, si imposant comme façade, ce qui les ferait passer pour un couple très à l'aise dans le quartier. Ils achetèrent les yeux fermés, sans se rendre compte que deux robinets ne fonctionnaient pas, qu'un tuyau de la cave était crevé, et que les coins de la toiture avaient été emportés par les vents forts de l'hiver. Des bagatelles que le père du jeune homme fit réparer en payant comptant. Tout comme il l'avait fait pour la maison, évidemment ! On disait de lui, dans les environs, que l'argent lui sortait par les oreilles ! C'est un mois plus tard que Des

Oeillets se rendit compte que la toiture avait été changée et que personne ne lui avait rien réclamé. Soulagé, Narcisse respira d'aise. La maison de son défunt père, puis de sa mère, venait de lui rapporter un montant inespéré. Marguerite ne sut rien de la transaction ni de la somme que la vente avait rapportée. Son mari avait tout déposé à la banque sans lui en parler. Elle se rendit compte qu'un jeune couple l'habitait et, s'informant des bons locataires qui y logeaient avant, Narcisse lui répondit :

— Ils ont déménagé ailleurs, ma femme. Le jeune couple l'a achetée, ils viennent de s'épouser. C'est le cadeau de noces du père du marié. Et puis, ne me questionne pas de la sorte sur des questions financières ! Avec deux petites dans les jambes, tu as certes mieux à faire !

Marguerite repoussa la porte et se ferma… la trappe ! Elle avait appris, depuis un certain temps, qu'il lui était interdit de questionner son époux ou de tenter de s'immiscer dans ses affaires. De la bouche même de mademoiselle Grassi, sur les ordres de Narcisse, son mari ! Elle n'avait qu'à se taire, faire le marché et la cuisine, et élever dignement ses enfants. Pour la paperasse de quelques notaires, tout comme celle venant de la banque ou d'une firme de placements, la vieille secrétaire s'en occuperait désormais. Marguerite, soumise, n'avait plus qu'à respirer l'air pur, visiter sa mère ou se rendre au parc public avec Rose accrochée à ses jupes et Iris dans son landau de paille. Pendant que son mari, les jours de congé, passait de longues heures à quatre pattes sur un vieux coussin à cultiver les fleurs de son jardin.

En cette année 1933, néanmoins, la province allait accuser un déficit de 6,8 millions de dollars, ce qui n'empêcha pas Maurice Duplessis de demeurer chef de son parti. Madame Fougère, légèrement plus cultivée que sa fille Esther, s'arrêta au fait que le prix Nobel de la littérature avait été décerné à un écrivain russe du nom d'Ivan Bounine, qu'elle ne connaissait pas. Sa fille, plus frivole, fouinant dans les pages des « futilités », put apprendre que le titre de Miss America du concours annuel du même nom aux États-Unis avait été remporté, cette fois, par Marion Bergeron, représentante du Connecticut. On pouvait voir la photo de la jolie blonde de quinze ans et demi seulement, avec la couronne sur sa tête bouclée. Esther s'occupait toutefois de sa petite Gwen qu'elle « catinait ». Elle aimait la dorloter, mais dès qu'elle pleurait, elle la passait à sa mère qui avait la tâche de la consoler. Albin travaillait d'arrache-pied pour maintenir la maison avec l'aide pécuniaire plutôt minime de sa belle-mère. Ce qui lui imposait des déplacements au Manitoba et en Ontario où les contrats étaient plus fréquents et plus payants. Esther, jouant les indulgentes, avait rouvert la porte de sa chambre à son mari, mais ce n'était que pour ne pas contrarier sa mère qui aurait lancé les hauts cris si elle avait appris que sa fille le tenait loin d'elle. Lui, si généreux, si affable, lui dont elle disait le plus grand bien. Sans savoir cependant que sa fille n'aurait pas d'autre enfant puisque, porte fermée derrière l'époux, c'est sur un divan du coin de la chambre que ce dernier dormait. Sans approcher Esther, sauf pour lui déposer un baiser sur le front. Et sans la menacer de quoi que ce soit pour le bien-être de leur enfant et le respect de leurs noms propres. Non pas qu'Esther détestait ce mari qu'elle avait choisi, elle le craignait tout simplement. Il était trop fertile pour elle, elle le sentait trop « géniteur ». Il eut beau plaider sa cause, lui dire qu'il s'en remettrait à elle pour un certain contrôle, elle le repoussa tout autant. Un baiser de temps à autre devait suffire à garder leur amour intact, lui disait-elle. Sans même quelques touchers dont elle aurait pu… le gratifier ! Comme elle avait retrouvé sa taille de guêpe, il était évident qu'elle ne voulait courir aucun risque de la reperdre ! Quand Albin était à l'extérieur, elle se rendait parfois au bal du samedi soir avec des amies afin de danser, virevolter et danser davantage. Que ça ! Danser ! Même si quelques cavaliers tentaient de lui faire poliment la cour. Esther ne voyait rien, ne devinait rien… Acceptant les polkas et les valses, elle refusait les slows parce qu'il eut été déplacé de sa part d'accepter ces suaves corps à corps. Madame Babin était une femme mariée. Somme toute, elle ne voulait que danser, pivoter comme une toupie, éprouver des vertiges et se rasseoir essoufflée, alors que sa mère peinait à mettre la petite au lit. Gâtée pourrie, Gwen prenait déjà plaisir à se faire respecter… en tapant lourdement du pied ! Esther invitait Marguerite de temps à autre, mais cette dernière déclinait de plus en plus les invitations, même celles de sa mère. Avec deux enfants à ses jupes et un mari de plus en plus exigeant, il valait mieux qu'elle ne s'éloigne pas trop de la maison. Surtout sans permission ! Le docteur, sans cesse aux aguets, avait maintenant sur sa femme un contrôle complet. Marguerite en était même rendue à le craindre lorsqu'il haussait le ton et qu'il la foudroyait d'un regard dur qui la clouait sur place.

Octobre s'avança avec ses coloris superbes, ses vents tièdes, ses feuilles éparses et, dans la paroisse, personne ne se doutait encore du drame terrible qui allait survenir. Le vendredi 20 octobre alors qu'Albin revenait en voiture de l'Ontario avec deux collègues de travail, un terrible accident se produisit. Dans une courbe, la voiture fit face à un camion qui dérapait, sans doute privé de freins, ce qui occasionna une collision spectaculaire. L'automobile dans laquelle Albin prenait place avec ses deux compagnons fut littéralement écrasée sous le poids du mastodonte. Celui qui était à l'arrière eut la vie sauve, mais perdit une jambe. Les deux hommes du siège avant, le conducteur et Albin, furent tués sur le coup. On mit des heures à sortir les victimes de ce tas de ferraille, sauf celui qui survécut. Le chauffeur du camion s'en tira, mais faillit perdre un oeil. Les véhicules venant des deux côtés s'étaient immobilisés dans le but de venir en aide, mais aucun volontaire ne put s'approcher du lieu de la catastrophe à cause du camion dont le moteur fumait et grondait encore. Avec sa plaque immatriculée au Québec, personne ne connaissait la voiture et encore moins l'identité des passagers. Tout ce qu'on savait, c'était que trois hommes étaient à bord, dont un survivant transporté inconscient au bloc opératoire de l'hôpital le plus près pour une amputation urgente. C'est par la femme de ce dernier qu'on put connaître l'identité des deux autres victimes de l'accident. Car elle l'attendait à la frontière du Québec pour prendre le train avec lui et se diriger chez ses parents en Gaspésie. C'est donc elle qui identifia ses deux collègues avec lesquels il était parti. Il avait communiqué avec elle le matin même, l'avisant du trajet de son retour et de ses compagnons que la dame avait déjà rencontrés. Deux hommes fin vingtaine, ou début de la trentaine, selon elle. Le chauffeur, célibataire, et l'autre, marié et père d'un enfant. C'est ce que les policiers inscrivirent dans leur rapport provisoire, car la dame, déjà abattue par le sort de son mari à l'hôpital, ne savait rien des noms des deux autres. Elle connaissait pourtant leurs prénoms, mais dans son agitation, la mémoire lui faisait défaut. Bill... pour l'un, marmonnait-elle. L'autre avait un drôle de nom. C'est donc auprès de la compagnie que les enquêteurs purent enfin connaître l'identité des trois ingénieurs civils partis le matin même. Comme l'accident était survenu en Ontario, voisine du Québec mais tout de même une autre province, ce n'est que tard dans la nuit qu'Esther apprit par la police le décès tragique de son mari. Madame Fougère, en robe de nuit, avait juste eu le temps d'asseoir sa fille sur le divan avant qu'elle perde conscience. Regardant le Ciel, implorant le Seigneur, Bérénice Fougère avait presque crié : « Mon Dieu ! Ayez pitié ! Lauréat, aide-nous ! Qu'allons-nous devenir sans lui ? Et la petite ? »

Durant les trois jours entiers où le corps d'Albin Babin fut exposé, les gens s'étaient déplacés de partout dans le quartier afin de voir si l'embaumeur avait fait un bon travail avec le cadavre écrabouillé de l'ingénieur. Mais ils eurent la surprise de se retrouver devant un cercueil fermé tellement le mort était méconnaissable. Esther avait placé la photo encadrée de son défunt mari sur un lutrin près d'un bouquet de roses blanches. Madame Fougère avait beaucoup pleuré. Elle aimait comme un fils ce gendre si généreux et rempli d'affabilité pour elle. Esther, de son côté, était encore sous le choc. La narration de l'horrible accident par la femme du rescapé l'avait profondément perturbée. Mais les larmes ne suivaient pas. Attristée, elle était sans voix et répondait avec peine à ceux et celles qui la consolaient. Sans être de marbre, elle semblait ailleurs. La perte de son mari la secouait, mais elle n'était pas éplorée comme aurait dû l'être une veuve de son âge. Ce qui intriguait les gens. Surtout face à une mort aussi subite. La petite Gwen ne comprenait pas encore ce qui se passait autour d'elle. Ce qui semblait lui plaire, c'est que tous voulaient la prendre dans leurs bras et la serrer contre eux. Elle acceptait, parfois, les bras tendus des jolies dames parfumées, mais se dégageait de ceux des hommes ou des personnes âgées, sauf ceux de sa grand-mère, évidemment. Narcisse et Marguerite avaient partagé la douleur d'Esther par un envoi floral et de fréquentes visites au salon. Le second soir, alors que sa belle-soeur était assise aux côtés de sa femme, le docteur put entendre Marguerite lui dire :

— Si on peut faire quelque chose pour maman et toi, Esther, n'hésitez pas. Narcisse et moi allons vous aider de tout coeur.

Ce qui lui avait valu de la part de son mari un regard réprobateur.

L'enterrement d'Albin Babin attira beaucoup de monde. Surtout à l'église pour le service religieux. Esther, toute de noir vêtue, s'y était rendue au bras de sa mère, la petite ayant été confiée à une gardienne. Plus loin, dans une autre paroisse, avaient lieu les obsèques du collègue d'Albin, le jeune chauffeur de vingt-huit ans. Narcisse et Marguerite, solennels, étaient présents dans les premières rangées réservées pour la famille. La jeune soeur de la veuve s'était acheté pour la circonstance un chapeau noir avec voilette. Orné d'une plume comme le voulait la mode. Une plume noire qu'elle pourrait éventuellement remplacer par une blanche. Le docteur avait assuré sa belle-soeur de son soutien « moral ». Elle l'avait remercié du bout des lèvres, sachant fort bien que Narcisse n'avait jamais aimé Albin. Madame Fougère communia, Esther aussi. Marguerite s'approcha à son tour de la sainte table, mais le docteur resta assis sur son banc, le nez en l'air, sans regarder personne autour de lui. Pas même ses patients ! Sa secrétaire, Graziella Grassi, avait gardé les enfants à la maison durant leur absence. Une économie de plus pour celui qui renflouait ses coffres avec ses épargnes. Car, « c'est avec des cennes qu'on fait des piastres », répétait-il souvent à sa femme. Pas chiche pour autant, sa famille ne manquait de rien. Juste économe ! Il n'était pas du genre à dépenser pour ce dont ils pouvaient se passer. Marguerite, à force de l'entendre parler de « gaspillage », avait fini par ménager tout comme lui afin d'être, un jour, les mieux nantis de la paroisse. Ce qui vaudrait un bel héritage à chacun de leurs enfants.

Albin Babin fut enterré dans un cercueil de bois peint, rien de cher, aux côtés de l'avocat, son beau-père. Parce que sa veuve et sa belle-mère ne pouvaient se permettre davantage, disait-on. Toutefois, l'ingénieur avait de bonnes assurances qui allaient permettre à son épouse de bien vivre, sans avoir à vendre la maison ou à emprunter à qui que ce soit, au beau-frère en particulier. Son compte en banque avait permis qu'on s'occupe de ses funérailles, mais Esther n'avait en rien exagéré. Elle préférait en garder le plus possible jusqu'à ce que « la manne » tombe de sa prime payée à terme. Or, avec le surplus du pécule de la grand-mère ajouté à son avoir, les deux femmes allaient, avec vigilance, survivre sans se gratter la tête. Attristée par la mort de son mari, esseulée si jeune, Esther se consola à l'idée d'avoir une enfant à aimer et à élever. Quelque peu repentante d'avoir refusé son lit à son mari de son vivant, elle s'en confessa et, après avoir récité un rosaire en guise de pénitence, elle s'arrêta devant la statue de la Vierge et alluma un lampion pour obtenir le pardon d'Albin du haut du Ciel. Puis, la conscience en paix, elle soupira d'aise à l'idée de ne plus jamais vivre une autre maternité. Et encore moins de devenir enceinte de qui que ce soit, car aucun autre homme sur terre n'allait remplacer son défunt mari. Du moins, le clamait-elle. Toutefois, en remontant l'allée du cimetière au bras de sa mère, elle murmura à Marguerite qui la soutenait :

— C'est moi qui passe à travers tout ça et c'est toi qui es blanche comme un drap.

— Ce n'est pas que l'épreuve qui me rend blême, Esther... J'ai des nausées...

— Ah non ! Dis-moi pas que tu es encore en famille ? Tu en as déjà deux...

— Je sais, mais les nausées, ça ne trompe pas. J'en ai tellement eu avec Rose... Pas certaine encore, mais presque. À la grâce de Dieu, n'est-ce pas, maman ?

Chapitre 5

Marguerite n'avait pas fait d'erreur en présumant être enceinte, elle attendait bel et bien un troisième enfant pour la fin de juin 1934. Narcisse en était heureux, sa progéniture allait croître en harmonie avec trois nouveaux bourgeons de son jardin. Fille ou garçon, peu lui importait, les prénoms qu'il avait emmagasinés dans le creux de ses pensées étaient si nombreux qu'il n'en voyait pas la fin. Pour le sexe de l'enfant, même s'il se montrait indifférent, il n'avait pu s'empêcher de dire à sa femme qu'un garçon serait le bienvenu, cette fois. Marguerite, le tricot à la main, lui avait répondu :

— C'est le Seigneur qui décide, mon mari.

Pour ensuite ajouter en soupirant :

— Compte-toi chanceux qu'il nous comble autant.

Son époux, sans détourner la tête, lui avait répliqué :

— Les femmes sont faites pour avoir plusieurs enfants. Toi comme les autres, Marguerite !

Ce à quoi, elle avait rétorqué :

— Oui, les femmes robustes et vigoureuses, pas les petites chenilles comme moi !

Se levant, il l'avait regardée comme pour avoir le dernier mot :

— C'est pourtant toi qui accouches comme une chatte ! Regarde ta soeur ! Un corps en puissance, les seins fermes, des hanches solides et elle n'a accouché qu'une seule fois de peine et de misère. Ça ne veut rien dire, la stature ! Tu es plus forte qu'elle, Marguerite !

Sur ce, il n'avait pas tort. Quoique chétive, la cadette était moins souvent alitée que sa soeur aînée.

Cette dernière, seule avec sa mère et sa fille dans leur grande maison, manifesta le désir de travailler à l'extérieur. Comme secrétaire juridique, si possible, tâche qu'elle avait accomplie auprès de son père. Madame Fougère, sentant que sa fille craignait de manquer d'argent malgré la somme des assurances et l'avoir personnel de son défunt mari, ne s'opposa pas à son idée et accepta de bon gré de prendre soin de sa petite-fille pendant que sa maman serait absente. Esther trouva l'emploi convoité en deux temps, trois mouvements. Parce qu'elle avait une certaine expérience dans le domaine, qu'elle était fort jolie, bien tournée et des plus affables avec tous. Cet entregent qui lui ouvrait ainsi les portes lui venait de son père. Marguerite, plus timide, plus distante, avait hérité des failles de sa mère.

Les journaux avaient beau parler à pleines pages de l'inauguration prochaine du pont Mercier, qu'Esther, en souvenir de son défunt père, avait plutôt jeté les yeux sur la colonne qui annonçait qu'aux États-Unis le règne des grands gangsters s'achevait. Bonnie et Clyde étaient tombés sous les balles, au Texas, alors que John Dillinger était abattu par le F.B.I. et qu'Al Capone avait été transféré à Alcatraz, une prison à sécurité maximale. « *Good !* s'était-elle exclamée. Papa serait content d'apprendre ça ! » Puis, par curiosité, elle tourna quelques pages et tomba sur les chansons les plus populaires de *Musak*, dont *Anything goes,* sur laquelle elle danserait sûrement au bal du samedi soir, son deuil terminé. Avec le premier qui lui tendrait la main ! Lors de ses rares sorties, elle était allée voir le plus récent film de Claudette Colbert qu'elle ne trouvait pas jolie, et avait acheté pour sa mère le parfum que portait l'actrice Marie Dressler. Si lourd, si fort que la pauvre Bérénice éternua dès la première application !

Chez les Des Oeillets, alors que le docteur semblait rouler sur l'or, une déception l'attendait. Un jeune médecin, nouvellement diplômé, s'était installé dans le quartier. Un homme aimable, beau comme un dieu, qui, en peu de temps, s'empara sans l'avoir cherché de la moitié de la clientèle du quartier. Les jeunes femmes surtout, ainsi que quelques plus mûres, qui ne juraient que par le nouveau médecin à cause de son apparence. Sans parler des enfants qui le préféraient à Narcisse, à cause de son beau sourire et des sucettes ou *jelly beans* qu'il leur donnait pour les empêcher de pleurer pendant l'examen. Le docteur Des Oeillets n'avait plus que sa clientèle de personnes âgées fortunées, tout en recrutant les moins bien nanties qu'il n'allait plus collecter à tour de bras, comme il l'avait fait par le passé. Parce qu'il avait entendu dire que son jeune concurrent faisait largement crédit sans ennuyer ses patients par la suite. Marguerite avait tenté de le mettre en garde, mais Narcisse, outré, lui avait répliqué :

— Toi, occupe-toi juste de porter décemment notre enfant ! Ne viens pas me parler de ma profession et encore moins d'argent !

Marguerite Fougère se sentait de moins en moins heureuse avec Narcisse Des Oeillets. Elle l'avait pourtant épousé avec de bons sentiments et des intentions louables, mais plus le temps passait, plus son coeur se fermait. Même l'admiration déclinait parce qu'elle se rendait compte qu'il n'y avait plus de partage dans les échanges de vues du quotidien et qu'il était de plus en plus distant avec elle. Comme si elle ne savait rien ! Sotte ou presque ! Dominateur, il n'avait plus un seul geste de tendresse pour elle, que des ordres de plus en plus vifs et cruels. Pour la « casser » complètement, en faire sa servante et non sa femme. Sur le plan intime, il ne l'approchait plus qu'une fois ou deux par année, dans le but de lui faire un enfant. En suivant le calendrier pour elle, pour ne pas avoir à lui faire l'amour… pour rien ! Ce qui la faisait pleurer de rage chaque fois, car tout se déroulait en silence, en pleine noirceur, sans le moindre toucher, encore moins un baiser. Lorsqu'elle était enceinte comme c'était le cas présentement, plus rien durant neuf mois et même plus… Jusqu'à ce que, physiquement, elle soit apte à lui donner un autre enfant. Qui de mieux qu'un médecin pour juger du moment ? Un acte inquisiteur, quoi ! Un effort qui le mettait en rogne quand la nature déjouait ses plans et que Marguerite n'était pas enceinte le mois suivant. Triste à en mourir, elle n'avait pour toute consolation que ses deux petites filles et le bébé qu'elle attendait. Jamais elle n'aurait osé confier son désarroi à sa mère ou à sa soeur. Marguerite, mariée «pour le meilleur et pour le pire», gardait sa détresse en elle. Et ce qui la rendait encore plus malheureuse, c'était qu'elle voyait bien que «le pire» était à venir. Narcisse, de plus en plus exécrable, n'allait certes pas s'amadouer avec les années. À la moindre contrariété, il explosait! Au point que ses petites «fleurs» le craignaient. S'en rendant compte, il rassurait Iris d'une caresse tout en ignorant Rose, la jambe croisée sur sa bottine orthopédique. Au printemps, il retrouvait un semblant de sourire quand les bourgeons renaissaient dans son jardin. Le même sourire que Marguerite affichait. Non pas par solidarité pour l'éclosion de ses fleurs, mais parce qu'elle ne l'avait plus sur le dos pour un bout de temps! Saison bénie pour elle!

Les jardins avaient refleuri dans les alentours, tous aussi beaux les uns que les autres, sans qu'aucun cependant ne puisse rivaliser avec celui du docteur Des Oeillets qui y mettait une touche particulière, allant jusqu'à garnir les allées de chérubins de plâtre. Pour ensuite ajouter quelques papillons de soie à défaut de ne pas en apercevoir de réels se poser sur ses bourgeons tardifs. Quittant le rêve, retrouvant la réalité, le lendemain, 30 juin, en moins d'une heure et sans douleur ou presque, Marguerite donnait naissance à une troisième «fleur» que Narcisse décida de prénommer Violette. La petite, en forme, tous ses membres, avait quand même déçu son père par son manque d'attraits. Ni belle ni laide, elle était déjà le «portrait tout craché» de sa mère. Chétive, les épaules hautes, le cou quasi absent, c'était comme si

Marguerite s'était réincarnée en elle. Il devenait donc évident qu'Iris, belle comme un coeur, garderait le privilège d'être la préférée de ce père «perfectionniste». Elle allait encore demeurer la seule qu'il prendrait sur ses genoux, en faisant mine de ne pas voir Rose qui, haute comme trois pommes, quémanderait de ses bras levés une marque de tendresse. Ignorée comme le serait Violette, l'aînée des filles Des Oeillets n'avait jamais reçu de son père le moindre baiser sur le front. Quand le docteur daignait jeter un regard sur elle, c'était pour voir si elle ne traînait pas «de la patte» avec ses bottines sur mesure, qu'il remplaçait au fur et à mesure qu'elle grandissait.

Malgré ses accouchements faciles, Marguerite aurait souhaité que ses grossesses s'arrêtent après sa troisième fille. Mais comment aborder un tel sujet avec celui qui clamait être le seul maître de... sa progéniture ! Comme Noé à bord de son arche ! Elle en parlait parfois avec Esther qui lui répétait : «Dis-lui que tu n'en veux plus, que tu es de santé frêle, que tu éprouves des maux au bas du ventre !» Mais jamais la cadette n'aurait pu mentir sur un tel sujet. Ce qui la contraignait à prier, à demander à la Sainte Vierge d'intercéder auprès de son fils. En soupirant, bien entendu, puisque la maternité relevait de Dieu le Père. Comme le lui avait enseigné le vicaire ! À moins que Zéphirine, la mère de Narcisse, par pitié pour elle, là-haut, parle au creux de l'oreille du Seigneur... Mais, soupirant encore, elle se contenta de prendre Violette et de lui donner sa tétée, pendant que son mari, l'air hébété, arrosait des fleurs qu'elle ne pouvait identifier.

Même si le nouveau médecin semblait lui enlever une clientèle plus jeune, le docteur Des Oeillets vivait assez bien avec « ses vieux », les riches surtout, qui lui permettaient de faire fructifier son argent. Marguerite aurait souhaité que le cabinet de consultation de son mari soit hors de la maison, ailleurs, pour ne pas l'avoir sous les yeux à longueur de journée. Aux prises avec trois enfants, elle ne sortait pas ou presque, ayant à nourrir Violette pour encore quelques mois. Un soir de novembre, il lui permit d'aller visiter sa mère et sa soeur, mais pour une heure seulement, pas davantage. Occupé dans ses dossiers, le bureau étant fermé ce soir-là, il avait demandé à sa vieille secrétaire, Graziella Grassi, de garder les petites durant l'absence de leur mère, sans la payer pour le « temps supplémentaire » qu'elle devait faire. Peu habituée avec les enfants, la demoiselle âgée fit ce qu'elle put pour garder Rose enjouée. Elle lui raconta l'histoire du chat botté, puis une autre puisée dans ses lointains souvenirs. Ce qui captiva la fillette qui se sentait beaucoup plus choyée sur les genoux maigres de mademoiselle Grassi que par terre, tentant vainement d'être soulevée par son père. Marguerite avait jasé avec sa mère et sa soeur des dernières nouvelles du quartier, tout en plaignant Esther d'être sans compagnon à son âge. Déjà veuve ! Avec une enfant sur les bras ! Mais l'aînée ne semblait pas s'en plaindre, Gwen était devenue sa raison de vivre et sa mère, celle avec qui elle contrait son ennui. C'était avec Bérénice et non plus avec ses amies qu'elle allait au cinéma voir les films américains les plus récents et quelques-uns de France, qu'elle trouvait plus ennuyants. Elle avait délaissé les bals du samedi soir et voyait de moins en moins Marie, la marraine de sa fille.

Madame Fougère, constatant que Marguerite était songeuse, lui demanda :

— Toujours heureuse, toi ? Ton mari te traite bien ?

— Bien sûr, maman ! Pourquoi cette question ? Narcisse est médecin !

— Je ne te parlais pas de traitement sur ce plan, ma fille, mais sur le côté personnel. Est-il affable ? Es-tu libre d'agir à ta guise ? Es-tu heureuse avec lui ?

— Ne vous en faites pas, tout va bien, je vous le répète. J'ai trois beaux enfants, une belle maison, une table bien garnie...

Madame Fougère soupira, croyant plus ou moins sa cadette qui ne se plaignait jamais de rien. Mais Narcisse... Pour la belle-mère qui s'en était toujours méfiée, il était difficile de comprendre qu'une femme puisse connaître le bonheur avec lui. Il avait un regard si étrange... Au moment de quitter pour rentrer chez elle, dans le portique, à l'insu de leur mère, Esther se permit de chuchoter à l'oreille de Marguerite :

— Allons, sois franche avec moi, ma petite soeur. Es-tu heureuse avec lui ?

— Non !

En février 1935, après un temps des Fêtes joyeux et un début d'année relativement froid, madame Fougère tomba malade. Comme cette dernière ne voulait pas que Narcisse la voie dans cet état, Esther fit venir le docteur Grenier à son chevet, qui diagnostiqua une mauvaise grippe. La dame avait une forte fièvre qu'il lui fit temporairement baisser avec des comprimés, et il la somma de prendre le lit et de se tenir éloignée de sa petite-fille pour ne pas la contaminer. Esther, tout aussi prudente, se lavait les mains au savon *Barsalou* dès qu'elle sortait de la chambre de sa mère. Marguerite était venue la visiter, malgré l'ordre de son mari de n'en rien faire ; elle voulait voir de près ce dont sa mère souffrait. Elle remarqua qu'elle toussait beaucoup et de plus en plus creux. Tout en courant après son souffle, Bérénice « silait » comme si elle avait les bronches broyées. Lui recommandant de ne pas sortir du lit, Marguerite appela Narcisse qui la réprimanda de lui avoir désobéi, ce à quoi elle répliqua vertement cette fois :

— Écoute ! C'est ma mère ! Je viens la voir quand bon me semble. Surtout malade ! Pas un mot de plus, mon mari ! Et Graziella veille sur les petites !

— Tu vas rapporter des microbes aux enfants ! Rentre tout de suite, ne me tiens pas tête ! Et je t'interdis d'utiliser les services de mademoiselle Grassi sans m'en parler ! Elle n'est pas…

Mais Marguerite avait raccroché ! Brusquement ! Impatiemment ! Narcisse n'allait pas l'empêcher de se rendre au chevet de sa mère ! Surtout pas ! Regardant sa soeur, elle lui dit :

— Il faut rappeler le médecin, Esther ! C'est plus grave qu'il ne le croit ! En attendant, passe-moi ton gros savon pour que je me désinfecte les mains, Narcisse a une peur bleue des microbes ! Il refuse de soigner le moindre patient qui arrive avec une toux ! Il les dirige vers un confrère lorsque c'est le cas. Imagine ! En hiver, il n'y a que ça, des patients grippés ! Sa médecine, lui…

L'écoutant d'une oreille, Esther avait composé le numéro de téléphone du docteur Grenier qui ne se présenta que le soir, après le départ de Marguerite. Il avait été retenu par un accouchement. Jugeant la condition de madame Fougère plus grave que la veille, il la fit transporter à l'hôpital où, de sérieux, l'état de la malade devint critique. On lui prodigua tous les soins requis, mais la fièvre ne baissait pas ou très peu, et la toux s'amplifiait. Après quarante-huit heures de combat, la pauvre femme, en proie à une pneumonie double, rendit le dernier souffle. À la grande stupéfaction d'Esther qui la croyait sauvée entre les mains des infirmières. Marguerite, apprenant la nouvelle, fondit en larmes pour ensuite perdre connaissance en entrant, titubante, dans le cabinet de son mari.

Quel choc pour la paroisse ! Une mort soudaine que redoutaient maintenant tous les patients âgés atteints d'un rhume ou d'une grippe. Madame Fougère était une personne aimée et respectée de son entourage. Nombreux furent les cousins, cousines, nièces et neveux, les amis, les voisins et les fidèles paroissiens qui défilèrent devant son cercueil de chêne. Esther, de noir vêtue, la même toilette qu'elle avait rangée dans le placard après le deuil de son mari, recevait les condoléances des gens venus de partout rendre un dernier hommage à sa mère. Marguerite, effondrée, avait versé toutes les larmes de son corps sur la robe de la morte, en serrant deux de ses doigts glacés dans sa main chaude. Narcisse avait beau lui murmurer que c'était trop, qu'elle se donnait en spectacle, que sa pauvre femme laissait couler davantage sa douleur dans des pleurs qui prenaient de l'ampleur. Au point d'éloigner quelques badauds qui, pour mieux voir le corps, se tenaient droits comme des piquets derrière les corbeilles de fleurs. Le jour de l'enterrement fut terrible pour les deux soeurs Fougère. Le fossoyeur, malgré la froidure, avait réussi à creuser le trou où reposait l'avocat afin d'y déposer sa douce moitié. Juste assez pour l'enterrer et ensuite les couvrir de neige. On pouvait distinguer, en regardant le lot familial, une inégalité qui laissait deviner la forme du cercueil de Bérénice, pas assez enfoncé. Ce qu'on allait camoufler à la fin des gelées. Marguerite avait encore pleuré. Tellement que Rose et Iris, à ses côtés, pleuraient aussi, sans trop savoir pourquoi. Juste à voir pleurer leur maman ! Esther sanglotait, la petite Gwen cherchait des yeux «mémère», et les gens, secoués par le vent, repartaient vite se mettre au chaud dans les voitures en marche. De vieilles dames, bonnet de fourrure en bas des yeux, collet de renard monté jusqu'aux oreilles, les deux mains dans leur manchon, marchaient à petits pas pressés bras dessus, bras dessous, vers leurs maisons, en se tenant collées les unes contre les autres pour moins sentir le froid les transpercer. Esther, Marguerite, Narcisse et les enfants, dans une voiture noire avec chauffeur, partirent de leur côté. Seule Iris s'était retournée pour voir une dernière fois le lit froid dans lequel grand-maman «s'était couchée». Sous une couverture de neige et non de laine, ce qui semblait vivement l'étonner.

Narcisse, plus matérialiste qu'empathique, avait demandé à sa belle-soeur en cours de route :

— Que vas-tu faire, Esther ? La maison est bien trop grande pour une femme seule…

Le regardant avec un certain mépris, elle répondit sans broncher :

— Laisse-nous au moins pleurer notre mère, Marguerite et moi. On a un deuil à faire. Ensuite, je verrai, mais tu n'en seras pas informé, le beau-frère. Ce dont tu parles ne relève que des Fougère.

Marguerite, sous son col de mouton, avait esquissé un pâle sourire. Heureuse que sa soeur ait remis son mari à sa place. Contente qu'Esther affiche un air d'aversion envers Narcisse. Soulagée de constater que sa grande soeur l'appuyait depuis qu'elle savait qu'elle était malheureuse... avec lui !

Pendant ce temps, un premier traité commercial entre les États-Unis et le Canada allait être signé. Au Japon, l'entreprise Toyota était fondée, et la rumba était la danse de l'heure. La pinte de lait se vendait maintenant neuf cents, et un nouveau jeu de société faisait fureur : le Monopoly ! Esther avait hérité des économies de sa mère et de ses quelques bijoux en or épargnés par la crise. Madame Fougère n'avait rien laissé à Marguerite du peu d'argent qu'elle avait, car c'était Esther et Albin qui l'avaient prise sous leur protection après le décès de l'avocat. De plus, sa cadette était passablement plus riche que son aînée avec un mari médecin assez à l'aise pour acheter le quartier. Toujours à l'emploi d'une firme juridique, Esther devait maintenant confier Gwen à une voisine, ce qui diminuait son salaire. Or, constatant que sa demeure était devenue en effet trop grande pour elle, elle projeta de la vendre et d'en racheter une autre plus modeste. Ce dont elle discuta avec Marguerite qui l'encouragea à le faire. Mal à l'aise, Esther lui avait tout de même fait remarquer :

— Cette maison nous revient à nous, pas seulement à moi. Il y a ta part...

— Oublie-la, Esther, nous avons une spacieuse maison, Narcisse et moi. Nous n'avons pas besoin de cet argent, mon mari est à l'aise.

— Je sais bien, mais tu le connais... Il n'admettra jamais...

— Esther, ce dont on parle ne regarde que les Fougère, pas lui ! Comme tu l'as déjà dit, souviens-toi ! Je te donne ma part. Je le ferai devant notaire. Tu es seule avec ta fille, sans mari, sans maman...

Esther la serra sur son coeur et ce qui fut dit fut fait. Légalement. Tirant les vers du nez de sa femme, Narcisse finit par apprendre ce qui s'était passé. Hors de lui, il injuria Marguerite, la traita de sotte, d'ignorante, ajoutant qu'elle s'était fait avoir par Esther, sournoise et plus intelligente qu'elle ! Il bousculait sa chaise, frappait sur la table, et les petites, apeurées, se réfugièrent dans leur chambre. Seule avec lui, soutenant son regard haineux, Marguerite lui dit :

— Ce qui se passe chez les Fougère ne regarde pas les Des Oeillets, Narcisse !

En peu de temps, Esther avait vendu la maison familiale et tous les meubles de sa mère, ne gardant que l'essentiel pour sa fille et elle. Rangeant dans des boîtes les albums de photos, les souvenirs de sa jeunesse, bref, tout ce qui la touchait profondément, elle tomba sur son portrait de noces avec Albin Babin, qu'elle épousseta... en soupirant ! Puis, munie de son savoir-faire, elle dénicha dans le quartier un petit duplex qu'elle paya comptant, en s'emparant du rez-de-chaussée après le départ des occupants, et en gardant les locataires du haut, un vieux couple qui, avec le versement de leur loyer, allait régler les taxes et le chauffage de la propriété. La dame du haut, la soixantaine peu avancée, bonne santé, s'offrit pour garder Gwen les jours où Esther irait travailler. Pour compenser, la nouvelle propriétaire leur promit de ne pas hausser le loyer tant et aussi longtemps que l'enfant serait prise en charge, nourrie et protégée, bien entendu. Ce que la dame accepta d'emblée, elle qui n'avait eu qu'un fils, maintenant marié et établi ailleurs au Canada. Bien installée dans son modeste habitat dès septembre, Esther suscitait l'admiration de sa jeune soeur par sa débrouillardise et son mérite. Une femme seule, tirer si bien son épingle du jeu de toute situation, laissait Marguerite bouche bée. Esther, tout comme son père, était… d'affaires ! Avec un mari mort et enterré, elle avait appris, de plus, à faire fructifier son argent par de bons petits placements. Ce qui étonnait Narcisse qui, parfois, regrettait de ne pas l'avoir épousée avec son bagage de connaissances, au lieu de Marguerite qui avait, selon lui, « les deux pieds dans la même bottine » pour les affaires. Il soupirait presque de regret, mais sa mémoire lui fit se rappeler que, sans le prénom de sa femme, son jardin eut été amputé d'une « fleur ». Ce qui le consolait… un tantinet !

La clientèle était redevenue quasi régulière chez le docteur Des Oeillets, sauf que les patients âgés qui disparaissaient avec le temps étaient difficilement remplacés. Au point que le médecin fit paraître une annonce dans le bulletin de la paroisse voisine. Quelques dames se présentèrent, un ou deux hommes aussi, mais tous d'âge respectable. Des patients nouvellement arrivés dans le quartier ou dont le vieux docteur de famille était décédé. Narcisse soupirait, espérant de plus jeunes personnes mais, hélas, Graziella Grassi lui remettait les dossiers de ses nouveaux patients avec des dates de naissance de plus en plus éloignées. « Encore d'autres que je vais voir crever ! » avait-il dit à sa vieille secrétaire. Ce qui lui avait valu de la part de mademoiselle Grassi :

— Si vous faisiez des accouchements, aussi ! Tant pis !

Rose avait eu cinq ans, Iris, trois ans, et Violette faisait à peine ses premiers pas. Marguerite brodait, cousait, ménageait autant qu'elle le pouvait pour bien garnir la table, mais le docteur trouvait que ça coûtait encore trop cher.

— Si tu raccommodais un peu plus ! Si tu passais les vêtements de l'une à l'autre...

— Voyons donc ! Quand Rose en a fini avec une robe, elle est trop défraîchie pour qu'Iris la porte ! Des filles de médecin, Narcisse ! Nos petites ne sont pas des mendiantes ! Je fais ce que je peux, mais Rose grandit et comme elle est l'aînée...

— Je veux bien le croire, mais pourquoi la vêtir comme une poupée ? Elle est estropiée !

Marguerite reçut la réplique comme une flèche en plein coeur :

— Comment peux-tu parler ainsi de notre aînée que tu as engendrée, Narcisse Des Oeillets ! Le Ciel tiendra compte de ta malveillance...

— Et de ton ignorance, ma femme ! On ne peut te confier aucune tâche, tu n'as aucun flair, tu n'es pas douée ! Quand je regarde Esther et son cheminement...

— Tu n'avais qu'à l'épouser ! Elle était à ton bras avant moi, ma soeur aînée ! Mais, Dieu merci, elle a été épargnée !

— Épargnée ? De quoi ? rétorqua-t-il avec le regard dur.

Voyant qu'elle n'aurait pas gain de cause, elle préféra se taire. Elle craignait qu'il devienne encore plus cruel dans ses répliques.

— Ne me parle plus jamais sur ce ton, compris ? Ne riposte même pas ! Tu n'as pas l'intelligence assez développée pour converser avec moi ! Contente-toi d'être ma femme, bouche close, les yeux baissés sur tes chevilles !

Marguerite préféra s'éloigner et ne rien ajouter. Au même moment, Rose qui jouait par terre avec Iris se leva d'un bond et faillit faire perdre pied à son père. Se retenant après la rampe de l'escalier, il évita la chute, mais encore empreint de colère, il se tourna, regarda la petite et la frappa si fort sur une fesse qu'elle tomba la face contre terre. Elle se mit à pleurer et le docteur, furieux, leva encore la main en la menaçant :

— Tais-toi, ou…

Une main levée que sa femme empoigna pour lui crier du haut de ses cinq pieds :

— Ne la touche plus jamais, Narcisse ! Jamais ! Ou je ne réponds plus de moi !

Insulté, se dégageant brusquement de la frêle emprise, il hurla :

— Si je ne me retenais pas, c'est toi qui aurais la suivante ! En pleine face !

Levant la tête, le regardant dans les yeux, elle le défia :

— Essaie ! Approche ! Touche-moi une seule fois et la paroisse va le savoir, je te le jure ! Il en va de même pour les enfants, Narcisse ! Jamais plus !

Sidéré, la bouche ouverte, il regagna son cabinet en fermant violemment la porte. Ce qui fit sursauter Iris et pleurer Violette.

Les arbres se dégageaient de leurs feuilles, Narcisse ficelait ses arbustes pour les protéger des vents qui viendraient, Marguerite s'occupait des enfants et, à sept ou huit avenues plus loin, Esther coulait des jours heureux à la maison comme au travail, sa petite entre bonnes mains chez la dame du haut. Avec une compagne du bureau, elle était allée voir le film *Mutiny on the Bounty*, qui avait remporté un Oscar et, plus à l'aise financièrement, elle avait renouvelé sa garde-robe, chapeaux à plumes inclus. Belle et encore frivole malgré sa maturité évidente, elle fredonnait *Ma pomme*, la chanson à la mode de Maurice Chevalier qu'elle n'aimait pourtant pas. Sans se soucier, évidemment, du fait qu'on allait utiliser désormais l'échelle de Richter pour mesurer la magnitude des tremblements de terre. Marguerite la visitait avec ses filles qui s'amusaient ferme avec leur cousine Gwen qui n'avait personne avec qui jouer. Les deux soeurs échangeaient sur les échos divers des journaux, sur les « programmes » de la radio, sur les chanteuses en vogue, les films à venir. Du potinage, rien de plus ! Parce que Marguerite savait que sa soeur ne s'intéressait qu'aux babioles. À quoi bon lui parler des dernières découvertes de la médecine. Mais elle sentait qu'Esther était heureuse dans son nouveau mode de vie, ce qui la rassurait. Une maison, un emploi, une enfant, pas de mari... Elle, de son côté, n'osait lui parler du sien de peur que l'aînée, véhémente et protectrice, déferle son fiel au visage de Narcisse. Non, tout se replaçait, selon la cadette, lorsque sa grande soeur insistait. Et, pour éviter de lui mentir davantage, Marguerite l'entraînait vite sur un autre sujet. Une nouvelle recette de pâte à tarte ou le charme incontestable de Clark Gable. Façon adroite de parler de n'importe quoi, de n'importe qui, sauf de lui !

L'année 1936 se pointa, on la célébra avec du champagne, du vin blanc et un souper chez Esther auquel Narcisse n'assista pas. Des patients alités le réclamaient, avait-il énoncé, pour s'esquiver de cette petite réunion familiale. Les enfants l'énervaient, les femmes placotaient, bref, il préférait s'enfermer dans son cabinet pour lire, après le départ des siens, fouiller dans sa paperasse, faire n'importe quoi plutôt que d'être chez sa belle-soeur et sentir sur lui son regard méprisant. Car il s'était rendu compte, depuis la mort de madame Fougère, qu'Esther le détestait. De plus, comme sa belle-soeur avait invité le couple du haut dont l'épouse était la gardienne de Gwen, ainsi qu'une compagne de travail avec son mari et son fiston, raison de plus pour Narcisse de se tenir loin de ceux qu'il considérait comme faisant partie de la plèbe. Mais on s'en passa bien, du docteur Des Oeillets, avec les rires des enfants, les friandises et les jouets qu'on leur offrait, en plus des chaussettes de laine remplies de légumes et de fruits par Esther avant leur arrivée. On festoyait, quoi ! Sans lui, le trouble-fête, le tyran qui faisait peur aux enfants. Tout se déroula tel que prévu dans la joie et l'abondance jusqu'au départ de « madame Des Oeillets », comme l'appelaient les invités. Une déférence peu nécessaire, selon elle, dans sa simplicité, mais comme elle était l'épouse d'un médecin... Cherchant les doigts d'Iris pour lui enfiler ses gants de laine, Marguerite dit à sa soeur aînée sans même la regarder :

— Je suis encore en famille, Esther. J'étais pas tout à fait certaine, mais depuis hier, c'est confirmé.

Dans l'espoir d'un miracle, Marguerite était allée voir le frère André avec Rose, mais la file de gens pour le rencontrer était si longue qu'elle rebroussa chemin avec la petite. Narcisse la voyant revenir bredouille et déçue, lui dit :

— Des sornettes que tout ça ! Comme si l'ancien portier allait lui rallonger la jambe en lui touchant le mollet ! Supposés miracles que les siens ! Si la science ne peut rien faire pour elle, fais juste brûler des lampions, ma femme, et demande à ta mère de parler au Seigneur. Tu as plus de chances de ce côté qu'avec le frère André.

Marguerite, lasse de son périple, épuisée avec un autre bébé en route, lui avait répondu évasivement :

— Mes prières au Seigneur, je les fais pour toi, mon mari.

— Pour moi ? Pourquoi ?

— Pour que tu deviennes plus humain en tant que médecin et plus aimant avec tes enfants.

— Tu me tiens encore tête ? Ne t'ai-je pas avertie...

— Et voilà ! Encore des menaces ! Comme chaque fois que tu te sens mal pris ! C'est de coutume, ça nourrit ton amertume !

Il allait riposter, mais Marguerite, la petite dernière accrochée au pan de sa robe, était déjà repartie vers la cuisine.

En 1936, la guerre entre la Chine et le Japon allait s'amorcer pour se poursuivre durant le second conflit mondial. Ce qui n'intéressait pas Esther qui s'arrêta néanmoins sur le fait que Margaret Mitchell allait publier *Gone with the Wind* – son seul et unique roman –, qui deviendrait éventuellement l'un des plus grands films de l'écran. Avec Clark Gable, évidemment ! Mais ce jour-là, alors que le printemps pointait son bout du nez, elle attendait la visite de Marguerite avec Rose et Iris. Mademoiselle Grassi allait prendre soin de Violette qui rechignait sans cesse pour se faire prendre, ce que sa mère évitait durant sa grossesse. Or, chez sa soeur, une tasse de thé à la main, assises dans la cuisine, Marguerite avait pris la berceuse alors que l'aînée, préférant une chaise de bois, s'était accoudée sur la table. Rose et Iris, impressionnées par toutes les poupées de Gwen, jouaient « à la mère » tout en s'obstinant à savoir laquelle serait le père. Ce fut Rose, la plus grande, qui hérita du rôle ingrat, pendant qu'Iris, déjà chaussée de souliers à talons hauts de sa tante, se dandinait telle une dame, en déhanchant de gauche à droite son petit derrière. Rose, maussade dans le rôle du père, avait emprunté la voix de Narcisse pour donner des ordres à Gwen qui, pour la circonstance, était sa femme. Une voix si grave que Marguerite, saisissant la situation, la rappela à l'ordre. Iris, dans la peau de tante Esther, se parait de bijoux et tentait de s'appliquer du rouge à lèvres en regardant des magazines... Une imitation réussie, sauf que la tante, occupée à jacasser avec sa soeur, ne la vit pas se payer ainsi sa tête. Sans faire exprès ! Sans doute en l'observant depuis longtemps.

Les deux femmes, loin du vacarme des enfants, croquaient dans de petits biscuits aux noix, tout en se racontant :

— Tu sembles avoir un peu plus de misère avec cette grossesse, Marguerite. Tu l'attends pour quand, déjà, cet enfant ?

— Au mois d'août, mais c'est curieux, je suis déjà à bout !

— C'est normal, un quatrième enfant en si peu de temps…

— Non, ce n'est pas cela, mais je ne le porte pas comme les autres celui-là. Aucune nausée, mais des crampes, de la fatigue, des étourdissements. Des symptômes inhabituels Esther ! Je suis certaine que je porte un garçon !

— C'est possible… Tu as déjà mal ? Pas de complications, au moins ?

— Non, mais je sens que l'accouchement va être difficile. Je ne l'aurai pas comme une chatte, ce bébé-là, il va m'en faire arracher… Quand je porte une fille…

— Bien, ça dépend, j'ai porté Gwen et, souviens-toi, j'ai souffert durant neuf mois et j'ai accouché péniblement. Ça ne veut rien dire le sexe de l'enfant. Tu es moins forte tout simplement. Quatre grossesses ! Pour un médecin, je ne le trouve pas intelligent, ton mari ! Il devrait savoir que tu es fragile, chétive même… T'as eu beau les avoir facilement, les trois autres, que ça épuise pour autant. Sans parler du fait que tu les élèves seule, ces enfants-là ! C'est toi qui as passé des nuits blanches avec leurs coliques et leurs percées de dents, pas lui !

— Ne parle pas de lui, Esther, trouve un autre sujet. Je suis venue ici pour me changer les idées, pas pour remettre mon mari sur le tapis.

— Tu as raison, les petites s'amusent... Tu savais que j'avais eu une augmentation de salaire ?

— Non. Quelle bonne nouvelle ! Mais avec ton savoir-faire...

— On est très content de moi à l'étude, on me confie des tâches de plus en plus importantes. Puis le bureau a de plus en plus de clients, les avocats ne chôment pas. On parle même d'engager un stagiaire pour les petites causes à préparer. Ça va m'aider.

— Heureuse pour toi. Toujours satisfaite de ta gardienne ?

— La dame d'en haut ? Une femme en or ! Son mari également ! Tu as vu comme ils étaient charmants au souper des Fêtes ? Gwen les aime comme s'ils étaient ses grands-parents.

— Donc, tout va sur des roulettes ! Il ne te reste qu'à trouver un homme !

— Pas intéressée pour deux cennes ! La paix, la liberté, ça n'a pas de prix ! Quand je te vois avec... Non, j'ai promis de ne pas parler de lui ! Dis donc, es-tu confortable dans cette berceuse ? Je te vois te frotter le rein droit...

— Non, c'est comme ça chez moi aussi... Dès que je suis assise trop longtemps. Il faudrait toujours que je sois debout avec lui !

— Tu en parles encore au masculin, Marguerite... Est-ce une idée fixe ? Tu sembles sûre de ton affaire, toi !

— Une future mère ne se trompe pas. Surtout au quatrième ! Je suis certaine que ça va être un gars, cette fois ! Si c'est le cas, tout ce que je demande au bon Dieu, c'est qu'il ne soit pas comme son père !

Tel que pressenti, c'est d'un gros garçon de neuf livres que madame Des Oeillets accoucha avec difficulté, assistée une fois de plus par son mari. Elle en avait vu de toutes les couleurs avec cette délivrance ! De fortes contractions, des douleurs à s'en mordre les lèvres, des poussées à s'en arracher les entrailles ! Le petit, pressé d'arriver ou malcommode, la défonçait de ses poings potelés. Elle avait cru un moment qu'il s'agissait d'un siège et Narcisse, excédé, allait appeler l'ambulance lorsque l'enfant fit lancer un dernier cri de douleur à sa mère. Un hurlement inattendu qui fit sursauter le vieux docteur, mais qui délivra l'enfant. Et avant même que son père lui mette la tête en bas, il pleurait à fendre l'âme. Narcisse, plus intéressé par l'arrivée du bébé, le regardait de tous côtés sans se préoccuper de Marguerite, en sueur, épuisée, qui avait hurlé pour la première fois en accouchant. Agité, il lui avait dit :

— Un beau garçon, ma femme ! Un « prince » pour les « princesses » de mon jardin ! On l'appellera Jasmin !

Et c'est ainsi que Jasmin Des Oeillets, né le 17 août 1936, obtint sa place auprès de ses soeurs, parmi les « fleurs » du jardin de son père, plus horticulteur que docteur.

Rose avait eu six ans, il était donc normal qu'elle aille à l'école du quartier dès septembre. Malgré sa récente maternité, Marguerite lui avait acheté ce qu'il fallait et s'apprêtait à l'inscrire lorsque Narcisse, sourcillant, lui déclara :

— Rose n'ira pas à l'école primaire de la paroisse. Elle suivra des cours privés. Il en sera de même pour les autres. Aménage une pièce de la maison à cet effet, ma femme, je me charge de recruter une maîtresse d'école.

— Mais… pourquoi ? Rose peut très bien aller à l'école du quartier, c'est à quelques coins de rue…

— J'ai dit non ! C'est moi qui me charge de leur instruction, ma femme, pas toi ! Ne te donne pas la peine de l'inscrire, elle sera éduquée ici par une personne qualifiée.

Marguerite, n'osant le contrarier, s'inclina devant sa décision, mais elle se demandait si Narcisse n'agissait pas de cette façon parce que Rose était infirme. Peut-être voulait-il lui épargner les moqueries des autres élèves ? Était-ce pour son bien-être à elle ou son orgueil à lui ? Comme il n'aimait pas sa fille aînée, cette soudaine attention de sa part l'intriguait. Soumise une fois de plus, Marguerite ajouta :

— Soit ! Il en sera comme tu voudras, mais il te faudra faire vite, Narcisse, l'école débute dans deux semaines et les institutrices…

— Laisse-moi faire, j'en trouverai une ! Occupe-toi des détails, de la pièce à convertir en classe, des meubles nécessaires, c'est tout ce que je te demande. Avertis Rose qu'elle sera instruite ici. Sans avoir à sortir de la maison cinq jours par semaine, devoirs scolaires exclus.

Lorsque l'aînée des petites « fleurs » apprit qu'elle n'irait pas à l'école du quartier, elle se mit à pleurer. L'idée d'avoir des cours privés ne l'enchantait guère. Elle aurait tant souhaité se faire des amies, cesser de ne s'amuser qu'avec ses soeurs. Des amies de son âge qui n'allaient pas s'en faire outre mesure avec son infirmité. Sa mère ne lui parla pas du doute qui l'envahissait, mais elle n'en était plus certaine. Elle aurait pu jurer que c'était par fierté que son mari, médecin, voulait éviter qu'on voie sa fille handicapée à l'école publique. Mais comme le chat n'était pas sorti du sac, se pouvait-il que Narcisse ne soit que possessif ? Rose Des Oeillets, ses soeurs, son frère, allaient l'apprendre à leurs dépens au gré du temps. Leur père, le docteur, n'était pas que dominateur, il allait s'avérer, pour chacun de ses enfants, un vil manipulateur.

Narcisse avait placé des appels et, d'un «tuyau» à un autre, il réussit à obtenir les noms de trois institutrices, n'habitant pas trop loin de chez lui, qui n'avaient pas décroché de poste pour la rentrée des classes. Il les convoqua tour à tour à son bureau après les heures de visites. La première s'avéra trop âgée pour enseigner à une élève de première année. La seconde, énorme et essoufflée, souffrait des bronches, ce qui lui occasionnerait probablement de nombreuses absences. En outre, le docteur avait assez de ses malades sans s'embarrasser d'une maîtresse d'école... à soigner ! Finalement, la troisième sembla la candidate idéale. Jeune, la vingtaine à peine, elle n'avait pas obtenu d'emploi parce qu'elle n'avait pas gradué avec des pourcentages élevés. Mal à l'aise, elle avait avoué au docteur :

— J'ai obtenu mon diplôme, mais je n'ai pas terminé dans les premières. J'ai passé de justesse... Voilà pourquoi j'ai plus de difficulté à me placer.

— Vous êtes quand même capable d'apprendre à lire, écrire et compter à une petite fille qui commence en classe, non ?

— Bien sûr, docteur, je suis diplômée !

— Alors, c'est réglé ! Seriez-vous intéressée, du même coup, à me servir de secrétaire et de réceptionniste ? Ce qui veut dire que vous pourriez enseigner le matin et me consacrer l'après-midi. Vos gages seraient en conséquence…

— Heu, c'est que… Je suis institutrice… Le secrétariat, moi…

— Pas compliqué, vous verrez! Secrétaire d'un médecin ne demande pas un cours classique! De plus, comme vous êtes sans travail…

Prise de peur de tout perdre, la jolie brunette accepta l'offre double du docteur, sans négocier le salaire plutôt bas qu'il comptait lui verser. Lui serrant la main, il lui dit prestement:

— Suivez-moi que je vous présente à ma femme. Du même coup, vous ferez la connaissance de l'enfant.

Narcisse la fit passer au salon où Marguerite et Rose vinrent la rencontrer sur les instances du chef de la famille.

— Marguerite, je te présente mademoiselle Bella Maheu, l'institutrice privée de Rose.

— Enchantée, mademoiselle, je suis heureuse de vous connaître.

— Moi de même, madame Des Oeillets. Je viens d'accepter l'offre de votre mari.

— Mademoiselle Maheu me servira également de secrétaire! s'empressa d'ajouter Narcisse avec un air de satisfaction.

Marguerite, connaissant bien son mari, venait de comprendre que la vieille Graziella Grassi serait congédiée sans façon et que son époux ferait d'une pierre deux coups. Côté argent, surtout! Détaillant la jeune fille de la tête aux pieds, madame Des Oeillets se rendit compte qu'elle était belle et bien tournée. Rose, à qui on la présenta, recula de deux pas quand la jeune femme s'approcha pour lui tendre la main.

— Allons ! Donne la main et souris à mademoiselle ! lui intima son père.

Rose s'exécuta, mais s'entêta à ne pas lui sourire. Le médecin, impatient, allait la réprimander quand Bella Maheu l'en empêcha :

— Non, n'insistez pas, docteur, elle n'est que timide. Vous verrez, nous allons devenir de bonnes amies, elle et moi.

Puis, regardant Rose, elle ajouta gentiment :

— Je vais t'apprendre à lire et à écrire…

La petite, les mains sur les hanches, la défia en lui répondant :

— Je sais déjà lire et écrire, maman me l'a appris !

Bella Maheu n'avait guère été choyée par la vie. Fille d'un alcoolique et d'une mère dépressive, elle avait commencé jeune à travailler pour subvenir aux besoins de ses frères. Dans une buanderie, dans un hôtel comme femme de chambre, bref, un peu partout. Courageuse, elle avait réussi à terminer ses études à travers ses corvées et à devenir, de justesse, une enseignante diplômée. Avec le minimum de notes requises, pas davantage. Studieuse, elle n'était pas pour autant la plus douée des élèves. Autodidacte en rien, il lui fallait bûcher beaucoup plus que les autres pour atteindre ses buts. Mais les épreuves ne l'avaient pas empêchée de devenir très belle et d'être courtisée par les garçons. Invitations qu'elle déclinait, car elle voulait d'abord réussir, être instruite et respectée. Et voilà qu'elle venait de trouver un premier emploi honorable chez le docteur Des Oeillets, ce qui l'élevait d'un cran, même si le salaire n'était pas proportionnel aux tâches qui l'attendaient. Mais, institutrice privée et secrétaire d'un médecin, c'était déjà un très beau grade à afficher sur sa feuille de route. Beaucoup plus qu'écrire comme références qu'on a changé les draps des lits dans un hôtel, ou lavé le linge des autres à s'en boucher parfois le nez.

Mademoiselle Grassi s'était mise à pleurer lorsque le docteur Des Oeillets l'avait congédiée. Se demandant où étaient les failles dans son travail, il lui avait sournoisement répondu :
— Vous devenez trop lente, vous prenez de l'âge et puis il y a les risques de maladie. J'ai besoin d'une personne pétante de santé, vous comprenez ? Mais vous aurez une belle lettre de recommandation de ma part et je vous verserai une semaine de salaire supplémentaire.
— Me recommander ? Si je suis trop vieille pour vous…
— Il n'est pas nécessaire de ne vous arrêter qu'à un travail de secrétaire, on a un urgent besoin partout de bonnes à tout faire…
— Mais… je suis secrétaire, docteur ! Pas femme de ménage !
— Ne vous emportez pas, je vous prie, mais, à votre âge, il va vous falloir baisser d'échelon, mademoiselle Grassi !

La pauvre vieille était sortie en pleurs avec ses effets personnels dans un sac à poignées. Croisant Marguerite, cette dernière l'avait étreinte sur sa poitrine et Graziella lui avait dit :

— Je sais que vous n'y êtes pour rien, madame Des Oeillets. Je vais garder un bon souvenir de vous mais pas de votre mari.

— Vous allez trouver mieux ailleurs, vous verrez…

— Pas après ce qu'il m'a dit ! Il m'a rabaissée ! Il m'a démolie !

— Ne vous laissez pas abattre de la sorte, je sais ce que vous valez, moi. Les hôpitaux ont besoin de secrétaires médicales qualifiées.

— Si seulement vous disiez vrai… Je vais m'ennuyer des enfants. J'aimais beaucoup garder Violette, elle s'était attachée à moi.

— Mais revenez les voir quand vous voudrez, la porte vous sera toujours ouverte ! Ne vous privez surtout pas !

— Très aimable de votre part, madame, mais je ne reviendrai pas. Ça me ferait trop mal chaque fois… Je vais tenter de survivre…

— Allons, soyez confiante, mademoiselle Grassi.

— N'empêche que j'ai travaillé comme une folle pour votre mari ! Quasiment jour et nuit ! Mal payée…

— Ce que vous n'avez pas eu, le bon Dieu vous le rendra.

— Non, madame, parce que ce n'est pas Lui qui me doit quoi que ce soit, c'est votre sans-coeur de mari !

Chapitre 6

Esther était arrivée à son travail plus tôt que d'habitude ce matin-là, elle devait accueillir le jeune stagiaire qui allait être vérificateur des nouveaux dossiers, jusqu'à ce qu'il devienne lui-même avocat. Absorbée dans ses papiers, elle n'entendit pas la porte s'ouvrir et sursauta lorsque son supérieur lui annonça :

— Madame Babin, voici le jeune homme dont je vous parlais.

Esther releva la tête et resta muette devant la beauté frappante du stagiaire qui suivait l'avocat. Pas tellement grand, juste assez, quelque peu chétif, délicat même, il avait toutefois les épaules carrées et le plus ravissant visage qu'elle ait vu à ce jour. Lui souriant, le jeune homme s'avança, lui tendit la main et se présenta :

— Jude Juneau, madame, pour bien vous servir.

— Heureuse de faire votre connaissance, monsieur Juneau. Mon patron m'a déjà fait état de vos mérites.

— J'en suis flatté, mais j'ai encore tout à apprendre. On m'a informé que votre défunt père était avocat ?

— Ce qui est vrai. C'est d'ailleurs avec lui que j'ai été initiée au travail que je fais, je l'ai assisté durant plusieurs années.

— Bon, moi, je vous laisse, leur dit le patron. J'ai un accusé à défendre ce matin. Le dossier est prêt, madame Babin ?

Esther lui remit les documents et l'avocat sortit, la laissant seule avec le nouveau venu qui attendait qu'elle lui désigne sa place de travail. Elle le pria de s'asseoir à un pupitre en coin et, apercevant le petit carton sur lequel était écrit « Bienvenue », Jude lui offrit son plus charmant sourire en la remerciant poliment.

— J'aime beaucoup votre prénom, il vous va très bien, lui dit Esther.

— Oh ! Le résultat de la grande dévotion que ma mère portait à saint Jude… De toute façon, on ne choisit pas son prénom.

Esther ne releva pas la remarque, de peur qu'il ne lui demande le sien. Non pas qu'elle dédaignait celui que sa mère lui avait donné, mais elle trouvait qu'il était trop tôt pour une familiarité de la sorte.

— Puis-je vous remettre la seconde partie du dossier entrepris, monsieur Juneau ?

— Bien sûr, mais, s'il vous plaît, appelez-moi Jude. Je suis trop jeune pour le « monsieur », madame Babin.

Esther, déjà sous le charme, se rendit compte néanmoins que le jeune homme la trouvait sans doute mûre avec ses « madame » formels à tour de bras. Elle avait presque dix ans de plus que lui, elle le savait, mais elle aurait cru qu'entre collègues… Même si, une minute plus tôt, elle craignait

178

les familiarités. Restait à croire qu'il la trouvait vraiment femme avec ses trente ans, tandis que lui… Il venait de lui avouer qu'il était trop jeune pour les « monsieur » de tous côtés. D'autant plus qu'il ne faisait même pas ses vingt ans. On aurait dit un adolescent !

Malgré tout, Esther fut distraite toute la soirée. Elle oublia de donner son dessert à la petite, elle n'appela pas sa soeur Marguerite, elle avait la tête ailleurs. Étrangement, le jeune stagiaire lui avait fait de l'effet. Elle qui, depuis son veuvage, n'avait été attirée par aucun homme, se sentait soudainement troublée par… « Non ! C'est ridicule ! se disait-elle. Je ne peux, à mon âge, être remuée par un type de vingt ans ! » Mais, plus elle tentait de s'en convaincre, plus le visage du « bel enfant » lui traversait l'esprit. Le plus étrange, c'est qu'Esther ne savait pas pourquoi Jules Juneau la chavirait ainsi. Était-ce son regard ? Ou son corps d'adolescent qui lui rappelait ses premiers cavaliers de bal ? Était-ce l'odeur de sa peau ? Son eau de toilette ? Sa voix suave ? Ou encore, l'ensemble de toutes ces qualités réunies dans son charme ? Confuse, assise par terre elle jouait avec Gwen, mais son coeur titubait. « Allons donc ! marmonna-t-elle, il vient à peine d'arriver, je ne l'ai vu qu'une seule journée… » Faisant tout en son pouvoir pour retrouver son équilibre, attestant intérieurement qu'elle était en pleine maturité, lui à peine au commencement, Esther Fougère-Babin, ce soir-là, se coucha fort troublée.

La rentrée des classes se fit sans bruit. Du moins chez les Des Oeillets puisque Rose, avec ses cahiers, ses crayons, sans costume d'écolière évidemment, attendait que Bella

Maheu, son institutrice attitrée, s'amène pour prendre place sur la chaise du gros pupitre, alors qu'elle lui ferait face derrière le sien, plus petit. Iris aurait voulu la suivre, mais sa mère l'en empêcha, ce qui eut pour résultat de la faire taper du pied. Narcisse intervint et, se penchant sur sa « fleur » préférée, tenta de lui faire comprendre que son tour viendrait. Mais la petite, contrariée, le repoussait de ses deux mains, sûre et certaine de ne pas avoir la fessée. C'est finalement Marguerite qui, impatientée par les cris d'Iris, la saisit par le chignon pour l'enfermer dans sa chambre où l'enfant punie, pour se venger, cassa un bras de la poupée de Rose. Elle hérita d'une fessée de la part de sa mère que le père désapprouva, mais madame Des Oeillets, en colère, lui avait dit d'un ton ferme :

— Celle-là est méritée ! Ce qui n'était pas le cas de Rose quand…

Narcisse, incommodé, avait quitté la chambre de ses filles, refusant d'entendre la fin du reproche. Et la petite scène en resta là puisque mademoiselle Maheu venait de sonner à la porte d'entrée.

Après deux semaines en compagnie du stagiaire, Esther avait refréné ses ardeurs, mais la compagnie du jeune homme lui plaisait. Elle l'appelait Jude, lui, madame Babin, et ils se vouvoyaient. Il leur arrivait, durant les pauses, de discuter de théâtre et de cinéma. Il avait avec elle des goûts en commun, sauf qu'il s'intéressait aussi à ce qui se passait ici, aux émissions de radio locales, aux succès des chansons de l'heure par des interprètes du Québec. Tandis qu'Esther était profondément américaine dans ses goûts et ses couleurs. Les films français l'attiraient de moins en moins, les chansons de Paris également, et ce qui se passait à quelques pas, comme les pièces de théâtre du bas de la ville, ne l'intéressait pas. Jude lui parlait de ses parents, de son frère aîné, Grégoire, de ses amis de parcours, de ses études. Vivement intéressé par madame Babin, il n'attendait qu'un signe d'elle pour l'inviter au restaurant. Car, malgré la différence d'âge, Jude n'était pas aveugle. Esther était merveilleusement belle ! Ses cheveux blonds remontés en chignon, ses dents blanches, sa taille superbe... Devant une telle femme, aucun homme ne se pose de questions. Pas plus qu'il ne se demande s'il est trop jeune ou trop vieux pour elle. Car des avocats bien nantis, la cinquantaine, veufs de surcroît, lui avaient fait des révérences suivies d'avances... en vain !

Les derniers mois de l'automne s'écoulèrent sans incident, et Marguerite, avec quatre enfants, en avait visiblement plein les bras. Toutefois, Jasmin, le petit dernier, était moins dérangeant que ne l'avaient été ses filles. Les nuits blanches avaient été rares et le gros bébé, indépendant, semblait ne pas dépendre uniquement du sein de sa mère. L'allaitement allait donc être plus bref que pour Violette. Narcisse, petit train va loin, avait déjà recouvert de sacs de jute ses arbustes les plus chers. Il soignait ses plantes et ses fleurs avec tellement de doigté qu'elles étaient plus en santé que ses patients. Rose s'habituait à mademoiselle Maheu, mais sans la complicité sur laquelle l'enseignante avait misé. La petite trouvait que sa mère l'initiait mieux à la lecture que l'institutrice, et Marguerite, l'oeil aux aguets, se rendait compte de jour en jour que les cours privés de la maîtresse d'école laissaient à désirer. Selon ses observations, Bella Maheu semblait de beaucoup préférer être la secrétaire de son mari l'après-midi. De plus, jamais un sourire à Iris ou Violette qui, avec Rose, attendaient chaque matin son arrivée dans le portique. Que des égards pour Rose dont elle avait la charge, et ce, sans enthousiasme. Mais comme c'était la volonté de Narcisse, rien à redire de la part de sa femme qui, de toute façon, n'avait guère droit de parole dans cette maison. Elle n'était, en somme, que la femme du docteur et la mère de ses enfants. Son opinion comme sa présence ne valaient pas cher aux yeux de ce mari austère.

De son côté, Esther avançait à petits pas dans ce qu'au départ elle ne souhaitait pas, même si l'incertitude la torturait. Elle persistait à se dire que Jude était vraiment trop jeune pour qu'elle s'y intéresse… Elle cherchait même à en faire le deuil avant que la porte s'entrebâille. Pourtant ! Elle sentait que le désir la tenaillait, que l'envie d'avoir un lien se renforçait… Mais elle fermait les yeux dès qu'elle y songeait. C'était trop ambigu dans son esprit, trop confus dans sa conscience. Lui, de son côté, fort apprécié à son poste, allait poursuivre encore un mois de plus sa formation dans l'étude où on l'avait accepté. Travaillant jour après jour avec Esther, une certaine familiarité s'était engagée. Il l'appelait maintenant par son prénom, mais il la vouvoyait encore tandis qu'elle, plus hardie, s'était mise à le tutoyer. Puis, un vendredi soir avant la fin de la journée, il lui avait demandé :

— Dites, Esther, un concert des valses de Strauss, ça vous plairait ? J'ai deux billets qui m'ont été offerts et comme je suis seul…

Pieux mensonge, Jude avait acheté les billets, assuré que la jolie dame blonde accepterait l'invitation.

— Strauss ? J'ai dansé sur plusieurs de ses valses lors des bals de la paroisse. Tous les Strauss, de père en fils, de fils en frères… Je ne dis pas non, mais penses-y, Jude, que va dire le patron quand il apprendra qu'on a passé une soirée ensemble ?

— Rien, voyons ! Qu'aurait-il à redire ? Un concert par un bon orchestre un samedi soir… Et puis, où est le mal ? Vous êtes une femme libre, non ?

— Oui, mais à mon âge, avec un si jeune homme…

— Esther ! Pour l'amour du Ciel ! Je ne suis pas en culottes courtes ou en *british*, j'ai presque vingt et un ans ! Et vous êtes si jeune encore ! Vous n'allez pas passer pour ma mère !

Rougissant, rassurée, elle répondit fièrement :

— J'espère bien que non ! On me dit souvent que je ne fais pas mes trente ans !

— Vous voyez ? Alors, quoi d'autre vous tracasse ?

— En vérité, rien, Jude, et j'accepte volontiers ton invitation !

— Nous passerons une charmante soirée, j'en suis certain ! Tiens ! Je viendrai vous prendre en taxi, c'est trop frisquet pour attendre le tramway.

Malgré son audace et sa certitude d'être encore trop jeune pour passer pour sa mère, Esther se demandait toutefois si, aux yeux de certains, elle n'allait pas être considérée comme la maîtresse d'un jeune blanc-bec… Mais elle s'enleva vite cette idée folle de la tête, juste à penser qu'elle entendrait les plus belles valses de Johann Strauss… appuyée contre lui !

Telle une adolescente à sa première sortie, Esther avait mis un temps précieux pour être ravissante. Robe rouge ample, collet de velours noir, deux pois dorés aux lobes d'oreilles, elle avait brossé et peigné ses longs cheveux afin qu'ils tombent épars sur ses épaules. Puis, coiffée d'un béret à la mode, cela lui donnait l'allure d'une jeune femme dans la vingtaine. Comme Jude n'était pas très grand, elle avait chaussé de petits bottillons de fantaisie à talons plats, lacés d'un ourlet à l'autre. Ce qui lui donnait une démarche juvénile. Lui, au contraire, avait tout mis en oeuvre pour avoir l'air plus vieux que son âge. Complet gris souris, chemise blanche et cravate marine, pardessus anthracite, les cheveux lissés jusqu'à la nuque comme certains acteurs, il avait fière allure. Esther en avait souri et, en entrant dans la salle où avait lieu le concert, un grand miroir leur renvoya l'image d'un couple bien assorti. Ce qui la rassura. Sauf que, assis tous deux dans la troisième rangée, ils n'avaient pas remarqué que le patron et son épouse étaient à deux rangées derrière eux. Le concert était magnifique et Esther s'imaginait en train de tourbillonner sur *La valse de l'Empereur* dans les bras de Jude. Sans savoir seulement si ce dernier dansait. Néanmoins, en sortant du théâtre, encore sous l'effet de l'enchantement, lui tenant le bras sans s'en rendre compte, elle aperçut le patron et sa femme qui, de loin, les regardaient d'un oeil complice. Mal à l'aise, se dégageant de Jude, elle leur rendit un sourire hésitant en faisant mine de replacer son béret.

Le concert avait été superbe et, de retour à la maison, après le départ de la dame du haut qui avait veillé sur sa petite Gwen, elle invita spontanément le jeune stagiaire, resté sur le seuil de la porte, à entrer prendre le café. Ce dernier, heureux de cet emportement, accepta d'emblée et se sentit vite à l'aise sur le divan fleuri de la très belle Esther. Alors que la bouilloire chauffait sur le rond du poêle, Jude lui demanda :

— Vous avez apprécié votre soirée ? Rien n'a cloché ?

— Un magnifique concert, j'en suis encore bouleversée. Mais j'ai moins apprécié le sourire narquois du patron, cependant.

— Moi, je l'ai à peine aperçu quand vous m'avez signalé sa présence… Et puis, ni vous ni moi n'avons de comptes à lui rendre.

— Non, je sais, mais il va me questionner.

— Alors, dites-lui la vérité. Je vous ai invitée et vous avez accepté. Dieu que vous êtes discrète pour une femme libre !

— Ce n'est pas ça, c'est que…

— N'ajoutez rien, ça viendrait rompre le charme de la soirée. Très beau ce tableau de Degas, près du vaisselier…

— Les ballerines ? Oui, gracieux, mais ce n'est qu'une réplique.

— Je m'en doute bien, Esther ! Sinon, tu vaudrais une fortune !

Dans un élan, il s'était échappé, il l'avait tutoyée ! Il tenait vite à s'en excuser mais, le précédant, elle lui dit :

— Ça va, ne t'excuse pas, Jude, c'est bien comme ça… Au travail, tu reprendras le vous à cause de mon poste, mais entre toi et moi…

— Ce qui veut dire qu'on peut se revoir, Esther ?

Prise à son piège, la jeune femme, ébahie et inquiète à la fois, répondit :

— Bien… s'il y a d'autres concerts… Ou un bon film… Peut-être.

L'occasion ne se fit pas attendre. Jude qui préférait le cinéma français avait demandé à Esther, une semaine plus tard, si elle voulait l'accompagner afin de voir le plus récent film de Marcel Carné, *Jenny*, avec Françoise Rosay et Charles Vanel. Elle accepta de bon coeur et, durant la projection, Jude avait emprisonné sa main dans la sienne, ce qui la fit sursauter sans toutefois tenter de s'en libérer. À la sortie du cinéma, Esther sentait qu'il avait apprécié le film :

— Vanel est un grand acteur ! Ça t'a plu, Esther ?

— Heu… oui, mais les actrices françaises n'ont pas les attraits des vedettes américaines. Pour ce qui est du film, c'est différent, j'ai passé un bon moment…

Mais Jude avait compris qu'elle n'avait pas aimé le film, sans songer qu'elle était peut-être encore sous le choc de la main dans la sienne. De retour chez Esther, l'invitation pour le café fut répétée et Jude accepta volontiers. Sauf qu'il préféra une bière puisqu'elle lui donnait le choix. Ils causèrent longuement, il se mit à l'aise, il retira son veston et, assis tout contre elle, il lui reprit la main qu'elle retira délicatement cette fois :

— Non, Jude, pas maintenant… Tu dois rentrer à présent.

— Mais… je t'aime, Esther, je…

Elle lui mit l'index sur la bouche et lui rendit son veston et son paletot en le priant de partir. Il s'exécuta, mais non sans lui redire :

— Je t'aime… Je croyais que toi aussi…

— Une autre fois, veux-tu ? Pas ce soir… Ma fille a le sommeil léger.

Le patron s'était rendu compte de leur « liaison » pas tout à fait nouée cependant. Un jour, alors que Jude avait congé et qu'il était seul avec elle, il osa s'avancer :

— Jude est un charmant jeune homme, madame Babin.

— Oui, je sais, il travaille très bien.

— Ce n'est pas ce que je voulais dire…

— Je crois comprendre, mais il est si jeune, trop jeune…

— Allons, comme si les sentiments se mesuraient en nombre d'années…

Esther, préférant ne pas répondre, se replongea dans un dossier, et le patron, devant ce soudain silence, se retira sans insister.

Le mois de décembre allait se lever quand Esther, plus délurée après quelques autres sorties avec Jude, finit par le laisser lui retrousser la jupe et le jupon, même si Gwen avait… le sommeil léger. Elle était amoureuse, follement amoureuse de ce « bel enfant » qui sentait si bon, qui avait la peau si douce et qui embrassait si bien comparé à… Albin ! Jude aussi était épris de cette femme magnifique dans la force de l'âge. De ses rondeurs pulpeuses, de ses lèvres écarlates, de ses yeux de nymphe… Bref, elle était pour lui la femme parfaite dans sa plénitude. Et pour un gars qui n'avait guère rué dans les brancards, il s'avéra être l'amant qu'Esther n'aurait jamais imaginé. Ne tenant plus à cacher leur amour l'un pour l'autre, Esther avoua à son patron son étrange liaison, qu'il endossa d'un clin d'oeil approbateur. Puis, à Marguerite qui, le trouvant jeune, se montra hésitante, pour ensuite partager le bonheur de sa soeur aînée qui semblait si comblée par ce beau chevalier servant.

Quelques jours plus tard cependant, Rose, après sa journée scolaire, ses lectures apprises, sa dictée recopiée, s'avança vers sa mère pour lui demander :

— Est-ce que mademoiselle Maheu a le droit de dire tu à papa ?

Marguerite avait frémi, mais gardant son calme, questionna :

— Pourquoi cette question, Rose ?

— Parce qu'elle le fait ! C'est pourtant une étrangère... Moi, je n'oserais pas le faire, ni à vous, maman... Mais, mademoiselle Maheu...

— Tu as sans doute mal entendu... L'institutrice est fort polie.

— Non, j'ai bien entendu, je n'étais pas loin d'eux. Et elle appelle papa Narcisse et non docteur comme à son arrivée.

Marguerite, mal à l'aise, s'attendant au pire, voulut amoindrir le propos :

— Tu sais bien que papa n'accepterait pas cela...

— Vous croyez ? Lui, il l'appelle Bella !

Lorsque Marguerite fit part de ses doutes à Esther, cette dernière répliqua :

— Voyons donc ! Ne sois pas surprise ! Une si jeune institutrice ! Si tu crois qu'il ne l'a engagée que pour son diplôme… Je le connais, le beau-frère ! Plus hypocrite que lui…

— Esther ! C'est quand même mon mari !

— Dans ce cas-là, accepte-le avec ses vices et ses vertus ! Je n'ai rien à ajouter sauf que Rose n'est pas sourde. Tant mieux s'il s'est épris d'elle, Marguerite, il va au moins te laisser en paix !

— Sans doute, mais ce n'est pas une vie, ça… Je ne l'ai pas épousé que pour porter ses enfants…

— Ne t'en fais pas avec lui, ma petite soeur, il n'en vaut pas la peine. Les enfants vont grandir, ils vont t'entourer davantage. Vis pour eux, Marguerite, et laisse ton fou de mari avec ses fleurs et son institutrice ! Garde la tête haute, reste digne. Tu verras… La petite maîtresse d'école va s'en tanner quand elle va l'avoir sur les bras avec sa démence et ses fausses apparences. Attends qu'elle se rende compte qu'il ne va pas creux dans sa poche, le docteur ! Si c'est là ce qu'elle veut, elle va frapper un noeud !

— Ce qui me fait honte, c'est que Rose commence à comprendre. Ensuite, ce sera Iris…

— Elles te soutiendront, Marguerite. Sois forte, je te le répète. Et si la petite revient avec ce qu'elle a vu ou entendu, ne le défends pas à ses yeux… Laisse-la juger par elle-même. Elle va comprendre dans peu d'années que son père est déséquilibré !

La liaison d'Esther et du jeune stagiaire était parvenue aux oreilles de Narcisse par une âme charitable, une patiente, la femme du patron de sa belle-soeur. Seul avec Marguerite, alors que les petites étaient au lit, il lui avait demandé :

— Tu savais pour ta soeur et le stagiaire ?

— Quoi ? Qu'ils se fréquentent ? Oui, c'est bien leur droit.

— Leur droit ? Il n'a que vingt ans, ce type-là ! Un enfant ! Ta soeur perd sa réputation, elle passe pour une...

— Arrête, Narcisse ! Pas de noms, je t'en prie ! Esther n'a pas de comptes à rendre ! Elle est veuve, donc libre ! Qu'importe que celui qu'elle aime ait dix ans de moins ou de plus qu'elle.

— Plus vieux, ce serait acceptable ! Mais un garçon de cet âge-là ! Ta mère va se retourner dans sa tombe ! Ton père aussi !

— Ça me surprendrait, car Jude va devenir avocat comme lui.

— Tiens ! Tu connais même son prénom ! Tu l'as vu, j'imagine ?

— À peine entrevu, mais il est fort joli garçon, il a l'air distingué.

— Ça n'a pas de sens ! Elle a trente ans, ta soeur ! Quel déshonneur ! Et lui, le petit malotru... Qu'attend-il d'une femme comme elle ? Il ne pourrait pas fréquenter une fille de son âge ?

— Peut-être bien... Tiens ! On pourrait lui présenter Bella ! Qu'en penses-tu, Narcisse ?

Les aubes des années avaient succédé aux autres, les saisons s'étaient pourchassées et les gens avaient évolué. Ça sentait le progrès même si la Seconde Guerre mondiale entravait plusieurs projets. L'année 1937 avait donné la chance à Glenn Miller et son orchestre de débuter à New York, et

Esther, qui s'intéressait encore aux concours de beauté, avait appris que Bette Cooper, la représentante du New Jersey, avait été élue Miss America. L'année suivante, l'accalmie, rien de spécial dans le show-business, sauf que le long métrage *The Life of Emile Zola* avait remporté l'Oscar du meilleur film à Hollywood. En 1939, alors que l'Allemagne envahissait la Pologne, déclenchant ainsi la guerre désastreuse, Esther vivait encore le grand amour avec Jude, sans songer que son jeune amant risquait un jour d'être appelé sous les drapeaux. Car les années à venir, selon les journaux, allaient se lever peu optimistes pour les pays envahis. Ce qui n'empêcha pas Esther de raconter à Rose que le premier *cartoon* de Bugs Bunny allait être présenté au cinéma. Durant ces années aux pages tournées des calendriers, Narcisse avait aimé Bella Maheu pour ensuite en arriver à la détester. Il en avait fait sa maîtresse, ce que Marguerite savait puisque Rose, bavarde, lui avait dit : « Maman, je les ai vus s'embrasser ! » Madame Des Oeillets avait ravalé sa salive, mais elle était peinée de voir que les infidélités de son mari se passaient au vu et au su de ses enfants. Quelle image de leur père allaient-elles garder en vieillissant ? Surtout Rose qui ne l'aimait pas d'avance et qui méprisait l'institutrice. Mais la relation du médecin s'effrita avec le temps. Bella se rendait de plus en plus compte de l'opportunisme de Narcisse et de son peu de générosité. En trois ans de « fréquentations », elle n'avait reçu de lui qu'un loquet rectangulaire en argent orné d'un seul côté d'une gravure abstraite sans intérêt. Rien de personnel, rien de choisi. C'était à se demander si ce bijou n'avait pas traîné dans les vieilleries du coffre de sa défunte mère. Or, après avoir tout pris ce qu'il pouvait d'elle en loyaux services comme en

« services » personnels, le docteur s'en lassa. Il voulut rompre pour ensuite la congédier, mais Bella avait hurlé :

— Après avoir tout pris de moi ? Ma virginité comme mon dévouement ? Non, tu ne te débarrasseras pas de moi comme ça, Narcisse Des Oeillets !

— Ah non ? Que vas-tu faire alors ?

— Je vais tout révéler à ta femme ! Je vais te trahir !

— Perte de temps, Marguerite est déjà au courant. Les enfants aussi, Bella ! Ma femme l'a appris de la bouche même de Rose.

— Alors, je vais le crier sur la place publique !

— Fais-le, ça va se tourner contre toi ! Plus personne ne t'offrira d'emploi ! Tu sais, les fauteuses de troubles… On se quitte et tu t'en vas sans faire de bruit avec de bonnes recommandations ou tu t'engages à avoir des problèmes avec moi. Ton diplôme ne vaut rien et je peux ajouter que je te congédie pour manque de compétence auprès de mes enfants. Tu n'enseigneras plus, Bella ! Jamais !

Acculée au pied du mur, la jeune femme se mit à pleurer et à l'implorer :

— Pourquoi me fais-tu ça, Narcisse ? Tu disais m'aimer…

— Je t'ai aimée, je ne t'aime plus ! Je préfère être honnête avec toi, notre aventure s'arrête là.

— Mais… je t'aime encore, moi…

— Non, tu n'es que soumise. Tu te plies à mes désirs, mais ce n'est pas de l'amour, ça. Tu finiras bien par en trouver un que tu pourras vraiment aimer. Donc, pas un mot, pas une larme, tu pars vendredi avec tes gages et ma lettre de références. Si tu t'imposes, Bella, je te le jure, je vais détruire ton avenir !

Voyant qu'il avait les yeux sortis de leurs orbites, Bella tenta d'insister doucereusement une dernière fois :

— Je m'étais attachée aux petites… L'année scolaire n'est pas terminée…

— Je m'en charge, tout est prévu. Quelqu'un d'autre prendra la relève. Tu pars et on ne se revoit plus. C'est clair ?

Devant les menaces de plus en plus évidentes, Bella Maheu, le vendredi venu, prit ses affaires, ses gages, sa lettre de recommandation et disparut sans même dire bonjour aux enfants. Elle craignait de croiser « madame » qui savait tout de leur histoire. Délivré d'elle en 1939, Narcisse avait déniché un vieil instituteur à la retraite pour terminer les études de fin d'année avec les enfants et, après avoir fait travailler Marguerite comme réceptionniste durant quelques mois, il engagea une autre secrétaire d'expérience aux cheveux blancs, plus âgée que l'était Graziella Grassi, en lui offrant un salaire de… débutante !

Début 1940, tout s'était replacé pour Narcisse. Bella Maheu n'était jamais revenue à la charge, elle avait même changé de quartier de peur de le croiser. Le « monstre », comme le qualifiait Esther, s'était rapproché de sa femme et, reprenant son nez en l'air, fit mine aux yeux de ses patients d'être un homme extraordinaire, respectueux des valeurs familiales et horticulteur de talent quand il retirait son sarrau blanc. Esther, s'en méfiant comme de la peste, avait dit à sa soeurette :

— Ne te laisse pas avoir avec ses faux airs, Marguerite ! Tiens-toi loin de lui ! Il va tenter de renouer… Garde le bras allongé !

Marguerite, soupirant au bout du fil, répondit à sa soeur aînée :

— Tu aurais dû me prévenir avant, Esther, j'attends un enfant.

L'autre faillit laisser choir le récepteur, mais se ressaisissant, lui reprocha dans un cri :

— Tu t'es laissé faire ? Tu as fermé les yeux puis tu as écarté les jambes ? C'est pas possible ! Pourquoi ne pas l'avoir repoussé ?

— Parce que c'est mon mari, Esther, pas un étranger.

La plupart des jeunes filles de l'époque, les blondes surtout, tentaient d'adopter la coiffure à la mèche sur l'oeil de Veronica Lake et, pourtant, au loin, les bombes pleuvaient et les massacres se poursuivaient. Esther avait, elle aussi, essayé d'imiter la vedette de l'heure jusqu'à ce que Jude lui dise en arrivant un soir :

— Ne fais pas cela, c'est ridicule à ton âge !

Ce qui l'avait profondément blessée. C'était la première fois qu'il remettait son âge en question. Elle se sentit vieille tout à coup parce que, lui, avec son allure juvénile, avait encore l'air d'un bel adolescent. Il avait tenté d'habiter avec elle, mais elle s'y était opposée. Bien sûr qu'elle l'aimait, mais pas au point d'être pointée du doigt dans le voisinage. Les fréquentations, ça allait, mais le concubinage, jamais. Madame Babin, malgré son béguin, n'avait rien perdu de sa dignité. Elle savait que le genre de relation qu'elle lui imposait allait finir par le blaser, mais elle ne craignait pas le risque. « Advienne que pourra », disait-elle à Marguerite quand cette dernière s'en inquiétait. « Il a toute la vie devant lui », ajoutait-elle de guerre lasse. Marguerite, pas sotte pour autant, sentait que la relation, si forte au départ, s'étiolait. Jude était devenu avocat, ils se voyaient moins souvent et Esther se rendait compte que de jeunes et jolies filles tournaient autour de lui. Elle laissa donc aller ses sentiments au gré du vent. Comme si Jude avait été une feuille d'automne ! Après l'avoir aimé passionnément ! Moins inconstante avec le temps, Esther avait acquis un certain bon sens. S'il la quittait, elle comprendrait. Pire encore, c'était comme si elle l'espérait ! Éventuellement ! Elle avait pris le meilleur de lui en lui donnant, en retour, son amour doublé de son savoirfaire. Mais, aussi beau, aussi angélique était-il, Esther peu à peu s'en désintéressait, comme elle l'avait fait d'Albin de son vivant. Sur ce plan, elle comprenait un tantinet soit peu son débile beau-frère de s'être séparé, rassasié de la trop jeune... Bella Maheu !

Marguerite était enceinte et la naissance de l'enfant avait été calculée pour la fin de septembre. Narcisse, orgueilleux, fier d'être encore une fois père, avait dit à sa douce moitié :

— Ce sera un autre garçon, j'en suis certain ! On l'appellera Lotus ! Une autre « fleur » pour mon jardin.

— Lotus ? Mais ça vient d'où, ce prénom-là ?

— Un nom donné à plusieurs espèces de nénuphars. Savais-tu que les lotus étaient vénérés jadis en Égypte au temps des pharaons ? De plus, comme j'ai l'intention d'installer dans mon jardin des baignoires pour les oiseaux, j'y déposerai des lotus. Quel joli prénom pour un fils que celui-là !

— Et si nous avons une fille, Narcisse ?

— Non, ce sera un garçon, tu le portes comme Jasmin, ce bébé-là.

Jude avait invité Esther pour une soirée au cinéma. Un film français, *La bête humaine*, avec Simone Simon et Jean Gabin, ce qui ne l'intéressait guère. Elle accepta, mais le jeune avocat se rendit compte que c'était sans empressement. De jour en jour, il redoutait la rupture, car il était « harponné » à sa bien-aimée et attaché à la petite Gwen qui lui rendait son affection. Esther, pour sa part, l'aimait encore, mais sans emphase. La flamme avait diminué et elle avait senti la passion du début se calciner dans le brasier. Il perdait son temps à l'attendre et elle s'en culpabilisait. Parce qu'elle savait qu'elle n'épouserait jamais un garçon de cet âge. Même si Jude n'avait en aucun temps abordé le sujet. Sur le plan charnel, Esther s'était aussi lassée, malgré les prouesses « exceptionnelles » de son jeune amant. Toujours les mêmes, rien pour l'étonner, rien pour la stimuler. De toute façon, de moins en moins portée sur les ébats sauf quand elle était en manque, elle aurait préféré recommencer à danser, ce qu'il n'aimait pas. Ou encore, voir ses idoles du cinéma américain qu'il n'appréciait pas. Enfant gâté, Jude en était venu à lui imposer ses quatre volontés. Madame Babin, blasée de cette attitude et d'une liaison sans intérêt, se demandait en se maquillant ce soir-là si cette soirée au cinéma suivie d'un breuvage quelque part ne serait pas le moment propice pour s'en libérer. Oui, s'en délivrer ! Parce que Jude Juneau, lui, semblait déterminé à poursuivre fort longtemps… cette relation quasi périmée.

Il avait aimé le film, Jean Gabin le subjuguait. Pas elle ! Elle aurait préféré traverser la rue et aller voir celui de Fred Astaire à l'autre cinéma. Déçue une fois de plus, elle trouva que le moment était opportun pour mettre un terme à ces fréquentations devenues ternes. Devant une tasse de thé et deux biscuits Village pour elle, un café pour lui accompagné d'un beigne au miel, il s'avança sur la banquette de la cabine du restaurant afin de lui vanter les mérites du film, mais elle l'interrompit :

— Non Jude, je n'ai pas aimé le film ni les acteurs. Ton Jean Gabin s'ouvre à peine la bouche, il marmonne, on ne comprend rien.

— On dirait que tu cherches à me contrarier, Esther.

— Et toi, à jamais me faire plaisir. Mieux vaut en finir.

— Quoi ?

— Je m'excuse, j'aurais préféré mettre des gants blancs pour te le dire, mais il serait préférable de nous quitter, Jude. Nous n'avons plus rien à nous apporter.

— Mais je t'aime, moi !

— Non, c'est par habitude. Ton coeur n'y est plus, je le sens, et le mien non plus. Tu as la vie devant toi, et moi, je peux refaire la mienne, mais chacun de son côté. Je regrette d'avoir à te le dire, mais c'est notre dernier soir ensemble, Jude, c'est la rupture. Nous aurons vécu de très beaux jours tous les deux…

Il intervint brusquement :

— Bête comme ça ! Tu décides ! Sans même me demander ce que j'en pense !

— Une opinion, c'est valable quand on bâtit, pas quand on démolit, Jude.

— C'est toi qui détruis tout, Esther ! Comme si notre lien n'était qu'un château de cartes...

— Il a été solide au départ, mais c'est hélas ce qu'il est devenu avec le temps. Gardons-en tous les beaux moments dans notre mémoire, fermons les yeux sur les désaccords et le souvenir persistera.

— Parle pour toi, Esther, mais permets-moi de penser autrement. Je n'en étais pas rendu là, moi, c'est toi qui m'évinces de ta vie. Sans même une larme... Comme tu peux être dure... Si tel est ton dernier mot, je n'ai d'autre choix que de m'incliner, mais n'oublie jamais, tant que tu vivras, que c'est toi qui m'auras quitté, Esther, et non moi !

— En effet et je te rends service, Jude. Ta liberté te sera salutaire. Tu es en âge de fonder une famille...

— Nous aurions pu la faire ensemble ! Avec la petite déjà en place...

— Non, n'insiste pas et ne me fais pas dire ce que je retiens de peur de te blesser davantage.

— Dis-le, Esther ! Ne te retiens pas ! Tant qu'à flinguer, vas-y ! Vise le coeur !

— Je ne t'aime plus, Jude. Je ne ressens plus rien pour toi.

Et c'est ainsi que prit fin l'histoire d'amour entre madame veuve Esther Babin et Jude Juneau, le jeune stagiaire devenu avocat. Sans cris, sans bruit, sans même un mot de plus alors qu'il la déposait à sa porte. Sans invitation à entrer cette fois, sans lit défait, sans même un baiser d'adieu. Pas même, comme de coutume, une caresse de la part de Jude dans les cheveux de la petite Gwen quand elle dormait...

Esther avait grimpé son petit escalier et refermé sa porte sans se retourner. Seul au volant de sa voiture, déchiré, Jude sentit des larmes glisser de ses paupières pour tomber sur sa main. Pas elle.

Juin arborait ses vertes pelouses, Narcisse s'en donnait à coeur joie dans son jardin où les fleurs prenaient leur bain de soleil alors que quelques vivaces ouvraient les paupières. L'arrosoir à la main, le râteau pas loin, le docteur profitait de ce jour de congé pour humecter avec tendresse les roses et les violettes qui, on aurait pu le jurer, en bonnes voisines, s'entretenaient ! Soudain, au beau milieu de l'après-midi, un cri. Déposant ses outils, il entra en vitesse par la véranda et aperçut Marguerite debout, appuyée au mur, un filet de sang qui descendait sur son mollet jusqu'à une mare sur le plancher.

— Qu'est-ce que tu as ? Pas une fausse couche, au moins ?

— J'ai mal, Narcisse, je le perds, je le sens... Couche-moi vite...

— Non, prends cette chaise et ne bouge pas, j'appelle l'ambulance. S'il y a des complications, c'est à l'hôpital qu'il faut que tu sois. Je suis incapable de régler ça, moi ! Je n'accouche aucune femme, sauf toi ! Et jamais seul, tu le sais !

Marguerite avait été transportée à l'hôpital alors que le vieux professeur arrivait au pas de course pour prendre soin des enfants. On fit ce qu'on put pour sauver le bébé, mais trop tard, il était déjà inerte dans le ventre de sa mère. Marguerite hurla face aux atroces douleurs quand on lui retira le foetus. À peine assoupie au chloroforme, on l'avait mutilée de partout, c'était à se demander si les organes n'avaient pas suivi. Mais la mère était sauvée. Ce qui était plus important aux yeux des jeunes médecins de l'ère nouvelle, même si Narcisse, ancré dans les convictions de son défunt père, semblait regretter davantage la mort de l'enfant qui n'avait pas eu le temps de naître. Depuis quelques jours, sans s'en plaindre, Marguerite avait été en proie à de légères crampes dans le bas-ventre, puis à quelques autres plus fortes durant la nuit. Elle ne s'en fit pas pour autant, car elle avait, d'après sa précédente grossesse, plus de mal à porter un garçon qu'une fille. D'ailleurs, le foetus dont on l'avait délivrée, était en effet un mâle. Le «Lotus» que Narcisse ne pourrait ajouter dans sa baignoire d'oiseaux déjà en place. Assis auprès de sa femme qui, dans son lit blanc, avait peine à reprendre son souffle, il la regardait avec mépris. Comme pour lui signifier qu'elle avait raté son mandat en ne rendant pas l'enfant à terme. Madame Des Oeillets avait fermé les yeux, faisant mine de sommeiller, jusqu'à ce que son ignoble mari soit parti. Esther, empressée de la voir, vint passer la soirée auprès d'elle et la consola :

— Tu n'as rien à te reprocher, ma petite soeur, c'est le bon Dieu qui l'a voulu. Il y a des limites à charger les bras d'une femme d'enfants à prendre soin. Tu es frêle, ta santé est chancelante… Et dire que le géniteur est médecin! Sans compassion, sans merci, le… Je me retiens, Marguerite, mais le Seigneur l'aura dans le détour. Il ne va même pas à la messe, le misérable! Sans toi, les enfants n'auraient aucune piété, pas de religion! Je…

Marguerite lui avait saisi la main pour la faire taire et lui dire :

— Arrête, je suis épuisée, Esther, j'ai failli y laisser ma vie. Le Ciel m'a sauvée pour les quatre autres dont j'ai à m'occuper. Mais je t'en prie, ne tourne pas le fer dans la plaie…

— Je te le promets, mais ne le laisse plus t'approcher. Il pourrait tenter de t'en faire vite un autre. Dis-lui d'aller où il se rend de temps en temps. Il a beau avoir la plus jolie des « fleurs » chez lui, qu'il va en butiner d'autres ailleurs ! On se comprend-tu, Marguerite ?

Madame Des Oeillets n'eut toutefois pas à repousser son mari en vue d'éviter d'être enceinte. Les séquelles de sa fausse couche brutale firent en sorte qu'elle devint infertile. Narcisse avait beau pousser sa semence, le sol « desséché » n'agrippait plus. Marguerite n'allait plus avoir d'enfant. Le diagnostic lui ayant été confirmé par un éminent gynécologue, Narcisse s'éloigna d'elle physiquement, ce qui fit pousser à sa pauvre femme… un soupir de soulagement ! Il pouvait aller s'éreinter avec qui il voulait, elle n'en avait que faire. Aurait-il eu deux maîtresses que Marguerite n'en aurait pas été offensée. À partir de ce jour, la femme du docteur Des Oeillets n'allait vivre que pour sa progéniture. Sans le jardinier « par-dessus » elle pour tenter d'ensemencer de nouvelles « fleurs » pour son « verger » ! Dieu soit loué !

1943, en pleine guerre, tout le monde s'inquiétait. Ici comme ailleurs. On craignait que les troupes allemandes envahissent le Canada, que les hommes soient appelés sous les drapeaux et que le rationnement soit de plus en plus sévère… Tout le monde ou presque, sauf Esther qui préférait lire dans les magazines américains que Betty Grable avait épousé Harry James et que le fond de teint sur les jambes remplaçait les bas de soie devenus introuvables. Toujours en poste à la firme d'avocats qui l'avait employée, elle n'avait jamais revu Jude, même par hasard en livrant des dossiers à la cour municipale. Esther Babin qui, encore belle et voluptueuse à trente-sept ans, refusait tous les prétendants qui s'en approchaient. En élevant seule sa fille Gwen qui allait sur ses onze ans, l'âge d'Iris. Inscrite à l'école du quartier, Gwen revenait souvent avec la médaille d'honneur quand elle terminait le mois première de sa classe. Durant ce temps, les enfants Des Oeillets suivaient encore des cours privés donnés par le vieux professeur retraité de soixante-dix ans. Rose et Iris en matinée ; Violette et Jasmin, l'après-midi. À raison de quatre jours par semaine selon les ordres du médecin qui insistait pour que ses enfants apprennent le français, l'arithmétique, l'histoire du Canada et la littérature. En laissant de côté toutes les autres matières jugées inutiles par le docteur. Rose, qui allait avoir treize ans, parlait un bon français, écrivait sans fautes, comptait, multipliait et divisait sans problème. En outre, elle connaissait Jacques Cartier, Montcalm, Madeleine de Verchères ainsi que les auteurs célèbres comme Balzac et Flaubert, mais elle ne savait pas où était situé le Pérou sur la mappemonde, et encore moins que la Belgique n'était pas loin de la France ; on ne leur apprenait pas la géographie. De plus, privés d'amis, les enfants devaient s'amuser ensemble. Jamais sur le trottoir, que dans la véranda. Jamais dans la cour arrière, c'était sacré, per sonne n'avait le droit d'y mettre le pied. Le jardin n'appartenait qu'au paternel. Aucune fleur ne risquait d'être piétinée. Marguerite aussi s'en abstenait, de peur que l'un de ses enfants la suive par mégarde. Que la véranda où il y avait des chaises, des jeux, mais où les filles ne pouvaient sauter à la corde à cause du bruit. Le plus malheureux était certes Jasmin. Uniquement des filles autour de lui ! Aucun garçon, aucun ami avec qui jouer aux billes ou aux héros des bandes dessinées.

Marguerite avait remarqué néanmoins que la mignonne Iris, la plus jolie des filles, était la préférée de son mari. Ratoureuse, elle était la seule à avoir gagné le coeur de son père. Non pas parce qu'elle était la plus brillante, Rose la surpassait dans les études, mais parce qu'elle était la plus belle. Elle était d'ailleurs la seule que son père emmenait avec lui pour la présenter à des patients et s'entendre dire : « Mon Dieu qu'elle est jolie votre fille, docteur ! Elle va faire battre bien des coeurs ! » Il adorait le compliment, mais se méfiait de la prédiction. Aucun homme n'allait salir son Iris, ni aucune de ses filles. Ses « fleurs » allaient rester intactes. Du moins, le croyait-il. Depuis qu'elle était petite, Iris manipulait son père au point de le faire dépenser pour de jolies robes. Lorsqu'elle sortait seule avec lui et qu'ils passaient devant une vitrine, elle n'avait qu'à lui dire : « Regardez papa ! Vous seriez fier de moi dans cette jolie toilette ! », pour que le médecin la lui achète. Les autres ne s'en plaignaient pas, la coquetterie ne les étouffait pas. Ce qui n'empêchait pas Violette de lui faire remarquer cependant : « Tu pourrais au moins partager tes bonbons ! Tu es gourmande ! »

Car si Narcisse achetait des friandises ou des chocolats à sa préférée, il rentrait les mains vides pour les autres. Ce qui choquait sa femme qui, calmement, le lui reprochait : «Pas même une réglisse pour Rose et Violette ? Ni un ou deux outils en chocolat pour Jasmin, ton seul garçon ? » Ce à quoi le docteur ne répondait pas. Depuis belle lurette, Narcisse faisait la sourde oreille à toute remarque de Marguerite. Venant d'elle, rien ne l'atteignait ou le touchait. Jasmin, fils unique, le seul à pouvoir perpétuer son nom, n'était guère privilégié. Narcisse le trouvait timide et sot alors que le petit n'était que replié sur lui-même, à force d'être ignoré de son père et exclu des jeux des trois filles parce qu'il était un garçon.

Le plus grand bonheur des enfants Des Oeillets était de se rendre chez tante Esther où les gâteries s'étalaient à profusion. Sans compter tous les jouets que Gwen possédait, incluant sa corde à danser que ses cousines pouvaient utiliser sur le ciment de la cour arrière. Les petites filles s'amusaient ferme, certes, mais Jasmin, encore à part, se contentait de tout ce que sa tante déposait sur la table. Seul, sans compagnon, il se gavait et engraissait, le pauvre enfant. Ce qui n'allait pas le plonger dans les bonnes grâces de son père. Or, centré sur Iris, celle qui lui ressemblait le plus, Narcisse se consolait des autres. Rose et son infirmité, Violette qui ressemblait à sa mère, et Jasmin, petit, empâté, qui prenait de l'embonpoint. Iris, sentant qu'elle était la favorite, faisait tout en sorte pour le rester. Même dans ses livres à colorier ! Alors que ses soeurs allaient d'une page à l'autre, elle choisissait des fleurs qu'elle crayonnait des mêmes couleurs que celles du jardin et, montrant ensuite son dessin à son père, elle lui disait : « Regardez, papa ! Le même ton de mauve que celui des lilas ! » Enchanté de voir que sa « fleur » préférée jetait son dévolu sur son jardin, il s'était penché pour l'embrasser et lui dire : « Regarde dans ton cahier. Peut-être trouveras-tu la fleur qui porte ton nom ? » Déçue, feignant d'en être désolée, elle lui avait répliqué : « Non, il n'y a que des roses et des marguerites... Et je ne veux pas les colorier ! » Le père, ému, pris de compassion, lui répondit : « Ça va, Iris, ne cherche pas, je t'achèterai un autre cahier ou je t'en dessinerai une que tu pourras rendre aussi belle que toi. » Retrouvant son sourire, la capricieuse s'écria : « Merci, papa ! Je vais la colorier juste pour vous ! » D'une voix aiguë et forte pour que les autres l'entendent et la jalousent.

1946, la guerre était enfin terminée, les soldats revenaient du combat en un seul morceau ou abîmés. D'autres avaient été enterrés au loin dans des cimetières improvisés... Puis, 1947 et la paix retrouvée, la quiétude au coeur des gens, le baby-boom, les femmes de plus en plus enceintes, sauf Marguerite devenue aride et Esther qui, sans mari, n'avait nulle chance d'être mère à nouveau. Ce qu'elle ne voulait surtout pas, préférant lire dans les journaux qu'Al Capone était mort, ce qui aurait fait plaisir à son père, que la mode favorisait la jupe à douze pouces du sol, que le disque 33 tours était mis sur le marché, que la chanteuse Lucille Dumont était élue Miss Radio et que l'acteur Alan Ladd, le beau blond du cinéma, était parmi les grandes vedettes de l'année. Rien de sérieux, malgré sa maturité. Esther avait beau essayer d'être aussi mûre que sa jeune soeur, elle n'y parvenait pas. Sa légèreté refaisait vite surface. Tout comme sa fille Gwen qui, à quatorze ans ou presque, portait comme sa mère des souliers à talons hauts pour charmer les garçons plus âgés qu'elle. Narcisse, de son côté, n'était pas content de voir le pain et le lait augmenter. Il s'était intéressé quelque peu au virus de la polio qu'on avait isolé, mais avait observé davantage la jambe de Rose qui semblait vouloir se jumeler à l'autre en grandissant. Ce qui n'arriva pas tout à fait puisque les souliers lacés de l'aînée allaient être en vogue longtemps dans ses pieds. Marguerite écoutait les chansons d'Yves Montand en sourdine et avait vu le film *Quai des Orfèvres* avec Louis Jouvet. L'une de ses rares sorties avec Narcisse. Mais les «fleurs», aussi grandes devenaient-elles, étaient encore confinées entre leurs murs avec le vieux professeur qui persistait à les instruire. Et le docteur Des Oeillets, malhabile dans sa profession, en perte de patients, ne s'en faisait pas pour autant. Il avait maintenant, dans son carnet bancaire, énormément d'argent grâce à des placements et des prêts à... très hauts taux d'intérêt !

Deuxième partie

Rose, Iris, Violette et Jasmin

Chapitre 7

Un gâteau de fête à la crème garni de fleurs en sucre dur et de bougies allumées. Rose Des Oeillets a vingt ans, en ce 8 avril 1950. Chez le docteur, on avait préparé un petit souper de circonstance auquel étaient conviées Esther et sa fille Gwen. Cette dernière, tout comme Iris, allait avoir dix-huit ans cette même année. Gwen, malheureusement, n'avait en rien hérité de la beauté de sa mère. Elle avait tout pris de feu Albin Babin, son père. Son nez épaté comme ses oreilles décollées ! Rose était charmante, assez jolie, mais d'une sobriété qui ne la rehaussait guère. Pas même un soupçon de rouge à lèvres, tandis qu'Iris, belle, bien tournée, maquillée, habillée dernier cri, attirait les regards des garçons… et des hommes ! Sa tante, fort heureuse de voir qu'elle lui succédait dans l'art de la séduction, voulait la pousser plus loin qu'elle-même n'était jamais allée. Deux ans plus tôt, alors qu'Iris encore adolescente s'arrêtait devant les miroirs, Esther lui disait en lui montrant la photo de BeBe Shopp, la Miss America de l'année : « Toi aussi, Iris, tu pourrais remporter des concours de beauté ! Si tu continues de t'embellir comme ça, tu pourrais même devenir une vedette de cinéma ! » Tout pour lui enfler la tête ! Ce qui désarmait Marguerite qui réprimandait sa soeur aînée : « Arrête de l'aiguillonner comme ça, elle est déjà assez écervelée comme c'est là ! C'est elle qui a les plus mauvaises notes des trois ! Encourage-la plutôt à étudier, Esther ! Rends-la pas plus orgueilleuse qu'elle l'est ! Il y a bien assez de son père qui la complimente à longueur de journée ! »

Mais ce jour-là, deux ans plus tard, c'était Rose qu'on fêtait en lui offrant des chocolats. Tante Esther lui avait remis des boucles d'oreilles en pierres de lune qu'elle ne porterait pas et Narcisse, tout en signant à côté du sien le nom de sa femme dans la carte, lui avait acheté une montre-bracelet on ne peut plus ordinaire. Elle souffla d'un seul coup ses vingt chandelles, mais ne fit aucun voeu pour autant. À quoi bon ! Rose Des Oeillets, sous l'emprise de son père, savait d'avance quel serait son destin. Fille à la maison à aider sa mère dans les corvées, réceptionniste au bout du fil pour les patients, et porteuse d'outils l'été quand le médecin enfilerait sa salopette pour cultiver son précieux jardin. Bonne à tout faire, quoi ! Avec une neuvième année scolaire réussie et l'empêchement d'aller de l'avant. Par son monstre de père qui la trouvait assez instruite pour l'avenir qu'il lui réservait. Le ménage, les rendez-vous de sa clientèle, la lecture, le petit point, les mots croisés. Parce qu'elle avait à vivre avec une infirmité, lui avait fait comprendre « le docteur » qui ne voulait pas que son aînée se rende bien loin. À peine chez l'épicier au coin de la rue !

Le vieux professeur privé avait instruit les enfants jusqu'à sa mort survenue en 1948. Rose et Iris, études achevées, s'étaient vu ajouter des cours d'histoire et d'anglais pour combler leurs moments libres. À son décès, Violette en était à finir sa dernière année qu'elle boucla chez les soeurs, et Jasmin allait terminer ses classes à l'école publique. Telle avait été la décision du docteur à laquelle sa femme ne s'était pas opposée. Violette rêvait d'être institutrice, mais son père lui avait dit : « C'est un métier de pauvresse ! Elles ne gagnent rien ou presque ! » Sans doute se référait-il à son ancienne flamme, Bella Maheu, qu'il avait si mal rémunérée. Or Violette, les bras croisés, ne savait que choisir pour meubler son avenir. La regardant, voyant qu'elle avait la lèvre boudeuse, il lui dit :

— Tu n'es pas bien ici ? Tu as tout ce qu'il te faut ! Logée, lavée, nourrie... Tu n'as qu'à faire comme Rose et aider ta mère.

Iris, plus mielleuse, lui avait répliqué :

— J'espère que vous ne parlez pas pour moi, père. Moi, ménagère...

— Non, toi, tu voyageras, tu verras le monde entier, tu es trop délurée pour être verrouillée sous notre toit. Et j'ai l'impression que tu seras un jour mon héritière parce que tu ne t'élèveras pas devant mes conditions.

— Quelles sont-elles, papa ?

— Je ne peux pas te les énumérer pour l'instant, ma fleur. Sois patiente, le moment viendra.

— Une petite idée, quand même... insista-t-elle doucereusement.

— Ah ! toi… Mais non, pas cette fois. Regarde plutôt les brochures pour les voyages organisés. Tu aimerais visiter la France ?

— Heu… peut-être, mais j'aimerais mieux aller à Hollywood, là où sont les acteurs. Tante Esther…

Il l'interrompit brusquement :

— Ne me parle pas d'elle et ne subis pas son influence, Iris ! Une tête de linotte que ta tante ! Que les artifices et le cinéma, rien de sérieux dans le crâne ! Elle ne sait même pas que le fleurdelisé a été choisi comme drapeau du Québec !

— Moi non plus, papa !

En remontant quelque peu dans le temps, en août 1948, le joueur de baseball Babe Ruth était décédé, Esther Babin était allée voir le film *Key Largo* avec sa fille et, en 1949, le prix Nobel de la paix avait été décerné à Lord John Boyd Orr, du Royaume-Uni. À Québec, un incendie avait détruit le Colisée. Le même journal avait annoncé que Philip Hench avait découvert la cortisone et, dans une autre colonne, on avait pu lire que l'espérance de vie chez les humains était de soixante-huit ans. En outre, le Siam avait changé de nom pour devenir la Thaïlande, Simone de Beauvoir avait publié un essai, *Le deuxième sexe*, que le docteur refusa d'acheter, et le compositeur allemand Richard Strauss avait rendu l'âme. Ce qui avait quelque peu peiné Esther qui adulait tous ceux qui avaient porté cet illustre nom. Mais elle retrouva vite le sourire en apprenant que Rita Hayworth avait épousé le prince Ali Khan et que l'acteur Kirk Douglas était une étoile montante. Les futilités prenaient encore le dessus dans le coeur de la jolie quadragénaire. Pas d'époux, pas d'amants, que sa fille à ses côtés et assez d'argent pour vivre de ses revenus, il était évident que les plaisirs de la vie l'emportaient sur les inquiétudes. Surtout quand elle tombait en amour avec un nouvel acteur... par habitude !

L'année des vingt ans de Rose, les forces chinoises communistes allaient envahir le Tibet pendant qu'Al Jolson, célèbre avec sa chanson *Mammy,* rendait l'âme aux États-Unis. Mais ce qui avait retenu l'attention d'Esther, c'était le film *All About Eve,* avec Bette Davis et Anne Baxter, qu'elle était allée voir deux fois pour mieux le raconter à Marguerite qui n'allait plus au cinéma, à moins que Narcisse ne l'y invite, ce qui, hélas, n'arrivait plus. Confinée à ses chaudrons et à ses oeuvres paroissiales, elle était devenue rigide, madame Des Oeillets. Elle ne riait plus, ne souriait plus, parlait de moins en moins parce qu'elle était malheureuse et qu'elle sentait souvent un « motton » lui obstruer la gorge. Ce qu'elle cachait à ses enfants de peur qu'ils ne se rendent compte qu'elle était démoralisée. Éloignée de Narcisse dans les liens intimes, elle ne s'en plaignait pas, mais elle était de plus en plus mal à l'aise d'avoir à partager le même lit et de sentir, alors qu'il dormait, son bras tomber sur l'une de ses fesses. Sans doute s'imaginait-il avec une « catin » du bas de la ville ? Elle se tournait vite sur le dos pour s'en dégager et anticipait le jour où l'une des filles se marierait pour enfin faire chambre à part. Ce qui n'était pas... pour demain ! Et ce dont Marguerite ne savait rien ! Pas encore ! Mais ça n'allait pas tarder, le dément médecin avait, sans qu'elle le sache, une folle idée en tête qu'il s'apprêtait incessamment... à mettre sur papier !

Le docteur Des Oeillets attendit que ses trois autres enfants aient un an de plus la même année avant de se prononcer. Soit en décembre, après les dix-huit ans d'Iris, sa préférée, qu'il avait soulignés avec un collier de perles véritables et un parfum de prix. Elle en avait été si ravie qu'elle l'avait remercié d'un baiser du bout des lèvres sur le front. Pour ne pas le « beurrer » de rouge, lui avait-elle dit. Hypocritement ! Or, en ce 15 décembre, à dix jours de Noël, il avait réuni ses enfants au salon en demandant à sa femme de rester à l'écart de la conversation. Dans sa cuisine ou dans sa chambre ! Ce que Marguerite fit sans protester. Les trois filles avaient pris place sur le grand divan et Jasmin, le plus jeune, s'était emparé de la chaise de coin pour ne pas faire face à son père qu'il craignait. Narcisse, le regard sur les trois filles à tour de rôle, leur déclara solennellement :

— Je tiens à vous aviser, en ce jour, que ma fortune fortement évaluée sera votre héritage à ma mort. À moins que votre mère me survive, évidemment. Dans le cas contraire et cela dit de mon vivant, j'ai des conditions précises pour chacune de vous, et pour toi aussi, Jasmin, pour toucher la part qui vous revient. Pour ce faire, aucune de mes filles ne devra se marier et perdre le nom qu'elle porte en faveur d'un autre. Ce qui exclut aussi la maternité. De cette façon, les trois plus belles fleurs de mon jardin intime survivront après ma mort, avec mon nom intact, non souillé par de purs étrangers qui piétineraient le Des Oeillets. Il vous sera possible de faire votre vie, de voyager, mais pas de vous marier et d'avoir des enfants. Si l'une de vous trois désobéit à cet ordre formel, elle sera déshéritée sur-le-champ en faveur des autres. Pour ce qui est de toi, Jasmin, rendu à l'âge adulte, tu pourras te marier et perpétuer le nom de Des Oeillets ainsi que le jardin de ton père en donnant à tes enfants des prénoms de fleurs comme je l'ai fait. C'est mon plus cher désir. À défaut de suivre cette consigne, tu seras rayé de mon testament et ta part ira à tes soeurs. Vous avez des questions ?

Les trois filles se regardaient. Rose se pinçait les lèvres, Iris souriait et Violette avait détourné la tête pour échapper à son regard égaré. Rose, la première, se manifesta :

— C'est notre avenir que vous entravez, papa. C'est injuste ! Vous n'avez pas le droit de régler nos vies de la sorte pour un simple héritage.

— Simple ? L'argent que je possède vous permettra à peu près tout ce que vous désirez ! Et toi, qu'as-tu donc à te plaindre, Rose ? Qui voudrait de toi avec l'infirmité que tu traînes depuis ton enfance ?

— Un homme avec une jambe de bois, papa ! Ou un cul-de-jatte ! Pourquoi pas ?

Les trois autres éclatèrent de rire et, le docteur, le regard sévère, les rappela à l'ordre pour ensuite dire à Rose :

— Le moment est mal choisi pour de telles plaisanteries, Rose ! Cette réunion est des plus sérieuses et je t'interdis de l'interrompre par des répliques aussi infantiles. Sois réaliste, voyons ! Tu vis dans cette maison avec nous, tes parents, à nos dépens. Et il en sera ainsi fort longtemps !

— Et si j'avais envie d'aller travailler ou de reprendre les études ?

— Trop tard pour les études, Rose ! Et pour ce qui est d'aller travailler, n'y pense même pas. Nous avons besoin de toi pour les tâches ménagères, ta mère et moi. En plus de prendre mes appels… Et tu ne manques de rien sous notre toit ! Tu n'as pas à te plaindre !

Iris souriait et, soutenant le regard de son père, lui dit :

— Votre demande, quant à moi, n'est nullement dérangeante. Je n'ai aucune intention de me marier et de changer de nom. De plus, être mère ne m'intéresse pas. Moi, tout ce que je veux, c'est travailler, voyager, voir le monde, m'épanouir et me divertir. Tout en restant Iris Des Oeillets ! Ce n'est pas moi qui vais m'élever contre vos conditions, papa, et j'espère que vous vivrez longtemps ! N'allez surtout pas croire que je songe déjà à mon héritage…

— Quel grand coeur, ma fille ! Je savais que tu ne me décevrais pas, toi ! Tu as toujours été…

Mais le docteur s'était arrêté juste à temps. Il ne voulait pas répéter devant les autres qu'elle était sa préférée. Se tournant vers Violette, il lui demanda :

— Et toi, tu as quelque chose à redire sur mes instructions ?

La jeune fille qui haïssait terriblement son père répondit évasivement :

— Non, je n'ai que seize ans, papa. J'ai bien le temps de penser à tout ça, moi.

— J'espère seulement que tu t'en souviendras, Violette ! Ne joue pas les innocentes ! Il y a bien assez que tu ressembles à ta mère sans avoir en plus son…

Un autre arrêt soudain et le docteur Des Oeillets enchaîna :

— Toi, Jasmin, tu sembles avoir compris le rôle que je t'ai désigné. Perpétuer mon nom et engendrer de nouvelles fleurs avec de doux prénoms. Je te prêterai mon livre d'horticulture quand viendra le temps…

— Et s'il ne se marie pas ? osa Violette.

— C'est bien simple, dans ce cas, le nom Des Oeillets s'éteindra avec lui et vous trois, les filles. Le jardin mourra ainsi avec notre famille.

Puis, dans un geste de démence, Narcisse leur fit signer leur nom au bas des conditions, sans penser que ce serait sans valeur et, le voyant se lever, les enfants en firent autant. Rose regardait Violette avec un air découragé, Iris ajustait une boucle d'oreille dans le miroir et Jasmin qui avait plus ou moins compris retourna vite à ses devoirs scolaires. Sorties du salon, les filles regagnèrent leur chambre, sauf Violette qui, voyant que son père entrait dans son cabinet, cherchait sa mère qu'elle trouva au vivoir en train de frotter un miroir pour lui murmurer :

— Il est fou, maman ! Un jour, ils vont l'enfermer !

Marguerite, les yeux interrogatifs, regardait celle qui lui ressemblait tant, pour tout apprendre de cette cruelle emprise sur l'avenir de ses enfants. Désemparée, elle se laissa tomber dans un fauteuil pour dire à Violette :

— Pauvres filles ! Vous imposer de telles conditions ! Son coeur de père est dur comme du fer ! Comment peut-on faire ça à ses enfants ?

— Allez-vous lui parler, maman ? Allez-vous lui faire comprendre qu'il perd de plus en plus la tête ?

Marguerite, baissant les bras, répondit à Violette qui avait encore la bouche ouverte :

— Je ne peux pas, ma fille, je ne peux rien lui dire, c'est lui qui nous fait vivre.

Marguerite n'avait rien dévoilé à Esther du plan machiavélique de Narcisse. Elle craignait trop que cette dernière ne s'emporte et ne vienne remettre son mari à sa place. Ce qui lui aurait valu un tollé de reproches. Elle préféra se remettre à ses chaudrons, implorer sa défunte mère pour son aide et pleurer sans qu'on s'en rende compte sur le sort de ses enfants. Sans savoir que Rose, dans sa chambre, s'était jetée en larmes sur son lit à cause de l'allusion de son père sur son infirmité à vie. Elle avait répliqué par une plaisanterie non pas dans le but d'épater la galerie, mais pour minimiser l'affront. Car, blessée en plein coeur, elle avait failli éclater en sanglots. Comme elle le méprisait, ce père tordu que Violette détestait et qu'Iris, habilement, manipulait.

Deux ans et un peu plus s'écoulèrent sans qu'on reparle du sujet chez les Des Oeillets. Le calme avant la tempête ? Peut-être, sauf que le médecin, avec une clientèle réduite, se consacrait de plus en plus à son jardin, l'été ; et aux plantes intérieures, l'hiver. Il y en avait partout ! Dans son cabinet de consultation comme sur les étagères de la cuisine. Rose prenait les rendez-vous de son père et Iris avait effectué son premier voyage organisé en France. Elle était revenue avec une photo cartonnée de *La Joconde* et avait avoué à son père avoir préféré la tour Eiffel au château de Versailles. Puis, les sorties nocturnes, bien entendu, dont elle ne parla qu'à sa tante Esther. Elle avait même croisé dans un grand magasin l'acteur Paul Meurisse qui, d'après elle, n'avait rien d'Alan Ladd ! Physiquement, du moins ! Violette, études terminées, se tournait les pouces. Elle aurait aimé étudier la musique, mais Narcisse lui disait qu'il était trop tard : « On apprend le piano quand on est enfant, pas à dix-huit ans ! Prends plutôt des cours d'art culinaire, ça rehaussera la cuisine de ta mère !» Choquée, elle n'en fit rien et préféra passer ses journées à lire, à aider Rose et à jaser avec sa mère de laquelle elle était très proche. Iris, pour sa part, voulant vivre sa vie, avait dit à son père qu'elle désirait être vendeuse à la lingerie de Myers, le Juif qui venait à la maison leur vendre des bas, des tabliers, des serviettes, bref, un peu de tout. Son père, décontenancé, lui avait répondu :

— Voyons, Iris ! La fille d'un médecin, vendeuse dans une lingerie !

— Il faut que je fasse quelque chose, papa, que je sorte d'ici, sinon je vais devenir folle ! Ne vous opposez pas, je vous en prie...

— Tu pourrais visiter d'autres pays... L'Angleterre, la Suède...

— Non, je voulais aller en Californie et vous me l'avez interdit !

— Parce que c'est une idée folle de ta tante Esther ! Elle veut faire de toi une vedette de cinéma !

— Voyons, papa, tel n'est pas mon but...

Elle se mit à pleurer, à geindre doucement, et Narcisse, ému, céda :

— D'accord pour la lingerie. Tu pourrais peut-être avoir ton propre commerce éventuellement...

Il préférait lui accorder cette permission plutôt que de la voir dans le giron de la capitale du cinéma où l'on fabriquait des actrices avec n'importe quelle belle fille comme Paulette Goddard ou Linda Darnell. Côté beauté, Iris les valait, il le savait. Côté talent... également ! Or, pour la garder près de lui, il accepta qu'elle travaille pour Myers, sans se douter qu'Iris, frivole et excitée, avait déjà jeté son dévolu sur le marchand qu'elle appelait par son prénom, Ed, dans l'intimité. Même s'il avait trente ans, marié et père de trois enfants. Ed Myers était bel homme, il en était conscient. Avec le charme qu'il déployait, il avait vite conquis le coeur de la belle enfant d'un simple compliment lors d'une visite de sa part au magasin. Puis, d'un petit sac du soir offert avec un sourire, à un jupon de dentelle importé, il l'avait tout à fait subjuguée. De là l'emploi qu'il lui offrait pour la sentir plus près de ce qu'il envisageait avec elle. Comme elle, de son côté, avec lui !

Cette fois, Iris ne s'était pas confiée à tante Esther. À personne en somme, voulant garder ce secret pour elle seule. Elle fut donc la première « fleur » du jardin à être « souillée » par un homme. Et elle en tomba amoureuse ! Ed Myers la comblait de présents qu'elle camouflait adroitement quand elle rentrait. Mais Rose avait l'oeil aux aguets. Sûre et certaine que sa soeur vivait une relation avec son patron, elle se rendit à la lingerie pour épier leur façon d'être. Elle s'aperçut très vite que le beau Juif n'avait que des égards pour sa soeurette et qu'il la traitait avec une amabilité particulière. Elle, faisant mine de rien, le regardait d'un air qui trahissait ses sentiments. Elle soupirait, battait des cils, attendant sans doute que le magasin ferme pour passer dans le *back store*. Avec lui ! Avec ses mains sur elle, ses baisers prolongés, sa jupe relevée. Lorsqu'elle revenait le soir et qu'elle croisait Rose dans le couloir, cette dernière se rendait compte qu'elle dégageait l'odeur de... Myers ! Celle de sa peau mêlée à son eau de toilette très masculine. Avec un étrange sourire qu'Iris arborait au coin des lèvres. Ce bonheur qu'elle éprouvait et dont elle ne pouvait parler. Ce qui rendait l'aînée un tantinet envieuse de sa petite soeur... dévergondée !

Ah ! si le docteur savait ! Si seulement Narcisse se doutait... Mais non ! Troquant le sarrau contre la salopette, il cultivait des fleurs. Les mêmes en plus grand nombre et de nouvelles venues en quantité. Tellement qu'il avait dit à Marguerite un soir : « Dommage que tu ne sois plus capable de procréer, tu devrais voir tous les prénoms que j'ai trouvés ! Pâquerette, Jacinthe, Pétunia... » Mais sa femme, outrée à l'idée qu'elle n'avait été bonne que pour se faire labourer, tourna les talons et, pour ne plus l'entendre, fit couler très fort le robinet rouillé de son évier.

Confinée à la maison ou presque, Rose avait développé un goût pour le cinéma et s'y rendait souvent avec sa tante Esther ou sa cousine Gwen qui, contrairement à sa mère, aimait les films français. Ce qui lui avait permis de voir en une semaine : *Casque d'or,* avec Simone Signoret, ainsi que *The Greatest Show on Earth,* avec Charlton Heston et Betty Hutton. Le premier, avec Gwen ; le second, avec sa tante. Ce qui lui permettait aussi, par le biais des films américains, d'apprivoiser davantage l'anglais que le vieux professeur lui avait appris. Ce qu'Iris maîtrisait de plus en plus avec Myers de jour en jour. Mais s'il avait fallu qu'elle tombe enceinte ! Rose n'était pas vilaine au point de le lui souhaiter, mais ne serait-ce que pour voir son père contrarié, trébucher, elle y avait pensé. Iris, toutefois, ni sotte ni imprudente, avait averti Ed des conséquences si une telle chose se produisait.

Le déshonneur pour elle ; le scandale pour lui… l'héritage perdu. Tracassé face à l'éventualité d'une telle situation, il lui avait demandé :

— Tu comptes avoir des enfants, un jour, *darling* ?

— Non, je te l'ai déjà dit. Je ne suis pas attirée par la maternité.

— Alors, si tu voulais, un seul voyage et tu n'aurais plus à t'en inquiéter.

— Un voyage ? Où ça ?

— Au Danemark. Je connais un médecin là-bas qui pourrait régler le cas. Pas ici, bien sûr, mais dans ce pays…

— Tu veux dire… une opération ? Mais non, j'ai peur de ça ! Jamais je n'oserais… C'est dangereux ! Ça se fait aux États…

— Oui, je sais, mais avec lui, j'aurais confiance, Iris. Ensuite, tu pourrais m'aimer *full time* ! On n'aurait plus d'inquiétudes, plus de retenues…

— Mon père ne me paiera jamais un voyage au Danemark. Quelle raison aurais-je d'aller là-bas ? Je ne connais rien de ce pays…

— Tu pourrais lui dire que la cousine de ton *boss* s'y rend et qu'elle aimerait t'emmener avec elle. Je trouverais une dame pour t'accompagner et je payerais tout, *darling*. Mais je ne veux pas te forcer… Ce sera ta décision… Penses-y sérieusement. En attendant, on continuera à prendre nos précautions. Je t'aime tant, tu es si belle…

— Moi aussi, je t'aime, Ed ! Tu es le premier homme dans ma vie, tu le sais… Jamais je ne pourrais en aimer un autre maintenant… Tu es si tendre, si beau…

Iris, le soir venu, la tête sur l'oreiller, songeait à l'offre de son bien-aimé. Évidemment qu'une telle opération mettrait un frein à son tourment. Elle pourrait se donner les yeux fermés, sans craindre, sans le repousser certains soirs... Mais la démarche lui faisait peur. On parlait de femmes mutilées, charcutées par cette intervention. Il fallait être brave ou aimer passionnément pour aller jusque-là... Mais Iris savait, elle, que si elle trouvait le courage de se rendre jusqu'au Danemark, ce ne serait pas que pour se sentir rassurée dans le lit de son amant. Bien sûr qu'elle l'aimait au point de ne rien lui refuser, mais elle ferait d'une pierre deux coups puisqu'elle reviendrait assurée... de n'être jamais déshéritée.

Violette rentra fort agitée d'une course pour sa mère et, apercevant Rose qui replaçait les coussins d'un divan, lui chuchota :

— Viens, il faut que je te parle, mais privément ! Pas devant maman !

L'aînée, intriguée, suivit la cadette jusqu'à sa chambre, et là, porte close, Violette lui dit tout bas :

— Le pharmacien aimerait sortir avec toi. Il m'a demandé si tu étais engagée. Il est libre, il a vingt-huit ans !

Surprise, Rose répliqua :

— Le pharmacien du coin ? Le commis, tu veux dire, monsieur Bérubé.

— Oui, Blaise Bérubé, celui qui porte des lunettes aux vitres épaisses comme des fonds de bouteille !

— Je sais de qui tu parles, mais est-ce qu'il est aveugle ? Il n'a pas vu mon pied avec ses loupes à monture de corne brune ?

— Oui, Rose, il est au courant de ton handicap, mais ça ne le dérange pas. Il a lui-même un grave problème de la vue.

— Je sais et je sympathise, mais ça ne m'intéresse pas ! Je ne cherche personne, je suis très bien célibataire... Tu le lui diras.

— Écoute, tu risques de rester vieille fille. Le temps passe...

— Et puis ? Tu as entendu les ordres formels de papa, non ?

— Oui, mais faut pas l'écouter, Rose, il déraisonne ! On ne va pas rater notre vie pour ses idées folles ! Moi, si je trouve plus tard, ce n'est pas son héritage qui va me retenir. Il pourra le garder ! Si tu penses que je vais me laisser mener par le bout du nez !

— Moi non plus, mais il y a maman, elle a besoin de moi. Et puis, ton Bérubé ne m'intéresse pas. Il n'est guère attirant...

— Rose ! Tu t'entends ? Tu te permets d'être difficile ? Tu ne te coiffes même pas, tu ne portes jamais de rouge à lèvres... Ça ne l'a pas empêché de te trouver de son goût, lui !

— Parce qu'il ne voit pas clair, Violette ! Mais moi, j'ai mes deux yeux et je vois sans lunettes ! Blaise Bérubé ne m'attire pas une miette !

— Écoute, pourquoi ne pas accepter de sortir au moins une fois avec lui, Rose ? Ça te divertirait, tu es toujours enfermée...

— J'ai ma tante et Gwen pour le cinéma de temps en temps. Et je compte prendre des cours de peinture, je ne veux pas faire que du petit point, j'ai des talents d'artiste...

— L'un n'empêche pas l'autre ! Sors avec lui de temps à autre, juste pour tenir tête au père. Il y a quand même des limites !

— Ne te mêle pas de mes affaires, Violette, tu n'as que dix-huit ans. Occupe-toi de tes cavaliers si tu en as, mais laisse-moi gérer ma vie comme je l'entends !

— Bien, fais à ta tête, mais tu vas le regretter, Rose, parce que Blaise Bérubé a une voiture et de l'argent. Il est pharmacien diplômé ! Il a de l'avenir… Il va finir par l'acheter, la pharmacie du coin ! Mais je ne dis plus rien, fais ce que tu veux, moi, je m'en lave les mains !

Et Violette, mission accomplie, descendit au salon regarder sur le petit téléviseur que Narcisse avait enfin acheté, une émission terne d'après-midi, suivie d'un film ennuyant avec Bourvil. Restée en haut, Rose regagna sa chambre, se regarda dans la glace encadrée de la commode, dénoua sa longue tresse, brossa sa chevelure et, se pinçant les lèvres pour quelque peu les rougir, songea au pharmacien, le premier homme à s'intéresser à elle. En passant outre à son infirmité par-dessus le marché ! Ce qui la laissa pantoise devant le miroir égratigné.

Iris avait convaincu son père de la laisser se rendre au Danemark avec la supposée cousine de son patron. Perplexe, il ne s'expliquait pas l'envie soudaine de sa « préférée » d'aller dans un pays dont elle ne connaissait rien. Le voyant hésiter, elle sut vite le contrer :

— Vous aviez dit que je devais voir le monde entier.

— Oui, Iris, mais il y a d'autres pays dont on connaît davantage l'histoire : l'Angleterre, l'Italie, la Russie même…

Mais le Danemark… D'un autre côté, si c'est avec un guide comme la dame… Mais ça coûte cher aller là ! Tu as l'argent qu'il faut ?

— Passablement et, s'il m'en manque, le patron me l'avancera.

— Quoi ? Au diable, lui ! C'est moi qui vais te l'avancer, cette somme ! Je vais même te la donner si tu me rapportes un beau souvenir !

Iris lui offrit son plus joli sourire et se jeta à son cou :

— Si vous saviez comme vous me faites plaisir ! Je n'aurai pas besoin de beaucoup, la cousine de monsieur Myers va payer l'hôtel pour deux, c'est pas tellement plus cher !

Le père se résigna et permit à Iris de se rendre au Danemark, sans chercher à savoir si la dame était fiable. Il se promettait d'aller la reconduire à l'aéroport, mais elle lui avait dit :

— Non, papa, c'est un vol de nuit. Vous vous levez si tôt le matin ! Monsieur Myers va s'en charger, sa cousine a beaucoup de bagages.

— Soit ! Mais tu me promets d'entrer en communication avec moi rendue là-bas ?

Iris promit et, resté seul, Narcisse vit apparaître sa femme qui lui reprocha d'un ton plutôt ferme :

— Tu n'aurais pas dû lui accorder ta permission ! Elle n'a que vingt ans et on ne sait rien de cette femme qui va l'accompagner !

Se tournant brusquement, il lui répondit en la pointant du doigt :

— Ne te mêle pas de ça, Marguerite ! C'est moi le père ici ! C'est à moi de décider ! Retourne à ton poêle et prépare le souper !

Quelques jours plus tard, accompagnée de son amant jusqu'à l'aéroport, Iris s'envolait seule pour le Danemark, sans escorte, sans la dame qui devait l'accompagner. Moins rassurée, elle était agitée, hésitante, mais Ed lui avait murmuré en l'embrassant dans le cou :

— Ne crains rien, *darling*, une infirmière va t'attendre à l'aéroport pour te conduire à la clinique. Tout est arrangé avec le docteur et quand tu auras été opérée, quelques jours pour t'en remettre, et tu reviendras sans le dire à personne. Je t'attendrai à la *gate* des arrivées. N'oublie pas d'appeler ton père comme il te l'a imposé et demande à l'infirmière d'aller lui choisir un souvenir. Un porte-clés, ça se glisse bien dans une sacoche. Une fois complètement rétablie, on va s'aimer Iris, sans danger, sans calculer les jours sur le calendrier. On va avoir une belle vie, toi et moi. Je t'aime, *my love* !

— Moi aussi, mon bel amour !

Il regarda de tous côtés et, se sentant à l'abri des regards indiscrets, Ed embrassa longuement la plus belle femme de son quartier, Iris Des Oeillets, la préférée des « fleurs » du « jardinier » qui, inconsciemment, sans même penser si un jour elle allait le regretter, s'envolait en terre étrangère afin de se faire stériliser pour plaire, d'abord, à l'homme à qui elle aimait se donner et, d'une pierre deux coups, pour son père dont elle voulait hériter.

Le pharmacien attendait avec anxiété la réponse de Rose par le biais de sa jeune soeur. Le jour venu, Violette se préparait à aller le décevoir lorsque sa soeur aînée, lui saisissant le bras, lui dit :

— Laisse, je m'en charge. Je m'en débarrasserai moi-même. Poliment mais fermement. Pour qu'il n'insiste plus dorénavant.

Violette n'insista pas, heureuse que Rose se charge elle-même d'affronter le prétendant qui n'attendait qu'une réponse. Néanmoins, la regardant partir, elle remarqua que Rose avait laissé ses cheveux défaits et qu'elle avait un peu de rose sur ses lèvres. Comme si elle avait appliqué un tantinet du fard à joue de sa mère. Sa robe était seyante, une épinglette en forme d'oiseau garnissait son collet. Puis, aux pieds, des souliers bruns lacés mais bien cirés. Ceux du dimanche, pas les noirs de chaque jour. Sentimentale, un peu rêveuse, Violette se mit à croire que tout espoir n'était pas perdu. Rose n'aurait jamais fait cet effort soigné de sa tenue pour dire à un homme qu'elle n'était pas intéressée à lui. Pas avec, en plus, entre ses mains gantées, un petit sac à main dentelé.

Marguerite Des Oeillets, fort inquiète d'Iris dans un pays si lointain, s'était rendue à la lingerie s'informer auprès de Myers si sa fille était bien accompagnée, bien encadrée. Ce dernier la rassura en lui disant que sa cousine Sarah en prenait grand soin et que le voyage se déroulait rempli d'agrément. La femme du médecin rentra à la maison apaisée, sans avoir même soupçonné ou pressenti qu'Ed Myers pouvait être beaucoup plus que le simple patron de sa fille. Bel homme, bien vêtu, belle carrure, cheveux noirs, dents blanches, elle ne pouvait, bien sûr, s'imaginer qu'avec une femme et trois enfants le marchand puisse s'intéresser à une fille de… vingt ans ! Pauvre Marguerite ! Ce n'était pourtant pas le mariage ni la paternité qui avaient empêché Narcisse de la tromper ! De plus en plus frêle, petite sur ses talons d'un pouce, elle n'en imposait guère, madame Des Oeillets. Mais quel coeur de mère pour venir s'enquérir ainsi de sa fille sur laquelle, toutefois, elle n'avait aucun droit. Sans songer que plus elle se taisait devant les emportements de son mari, plus elle se diminuait. Au point, selon Esther, d'en devenir niaise. Mais comment se battre ou se défendre quand un mutisme imposé la forçait à ravaler sa langue ?

Rose était entrée à la pharmacie alors que Blaise Bérubé remettait à une cliente régulière un petit sac avec une ordonnance. Seule avec lui après le départ de la dame, la jeune femme ne savait par où commencer et c'est lui qui la sortit d'embarras :

— Vous venez pour me dire que vous n'acceptez pas, mademoiselle Des Oeillets ?

Figée, ne sachant quoi répondre à cette question inattendue, elle marmonna :

— C'est que… voyez-vous… je n'ai rien contre vous, mais je ne voudrais pas vous faire perdre votre temps, monsieur Bérubé.

— Une sortie n'engage à rien pourtant… Un film ou une pièce de théâtre, un petit goûter au restaurant… Si la soirée vous déplaisait, je n'insisterais pas.

— Non, je ne peux pas accepter, ce serait malhonnête, je n'ai pas l'intention de m'engager…

— Mais je ne vous le demande pas, Rose! Oh! pardon, mademoiselle Des…

— Non, mon nom est si long, appelez-moi Rose, ça conviendra.

— Moi, c'est Blaise.

— Oui, je sais, mais il serait prématuré…

Il l'interrompit d'un geste de la main, la regarda à travers ses vitres épaisses, et elle remarqua qu'il avait de beaux yeux pers, presque verts.

— Une seule sortie et je vous promets de respecter votre choix le lendemain, si vous songez à y mettre un terme. Ne me refusez pas cette joie…

Émue, elle était chancelante devant cette voix chaude et grave. Ne sachant comment se sortir de l'impasse sans le blesser, elle hésita, puis spontanément:

— C'est bien, j'accepte, mais une seule fois, monsieur Bérubé.

— C'est tout ce que je vous demande, Rose. Ensuite, je me plierai de bonne grâce à votre volonté. Que diriez-vous de samedi soir? On présente le film *La maison Bonnadieu*, avec Danielle Darrieux. Vous aimez le cinéma français? Je passerais vous prendre à sept heures…

— Bon, ça ira monsieur, je veux dire Blaise.

Elle l'avait appelé par son prénom. « Tiens! un point de gagné! » songea le pharmacien.

Iris était arrivée au Danemark morte de peur. Non pas par ce qui l'attendait, mais par le vol qui avait été turbulent. Des poches d'air fréquentes avaient suscité les cris de plusieurs passagers. Enfin posé, l'avion éteignit ses deux moteurs et l'hôtesse pria les passagers de descendre l'escalier qu'on avait approché. Entrant dans l'aéroport, la jeune fille chercha des yeux et repéra, derrière une grosse dame qui la cachait, une infirmière aux cheveux gris, rigide et sans sourire, tenant une pancarte portant son nom. Cette dernière, «cassant» le français, l'invita froidement à monter dans une luxueuse voiture européenne stationnée à la sortie et conduite par un chauffeur en livrée qui ne prononça pas un traître mot. Pas même en réponse au «bonjour» qu'Iris lui avait poliment adressé. Sur la banquette arrière, la jeune femme, nerveuse, ressentit une soudaine frayeur. Non seulement pour l'opération, mais à cause de ces gens qui ne lui inspiraient pas confiance. Ils arrivèrent enfin devant une vaste villa blanche, un semblant de petit hôpital. L'infirmière la pria de la suivre et, à l'intérieur, la fit attendre dans une pièce où des perruches en cage jacassaient entre elles, sans doute épuisées par les chants des serins dans les volières près des fenêtres. Un magazine ou deux traînaient, mais ils étaient en danois ou elle ne savait quoi. En langue étrangère. Iris était bouleversée. Elle aurait voulu sortir, s'enfuir, quitter ces lieux qui la paniquaient lorsque la porte s'ouvrit et qu'un médecin vêtu d'un sarrau blanc, le sourire aux lèvres, s'approcha d'elle en lui tendant la main. S'exprimant dans un bon français, il lui dit:

— Ed m'avait prévenu que vous étiez jolie, mais je ne m'attendais pas à une telle vision. Vous surpassez toutes les actrices qui sont venues ici!

Exactement ce qu'il fallait lui dire pour qu'elle retrouve son calme. Un compliment bien placé et Iris Des Oeillets reprenait confiance. Chaque fois! Un peu comme sa tante

Esther à son âge. Regardant de plus près le médecin qu'elle trouvait bel homme, elle lui demanda :

— Vous êtes certain qu'il n'y a pas de danger, docteur ?

— Non, aucun. Un peu de fatigue après, mais pour un court laps de temps seulement. Mais, si vous avez des doutes, rien ne vous oblige… Ed m'a affirmé que c'était là votre décision, que vous veniez de plein gré.

— Oui, c'est vrai, mais il est normal de questionner.

— Bien entendu, et je suis là pour répondre à toutes vos questions, Iris.

Elle l'avait trouvé familier. Déjà son prénom ! Sans doute parce qu'elle était la jeune maîtresse d'un homme marié… Ou comme si le respect s'estompait vite pour les clientes qui venaient se faire… Elle n'osait prononcer le terme mais, angoissée de nouveau, elle demanda au médecin danois :

— C'est vous qui allez m'opérer, n'est-ce pas ? Personne d'autre ?

— Non, que moi, assisté de l'infirmière que vous avez rencontrée. Allons, détendez-vous Iris. Vous allez voir, tout va bien se passer. Et c'est confidentiel de mon côté comme du vôtre. Ed vous en a informée ?

— Heu… non. De toute façon, je ne sais pas encore votre nom.

— Les patientes m'appellent Harry. Je n'en demande pas plus. Si vous étiez arrivée hier, vous auriez pu rencontrer une actrice française que vous avez certainement vue dans les films de l'heure. C'est sa seconde visite à l'institut…

Iris tentait de deviner de quelle actrice il était question. Deux fois ? On y pratiquait sans doute aussi des avortements.

Et de quel institut parlait-il ? Le sien ? Elle n'avait vu aucun nom, aucune plaque sur la façade du bâtiment.

— Puis-je être mise en communication avec Ed ? Je lui ai promis de l'appeler dès mon arrivée.

— Bien sûr, mon infirmière va se charger de vous mettre en contact. Tout doit passer par la centrale.

L'infirmière ! Elle non plus n'avait pas de nom ! Tout ce que savait Iris, c'est qu'elle se trouvait au Danemark dans une villa sans identité, avec un docteur prénommé Harry, une infirmière sans nom, un chauffeur muet comme une carpe, pour subir une opération qui la rendrait stérile à tout jamais. Pour l'homme qu'elle aimait ! Et un héritage qui, un jour, suivrait !

L'infirmière avait établi la communication entre Ed et la patiente. Iris, reconnaissant la voix au bout du fil se mit à pleurer :

— Oh Ed ! Si seulement tu étais avec moi ! J'ai peur, j'ai une curieuse appréhension, j'ai…

Il l'avait interrompue en lui disant :

— *Darling !* Calme-toi, voyons ! Ce n'est qu'une toute petite opération ! Fais-leur confiance, le docteur est un ami. J'ai hâte que tu reviennes, je m'ennuie déjà de toi, je t'aime…

— Moi aussi, Ed, mais crois-tu que c'est le seul moyen ?

— Iris ! C'est toi qui le voulais ! Tu ne veux pas avoir d'enfants ! Tu veux être libre de toute entrave en tant que femme et protéger du même coup l'héritage de ton père. Une opération comme celle-là coûte cher, *my love !* Des actrices, des mannequins, des femmes riches se rendent là.

Pas n'importe qui ! Tu fais partie de ces dames qui ont fait ce choix à gros prix ! Et je paie tout !

— Je sais, je n'en aurais pas les moyens, mais es-tu certain de pouvoir m'aimer autant quand je serai moins femme ?

— *Nonsense !* Voyons, Iris ! Tu seras la même et encore plus femme puisque nous pourrons aller plus loin, toi et moi ! Imagine une chambre luxueuse, un grand lit avec des draps de satin, nous deux, plus rien à craindre… Ça va être le paradis, *darling !*

Légère dans sa tête, enveloppée du portrait qu'il venait de lui dépeindre, Iris ferma les yeux, soupira lentement et répondit :

— J'aimerais que ce soit maintenant, Ed… Ici, toi et moi…

— Reviens-moi vite, *my love,* et je te ferai voir des pays plus beaux que le Danemark. Comme la Suisse, la Norvège, le Pérou…

Badinant, retrouvant sa joie de vivre, Iris rétorqua :

— Le Pérou ? Fais attention Ed, on dit que les hommes sont très beaux là-bas. La cantatrice péruvienne Yma Sumac en parlait dans un magazine que j'ai lu dans l'avion !

Pendant ce temps, à Montréal, Rose avait effectué sa première sortie avec Blaise Bérubé. Le film n'était pas mal, Danielle Darrieux, jolie, mais ce n'était pas le succès anticipé. Le pharmacien cependant ne l'avait pas désappointée. Il avait été avenant, charmant ; il l'avait même invitée au restaurant par la suite où, d'une confidence à une autre, il l'avait encouragée à suivre des cours de peinture à l'huile si telle était sa voie. Lui, moins discret, lui avait parlé de son vieux père qui vivait chez sa soeur à Rimouski depuis le décès de leur mère. Il les visitait une fois ou deux par année, heureux de vivre seul dans son appartement d'Outremont. Il avait certes quelques amis, des confrères de collège, avec lesquels il s'était lié au temps de ses études. Il avait eu une amie régulière, mais ils s'étaient quittés, elle était trop écervelée ; elle fréquentait les boîtes de nuit. Bref, un assez court chapitre que celui de sa vie. Un homme sans histoire, quoi ! Il s'intéressait davantage à celle de Rose qui, le premier soir, n'osait ouvrir trop grand son tiroir familial. Encore moins la barrière du jardin ! Elle détourna la question quand il lui demanda si elle avait déjà aimé… Pour ne pas avoir à lui dire qu'avant lui, elle n'était jamais sortie avec un garçon, confinée avec sa mère à la maison. Il insista pour la revoir, elle ne répondit ni oui ni non. Il trouverait un meilleur film la prochaine fois, s'était-il empressé d'ajouter. Elle lui sourit et le remercia de la belle soirée lorsqu'il la déposa à la porte de la maison. Puis, dans un élan, baissant la vitre du passager, il avait ajouté : « Pourquoi ne pas venir chercher vous-même les ordonnances de votre père ? De cette façon, nous pourrions nous voir plus souvent et Violette n'aurait plus à servir d'intermédiaire. » Rose avait acquiescé d'un signe de la tête et était vite rentrée. Son père qui, de la fenêtre, l'avait vue revenir, l'attendait au pied de l'escalier, le regard dur :

— Tu sors avec un homme ? Depuis quand ? Avec quelle permission ?

— Depuis que j'en ai l'âge, papa, et sans votre permission.

— Qui est-il ? Je le connais, ce coureur de jupons ?

— Oui, Blaise Bérubé, le pharmacien du quartier.

— Lui ? Il n'est pas marié ?

— Non, célibataire, papa. Comme moi ! Je le fréquente, ce qui ne veut pas dire que je vais l'épouser ! Fréquenter n'était pas interdit dans votre discours insipide !

— Insipide ? Tu me traites d'imbécile, maintenant ?

— Non, pas vous papa, mais ce qui vous passe par la tête et que vous laissez tomber sur le tapis ! Votre jardin, vos « fleurs », votre argent !

— Je vois au moins que toi, tu as compris, tandis que Violette…

— Elle a compris, elle aussi. C'est même elle qui nous ouvre les yeux.

— Allons donc ! Violette ! Aussi sotte que sa mère…

Rose allait tourner les talons lorsque Narcisse ajouta :

— Ne porte-t-il pas des lunettes à vitres épaisses, le pharmacien ?

— Oui, papa, ce qui ne l'a pas empêché de voir, sans que ça l'indispose, mon soulier avec une semelle plus grosse que l'autre !

Iris, la tête appuyée sur un petit oreiller, regardait évasivement par le hublot les nuages au-dessous d'elle. Elle était quasi somnolente avec le décalage horaire et ressentait encore des nausées, effet secondaire des pilules qu'on lui avait administrées pour contrer les douleurs après l'opération qui n'avait pas été de tout repos. Non pas qu'elle regrettait son geste, sa fibre maternelle inexistante n'avait en rien été… contrariée. Elle avait hâte de rentrer chez elle, de dormir dans son lit et d'oublier le plus vite possible les visages quasi sadiques du docteur et de son infirmière plongés sur elle alors qu'elle était allongée pour l'intervention. Juste avant, elle avait appelé son père, tel que promis, pour lui raconter qu'elle venait de visiter un château avec des statues de marbre, en se référant à ce qu'elle voyait dans «l'institut» où elle se sentait en captivité. À peine endormie, plutôt «gelée» par l'aiguille du chirurgien, elle n'avait rien senti ou presque, mais elle avait gardé les yeux fermés pour que le cauchemar se déroule comme dans un rêve. Cinq jours à se remettre de l'opération dans une chambre blanche, sans âme, avec aucun tableau sur les murs. Un lit, un fauteuil, un bouton de sonnette et des rideaux opaques à la fenêtre. Tout était blanc, même le support mural sur lequel pendaient ses vêtements. Aussi blanc que son visage était pâle à force d'avoir perdu du sang. Or, libérée de cette villa, reconduite à l'aéroport, elle se sentait comme si elle s'était évadée de ses tortionnaires. Dans l'avion, le teint blême, sans rouge à lèvres, elle décela quand même, dans l'autre rangée, un beau garçon qui lui souriait. Comment pouvait-il la trouver jolie, ainsi blafarde? Elle ne comprenait pas, mais détourna la tête pour ne pas lui donner le moindre signe d'encouragement. L'hôtesse lui offrit une boisson alcoolisée qu'elle refusa et demanda un verre d'eau afin d'avaler un comprimé pour calmer un sursaut de douleur. À ses côtés, un homme âgé s'était penché pour lui remettre un magazine qui avait glissé:

— Il est à vous, madame, je crois…

Elle le remercia d'un semblant de sourire et tomba de fatigue sur l'oreiller jusqu'à destination ou presque.

— Veuillez attacher votre ceinture, madame, nous allons atterrir, lui signifia l'hôtesse.

— Ah merci! répondit-elle, ayant peine à croire que l'avion planait déjà au-dessus de Montréal.

Elle replaça son chapeau cloche sur le côté de sa tête et, sortant un rouge à lèvres de son sac à main, elle en appliqua un brin pour que Myers la trouve aussi belle après qu'avant son départ.

— Vous étiez profondément endormie, lui dit l'homme à ses côtés. Les turbulences ne vous ont même pas réveillée.

— J'avais pris un cachet contre les nausées… C'est sans doute ce qui m'a empêchée de les ressentir.

— Bien, tant mieux pour vous parce que ça brassait en pas pour rire !

Les bagages à ses pieds, elle était dans les bras de son amant qui n'avait de cesse de lui dire combien il l'aimait et comme ils allaient pouvoir s'aimer plus librement maintenant. Iris le prévint qu'il aurait à patienter, qu'elle serait très sensible pour un certain temps :

— Qu'importe ! J'attendrai, *my love* ! Et j'aimerais t'annoncer que j'ai trouvé un bel appartement pour toi. Meublé luxueusement !

— Déjà ? Je n'ai pas encore la permission de mon père.

— Tu seras majeure dans peu de temps. On me le gardera, je le paie déjà ! Et je suis certain que tu sauras convaincre ton père ! J'y pense ! Tu lui as rapporté un souvenir ?

— Oui, un porte-clés, comme tu me l'avais suggéré, et un tablier pour ma mère avec le nom Danemark imprimé en couleur. Pour les autres, rien, mais je leur ferai voir les cartes postales que j'ai choisies à l'aéroport.

— Et… tu te sens bien ? Ça s'est bien passé ?

— Oui, Ed, mais n'en parlons pas, veux-tu ? Je préfère oublier l'endroit et le visage de marbre de l'infirmière. Le docteur était plus affable, mais je le trouvais condescendant. Bref, n'en parlons plus ! C'est fini, je suis de retour et il n'y a que toi et moi… Je t'aime, mon bel amour…

— Et moi donc, *darling* ! J'ai trouvé le temps si long sans toi… Tes parents ne t'attendent pas aujourd'hui, n'est-ce pas ?

— Ils m'attendent demain. Je leur dirai que je suis rentrée un jour plus tôt parce que ta cousine ne se sentait pas bien. Je craignais que mon père ne se pointe à l'aéroport si j'avais été franche.

— J'espère qu'il n'apprendra jamais que toi et moi, toi surtout…

— Non, Ed, rien ne laisse croire… Nous seuls savons…

— Il se peut qu'il te trouve pâle, il est médecin… Que vas-tu lui répondre s'il t'en fait la remarque ?

— Le décalage horaire.

Rose, sous le coup du charme, avait dit à Violette qu'elle envisageait de revoir Blaise, qu'il avait de la classe, que ses propos étaient intelligents, bref, qu'il ne lui déplaisait pas.

— Tu vois ? Je l'avais deviné ! J'ai bien fait d'insister !

— Oui, pour une fois… Et je crois que maman va l'aimer.

— Tu comptes l'inviter ici ? Devant papa ?

— Pourquoi pas ? Il le sait maintenant et un pharmacien, ça ne devrait pas lui déplaire. Se fréquenter, ce n'est pas se marier.

— Mais si jamais Blaise en a envie, lui ?

— Violette ! Je viens à peine de le connaître ! Tu sautes vite aux conclusions, toi !

Iris était arrivée en taxi et, l'apercevant de la fenêtre, le docteur avait sourcillé. Ce qui ne l'avait pas empêché de se précipiter au-devant d'elle et de l'accueillir à bras ouverts :

— Ma petite ! Ma fleur ! Déjà de retour… N'était-ce pas demain que tu devais rentrer ?

Iris lui servit le pieux mensonge qu'elle avait en réserve et qu'il goba sans riposter, n'oubliant pas cependant d'ajouter :

— Et moi qui comptais aller te surprendre à l'aéroport avec Jasmin !

Exactement ce qu'elle avait appréhendé ! Dieu qu'elle était soulagée de l'avoir déjoué ! Son père aurait certes reconnu Myers sur les lieux, son frère davantage… Et la fausse cousine qui n'était pas à bord ! Iris l'avait échappé belle ! En le neutralisant comme elle l'avait fait, elle avait pu se précipiter dans les bras de son amant et sentir ses lèvres sur les siennes sans témoins gênants… Sans même regarder si quelqu'un, par mégarde, pouvait les identifier. Ed Myers prenait de graves risques, c'était lui le plus vulnérable des deux. Marié, père de famille, commerçant… Tandis qu'elle, jeune, belle, inconnue… Mais la chance les avait si bien servis jusque-là… Marguerite apprécia le tablier du Danemark, Narcisse était ravi de son porte-clés et les filles regardaient les cartes postales qu'Iris ne pouvait pas décrire. Le souper pris en famille fut simple. On parla de tout, de rien, de l'amaigrissement d'Iris causé par une nourriture qu'elle n'avait pas appréciée, puis de sa pâleur attribuée au décalage horaire. Ce que son père avala en lui disant :

— Nous allons te redonner des couleurs ici. Tu vas manger comme une reine, ma fille ! Fie-toi sur ta mère !

Plus tard, dans la soirée, alors qu'aidée de Violette elle rangeait ses vêtements dans ses tiroirs, cette dernière lui dit :

— Je suis allée à la lingerie en ton absence et j'ai vu ton patron qui m'a saluée.

— Je n'en doute pas, monsieur Myers est un homme très affable.

— J'ai vu aussi sa femme et ses enfants ! Les trois tournaient autour de lui ! Mais elle, bien assise, ne bougeait pas de sa chaise.

— Comment ça ? Indisposée ? Épuisée ?

— Non, mais avec le ventre aussi rond… Faut croire qu'il aime ça, les enfants, ton patron !

Chapitre 8

ssez vite rétablie de sa secrète opération, Iris reprit son travail à la lingerie en se promettant bien de tirer les choses au clair. Heureux de la voir de retour plus belle que jamais, Ed Myers l'attendait avec des fleurs qu'il avait cachées dans le *back store* de la lingerie. Iris l'en remercia, fit comme si de rien n'était, le laissa l'embrasser dans le cou, mais ne lui rendit pas son baiser, ce qui l'intrigua :

— Pas de bonne humeur ce matin, *darling ?* On dirait que quelque chose ne va pas.

Déballant les boîtes de nouvelles marchandises, Iris releva la tête et lui demanda :

— Ta femme va bien ? C'est pour quand l'accouchement ?

Surpris, il tenta de balbutier un mensonge, mais s'en abstint :

— C'est pour novembre. Qui t'a appris la nouvelle ?

— Qu'importe, Ed ! Ce qui m'ennuie, c'est que ce ne soit pas toi !

— Et puis ? Rien d'important, elle attend un autre enfant, rien de plus.

— Rien de plus ? La femme avec laquelle tu ne couchais plus, selon tes dires, est enceinte. Rien de plus ! Par l'intervention du Saint-Esprit ?

— Écoute, Iris, il n'a jamais été question de ma vie privée entre nous.

— Ah non ? J'en fais pourtant partie de ta vie privée, je rentre à peine du Danemark où j'ai été opérée pour la protéger, ta vie privée ! Que cela ! Avec des séquelles que je ressens encore, Ed ! Parce que je me demande s'il était docteur ou boucher, ton Harry !

— Là, tu me déçois, *my love*... Je ne t'aurais jamais laissée entre les mains de quelqu'un d'incompétent. Harry est un éminent médecin, même les actrices le consultent !

— Sans doute des débutantes sans réputation parce que je n'en ai pas vu une seule de ses clientes riches ou célèbres ! Je n'ai croisé qu'une femme que j'ai prise pour la bonne à tout faire de l'endroit, mais qui était une pensionnaire. Elle ne semblait pas avoir dans sa sacoche ce qu'il fallait pour se payer quoi que ce soit... De toute façon, je ne verrais pas une actrice de renom sur sa table, moi ! Pas avec la face de carême de son infirmière ! Et puis, passons, c'est derrière moi tout ça. Ce qui ne l'est pas, c'est que ta femme est encore dans le décor alors que moi...

— Iris ! Je ne suis quand même pas pour divorcer ! Ça ne se fait pas dans notre religion ! Je suis père de bientôt quatre enfants ! J'en avais déjà trois, qu'est-ce qu'un de plus vient changer entre nous ?

— Ça change qu'elle est de plus en plus présente alors qu'elle devait être de plus en plus absente, Ed !

— Iris ! Tu sais très bien que, même si c'était possible, on ne pourrait jamais se marier à cause de l'héritage de ton père... Il est aussi l'une des raisons de ton déplacement...

— Belle excuse ! On pourrait vivre ensemble, Ed Myers !

— Mais on le fait, *darling* ! À l'insu de tout le monde ! On sort ensemble, on va dans les grands restaurants, je t'ai loué un bel appartement... Si ce n'est pas ça aimer une femme...

— À ta façon, oui, mais là, sans danger, qu'est-ce que je vais être pour toi, Ed ? La supplémentaire quand ta femme aura ses règles ?

— Ne parle pas de cette façon, ça manque de classe, Iris. Ma femme n'a rien fait de mal, je n'ai rien à lui reprocher. Elle est discrète, distante...

— N'empêche que tu lui fais encore l'amour et des enfants, tandis que moi...

— Non, Iris, pas ce jeu-là ! Avec moi ou un autre, tu n'en voulais pas d'enfants ! Et ce que je viens de payer t'a fort bien arrangée !

Prise quelque peu au piège, Iris se ressaisit et lui demanda :

— L'appartement sera prêt quand ? Je veux partir de chez moi...

— Tu n'as qu'à faire un signe et je t'y installe, *my love* ! Tout est en place, même la vaisselle ! Tu n'as qu'à apporter ton linge et tes effets personnels. Ça te dirait d'aller le visiter ?

Iris accepta et, confiant la lingerie à la vendeuse à temps partiel, Ed Myers fit monter sa jeune maîtresse dans sa Cadillac flambant neuve. Quinze minutes plus tard, dans un quartier chic où les arbres bordaient les rues, s'élevait un immeuble de trois étages. Au second palier, Iris entra dans l'appartement fort luxueux avec ses lustres scintillants, ses planchers de chêne dur et ses tapis de Turquie aux mille et un tons dans le vivoir et le salon. Tout avait été décoré avec soin. Et que dire des meubles devant lesquels Iris s'extasiait ! Ed n'avait pas regardé à la dépense. La chambre vaste et éclairée d'une lumière douce et discrète était peinte d'un vert tendre avec deux murs tapissés d'un vert plus sombre. Tout de vert ! Sa couleur préférée ! Éblouie, elle lui demanda en lui serrant l'avant-bras de sa main gantée :

— C'est... c'est à moi, tout ça ?

— Oui, *darling,* aussi longtemps que tu le voudras ! Je réglerai tout ! Ton loyer, le marché, tes vêtements, tu n'auras rien à débourser. Et ton salaire servira pour tes petites dépenses. Tout entier à toi !

Sur ces mots, sans qu'elle s'en rende compte dans sa stupéfaction, il l'avait entraînée jusqu'au lit où des oreillers de satin vert émeraude étaient bien alignés. Il l'embrassa, elle lui mordilla les lèvres, ouvrit sa bouche pour que sa langue... Lui, dans une folle ivresse après une si longue attente, ayant retiré sa chemise et sa camisole, s'apprêtait à se délivrer de son pantalon... Elle lui sourit, descendit une épaule de sa blouse pour qu'il puisse l'embrasser et, laissant tomber sa jupe de soie par terre, elle retira ses souliers à talons hauts, descendit un bas... Alors qu'il l'embrassait encore goulûment :

— On peut maintenant, *my love* ?

— Oui, tout est en ordre... On peut s'aimer, Ed ! Indéfiniment !

L'apparat, le luxe de l'appartement, le fait de se sentir aussi choyée que la duchesse de Windsor lui avaient fait oublier momentanément qu'elle n'était que la maîtresse de l'homme qui la comblait ainsi. C'est à sa femme qu'il faisait des enfants, avec elle qu'il ferait son avenir... En l'aimant sans doute... tendrement. Tandis qu'elle... Parce qu'elle était jeune, unique et belle... Rien d'autre ! Mais elle ferma les yeux pour ne pas laisser libre cours à sa jalousie.

— J'emménagerai ici lundi prochain, lui dit-elle, en lui caressant un biceps.

— Et ton père ? Comment feras-tu pour le convaincre ?

— Ne t'en fais pas, j'en fais ce que je veux, il ne jure que par moi.

Oubliant soudainement tout, l'épouse enceinte et les enfants, Iris Des Oeillets, ce matin-là, se donna à l'homme qui la chevaucha comme un étalon en rut. Faisant fi de la sensibilité qu'elle éprouvait encore au bas du ventre, elle se livra à lui, déchaînée, sans pudeur, n'ayant plus à redouter les conséquences. Alors que lui, heureux d'obtenir ses faveurs, quitte à les « acheter », se rua sur elle, affamé ! Sans même avoir conjugué dans la démesure de ses obscénités... le verbe aimer !

Iris n'avait pas eu trop de difficulté à convaincre son père de la laisser prendre un appartement, d'autant plus que c'était « la cousine » de son patron qui le lui avait trouvé. Sa mère, plus sceptique, lui avait demandé :

— Tu vas le payer avec quoi ? Tu ne gagnes pas cher à la lingerie.

— Monsieur Myers va m'augmenter, il veut que je devienne la gérante.

— Encore lui ? C'est pas avec cette petite hausse de salaire que tu vas rencontrer toutes tes dépenses. Tu as ta chambre ici, Iris, tu es libre de tes allées et venues…

Narcisse, pour une fois, n'osa pas s'interposer, au cas où sa femme gagnerait là où il avait échoué. C'est-à-dire, la convaincre de rester. Marguerite, bien partie, ajouta :

— Je ne comprends pas qu'on puisse louer à une jeune fille qui n'a pas encore atteint sa majorité.

— Le bail est au nom de Sarah, la cousine de monsieur Myers. Comme elle est veuve, on n'a pas hésité à le lui louer.

Marguerite, à bout de répliques, se contenta de soupirer. La sentant défaite, Iris, impatientée d'avoir ainsi des bâtons dans ses roues, rétorqua une dernière fois à sa mère :

— Pourquoi ce démêlé, maman ? Je serai majeure dans quelques mois ! Sans comptes à rendre ! Alors, pourquoi tenter de me dissuader quand mon choix est fait ? C'est décidé, je pars, je veux vivre ma vie !

— Je ne tente pas de te dissuader, Iris, je te fais confiance. C'est juste que j'aimais bien t'avoir à la maison. Ça va creuser un vide…

Voyant que sa préférée soupirait maintenant d'agacement, Narcisse intervint de peur de la perdre ou qu'elle s'éloigne de plus en plus des siens :

— Laisse-la, Marguerite, Iris est en âge de décider pour elle-même. Et il n'est pas dit qu'elle va passer sa vie à la lingerie, gérante ou pas. Jolie et brillante comme elle est, notre fille va sûrement grimper de ce petit palier à de plus hauts sommets.

Flattée de l'appui du paternel, Iris lui sourit, puis regardant sa mère, ajouta :

— Ne vous en faites pas, maman, je ne vous ferai jamais honte.

Malgré tout, le soir même, Marguerite récitait son chapelet en implorant la Vierge de protéger Iris des bons à rien, de veiller sur son âme et de ne pas la laisser emprunter la voie des fautes graves. La Vierge la comprenait ! Marguerite redoutait tellement que la « préférée » de son mari lui revienne un jour le ventre arrondi. Elle, si gamine et si jolie ! Pauvre coeur de mère ! La Vierge aurait certes pu la rassurer. Faut croire que la prière n'était pas assez désespérée... Car madame Des Oeillets se serait épargné bien des neuvaines et des rosaires si elle avait appris que sa fille la plus « émancipée » n'était plus en danger dans un lit. Ce qu'elle craignait à n'en pas dormir la nuit. Pauvre elle ! Si seulement elle avait su, la songeuse maman, que son Iris s'était fait charcuter pour ne jamais bercer d'enfant !

Quelques années s'envolèrent dans l'air atone, et le docteur Des Oeillets, de plus en plus penché pour semer des fleurs dans son jardin où nul ne pouvait poser le pied, voyait de moins en moins sa clientèle. Il faisait la tournée de « ses vieux » le lundi afin de renouveler leurs ordonnances ou leur dire de prendre du sirop quand ils toussaient, toussaient encore, et finissaient par tousser très creux... à deux souffles de la pneumonie ! Quelques patients venaient le voir à son bureau, mais à des heures espacées. Il avait dit à Rose de ne pas prendre plus de trois rendez-vous par jour, de préférence en fin d'après-midi quand il en avait fini avec... son horticulture ! Après ses consultations, il faisait une courte sieste pour ensuite manger un peu et s'occuper des fleurs en pot dispersées partout dans la maison. Si nombreuses qu'Esther s'était écriée en venant visiter sa soeur : « Marguerite ! Mets-lui un frein ! Ça sent le salon mortuaire ! »

L'année 1957 allait bientôt déposer un an de plus sur les épaules de Rose qui s'acheminait sur ses vingt-sept ans. Déjà deux ans à porter l'étiquette de « vieille fille » ! Narcisse Des Oeillets, cinquante-deux ans seulement, était quasi au bord de la retraite avec les quelques patients qu'il suivait encore, « peu pressés de crever », se lamentait-il. Marguerite, petite, peu fière dans sa façon de se vêtir, ne comprenait pas qu'Esther, au seuil de la cinquantaine, faisait encore tourner les têtes. Gwen, sa fille unique, ne faisait même pas tourner celle du chien d'à côté, mais elle avait déniché un mari en la personne d'un jeune notaire. Pas joli, bien entendu, mais bien nanti. La première de la famille à porter la robe de mariée ! Et s'il fallait se fier aux « ordres » du « jardinier », aucune de ses « fleurs » n'allait l'imiter. À moins que Jasmin, qui s'en allait sur ses vingt et un ans, ne se décide à épouser la petite blonde qu'il fréquentait assidûment. Jasmin ! Pauvre fils infortuné, rabaissé par son père parce qu'il n'avait pas réussi à être admis en médecine comme lui. « Un idiot comme sa mère », s'écriait Narcisse en parlant de lui à des confrères. Jasmin qui avait réussi, tant bien que mal, à devenir commis-voyageur pour des produits ménagers. Quelle disgrâce pour un fils de médecin ! Mais Jasmin qui, avec du coeur au ventre, prenait grand soin de sa mère et la sortait pour aller voir des pièces de théâtre ou assister à des récitals ici et là. Car madame Des Oeillets préférait ce genre de soirée à celles assise dans un banc de velours d'un cinéma. Esther, toujours éprise de films américains, en avait vu on ne savait combien. De *Come Back Little Sheba,* avec Shirley Booth qu'elle trouvait nonchalante, jusqu'à *Peyton Place,* avec Lana Turner qu'elle trouvait ravissante. Parce que cette dernière était blonde comme elle, avait-elle avoué à Marguerite. «Et sans cervelle», avait riposté Narcisse après son départ, parce que la belle actrice cumulait les divorces. Le docteur avait toutefois changé son téléviseur pour un plus grand écran afin que sa femme puisse s'asseoir devant plus longtemps pour tricoter en écoutant ses programmes préférés. Sans sortir aussi souvent avec Jasmin! Rose, elle, tel que prédit, avait suivi des cours de peinture et enchantait son père lorsqu'elle lui offrait une toile remplie de fleurs. Que celles-là! Pas les autres! Les tableaux avaient rapproché le docteur de son aînée, il en voulait de plus en plus, mais qu'avec des fleurs, afin d'en garnir les murs de la maison. Néanmoins, il voyait encore d'un mauvais oeil la longue relation qui persistait entre Rose et Blaise Bérubé, plus fortuné depuis qu'il avait acheté la pharmacie du quartier. Non pas qu'il méprisait cet homme, il le trouvait cultivé, mais il avait terriblement peur qu'il pousse Rose au mariage. Un soir, seul avec sa fille, il lui avait demandé: «Tu n'as pas changé d'avis sur le pacte convenu, n'est-ce pas?» Ce à quoi elle avait répondu: «Non, papa, ne craignez rien, je suis vieille fille pour un bon bout de temps! Blaise n'a jamais abordé le sujet...» Le docteur, soulagé, avait vite ajouté: «Ton héritage n'en sera que plus gros, Rose! Parce que tu restes sous notre toit et que tu peins de bien jolis tableaux!»

Elle aurait voulu l'assommer ! Mais que pouvait-elle faire ?
Parce qu'il était vrai que Blaise, aussi courtois était-il, ne
lui avait jamais laissé entrevoir la possibilité d'une union…
en cinq ans de fréquentations !

John Diefenbaker devenait premier ministre du Canada,
Christian Dior décédait, laissant la haute couture en deuil,
Dominique Michel était au palmarès avec son disque
Su'l'perron, Marc Gélinas était aussi en vedette avec ses
succès de l'heure, Humphrey Bogart, dont Esther avait vu
tous les films, avait rendu l'âme, et les étoiles montantes
étaient Anthony Perkins et Paul Newman alors que les
grandes stars de l'année étaient, à Hollywood, Rock Hudson,
et en France, Brigitte Bardot, dont tous les hommes tombaient amoureux. À part Narcisse, évidemment ! Esther avait
reçu la famille à Pâques, mais le docteur, Iris et Violette
brillaient par leur absence. Pour Narcisse, c'était de coutume, mais les deux autres n'avaient pas donné de raison
pour ne pas assister au repas pascal, après le long carême et
la Semaine sainte. Se prélassant dans son luxueux appartement payé par son amant, Iris n'avait pas cherché de travail
ailleurs depuis. Finie pour elle la lingerie ! Plus de levers tôt,
que des grasses matinées ! Ce qui embêtait sa mère qui se
demandait encore comment elle faisait pour vivre avec un
maigre salaire. Sans s'imaginer que son « généreux » patron
bourrait sa sacoche au fur et à mesure qu'elle se vidait !
Ses parents n'avaient pas encore vu son appartement, elle
ne les avait pas invités, se contentant d'aller les visiter…
irrégulièrement. Violette n'avait pas davantage été conviée,
elle avait la langue trop bien pendue. Seule Rose avait eu le

privilège de voir dans quel apparat vivait sa soeur cadette. Abasourdie par tous ces meubles de prix, par les tapis, les tentures, elle finit par s'asseoir pour écouter Iris. Contrariée de ne pouvoir vivre avec son amant, de dialoguer avec lui librement, sa soeur sentait le besoin de partager son désarroi avec quelqu'un d'autre... Qui donc mieux que Rose à qui confier ses émois ? L'aînée avait la réputation d'avoir le bec cloué. Iris lui confessa être la maîtresse d'Ed Myers depuis longtemps, ce qui n'étonna pas Rose qui s'en était toujours doutée. Mais lorsque la jeune femme lui avoua tout bas l'opération subie au Danemark, l'aînée tressaillit et ne put que s'écrier :

— Tu n'as pas fait ça, Iris ? Pas pour lui ?

— Non, pour moi, Ed ne m'y a pas forcée. Il a juste réglé la facture.

— Tu n'étais pourtant pas enceinte ? Pourquoi une telle opération ? Pas pour plaire à papa, j'espère ? Pas pour ton héritage ?

— Non Rose, pour rien de tout cela. Je ne voulais pas avoir d'enfants, je n'en ai jamais voulu ! Souviens-toi, je te le disais étant jeune quand je voyais maman encore enceinte. Je n'aime pas les enfants, Rose, et je ne voulais pas que ce danger qui me guettait m'empêche de vivre ma vie de femme.

— Avec Ed Myers ? Il a une femme, Iris, et des enfants...

— Ça, c'est son autre vie, pas celle qu'il partage avec moi. Et puis, qui te dit que ce sera toujours lui ? Je suis encore jeune...

— Oui, mais le temps passe vite, Iris. Déjà cinq ou six ans que tu es avec lui, si j'en déduis... Tu lui consacres tes plus belles années. Un autre homme, libre, pourrait certes te rendre plus heureuse.

— Sur le plan sentimental, je n'en sais rien... J'aime Ed et il me le rend bien. De plus, il me paie des voyages, des toilettes, de grandes sorties et tout ce que j'ai ici !

— Mais ce n'est pas le bonheur, tout ça...

— Pour moi, oui ! Le tien est-il plus à envier, Rose ? Encore à la maison et une interminable fréquentation qui risque de ternir...

— Ne parlons pas de moi, nous n'avons pas les mêmes vues.

— Alors, tant pis pour toi, Rose, parce que toi, tu pourrais avoir des enfants. Tu les aimes et tu as la fibre ! Qu'attend-il ton Blaise ?

— Changeons de sujet, veux-tu ? Tu viens à la maison dimanche ?

— Non, je pars samedi pour le Mexique. Avec Ed, cette fois !

— Comment le pourra-t-il ? Sa femme, sa famille...

— Ils l'attendront ! Ed leur a dit se déplacer pour les affaires. Des tissus à négocier, du prêt-à-porter à marchander. Ils chargent moins cher là-bas... Mais ce n'est qu'un pré-texte. Ed a envie qu'on passe une semaine ensemble les pieds dans le sable. Comme de jeunes mariés...

— Bon, si la comédie te rend heureuse, poursuis, c'est ton droit, je n'ai plus rien à dire. Mais là, il faut que je rentre, maman se sent bien seule sans moi.

— Merci de m'avoir prêté oreille, Rose, mais c'est entre nous, tu me le jures ?

— Promis, petite soeur ! Quand donc ai-je révélé quoi que ce soit ?

Violette, de son côté, avait quitté la maison pour aller vivre, selon une contrevérité, chez l'une de ses amies en région. Ce que Narcisse n'avait pas cru et qui l'avait mis hors de lui ! Il avait tenté de la retenir, mais en âge de partir, elle bouclait ses valises pendant qu'il hurlait :

— Si tu penses trouver un amoureux, tu te mets un doigt dans l'oeil, Violette ! Regarde-toi ! Le portrait tout craché de ta mère !

Ce qui n'avait pas empêché Violette de claquer la porte, de sauter dans un taxi et de rejoindre Fabien Fabre, un jeune flûtiste d'orchestre qu'elle avait rencontré après un concert. C'était une amie de Violette qui les avait présentés l'un à l'autre : « Violette, je te présente Fabien Fabre, un copain de longue date. » Il était bien de sa personne. Assez grand, élancé, des verres à monture noire, les cheveux ondulés. Pas un acteur de cinéma, mais juste ce qu'il fallait pour que les filles s'y intéressent. Elle, de son côté, ne pouvait rêver d'un Gérard Philipe, elle n'avait rien d'une Simone Simon avec les épaules hautes de sa mère, le nez épaté et les joues rondes et gonflées. Mais, tout comme Marguerite, elle avait un charmant sourire et des yeux noirs et profonds. Ce qui lui donnait un regard enjôleur. Et voilà que Violette et Fabien s'aimaient depuis trois mois. En cachette du docteur qui, de toute façon, classait les musiciens comme des forains sans avenir et sans argent. Dans le cas du jeune homme, c'était un fait, il subsistait à peine avec les concerts donnés par-ci, par-là, ce qui le forçait à chercher souvent d'autres emplois pour survivre. Serveur dans un restaurant, préposé aux bagages dans un hôtel… Bref, ce qui se présentait, ce qui s'offrait, car Fabien, seul au monde, devait, sous peine d'être évincé, payer chaque mois son petit sous-sol de trois pièces. Là où Violette, éprise, était allée le rejoindre à travers les insultes de son père. Elle trouva un travail au comptoir des remboursements d'un grand magasin, ce qui aida Fabien à joindre les deux bouts plus facilement. Dès lors, elle se tint loin d'Iris, de Rose, de Jasmin et de son père, se contentant d'un lien affectif avec sa mère. Ce qui enchanta Marguerite parce que, de tous ses enfants, c'était Violette qui avait toujours été la plus près d'elle. Elle l'invitait souvent, Fabien l'aimait bien, et tous deux la sortaient quand elle s'ennuyait trop. Marguerite, honorée, remerciait le Ciel de lui avoir donné une fille aussi bienveillante que dévouée. Elle, si seule, repoussée de Narcisse et souvent ignorée de Rose qui, malgré sa compassion, n'avait rien en commun avec sa mère. Aucun goût, aucun son! Marguerite ne raffolait pas de la peinture et ne partageait pas les choix musicaux trop abstraits de sa fille. Comme la musique de chambre d'Edvard Grieg qu'elle trouvait carrément ennuyante. Quant à Jasmin, à part ses repas, sa lessive, il ne causait pas fort avec sa mère, celui-là! Il était souvent chez sa petite amie qu'il n'invitait jamais à la maison. Pour éviter que son père l'ignore, ou la dénigre. Introverti, il menait sa petite vie sans faire de bruit. Ce qui fit qu'à la longue madame Des Oeillets jeta son dévolu sur Violette et son flûtiste. Pour se prouver qu'elle existait elle aussi!

Le 8 avril 1960, Rose Des Oeillets fêtait en famille ses trente ans. En «famille» était un bien grand mot, puisque Violette ne s'était pas dérangée et que Jasmin devait passer un examen de mathématiques le soir même. Parce que Jasmin, un an plus tôt, avait repris ses études en sciences afin de se diriger en radiologie ou dans la recherche. Milieu dans lequel il évoluait aisément puisqu'il devait davantage lire… que parler ! Il avait finalement rompu avec sa petite amie du voisinage qui en avait eu le coeur brisé, mais le benjamin de la famille ne voulait aucune entrave à ses études. D'autant plus qu'il était rentré en grâce auprès de son père qui le secondait de ses « précieux » conseils.

Narcisse, tout en jardinant chaque jour ou presque, n'avait pas oublié de consulter les journaux quotidiennement au cours de ces dernières années. C'est ainsi qu'il avait appris, en 1958, qu'une fusée avait été lancée en Floride avec une souris à bord. Au même moment ou presque, Mike Hawthorn, un Britannique de vingt-neuf ans, devenait le champion du monde de la Formule 1 au volant de sa Ferrari. Malheureusement, il allait mourir tragiquement moins d'un an plus tard, dans un bête accident de la route. Par le truchement de la télévision, le docteur avait pu voir la tristesse des Montréalais au décès de leur maire, Camillien Houde, survenu le 15 septembre. Laissant traîner le journal, sa femme avait pu lire dans les pages divertissantes que l'idole de l'heure, Elvis Presley, avait entrepris son service militaire et que le film *Gigi,* avec Leslie Caron et Louis Jourdan, avait remporté l'Oscar de l'année. Ce qu'elle s'était empressée de communiquer à Esther qui le savait déjà ! Évidemment !

En 1959, c'était au tour de Maurice Duplessis, premier ministre du Québec, de quitter ce monde. Ce qui ne dérangea pas Narcisse. Et encore moins le couronnement de Mary Ann Mobley au titre de Miss America dont sa belle-soeur parlait. Même si c'était la première fois que l'État du Mississippi était à l'honneur. Mais l'ouverture de la nouvelle autoroute des Laurentides ne le laissa pas indifférent. Il aimait se balader le dimanche, après son horticulture, avec sa femme ou, parfois, une patiente ! Des Oeillets n'avait pas changé ! Austère, renfermé même, il avait encore de ces pulsions que Marguerite ne pouvait pas soulager. Or, à défaut d'elle… d'autres ! Même choisies au hasard à certains moments. Comme dans le bon vieux temps !

Or, en ce soir des trente ans de Rose, avec Esther qui s'était ajoutée, on fêta joyeusement la « vieille fille » que Narcisse avait comblée de toiles vierges et de pinceaux en guise de cadeau. Marguerite, sans le sou, lui avait confectionné et décoré un très beau gâteau marbré et sa tante lui avait remis un petit colis contenant des boucles d'oreilles en nacre jaune, malgré le fait qu'elle n'en portait jamais. Mais, pour faire plaisir à Blaise qui ne viendrait que pour le dessert, à l'invitation du docteur, elle allait les étrenner avec sa robe à motifs bruns sur blanc. Iris, fort en beauté, maquillée et vêtue comme une actrice, lui avait offert une boîte de chocolats à la gélatine, ses préférés, avec une blouse de soie verte de grand prix que Rose pourrait porter avec sa jupe noire. Narcisse n'avait d'yeux que pour Iris. La regardant sans cesse, humant *L'air du temps* qu'elle dégageait et qui lui allait si bien, il marmonna : « Magnifique ! » sans que personne l'entende. Les ongles polis d'un vernis orangé, Iris tenait son verre de vin comme une dame de grand salon. Exactement comme Ed le lui avait appris ! Ce cher Ed Myers, encore présent, mais dans une liaison qui semblait tirer à sa fin. Sa maîtresse, sa chère Iris, avait fait la connaissance d'un bel Italien tout habillé de noir. Un homme d'affaires, disait-il, sans préciser qu'il était un gangster. Iris ne lui avait accordé qu'une danse lors d'une soirée mondaine. Sans nullement s'engager, mais sans savoir encore que ce bellâtre allait bouleverser son existence au point de la rendre presque folle. Plus tard !

Esther en avait profité pour demander à Rose si elle accepterait d'aller voir *Butterfield 8,* avec Elizabeth Taylor, le film qui avait valu à l'actrice l'Oscar de l'année pour son rôle. Rose fit la moue et Marguerite, sautant sur l'occasion, dit à sa soeur :

— Pourquoi ne m'invites-tu pas, moi ? Je sors si peu souvent...

— Heu... bien sûr, pourquoi pas toi, ma petite soeur ? Je croyais que tu n'aimais pas le cinéma... Le film est en anglais...

— J'aime le cinéma, c'est qu'on ne m'invite pas ! Et pour l'anglais, ne t'en fais pas, je me débrouille.

— Alors, ce sera avec toi, Marguerite. Dès que tu seras libre.

— Libre ? Je le suis depuis longtemps... J'existe à peine ici.

— Maman ! Pas le jour de la fête de Rose ! trancha Iris.

Marguerite se tut, et comme pour s'excuser d'avoir engendré ce petit débat, Rose dit à sa tante :

— Pardonnez-moi, ma tante, mais je préfère le cinéma français maintenant. Blaise et moi sommes allés voir *J'irai cracher sur vos tombes*, dernièrement.

— Quel titre disgracieux ! de s'écrier le père.

— Voyons, papa, c'est d'après l'oeuvre de Boris Vian.

Au même moment, on sonnait à la porte. C'était Blaise Bérubé avec, dans les bras, une énorme gerbe de fleurs pour sa dulcinée. Apercevant tous ces coloris, le docteur jubilait de plaisir :

— Des fleurs ! Encore fraîches ! Comme elles sont belles ! Des roses rouges, des oeillets roses, des...

Il salivait et caressait du bout des doigts les pétales de la plus grosse des roses blanches.

Quelques mois plus tard, grande nouvelle, Gwen est enceinte ! Esther va donc être grand-mère ! Avant Marguerite qui a pourtant quatre enfants en âge... Mais, connaissant le pacte dont ses enfants étaient victimes, la femme du docteur ferma les yeux et se contenta d'être heureuse pour sa soeur. Toutefois, comme toute bonne nouvelle est suivie d'une mauvaise, Esther apprit par son ancien patron, maintenant retraité, que Jude Juneau, le stagiaire qu'elle avait tant aimé, était mort d'un anévrisme en laissant, pour le pleurer, une femme et trois enfants. Jude ! Quarante-trois ans seulement, avocat, avait rendu l'âme dans un hôpital du nord de la ville où on n'avait pu le sauver. Esther, sous le choc, retourna chez elle et, seule dans sa chambre, versa quelques larmes. Elle le revoyait jeune et beau, fluet et délicat, son corps encore adolescent sur le sien alors qu'elle était devenue madame veuve Albin Babin. Elle sentait encore la chaleur de ses lèvres sur les siennes et le chagrin qu'elle lui avait causé lorsqu'elle l'avait quitté. Jude, le seul qu'elle avait réussi à aimer au point d'en rêver, pour ensuite s'en détacher quand la passion s'était étiolée. Jude qui aurait souhaité faire sa vie avec elle et qui s'était attaché à sa petite Gwen. Elle l'avait balancé sans retenue pour ensuite ne jamais le revoir. Elle avait appris qu'il avait réussi en tant qu'avocat, rien de plus. Prise de remords devant la mort du jeune galant d'antan, elle se demandait si son épouse avait su qu'il avait aimé, avant elle, une femme de dix ans son aînée. On avait du mal à croire qu'un homme puisse se vanter de ses amours passées… Surtout rejeté ! Au nom du souvenir, elle se rendit à l'église et alluma trois gros lampions au pied de la statue de saint Joseph, pour le repos de l'âme de son amant déjà sous terre. Puis, se relevant, les doigts trempés dans l'eau bénite, elle s'était signée et avait quitté l'église la conscience en paix. Pauvre Jude ! Un dernier hommage de celle qu'il avait aimée. Pensive, elle songeait : « Il était si frêle… J'espère qu'il n'a pas trop souffert… » Pour ensuite soupirer, ajuster son châle et ajouter intérieurement en regardant l'église : « En autant qu'il ait vu mon geste d'adieu du haut du Ciel ! »

Le temps passa et, encore jolie femme, Esther reçut une lettre enflammée d'un juge à la retraite, veuf de surcroît, qui voulait sérieusement la fréquenter. Sa fille l'encouragea fortement à tenter, au moins, un certain rapprochement, mais sa mère lui avait dit :

— Non, Gwen, je suis très bien toute seule. Je n'ai besoin de personne.

— Mais pensez à vos vieux jours, maman ! Un juge avec beaucoup d'argent !

— L'argent n'est pas tout, ma petite fille, il y a aussi l'homme. Je l'ai déjà croisé avec Marguerite, il a même causé quelques minutes avec nous. Et crois-moi, il n'est guère attirant, ce juge. Petit, chauve, bedonnant, avec une haleine à repousser un ver de terre ! Tu vois ta mère, toi, partager la couche d'un tel bonhomme ? Je ne m'intéresserai pas à lui que pour son portefeuille ! C'est mal me connaître ! Qu'il cherche ailleurs !

— Bon, s'il est repoussant, je comprends, je ne l'ai vu que de loin…

— Même de loin, tu aurais pu remarquer qu'il n'était pas agréable physiquement. Je ne suis plus jeune, Gwen, mais j'ai encore de la fierté. Ne suis-je pas bien conservée, moi ? Qu'ils en fassent autant, les hommes de ma génération !

Sans oser ajouter cependant que même Albin, son père, n'était pas tout à fait de son goût naguère, et sans lui parler de Jude Juneau qui, encore beau d'après sa photo parue dans *La Presse,* venait de trépasser. Parce que Gwen était trop jeune au temps où Jude la faisait sauter sur ses genoux pour s'en souvenir. Or, pour être polie, madame veuve Babin répondit au juge en quelques phrases qu'elle n'était pas intéressée et que, sans vouloir le blesser, elle avait déjà quelqu'un dans sa vie. Un pieux mensonge qui garda le juge au loin et qui lui permit de ne plus le croiser sur son chemin. Un cas de réglé, mais un autre plus grave allait lui succéder. En octobre de cette même année, Esther se fit dire par le nouveau patron du bureau d'avocats qu'elle était maintenant trop âgée pour suffire à la tâche. Somme toute, elle était remerciée et, pour lui succéder, on avait déjà en main les coordonnées d'une jolie jeune femme de la nouvelle vague. Esther Fougère, jadis incomparable, était devenue malgré elle remplaçable. Se retrouvant à la maison avec ses derniers gages et une légère « prime de séparation » pour ses loyaux services, il lui fallait agir vite pour arriver à survivre avec le peu qu'il lui restait à la banque. Car elle avait été plus que dépensière, la belle Esther ! Sans en discuter avec Gwen, elle avait mis son duplex à vendre et, en peu de temps, en obtenait un très bon prix. Ce qui la rassurait sur le plan des liquidités. Elle vendit une police d'assurance, retira deux placements et déposa le tout dans un nouveau compte d'une caisse populaire, cette fois. Sa fille, outrée d'apprendre qu'elle avait vendu la maison, le lui reprocha au bout du fil :

— C'était mon héritage, maman ! Vous auriez pu y songer !

— Écoute, Gwen ! Tu as un mari, une maison, tu vas être mère, tu as tout ce qu'il faut pour être confortable. Ton mari n'est pas un va-nu-pieds, c'est un notaire ! Moi, je n'avais que cette maison, plus d'argent ou presque, plus d'emploi, donc plus de revenus. Je dois vivre, tu sais, je ne suis pas à l'agonie ! L'argent de cette maison va me permettre de me louer un logis pas cher et de survivre en économisant. Je ferai mes comptes et je verrai ce que je peux dépenser. Il est certain que je devrai couper dans les futilités…

— Ce que vous n'auriez pas eu à faire…

— Que veux-tu dire ?

— Si vous aviez fréquenté le juge, maman ! L'argent lui sort par les oreilles !

Voyant que sa fille n'en voulait qu'à son opulence sans penser à son bonheur, elle lui lança :

— Tu me déçois, Gwen ! Terriblement !

Puis elle raccrocha.

La maison vendue, Esther trouva un joli trois-pièces dans un immeuble d'Outremont, pas loin de chez Marguerite. Un loyer raisonnable et, bonne en calcul, un train de vie pas trop déplorable si elle apprenait à contrôler ses excès. Sa soeur la visitait souvent, c'était une façon d'échapper au docteur. Ensemble, elles se plaignaient des enfants. Quoique devenue grand-mère d'un garçon, Esther ne voyait pas souvent Gwen et son mari. Un froid avait subsisté entre elles depuis la vente de la maison et Esther, peu portée sur les enfants à l'instar d'Iris, ne regrettait pas la présence de son petit-fils. Marguerite, de son côté, maugréait contre Rose qui peignait sans arrêt, au point de «l'étourdir» avec les odeurs de ses pinceaux. De plus, artiste-peintre comme elle l'était, elle n'aidait plus ou presque à l'entretien ménager, et c'était elle qui se payait toutes les corvées, repas inclus. Le docteur avait certes remarqué que son aînée ne soutenait plus sa mère dans ses tâches journalières, mais comme elle prenait encore ses rendez-vous, il faisait la sourde oreille aux jérémiades de sa femme. D'autant plus que, pour le garder rangé de son côté, Rose lui peignait, entre les choix qui lui étaient personnels, deux ou trois toiles avec… des fleurs! Malgré tout, Iris demeurait la préférée de son père. À cause de sa beauté, de son élégance, de son long fume-cigarette plaqué or et de son étui d'onyx avec ses initiales gravées sur un losange, pour les contenir. Comme une dame de la haute société! Parce qu'Iris fumait maintenant. Ed l'y avait incitée en lui offrant ces accessoires de prix. Le docteur lui avait dit que le tabac n'était pas bon pour la santé, mais elle avait répliqué en le prenant par le cou: «Alors, nous serons plusieurs à être malades, papa, toutes les vedettes de cinéma fument ! Katharine Hepburn, Anthony Quinn, Barbara Stanwick... Même Jeanne Moreau en France ! Et que dire de vous et vos petits cigares... »

Marguerite, en visite chez Esther, prenant le thé et croquant quelques biscuits, trouva le temps de se plaindre :

— Iris ne m'appelle jamais ! Elle vient me voir, m'embrasse sur le front et se jette ensuite dans les bras de son père. Quelle douleur pour une mère, Esther ! Perdre ainsi son enfant à cause d'un père dément qui leur a promis son argent. Comme s'il était millionnaire, Narcisse ! Il a besoin de lever les pattes assez vite parce que les petites vont se rendre compte que leur héritage ne vaudra plus grand-chose avec le temps !

Elle soupira, et sa soeur, pour lui remonter le moral, lui répondit :

— Ne t'en fais pas, Marguerite... Quand elles vont se rendre compte qu'il n'a pas toute sa tête, elles vont te revenir à tour de rôle.

— Bah ! Qu'importe ! Violette est là ! Heureusement que je l'ai, celle-là ! Sans elle, je me sentirais complètement délaissée. Chère Violette...

— Tu vois ? Tu en as au moins une qui pense sans cesse à toi. Moi, je n'ai que Gwen et elle garde de plus en plus ses distances. Pas facile d'être mère...

Iris Des Oeillets, bientôt vingt-huit ans, était plus belle que jamais. Toujours sous l'emprise de Myers, elle ne travaillait plus depuis longtemps. Il l'avait éclipsée de la lingerie parce que sa femme se doutait de quelque chose. Mais il l'entretenait fort bien puisqu'elle avait maintenant une voiture à elle, des fourrures, des bijoux, des voyages quand bon lui semblait… Et des sorties mondaines de temps en temps avec lui, d'autres avec des amis rencontrés par le biais de son amant. Des gens riches, Juifs ou Anglais pour la plupart, un Canadien français, un Irlandais et deux ou trois Italiens dont les parents avaient quitté la Sicile pour émigrer ici. Après la Première Guerre, au moment où les Grecs trouvaient aussi refuge au Canada ou aux États-Unis. C'est dans l'une de ces soirées sans Ed qu'Iris rencontra Fausto Rocco, supposé homme d'affaires, beau comme un acteur, grand, mince, viril, avec des poings d'acier et un sourire à faire craquer les filles. Célibataire, trente-deux ans, millionnaire d'allure, il l'avait fait danser et lui avait dit que son parfum l'envoûtait. Conquise, sous le charme du beau ténébreux, elle lui avoua être une femme mariée pour ne pas lui dire qu'elle était entretenue. Ils ne dansèrent qu'une seule fois ce soir-là et, avide des charmes de la superbe rousse qu'elle était devenue, il lui avait dit en la tutoyant :

— Est-ce qu'on t'a déjà dit que tu ressemblais à Rhonda Fleming ?

— Non, mais c'est un très beau compliment. Je l'ai vue dans le film *Inferno,* aux côtés de Robert Ryan. Je demanderai à mon mari ce qu'il en pense.

— Mais ton nom, c'est madame… Madame qui ?

Elle hésita et lui répondit en songeant au nom de son grand-père :

— Fougère. Madame Lauréat Fougère, mais vous pouvez m'appeler Iris.

— Et toi, tu peux m'appeler Fausto. On va apprendre à mieux se connaître.

— J'en doute, monsieur Rocco, j'ai un mari et j'attends un enfant.

— Ah! oui? Ça paraît pas! Pourquoi ne pas me l'avoir dit avant?

— Parce que c'est personnel et que je ne vous sentais ni empressé ni intéressé, monsieur. Mais là, avec votre insistance… Désolée, mais je ne suis pas libre.

Iris partit en compagnie d'une amie et, resté seul, Fausto Rocco, s'approchant de celui qui avait fait danser l'autre fille, lui demanda :

— Tu la connais, la rousse qui vient de partir avec ta blonde?

— Pas ma blonde, je l'ai juste invitée à danser.

— Et l'autre, tu la connais? Tu l'as déjà vue?

— Non, mais son amie m'a dit qu'elle appartenait à Myers. Ça veut dire : «Touches-y pas!»

Fausto, sourire en coin, venait de se rendre compte qu'Iris l'avait dupé. Choqué sur le coup, il se ressaisit vite. Iris n'était pas mariée et n'attendait pas d'enfant. Il saurait bien la retrouver.

Un souper des Fêtes plutôt familial chez les Des Oeillets. Avec Rose, Violette, Jasmin, Esther, Marguerite et Narcisse, personne d'autre. Iris était absente, en vacances en Jamaïque. Comme les filles n'avaient pas eu le droit d'inviter leur amoureux, Blaise et Fabien étaient restés chez eux. Jasmin n'avait pas de fille dans sa vie et Esther, toujours en froid avec Gwen et son mari, était arrivée seule avec des brioches à la cannelle, un gâteau aux fruits et une bouteille de vin rouge dans un sac de papier brun. Rose étalait devant sa tante ses dernières toiles dont la plus récente : un chat blanc sur un coussin mauve. Joli tableau que le docteur... détesta ! Il n'aimait pas les animaux, surtout les chats. Il ne voulait que des fleurs sur les toiles de son aînée, mais cette dernière, artiste dans l'âme, peignait ce qui d'un seul coup d'oeil l'inspirait. Un oiseau dans son nid, reproduit d'une carte de souhaits ; un landau qu'une maman, vue de dos, poussait ; ou un chien barbet pissant contre un arbre, d'après une illustration aperçue dans un magazine. Moins habile dans les portraits, elle avait tenté de peindre son père dans son jardin d'après une photo, mais il s'était emporté : « Voyons ! J'ai l'air d'un vieux clochard, pas d'un jardinier ! Et quelles horribles couleurs ! Contente-toi donc de peindre des fleurs ! »

Iris, de retour de vacances, avait téléphoné à ses parents pour leur souhaiter une bonne année, de la santé, du bonheur... Bref, tout ce qu'on retrouvait dans une carte appropriée. Elle était bronzée, les lèvres rouges, plus affriolante que jamais et Ed, heureux de la revoir, s'en était donné à coeur joie sur son corps encore chaud du sable de la mer. Il avait tout payé ! Pour elle et une compagne qui n'avait pas les moyens de défrayer le coût d'un tel voyage. En Jamaïque, elle avait été courtisée par des millionnaires d'âge mûr et par de pseudo-directeurs de cinéma. Aussi par des bien nantis de l'endroit et des surfeurs, gardiens de plage pour arrondir leurs fins de mois. L'un d'entre eux, Vince, l'avait invitée dans sa cabine au toit de chaume près de la rive, et elle l'avait suivi. Il était mi-hispanique, mi-anglais, beau, bien bâti, et elle en avait envie. Tout cela à l'insu de sa compagne qui bouclait les bagages pour le retour le lendemain. Iris resta une heure sur le matelas du beau surfeur de la plage. Une heure durant laquelle elle goûta les plaisirs de la chair avec un autre homme que Myers. Son premier écart de conduite. Ce qui n'engageait à rien, ce n'était qu'une passade. Elle l'avait dit à cet amant d'un soir qui grimpa au septième ciel avec elle. Iris, sachant qu'elle n'avait rien à craindre depuis le Danemark, se voyait devenir, avec l'âge, plus audacieuse, plus sensuelle, plus… sexuelle ! Mais c'était la première fois qu'elle donnait libre cours à ses fantasmes. Pas la dernière !

Quelques semaines à se remettre des péripéties de son voyage, elle était déjà prête à en planifier un autre, mais en Europe cette fois. Avec ou sans lui ! La Norvège ? La Suède ? Elle était indécise. Un matin de mars alors qu'elle s'apprêtait à sortir, le manteau de vison sur le dos, Rose lui téléphona :

— Tu me prends juste à temps ! J'étais sur mon départ…

— Je ne te retiendrai pas longtemps, lui répliqua l'aînée. Je ne sais pas s'il t'en a avertie, mais j'ai su que la femme de ton *boss* attendait un autre enfant.

Un long silence au bout du fil, et Rose, décontenancée, questionna :

— Es-tu là, Iris ? Je n'entends rien, pas même un souffle !

— Qui t'a dit ça, Rose ?

— Violette ! Au fait, sait-elle pour Ed et toi, celle-là ?

— Elle s'en doute… parvint à murmurer Iris avant de raccrocher.

S'allumant une cigarette, elle avait jeté son manteau de vison sur un divan et, faisant les cent pas dans le salon, elle finit par soulever le combiné et composer le numéro de la lingerie. Une vendeuse répondit et elle demanda à parler à Ed Myers. Sur un ton autoritaire, quasi un ordre. La jeune femme qui l'avait reconnue ne la fit pas attendre et regarda Ed à côté d'elle pour lui remettre le récepteur :

— Iris ? C'est moi. Qu'est-ce qu'il y a ? J'ai un *supplier* devant moi…

— Je m'en fous, Ed ! Tu le passes à quelqu'un d'autre, ton fournisseur, et tu t'amènes chez moi, c'est urgent !

— Ça ne peut pas attendre à ce soir ? Je suis débordé…

— Non, tout de suite, Ed ! Saute dans ta voiture et arrive !

Elle raccrocha et Ed, interloqué au bout de la ligne, s'excusa auprès de son vendeur qu'il confia à la gérante, et s'empressa de se rendre chez sa maîtresse en se demandant ce qu'il pouvait y avoir de si urgent à dix heures du matin. Il n'eut pas à sonner, il avait sa clé, elle l'avait entendu monter et la porte était entrouverte. La poussant, il remarqua qu'elle affichait un air furieux. Avant même de retirer son paletot, il lui demanda :

— Qu'est-ce qu'il y a ? Es-tu malade, Iris ?

— Non, en parfaite santé ! Ta femme va bien, elle aussi, Ed ? Avec un autre bébé en chemin ?

Il était resté bouche bée, puis, regardant par la fenêtre, il lui demanda :

— Qui t'as dit ça, Iris, qui ?

— Qu'importe ! Est-ce vrai ?

— Oui, on attend un cinquième enfant… Je n'y suis pour rien…

— Pour rien ? Elle les fait toute seule, ses enfants, ta femme chérie ?

— Écoute, je ne m'y attendais pas, ce n'était pas planifié.

— Ça, je m'en fous ! Il est fait, il s'en vient le petit, et toi et moi, c'est fini, Ed Myers ! On se quitte, je ne veux plus te voir !

— Mais… pourquoi ? Un enfant de plus, qu'est-ce que ça change dans notre cas ? Tu ne manques de rien…

— Je manque de toi ! Tu m'avais dit que tu ne divorcerais jamais, que ce n'était pas dans ta religion de le faire, mais que tu t'en éloignerais, que tu viendrais éventuellement vivre avec moi. Et depuis ? Des enfants, Ed ! Celui qu'elle a eu et l'autre qui s'en vient ! Par-dessus les trois autres que tu avais déjà ! Cinq enfants en tout ! Pas mal pour un homme qui prétend être séparé de corps de sa femme ! Non, j'ai trop attendu, le temps passe et je suis toujours à la case départ. Tu devais venir vivre ici, m'appartenir, tout en faisant vivre ta famille sans divorcer. J'ai tout accepté, Ed, mais c'est insensé car, depuis, tu me trompes avec ta femme ! N'est-ce pas ridicule que d'être trompée par la femme de son amant alors que celle-ci ne sait même pas qu'il a une maîtresse ?

— Elle s'en doute. Elle m'a déjà questionné…

— Et tu ne lui as rien avoué ! Tu as préféré mentir plutôt que de lui dire… Tu sais comment on appelle ça, un homme comme toi ? Un *coward* dans ta langue, un lâche dans la mienne ! Non ! C'est fini, Ed ! Je te rends ta liberté, je te redonne à ta famille.

— Si c'est vraiment ce que tu désires, Iris, je n'ai rien d'autre à ajouter.

— Rien d'autre ? Crois-tu qu'après huit ans je vais sortir de ta vie comme j'y suis arrivée, Ed Myers ?

— Tu peux garder l'auto et tes vêtements, je ne te réclamerai rien, moi !

— Ah non ? Mais moi, j'ai des exigences ! Tu ne t'en tireras pas aussi facilement, Ed ! Je veux être dédommagée pour toutes ces années !

— Dédommagée ? Comme une femme qu'on a engagée et qu'on a mal rémunérée ? Je ne t'ai rien refusé, j'ai tout payé ! Tes voyages, ta voiture, le luxe qui t'entoure… Tout !

— Dans un appartement loué, Ed ! Rien de concret, rien de tangible, que des choses éphémères…

— Tu veux en venir où, Iris ? Tu parlais d'exigences…

— Je veux que tu m'achètes une maison. Rien de luxueux, juste un petit bungalow comme on en construit dans le nord de la ville. Que ça et tu n'entendras plus parler de moi.

— C'est du chantage que tu fais là, Iris ! C'est pas très beau ça, c'est même indigne de la fille d'un médecin…

— Pas plus indigne que le fils d'un Juif riche qui trompe sa femme avec une maîtresse qu'il a fait opérer au Danemark !

— C'était ton choix, Iris…

— Et le tien ! J'étais encore mineure, Ed…

La sentant acharnée sur lui, il répondit avec tristesse :

— Je ne te croyais pas capable d'être méchante… Je te regarde et tes yeux dégagent de la rage… Comme un chien qu'il faudrait abattre ! C'est le regard fou de ton père, celui-là ?

Sans relever les remarques et les insultes, Iris poursuivit :

— Alors le bungalow, mon auto, mes meubles, mon linge, mes effets. Et tu dormiras en paix après.

— Sinon ?

— Ta femme saura tout ! Ton père et ta mère aussi ! La colonie juive au complet ! Je ne t'ai pas sacrifié ma jeunesse et ma beauté dont tu as largement profité pour sortir de ta vie les mains vides, Ed Myers !

— Je ne t'ai pas demandé de sortir de ma vie...

— Non, c'est encore mon choix, Ed ! Tu as payé la première fois ? Tu payeras encore cette fois ! Pour m'avoir eue comme pour m'avoir perdue !

— Je ne suis pas un millionnaire, Iris, j'ai une famille nombreuse...

— À d'autres ! Ton père roule sur l'or et un bungalow, ce n'est pas la mer à boire ! Je me trouve très raisonnable, moi ! Penses-y, Ed, c'est huit ans de ma vie que tu as pris... Une autre aurait pu exiger...

— Arrête, tu parles comme une salope, Iris, pas comme la femme que j'ai aimée ! Ton langage est celui d'une *streetwalker*, pas celui d'une fille de bonne famille. Trouve-le, ton bungalow ! Je vais te le payer ! Ensuite, sors d'ici avec tout ce que tu as, j'annule le loyer des prochains mois. Tu as trente jours pour sortir de ma vie, Iris ! Je t'ai aimée comme personne ne saura t'aimer, je t'aimais encore hier, mais il aura suffi d'une heure ce matin pour que je te méprise. J'aurais dû m'en douter, tu n'es qu'une garce comme toutes celles qui sortent avec des hommes mariés ! Après t'avoir follement aimée, voilà que je te déteste, Iris Des Oeillets ! Ce qui est mieux ainsi, j'aurai moins de peine après ton départ. Et s'il m'arrive d'en avoir, je n'aurai qu'à me souvenir de ton regard dur, de ton peu de compassion pour ma femme, de ton ingratitude… Et je te le répète, aucun autre homme ne te comblera comme je l'ai fait. En amour comme en tout le reste ! Maintenant ça va, trouve-la vite, ta maison. Le plus tôt sera le mieux. Il y a vingt minutes, je croyais perdre une maîtresse et là, en t'écoutant, je sens que je vais être délivré d'un poison !

Voyant qu'il affichait un air de dégoût, abasourdie, Iris ne savait plus quoi dire. Lui tournant le dos, elle l'entendit refermer la porte et descendre l'escalier. Soupirant d'aise, enfin libre, elle avait vite sauté sur l'occasion qui s'était présentée pour s'en séparer. En le faisant se sentir coupable de la rupture et en partant la tête haute, un vison sur le bras, un bungalow dans ses pensées. Après l'avoir tant aimé… Après s'être donnée mille fois à lui sans jamais s'en lasser… Quelle désolation ! Quelle tristesse ! Une rupture si brusque alors qu'en rentrant de vacances elle s'était jetée sur lui comme une tigresse. Pour ensuite le rejeter sans merci parce que sa femme attendait un autre enfant. Prétexte bien choisi… Sans même murmurer à qui que ce soit, ni à Rose et encore moins à Ed, qu'elle en avait déjà un autre… en tête !

S'allumant une cigarette, Iris retrouva son calme peu à peu et composa le numéro de Rose qui répondit au premier coup pour s'entendre dire :

— C'est fait, Rose, je viens de rompre. Ed est sorti de ma vie.

— Quoi ? Si vite que ça ? Je viens à peine de t'annoncer…

— Oh ! il n'y avait pas que ça, Rose. L'occasion était trouvée, mais je m'en étais lassée ces derniers temps…

Indignée de l'attitude de sa soeur, Rose lui rétorqua :

— Ce n'est pas lui qui sera le perdant, Iris. Pas avec une femme et cinq enfants à aimer ! Tu étais peut-être une lourde charge pour lui…

— Si c'était le cas, le voilà allégé ! Bonne journée !

Iris avait raccroché avant que sa soeur s'apitoie sur le sort du pauvre Myers et qu'elle la réprimande d'avoir été une vile usurpatrice qui aurait fini par le « laver » avec les années. Si tel avait été le cas, il s'en tirait donc fort bien avec un modeste bungalow de quelque vingt mille dollars… Pas si « garce » pour une femme qui aurait pu le faire chanter. Ed Myers retourna à sa lingerie et Iris, restée seule, tournait les pages de son carnet d'adresses où elle retrouva le numéro de Fausto Rocco. Pourquoi pas ? se disait-elle. Mais pas avant d'en avoir fini avec Ed, sa maison bien à elle, déménagée avec ses biens, loin de lui et de la lingerie. Ce qui ne sut tarder puisque trente jours plus tard, à la fin du bail, Iris Des Oeillets s'installait dans son bungalow flambant neuf et entièrement payé, la clé de l'appartement laissée sous le paillasson tel que demandé.

Chapitre 9

Iris habitait maintenant au nord de la métropole, quartier Ahuntsic, rue Papineau plus précisément, où elle avait trouvé le bungalow qu'elle recherchait. On avait signé les papiers devant notaire en un rien de temps sans qu'ils se regardent ou presque, elle et Ed. Après les formalités d'usage, la remise de la clé qu'il tendit à Iris, il en fit l'unique propriétaire et se dégagea de tous frais additionnels. Puis il était sorti du bureau en vitesse, ne voulant engager aucune conversation avec elle. Content de l'avoir finalement sortie de son existence, il comptait désormais se dévouer à sa femme et à ses enfants. Avec peut-être quelques infidélités de parcours, les femmes lui tournaient autour, mais plus jamais de maîtresse. Il l'avait juré sur la tête de son enfant à naître. Un serment entre ses vives croyances religieuses et ses bonnes intentions. Il allait de plus s'abstenir d'aller proposer sa marchandise chez les Des Oeillets, de peur de croiser celle qu'il avait tant aimée pour ensuite la haïr de toutes ses forces. Iris Des Oeillets lui avait coûté cher au fil des ans. Un prix trop élevé pour avoir été le premier à lui ravir sa beauté et sa…

virginité ! Ses plus belles années valaient ce qu'il lui en avait coûté, selon Iris, qui tentait de se donner bonne conscience. En oubliant qu'elle l'avait passionnément aimé, cet « animal » de bel homme qui avait ployé devant tous ses caprices. Mais, porte close sur son passé, elle préférait maintenant passer au second chapitre de sa vie. Pas totalement fortunée, sans travail, elle désirait à tout prix être entretenue par le suivant. Juste en brossant sa longue chevelure rousse et en se polissant les ongles ! Et pour ce faire, pourquoi pas Fausto Rocco dont elle avait conservé le numéro ? Ce dernier, surpris et ravi de l'appel, lui avait dit, à son grand étonnement :

— Tiens ! Tu as lâché Myers, la p'tite ? T'en avais assez ?

— Heu… pardon ? Ce n'était qu'un ami…

— Joue pas ce jeu-là avec moi, Iris. Si tu veux que ça marche entre nous, ne me mens jamais !

— Bien oui, je l'ai laissé, ça ne fonctionnait plus !

— Il t'a quand même gâtée… Tu disais être mariée !

— Ça, c'est sur une piste de danse qu'on le prétend, Fausto ! Ce n'est pas mentir que de déjouer un gars trop empressé.

Il éclata de rire et, s'allumant un cigare, il poursuivit :

— Tu aimerais sortir avec moi ?

— Je ne détesterais pas cela. C'est pourquoi je t'appelle…

— J'suis pas un gars facile. Je m'emporte facilement et tu ne sais rien de moi encore.

— Devrais-je te poser des questions ? J'ai dit que j'aimerais sortir avec toi, Fausto, pas t'épouser !

— Pour ça, non ! J'suis pas du genre à marier ! Ma mère me le répète assez. Écoute, si ça te va, je passe te prendre samedi soir. On ira voir un *show* dans le club de l'un de mes *chum*s ; on ira manger, et ensuite, tu m'inviteras chez toi. Ça te va ?

— Oui. Je serai prête à l'heure que tu voudras.

Ils convinrent du rendez-vous et, raccrochant le combiné, celui qui connaissait déjà tout de la belle rouquine, marmonna en riant : «Fausto Rocco avec la fille d'un docteur ! Qui aurait pensé ça ?»

Le samedi, à l'heure précise, Fausto se stationnait devant la demeure d'Iris qui, l'apercevant de sa fenêtre, sortit avec son manteau sur le dos, son sac à main sous le bras.

— Tu ne voulais pas que je rentre ? questionna Fausto.

— Non, parce que je ne voulais pas te retarder. Tu entreras en revenant pour un digestif si tu en as envie.

Il la regardait, elle était éblouissante. De la tête aux pieds ! Rien ne clochait et son parfum envahissait sa Lincoln noire, contrant de sa fragrance les odeurs de cigare. Fausto, fier comme un paon, savait que les gars de «la gang» allaient saliver en la voyant. D'autant plus qu'Iris avait de la classe, qu'elle n'était pas comme les filles à l'allure *cheap* qu'il avait fréquentées jusqu'à ce jour. Ils se rendirent rue Sainte-Catherine où un valet, devant le club en question, se chargea de la voiture de Fausto. Iris se rendit compte que son compagnon était reçu comme un prince et très respecté dans cet établissement où elle n'avait encore jamais mis les pieds. Une table *ring side,* on ne peut mieux choisie, Fausto saluait de gauche à droite de drôles de types accompagnés pour la plupart de femmes pas tout à fait distinguées dans leurs robes trop moulantes, mais physiquement époustouflantes.

Toutes regardaient la nouvelle venue, se demandant sans doute d'où elle pouvait sortir, vêtue comme un mannequin, plus belle qu'une actrice. Ne sachant trop quoi commander dans un endroit pareil, Fausto lui suggéra un *gin gimlet*, un *drink* servi dans une large coupe sur pied qu'elle allait adopter. Il la fit danser, la serra contre lui pour que l'assistance remarque ses jambes magnifiques dans des escarpins suédés noirs avec rosettes dorées sur le dessus. Puis ils assistèrent au spectacle où, après un jongleur, on présenta en grande vedette un chanteur populaire qu'elle avait vu à la télévision, mais qui ne l'emballait pas outre mesure. Elle applaudit poliment, mais sans s'extasier devant son charme, comme certaines filles des premières tables. Fausto voulut lui commander un autre verre, mais elle refusa et, après le spectacle, elle retourna danser dans les bras du bel Italien qui, vêtu d'un complet noir, chemise de même ton, cravate blanche, portait une eau de toilette dans laquelle elle aurait voulu se noyer. Ils allaient sortir du cabaret quand un gars de la bande s'approcha de Fausto pour lui murmurer :

— T'as pêché ça où, toi ?

L'empoignant par le revers de son veston, le « maître des lieux » selon son attitude, lui répondit :

— Ça… comme tu dis, c'est une dame ! Pas une traînée comme celle qui t'attend à ta table ! Compris ?

Le gars voulut s'excuser mais, sous le regard dur de Fausto, il préféra, humilié, se retirer et rejoindre sa blonde sous les yeux de tout le monde. Fausto claqua des doigts et la Lincoln arriva comme par enchantement, bloquant la circulation de la rue Sainte-Catherine. Impressionnée, mais quelque peu effarée, Iris lui dit lors du retour :

— Tu as beaucoup d'influence à ce que je vois… Qui es-tu au juste ?

— Ça, la p'tite, tu le sauras bien assez vite !

Elle n'avait pas aimé le sobriquet, c'était la seconde fois qu'il l'employait, mais elle n'osa s'en plaindre. Elle avait remarqué qu'il pouvait vite s'impatienter. Elle commençait même à se demander si elle avait fait le bon geste en composant son numéro de téléphone. De retour rue Papineau, elle n'eut pas à l'inviter à entrer, il était déjà sorti de sa voiture et la suivait comme s'il était chez lui. À l'intérieur, regardant partout, il lui demanda en s'écrasant dans un fauteuil :

— T'as rien à boire ? Pas de scotch ? Pas de cognac ?

— Non, je regrette, je n'ai que du vin dans le petit cellier.

— Il ne buvait pas, ton Myers ?

— Non, Ed ne buvait pas. Du moins, jamais chez moi. Et je n'habitais pas ici… Je viens à peine d'emménager.

— Il va te falloir changer tes habitudes, Iris, moi, je ne bois que du scotch, le Chivas de préférence, pis un cognac de temps en temps. Et toi, tu bois quoi quand tu es seule ?

— Heu… rien ! De l'eau Perrier ou un jus de fruits. Je ne suis pas portée sur l'alcool. Juste la cigarette…

— Un défaut de moins ! Mais tu semblais aimer ton *gin gimlet*…

— Oui, parce que c'était citronné. Ce sera ce que je commanderai dans mes sorties éventuelles, mais seulement un, pas deux. On ressent quand même vite un effet avec ce mélange-là…

Elle prit place sur le divan, il se rapprocha d'elle et, sans compter les secondes, il glissa une main dans son corsage jusqu'à son sein. Étonnée, elle se laissa quand même caresser et, vingt minutes plus tard, il était sur elle, dans son lit, alors qu'elle avait encore ses bas et son soutien-gorge. Il lui fit l'amour comme un professionnel. En la soumettant, évidemment, pour qu'elle se sente dominée. Elle lui rendit ses attouchements, ses baisers, elle se donna tout entière, mais elle ne put s'empêcher de le comparer à Ed qui, lui, la chevauchait comme un déchaîné, mais avec passion et un meilleur doigté. Néanmoins, se donnant ainsi le premier soir à Fausto Rocco, c'était s'avouer être sa proie, sa blonde, sa maîtresse. Il se rhabilla cependant assez vite pour éviter d'être le joujou de la « p'tite ». Il tenait à ce qu'elle sente qu'il était le mâle ; elle, la femelle. Et qu'elle comprenne qu'il se libérait de ses bras quand il en avait assez, en se foutant de ses jouissances interrompues. Il la regardait, étendue sur le lit, il lui souriait et elle lui rendait son sourire. Insatisfaite, elle faisait semblant d'être au summum de ses attentes, sans avoir trop envie de le revoir. Mais c'était mal le connaître. Lui, de son côté, se promettait bien de l'entretenir pour l'avoir à son bras. Bref, il la préférait habillée plutôt que dévêtue parce que Iris, selon lui, n'était pas bonne au lit. Trop passive, peu entreprenante, il se demandait ce qu'Ed Myers avait pu lui trouver pour la combler durant tant d'années. Sans songer que la belle, qui se rhabillait elle aussi, était sans doute plus fougueuse lorsque celui à ses côtés lui murmurait des mots tendres à l'oreille. Comme Ed savait si bien le faire.

En 1962, John F. Kennedy règne en maître aux États-Unis et Rod Laver remporte le tournoi de tennis à Wimbledon. L'écrivain James Baldwin publie *Another Country* et la chanson de l'année est *Moon River*. John Steinbeck remporte le prix Nobel de la littérature, Marilyn Monroe meurt à trente-six ans d'une *overdose* et la Miss America de l'année, concours fidèlement suivi par Esther, est Maria Fletcher, de la Caroline du Nord. Chez les Des Oeillets, tout semble aller assez bien, sauf que Narcisse est malade. Il se plaint de douleurs au ventre; il consulte un confrère, mais ce n'est qu'une crise de foie. Il mange trop gras! Il devra donc surveiller sa vésicule biliaire. Fausse alerte! Autour de lui, tous ont souhaité sa mort, sa femme incluse. Pour la première fois!

Rose fréquente encore Blaise, mais aucune avance de son côté. Ni pour une union ni… physique! Il l'embrasse sur le front, il veille avec elle à la maison et il l'invite parfois pour une sortie au cinéma. Leur plus récent film vu ensemble, *Rencontres*, avec Pierre Brasseur et Michèle Morgan. Puis, la routine! Il retrouve son comptoir de pharmacie, ses clients; elle, son chevalet, ses toiles, son secrétariat temporaire pour son père. Invitée chez Iris, elle a trouvé sa maison très belle, mais se demande encore comment elle peut se la permettre puisque Myers n'est plus dans le décor. Et comme Iris est sans travail, sans aucun revenu… Le docteur s'interroge également, il se gratte la nuque, mais il lui fait confiance. Iris a une tête sur les épaules, selon lui. Marguerite, pour sa part, ne s'interroge plus, elle n'y comprend rien. Sa fille nage de plus en plus dans le luxe sans avoir rien dans sa sacoche! Elle en parle avec Esther qui refuse de se prononcer. Pour ne pas la chagriner! Car la tante, même si personne ne lui révèle rien, semble avoir une vague idée… Toutefois, au cours de sa visite, Rose, devenue sa confidente, apprend la liaison d'Iris avec Fausto Rocco, un «riche» Italien.

— Que fait-il dans la vie ?

— Je ne le sais pas… Homme d'affaires ! Et il roule en Lincoln !

— Est-il marié comme l'autre ? Des enfants ?

— Non, libre comme l'air ! Il me sort, il m'offre des bijoux…

— Ce qui ne va pas régler ton hypothèque et payer tes taxes, ma petite soeur !

— Je ne m'en fais pas… Avec le temps, il va s'occuper de tout ça !

— Iris ! Tu ne peux pas vivre indéfiniment aux crochets des hommes comme tu le fais ! C'est indécent !

— Je ne vais quand même pas me remettre à travailler au salaire minimum !

— Ce serait plus respectable ! Tu ne sais rien de ce Fausto et tu en profites ? Ah ! si papa savait ce que tu fais de ta vie…

— Lui ? Qu'il jardine, qu'il prenne de l'âge ! Ensuite, on n'aura plus à s'en faire, Rose. Du moins, s'il a autant d'argent qu'on le suppose !

— Il n'y a que l'argent qui t'intéresse… De n'importe qui !

— Écoute, j'espère que tu n'es pas venue ici pour me faire la morale ! Je suis en âge de répondre de mes actes, non ?

— Tiens, parlant de répondre… Peux-tu seulement me dire où tu as trouvé l'argent pour le *cash down* de ta maison ?

— Rien à cacher, surtout pas à toi à qui j'ai tout avoué ; elle est payée ma maison. Entièrement payée ! Rassurée maintenant ?

— Payée ? Par qui ? Pas ce Fausto...

— Non, Ed Myers ! C'est lui qui me l'a achetée.

— Voyons, Iris, tu l'as quitté ! Comment aurait-il pu...

— Je t'arrête ! C'était le prix à payer pour que je demeure discrète. Il a pris ma jeunesse, il me l'a remboursée. Avec cette maison ! C'était ça ou...

— Iris ! Tu lui as fait du chantage ? Toi, une fille honorable ? Oh ! mon Dieu ! Juste à imaginer ce qu'il a dû penser de toi ! Il t'aimait tant, il t'a tout donné et tu l'as fait... Ça me dépasse !

— Rose ! Je te répète qu'il a pris ma jeunesse... Fais-tu la sourde oreille ?

— Pris ? C'est toi qui t'es jetée dans ses bras, Iris ! Déjà quand il venait à la maison avec ses coupons, tu avais les yeux rivés sur lui, tu me l'as dit ! C'est toi qui l'as manipulé durant toutes ces années. Il a tout payé, Iris ! Jusqu'à ton infertilité ! Et tu as exigé une maison pour le libérer de ton emprise ? C'est toi qui l'as quitté, Iris, pas lui ! S'il a payé, le pauvre homme, c'est qu'il en avait sans doute assez d'une profiteuse comme toi ! Quelle cruauté ! Quel geste abject ! Tu devrais t'en confesser, Iris Des Oeillets !

Le docteur, plus prudent de sa santé depuis ses troubles biliaires, avait changé son alimentation. Et, bien entendu, il avait accusé Marguerite d'avoir toujours cuisiné... trop lardé ! D'où ses malaises ! Lui qui réclamait des rognons et de la cervelle avec deux pouces de sauce. Par-dessus sa graisse de rôti ou ses cretons sur son pain beurré épais avant les repas. Sans parler de la saucisse de porc et du boudin qu'il arrosait de vin bon marché. Mais comme il se remettait assez bien de ce qu'il appelait « l'incident », il jardinait davantage et travaillait encore moins. Rose en était réduite à prendre deux rendez-vous par jour, pas plus, en prétextant que son père était absent quand on le demandait sur une scène d'accident ou pour une urgence à domicile. Même lorsqu'il s'agissait d'un enfant ! Ses fleurs et ses plantes en terre ou en pots passaient avant tout !

Jasmin, vingt-six ans bien sonnés, entamait la dernière année de ses études. Avec l'appui de son père, il allait pouvoir entrer en service dans un hôpital ou dans un laboratoire pour la recherche. Il était évident que le jeune homme allait pencher pour la seconde option. Chercheur scientifique, travail solitaire plutôt lent... C'était certes plus intéressant pour lui qu'en radiologie avec des patients... impatients ! Il tenait de son père le fait de ne pas se morfondre, d'aller au gré du « petit train va loin », même s'il n'était pas sur la même longueur d'onde face à ses toquades. Il détestait l'horticulture et les fleurs trop nombreuses à l'intérieur le portaient à éternuer. Il n'appréciait guère les tableaux de sa soeur aînée, l'odeur de la peinture à l'huile lui irritait les yeux. Bref, il souffrait de plusieurs allergies, le petit dernier du docteur. Ce qui ne l'empêchait pas d'habiter chez ses parents où ça ne coûtait pas un sou pour vivre. Logé, nourri, blanchi, études payées, il avait même droit à de petites dépenses dont il n'abusait pas. Il n'aimait plus autant le cinéma ni le théâtre. Son passe-temps était la lecture. Pas n'importe laquelle, que des biographies de personnages célèbres. Son livre de chevet du moment était la biographie de Hans Christian Andersen qu'on vendait chez le libraire un dollar et cinquante, mais qu'il avait obtenu pour rien de la bibliothèque du coin. Un point en commun avec son père : économe comme lui ! Dans le cadre de ses études, il avait fait la connaissance d'une charmante jeune fille nommée Gabrielle Gince, mais il ne l'avait pas encore invitée à la maison. Elle lui plaisait certes, mais il ne pouvait s'engager avec le peu d'argent qu'il avait. Mais un *milk shake* de temps en temps n'allait pas le ruiner. Elle, de son côté, s'était entichée de ce garçon ni beau ni laid avec, néanmoins, un avenir prometteur. Elle espérait, soupirait… Lui, craignant l'engagement, haussait encore les épaules.

Pour sa part, Iris, l'année suivante, après avoir fréquenté assidûment Fausto qui lui payait quelques petits comptes, commençait à tirer le diable par la queue avec la maison sur les bras et aucune rentrée d'argent. Son compte en banque avait terriblement fondu et elle se demandait comment le renflouer. Quand elle en parlait à Fausto, le bel Italien lui répondait : « J'te bourre assez ! J'te ferai pas vivre ! Si t'es pas capable d'entretenir ta cabane, vends-la ! » Désemparée, elle se rendait de plus en plus compte que Fausto Rocco n'avait pas la main aussi généreuse qu'Ed Myers. Il la sortait, il l'emmenait dans de beaux endroits, il payait toutes les dépenses, mais il ne réglait aucun de ses problèmes. Toutefois, il lui offrait de superbes bijoux. Le dernier en lice était une broche en or en forme de paon, ornée de trente-deux diamants et de rubis pour la queue et les yeux. Mais, fait étrange, une broche de si grand prix n'était même pas dans un écrin. Que dans une boîte de carton avec de la ouate ! Comme celles des magasins bon marché ! Iris était perplexe.

Pourquoi pas un écrin de velours de Birks puisqu'il lui disait être un client régulier du réputé magasin ? Étrange ! Mais elle ne se creusa pas la tête pour autant. Il la choyait, c'était ça de pris, même si les comptes se multipliaient dans sa boîte aux lettres. Certains avec la mention «passé dû». Rose avait beau la questionner, Iris lui répondait qu'elle ne savait pas encore ce que Fausto faisait pour gagner sa vie. Sans ajouter qu'elle s'en doutait… Plus méfiante avec sa soeur aînée depuis sa réprimande concernant Ed, elle se confiait au compte-gouttes maintenant. Sans surtout lui dire que son amant, toujours bien mis, souliers cirés, mouchoir de poche, les cheveux noirs ondulés ruisselant de Brylcreem, couchait souvent chez elle quand il avait trop bu. En lui faisant l'amour de temps en temps, pas aussi fréquemment qu'avant. Parce que, belle ou pas, le genre de gars qu'il était se lassait de la même couchette quand d'autres s'ouvraient si facilement devant lui. Il le lui avait avoué ! Mais ce que Fausto Rocco, fort populaire malgré ses traits durs et son mauvais caractère, ne lui avait pas encore dit cependant, c'est qu'il avait son nom à mille et une adresses. Il n'avait pas de chez-soi, il résidait partout, même chez des gars du clan certaines semaines. Avec des vêtements laissés un peu partout ; l'un des placards d'Iris en était plein. Un soir qu'il rentra tard, éméché, la cravate dénouée, elle lui dit :

— Non, ça ne peut pas durer, Fausto ! C'est pas un *Tourist Room* ici !

Il se déshabilla mine de rien, et, au moment où elle voulut en ajouter, il la regarda et lui cria :

— Ta gueule ! Plus un mot ou je t'la ferme d'un coup d'poing !

Sidérée, elle avait eu peur et n'avait rien osé ajouter. Puis, étendue à ses côtés, alors qu'il ronflait, elle songea à le quitter. Le plus tôt possible avant qu'il l'écrase d'une seule main. Mais comment faire ? Iris Des Oeillets, rusée comme une renarde, avait déjà un plan en tête. Aucun homme n'allait la traiter, elle, fille de médecin, comme une bonne à rien !

Quelques jours plus tard, alors qu'elle était avec lui dans un chic restaurant italien, elle s'excusa pour aller à la salle des dames. Se refaisant une beauté, elle vit une femme entrer qui la dévisageait. Agacée, Iris lui demanda :

— On se connaît ?

— Non, pas toi, mais moi je sais qui tu es. Tu sors avec Fausto, n'est-ce pas ? T'es pas la seule, mais sa plus régulière.

— Qui donc es-tu pour me parler de cette manière ?

— Celle avant toi ! Celle avec qui il a passé cinq ans avant de me *dumper* là ! Je le connais ton Fausto Rocco ! Tu dois en recevoir des bijoux, toi aussi, non ?

— Oui, et après ?

— Bien, c'est sa spécialité, les bijoux volés ! Pas dans les magasins, dans les maisons de riches ! Il m'a même déjà donné un pendentif dans sa boîte originale, le satin jauni. Un bijou de famille d'une vieille dame…

— Je ne veux pas en entendre plus et tu es chanceuse d'être sur ton départ avec ton manteau sur le bras…

— Tu penses que j'ai peur de lui ? Je sors avec son *boss* maintenant !

— Son *boss* ? Qui ça ?

— Dis-moi pas que tu sais pas que Fausto est dans la pègre ! Il n'est pas dans les plus hauts gradés, mais il fait bien sa job ! Lui pis sa gang s'occupent des vols ! Pas ceux des banques, y'est trop chieux pour ça ! Mais le *boss* le tolère pour c'qu'y rapporte. Si tu savais pas ça... Mais d'où tu sors ? Fallait que tu m'rencontres pour apprendre que tu te tiens avec un trou d'cul ?

Iris, effrayée, feignant de garder son calme, se retenait après le comptoir pour ne pas s'affaler. Regardant la femme lourdement maquillée qui ne baissait pas les yeux, elle lui demanda :

— Je peux savoir comment tu t'appelles ?

— Non, pis cherche-le pas, tu l'trouveras pas ! Je t'ai dit avoir été là avant toi, mais y'en a eu deux autres entre toi et moi. Du *short term,* si tu comprends l'anglais. Alors, pas un mot, c'est un milieu où l'on doit se taire, la maffia. Je t'ai fait des révélations assez graves sur lui... Alors, tu te la fermes, on s'est pas vues, mais tu sais à qui tu as affaire astheure !

La femme sortit et Iris, tremblante, avala un cachet pour retrouver un certain calme. Une petite Tranquiline que son père gardait pour ses patientes agitées. Rejoignant Fausto à la table, elle s'aperçut qu'il dansait avec une petite blonde au nez retroussé. Lui faisant signe qu'elle voulait partir, il la balayait de la main avec une grimace pour ensuite écraser sur son épaule la jeune écervelée. S'emparant de son sac à main, Iris se rendit au vestiaire, enfila son vison, descendit l'escalier et sauta dans un taxi pour rentrer chez elle. Elle en avait assez, il lui fallait s'en débarrasser, quitte à essuyer quelques taloches. À quatre heures du matin, le téléphone sonna mais, se doutant que c'était lui, Iris souleva le combiné… pour le laisser retomber !

Deux jours sans avoir de ses nouvelles, puis il revint alors qu'elle recousait un bord de jupe. Il entra sans attendre d'être invité, retira son manteau et se versa un scotch du petit bar du salon. Elle n'avait encore rien dit, il avait l'air haineux ; on aurait dit qu'il craignait une intrusion, il surveillait la fenêtre :

— Que cherches-tu Fausto ? Tu attends quelqu'un ?

— Pas de questions ! Je couche ici ce soir ! Demain aussi !

— Ce n'était pas dans mes intentions…

— Pas de permission à demander ! Sans moi, t'aurais rien vu de beau, tu saurais même pas c'que c'est un club de nuit.

— Pour ce que ça vaut ! Je m'en serais bien passé !

— Aie ! Pas un mot de plus, j'ai la main impatiente… Tu sais ce que ça veut dire, non ? Pousse-moi pas jusque-là, Iris !

Elle se tut de peur d'être dévisagée et, après un autre scotch, Fausto se coucha. Elle le rejoignit trente minutes plus tard et, voulant remonter le drap, il lui saisit brusquement le bras. Réveillé d'un coup sec, voyant que c'était elle, il lui bafouilla gravement :

— Ne me fais jamais sursauter comme ça, toi ! T'aurais pu être massacrée !

Iris, un genou sur le matelas, l'autre encore par terre, avait reculé de quelques pas et, nerveuse, affolée, se mit à pleurer. Parce que son amant dormait avec une arme à feu sous son oreiller.

Devenue plus que craintive, Iris profita du fait que Fausto était en voyage aux États-Unis pour contacter un courtier en immobilier et tenter de vendre son bungalow rapidement, sans poser de pancarte. Sentant que c'était urgent, l'agent avait négocié la maison à bon compte pour sa fille qui planifiait se marier. En moins de temps que convenu, Iris avait mis tous ses meubles en entreposage, pour ensuite faire ses bagages et se retrouver chez ses parents qui l'accueillirent à bras ouverts. Son père surtout! Rose qui devinait ce qui se passait et qui eut «la primeur» des allées et venues de Fausto Rocco avait semoncé sa soeur:

— Tu aurais pu y laisser ta peau! Que vas-tu faire maintenant?

— Je vais commencer par vendre mes meubles et mes visons, l'étole aussi, mes bijoux de prix, ceux d'Ed, rien de Fausto, car ils ont été volés. Puis je vais repartir à zéro, comme si de rien n'était.

— Tu n'as pas peur qu'il te retrouve? Il sait où nous habitons, tout le monde connaît papa, un médecin... Tu lui as parlé de lui?

— Pas nécessaire, il savait déjà que j'étais la fille d'un docteur... Mais, ne crains rien, il ne se montrera pas ici. S'il ose, j'appelle la police, je le dénonce et je le fais arrêter. J'en ai appris beaucoup sur son compte! Le dernier bracelet qu'il m'a donné avait, au fond de l'écrin sous le coussinet de velours, le nom et l'adresse de la propriétaire. C'est tout ce dont ils auraient besoin pour le mettre derrière les barreaux, ce vaurien!

— Ne fais jamais ça, Iris, et ne retourne surtout pas le bijou à la dame. Ne te mets pas les pieds dans les plats,

ils travaillent en gang, ces gars-là ! Les autres se charge-
raient de te faire un mauvais parti ! Tu peux certes appeler
la police pour te protéger de son acharnement s'il se montre
ici, mais pas le dénoncer ! Ça pourrait retomber sur nous
autres !

— Arrête, tu me fais encore plus peur ! Je me demande
comment j'ai pu m'embarquer avec ce bandit-là, moi !

— Comme d'habitude, Iris ! Sans réfléchir ! Quand donc
vas-tu mûrir ?

Fausto Rocco se manifesta trois semaines plus tard en
se rendant au bungalow de la rue Papineau. Ayant tenté de
joindre Iris au bout du fil, il avait été surpris d'entendre que
la ligne avait été « déconnectée ». Sur les lieux, il avait été
encore plus étonné de trouver un jeune couple qui entrait avec
des tas de boîtes remplies de bibelots. Intrigué, il s'informa
au type qui lui expliqua être le nouveau propriétaire et que la
dame qui leur avait vendu était partie sans laisser d'adresse.
Sa jeune femme, lui demandant s'il était monsieur Rocco,
lui remit, sur réponse affirmative de Fausto, deux housses
remplies de vêtements ainsi qu'une boîte de carton ficelée
contenant d'autres effets lui appartenant. Rangeant le tout
dans son coffre d'auto, Fausto demanda au jeune homme s'il
avait le numéro du notaire où avait eu lieu la transaction. Le
type lui remit la carte d'affaires en question et, se rendant
sur place, Fausto se fit répondre qu'on ne pouvait dévoiler
le lieu actuel d'une ancienne propriétaire, d'autant plus que
cette dernière n'avait mentionné que l'adresse de la maison
vendue sur le contrat. Donc, rien à faire pour l'Italien qui,
en colère, venait de se rendre compte que « la p'tite » l'avait

sacré là en brouillant les pistes. Elle avait même dit au jeune couple qu'elle partait en voyage dans le Sud et qu'elle y passerait l'hiver. Décontenancé, il tenta d'obtenir un numéro de téléphone et la jeune réceptionniste du notaire, naïvement, lui remit celui qu'elle leur avait laissé. Satisfait, le soir venu il composa vite le numéro en question, pour s'apercevoir qu'Iris avait laissé au notaire le numéro de téléphone... d'un presbytère ! En rogne, il passa la nuit chez un ami avec, dans sa poche, une bague en or pour elle. Il comprit vite cependant qu'Iris avait eu peur de lui et qu'elle avait préféré s'en éloigner. Comme bien d'autres l'avaient fait avant elle ! De la même façon ou, pour certaines, après une violente altercation. En furie, non de l'avoir perdue, mais de s'être fait *dropper* une fois de plus, il repéra le numéro du docteur Des Oeillets et téléphona dès le lendemain. Rose, qui prenait les appels de son père, se rendit compte qu'il n'était pas un patient régulier avec son petit accent, d'autant plus qu'il demandait à parler à Iris. Devinant dès lors qu'elle avait affaire à lui, elle répondit posément comme si elle était la réceptionniste :

— Mademoiselle Des Oeillets n'habite pas ici et elle est en vacances pour la saison hivernale avec l'une de ses tantes.

— On peut savoir où ?

— Je suis désolée, monsieur, je ne le sais pas, je ne suis que la secrétaire ici, pas un membre de la famille, et comme mademoiselle Iris est maintenant installée à Ottawa...

— À Ottawa ? Où ça ? Vous avez une adresse ?

— En aurais-je une que je ne vous la donnerais pas, monsieur, ces renseignements sont d'ordre confidentiel.

— Je pourrais peut-être parler au docteur ? insista-t-il.

— Si c'est pour un rendez-vous, c'est moi qui les prends... répondit Rose en soupirant d'impatience.

— Ah f... ! lança-t-il, avant de raccrocher brusquement.

Rose respira d'aise et dit à Iris qui tremblait à ses côtés :

— Je pense l'avoir découragé ! Il a dit un gros mot en anglais. Comme les *bums* ! Puis il a raccroché ! S'il se montre ici, on appelle la police ! Mais le fait que tu sois partie pour l'hiver et que tu habites à Ottawa va peut-être le rebuter. Tu sais, fouiller jusque-là... Puis, comme il en a bien d'autres... Malgré tout, pour un certain temps tu ne resteras pas seule, toi ! Avec moi ou avec maman ! Jusqu'à ce qu'il s'efface du portrait !

Iris acquiesça, elle n'avait pas le choix. Elle avait peur de Fausto à en frémir et, sans emploi, il lui fallait être prudente avec l'argent de la maison. C'est tout ce qu'il lui restait, additionné aux montants de ses meubles et de ses visons vendus au rabais. Elle n'avait gardé que sa cape en chat sauvage. De son côté, brimé, mais habitué à voir les femmes le fuir ainsi, Fausto se consola le soir même dans le lit de la petite blonde de la piste de danse à qui il offrit la bague destinée à Iris. Puis, d'une rencontre à une autre, il s'installa chez la nouvelle venue avec ses housses et sa boîte qui étaient restées dans son coffre d'auto depuis sa halte à la maison de la rue Papineau. Il emménagea donc chez la blondinette au nez retroussé avec, sans qu'elle le sache encore, son revolver et sa rudesse. Cinq mois plus tard, la blonde enfant lui redonnait sa bague et quelques autres bijoux avant de le mettre à la porte en hurlant de colère. Fausto quitta l'appartement pour ne pas ameuter l'immeuble et le quartier, mais la jeune femme, jetée par terre, sentait sa joue enfler alors que, péniblement, elle se relevait après son départ. La gifle suivie d'une paire de claques avait été si forte que la maîtresse de l'heure faillit s'étouffer avec une dent cassée. Iris ne revit jamais cet amant impétueux mais, ambitieuse d'argent, elle se départit des bijoux volés chez un regrattier de Toronto où elle s'était rendue dans ce seul but. À ses risques et périls ! En portant des verres fumés et en ne donnant aucun renseignement sur elle. Ce que l'homme, sans scrupule, n'exigea nullement. Il venait de conclure une saprée bonne affaire ! Pour lui ! Elle, enrichie de quelque quatre chiffres, se doutait bien qu'elle avait été flouée par le marchand aux yeux de rat. L'important, c'est qu'elle n'avait plus rien de Fausto en sa possession, pas même une photo. Et le parcours en train entre Montréal et Toronto avait été plus qu'agréable en plein automne. Les coloris des arbres lui rappelaient les fleurs du jardin de son père, le « docteur-horticulteur » qui avait cultivé pour la première fois, cette année, de bien jolies pensées d'un violet magnifique.

1964, ses espoirs, ses déveines… La douceur du printemps prenait la relève des froids secs, Narcisse retirait les sacs de jute de ses arbustes, et le gazon gelé suivait déjà la cadence du vent en grandissant. Les lilas bourgeonnaient lorsque Iris, dans un centre commercial avec Rose, apprit de la bouche d'un restaurateur que Fausto Rocco était mort à New York à la mi-février. Assassiné par les membres d'une bande rivale. Lui et un comparse devenus embarrassants pour les hauts gradés de la maffia américaine. On avait certes fait mention d'une fusillade au bulletin de nouvelles, mais qui donc y avait prêté attention ? Fausto Rocco était si peu connu qu'on n'avait même pas mentionné son nom. Ce n'était d'aucun intérêt pour personne. New York était si loin de Montréal… Les hommes s'intéressaient beaucoup plus aux projets de leur maire, Jean Drapeau, tandis que les femmes étaient encore rivées à leurs téléromans populaires comme *Filles d'Ève*, avec la belle Andrée Lachapelle, entre autres. Tante Esther, pour sa part, avait appelé sa sœur Marguerite pour lui annoncer que Donna Axum, de l'Arkansas, avait été élue Miss America. Ce qui ne lui avait fait ni chaud ni froid ! Lorsque le restaurateur avait dit à Iris que Fausto avait reçu une balle en plein front, elle avait détourné la tête et était partie sans dire au revoir à l'informateur, pourtant bien intentionné. De retour chez elle avec Rose, cette dernière la sentait légèrement troublée, mais ce fut de courte durée. Iris, poussant un soupir de soulagement, avait dit à son aînée :

— Je n'aurai plus à craindre de le croiser ! Je le voyais partout ! Je n'osais plus descendre en ville le soir… Dommage pour lui, mais pour moi et pour bien d'autres, c'est une délivrance, un bon débarras ! Son emprise était très forte sur les femmes…

Puis, s'allumant une cigarette, elle déclara, apaisée :

— Je vais bientôt partir d'ici, Rose. J'ai ma vie à refaire, je n'ai que trente et un ans…

— À refaire ? Avec qui cette fois ?

— Je n'en sais rien encore, je vais d'abord me trouver un emploi…

— Iris Des Oeillets ! Tu as déjà une idée derrière la tête, toi !

Tout en expirant la fumée de sa *Players Mild*, Iris souriait et regardait par la fenêtre. Comme si le beau médecin rencontré, alors qu'elle se rendait chez le tailleur avec son père, allait revenir l'enlever sur un cheval blanc à monture dorée.

Blaise avait invité Rose pour une soirée au cinéma. Hésitante, il l'avait convaincue en lui disant :

— Tu ne t'ennuieras pas, Rose, on dit que c'est un chef-d'oeuvre ! C'est *Germinal,* d'Yves Allégret, d'après le roman d'Émile Zola.

Pour ne pas paraître trop impressionnée, elle ajouta :

— Qui sont les acteurs de ce film, Blaise ?

— Bernard Blier et Simone Valère.

— Bon, elle, ce n'est pas ce qu'il y a de plus fort, mais Blier est un bon acteur. J'accepte, Blaise, c'est pour demain, je présume ?

— Non, dimanche soir, Rose, je travaille toute la fin de semaine… Et samedi soir, j'ai à remplir mes tablettes. Tout le monde tousse de ce temps-ci. Les derniers rhumes du printemps !

— Oui, je sais, ça entre avec des microbes à pleine porte, ici !

— Et moi, ce sont les sirops qui sortent de la sorte !

— Bon, ça ira, mais pas de restaurant après le film, je travaille tôt lundi matin, papa doit faire plus de consultations.

— Un petit café chez toi, peut-être ?

— Même pas ! Iris va être encore debout à cette heure-là !

— Raison de plus, je pourrai lui parler du film qu'on aura vu !

— Tu perdrais ton temps, Blaise, elle ne sait même pas qui est Zola !

Pour Narcisse Des Oeillets qui s'inquiétait de l'avenir d'Iris, sa préférée, quelque chose de pire allait survenir et il n'en savait rien encore. Un après-midi de fin d'automne, alors qu'il terminait son bureau, la cloche sonna et, comme Rose était partie à la caisse populaire, c'est lui qui répondit. Quelle ne fut pas sa surprise de se retrouver devant Violette qui, le sourire aux lèvres, lui demanda :

— Bonjour, papa ! Maman est là ?

— Où veux-tu qu'elle soit ? Elle ne sort jamais sauf pour aller chez toi. Dis donc, tu as bonne mine. Tu es toujours avec ce...

— Fabien, père, pas « ce » ! On ne parle pas d'un objet, mais de mon compagnon de vie.

— Il joue toujours de la flûte pour la gagner, sa vie ?

Voyant qu'il cherchait à être sarcastique à l'endroit de l'homme qu'elle aimait, elle lui répondit :

— Oui, toujours flûtiste, et l'orchestre part en tournée pour un mois jusqu'en France cette fois ! Ça vous en bouche un coin, non ?

— Pas un brin ! Parce que, après, il va végéter durant tout l'été, ton Fabien !

— Non, ils ont d'autres concerts de signés jusqu'à la fin de l'année. Et quand il y a relâche, je fais maintenant des fins de semaine au magasin. Ne vous en faites pas, on se débrouille fort bien, papa ! Vous devriez vous inquiéter davantage d'Iris que de moi !

— Ta soeur n'a rien à voir dans nos propos ! Et sache que je ne m'inquiète pas de toi ! Pas une miette, Violette ! Tu n'en fais qu'à ta tête de toute façon !

Au même moment, Marguerite faisait irruption dans le salon et Narcisse, l'apercevant, s'apprêta à regagner ses appartements lorsque Violette lui cria presque :

— Non, ne partez pas, papa ! J'ai une nouvelle à vous annoncer !

Intrigué, il revint sur ses pas, et Violette, les regardant tous les deux, lança :

— Vous allez être grands-parents ! Je suis enceinte de deux mois !

Narcisse avait pâli pendant que sa femme, réjouie au fond du coeur, garda un air sérieux en prenant un fauteuil :

— Tu as bien dit... enceinte, lança Narcisse ? Un enfant ? Ai-je bien compris, Violette ?

— Oui, papa, et Fabien et moi l'attendons pour la fin de mai prochain !

Sidéré, la mâchoire dure, il la pointa du doigt et lui cria :

— Tu es déshéritée ! Tu m'entends, Violette ? Déshéritée et reniée ! Tu as enfreint ta promesse... Tu avais juré !

— Je n'ai juré de rien, papa, j'étais trop jeune pour m'imposer à ce moment-là. Je n'ai que signé mon nom comme les autres sur un vulgaire papier sans valeur, nous étions tous mineurs. Mais là, à trente ans, je ne vais pas m'arrêter sur vos sornettes de fleurs et de patrimoine à préserver pour satisfaire votre égoïsme. Notre enfant portera le nom de son père, fille ou garçon, et n'aura pas à être affublé d'un prénom de fleur pour s'affirmer. Finies ces balivernes pour moi ! Et, en ce qui concerne votre argent, passez-le aux autres, donnez ma part à Iris qui n'en a jamais assez. Fabien et moi vivrons avec le nôtre. Nous allons même nous marier quand le moment viendra… Rien ne presse !

— Jamais il n'entrera ici, lui, ni votre bâtard de petit !

— Narcisse ! Pour l'amour de Dieu ! s'écria Marguerite.

— Je l'ai dit et je le répète, tu n'es plus ma fille, Violette !

— L'ai-je déjà été, papa ? Qu'avons-nous toutes été à part des « fleurs » dans votre coeur ? Même Jasmin doit protéger ses tiges ! Vous trouvez ça normal, vous, de faire traverser une vie d'enfer à vos enfants pour satisfaire votre égocentrisme ? Je me fous d'être déshéritée, reniée, chassée… ou tout ce que vous voulez ! Je ne remettrai plus les pieds ici ! Jamais ! Sauf pour venir chercher maman qui gagne son Ciel à vivre à vos côtés !

Rose, revenue et entrée sur la pointe des pieds, avait saisi les hauts cris de son père et les répliques cinglantes de sa soeur. Violette, l'apercevant, lui montra son ventre et lui lança :

— Vois, Rose, il est déjà rond, j'attends un bébé ! Je n'ai pas cédé à son chantage, moi ! Un enfant avant de ne plus être capable d'en avoir avec l'âge ! J'ai déchiqueté une « fleur » de son jardin, la violette qu'il va sans doute piétiner, mais c'est le dernier de mes soucis. Son héritage aussi ! Tu devrais en faire autant avec Blaise pendant qu'il en est encore temps ! Jamais je ne croirai que tu te retiens pour ne pas le contrarier ! Ce serait trop bête ! Tu ne vas pas passer le reste de ta vie ici à faire ses quatre volontés ! Déniaise, voyons !

Rose avait regardé son père. Sévèrement, cette fois. Se rendant compte qu'il risquait une riposte de son aînée, il préféra se retirer en claquant la porte. Voyant que Rose était restée figée, hébétée, encore sous le coup du choc, Violette s'empara du manteau et du béret de sa mère dans le placard de l'entrée et lui dit :

— Venez, maman, je vous ramène chez moi. J'ai des cigares au chou pour souper, Fabien en raffole. Venez vous joindre à nous. Ensemble tous les trois, nous allons fêter le bébé que je porte.

Madame Des Oeillets regarda Rose qui lui dit :

— Allez, maman, ça va vous faire du bien. Ici, vous le voyez bien, vous n'avez pas droit de parole. Laissez-le-moi, je m'occupe de son repas. Il mangera du pâté chinois réchauffé pour une fois, ce qui lui permettra de mieux vous apprécier.

Les deux femmes allaient sortir lorsque Rose clama à Violette :

— Félicitations pour ce grand bonheur ! Il sera beau comme un coeur !

Refermant la porte, elle aperçut son père qui, derrière l'horloge du couloir, l'épiait. La regardant avec froideur, il lui dit :

— Tu la complimentes ? Tu l'encourages ? Est-ce ça le respect que...

Il n'eut pas le temps de terminer sa phrase, Rose, le pas alerte, avait quitté le salon pour se rendre à ses chaudrons.

Le soir venu, anéanti, Narcisse Des Oeillets confiait à Iris la trahison de Violette, son reniement, et la part d'héritage qu'elle perdait. Assise sur le bras du fauteuil, elle lui caressait les cheveux en murmurant :

— Tant pis pour elle ! Elle l'aura cherché !

Heureux d'avoir un tel appui de sa « fleur » adorée, il lui dit :

— Si ça continue, c'est toi qui seras mon unique héritière. Rose semble approuver Violette et je sens que Jasmin ne suivra pas mes consignes.

Se rapprochant de lui, déposant un baiser sur son front, Iris lui murmura pour ne pas être entendue de Rose ou de quelqu'un d'autre :

— Ne vous en faites pas avec moi, papa. Personne ne viendra m'enlever votre nom. Et encore moins me faire un enfant ! Je suis une Des Oeillets à vie, moi !

Marguerite avait appris que sa soeur était souffrante, qu'elle se plaignait de maux au ventre et qu'elle allait entrer à l'hôpital pour des examens plus poussés. Gwen et son mari, touchés par la nouvelle, se rapprochèrent d'elle. Gwen lui demanda pardon et, dans sa réconciliation, déposa son fils sur ses genoux. Un bel enfant qu'Esther n'avait pas vu depuis longtemps. Mais, détachée de son rôle de grand-mère, portée davantage sur elle-même, la frivole Esther d'autrefois avait dit à sa fille :

— J'ai peur de mourir ! J'ai à peine cinquante-huit ans ! Le néant m'horrifie !

— Maman, voyons ! Ne parlez pas ainsi, c'est peut-être juste une appendicite, mais il faut faire vite…

— Je maigris, Gwen, ce qui n'est pas bon signe…

— Maman ! Toute maladie du genre peut faire maigrir. On ne mange pas quand on a mal au ventre.

Esther serra la main de sa fille et lui intima d'un ton épuisé :

— Appelle ta tante Marguerite et demande-lui si elle accepterait d'être à mon chevet à l'hôpital. Mal en point comme je le suis, il n'y a que ma petite soeur pour me garder confiante. Toi aussi, bien sûr, mais Marguerite et moi, ça fait si longtemps… Appelle-la, veux-tu ? Dis-lui que j'ai besoin d'elle.

Iris n'avait jamais été aussi belle que ce soir-là ! On aurait dit un mannequin sorti d'une vitrine ! À presque trente-deux ans ! L'âge où les femmes sont à leur apogée. La magnifique trentaine qu'aucune d'elles ne voudrait quitter. Comme Iris qui montait, tête haute, les premières marches de cette décennie ! Tout s'avérait splendide, facile, rempli d'espoir pour elle. Rose, la voyant aussi séduisante, se doutait bien que ce savant maquillage n'avait pas été appliqué pour rien. Et que la robe d'un vert olive qui rehaussait si bien ses cheveux roux avait été payée… par le paternel ! Comme Iris surveillait d'une fenêtre, Rose en profita pour faire le guet d'une autre. Une très belle voiture s'immobilisa, un homme superbe et souriant en sortit, mais Iris l'avait précédé en courant presque jusqu'à lui. Il lui ouvrit galamment la portière et Iris, prenant place sur la banquette de velours beige, fit en sorte que sa robe légère et ample sous son manteau détaché remonte jusqu'à la cuisse. Afin que le bellâtre voie plus que le mollet de la jolie femme qu'il courtisait. La voiture partie, Rose soupira et croisa le regard de son père qui, d'après son air jongleur, avait tout observé de sa chambre.

— Vous avez vu avec qui elle est partie, papa ?

— Ouais… je sais. Le docteur Bernard Bernache, connu dans le quartier. Celui qui soigne, de préférence, les jolies femmes. Nous l'avions rencontré lors d'une promenade, Iris et moi.

— C'est un divorcé, papa ! Il a une fille de dix ou onze ans qui vit avec sa mère ! Blaise me l'a dit, c'est lui qui remplit ses ordonnances.

— Ça, je ne le savais pas, mais je fais confiance à Iris. Elle ne trahira pas sa promesse pour autant. Elle m'a juré qu'elle n'aurait jamais d'enfants !

— Facile à dire…

Mais Rose se retint. Elle avait promis à sa soeur de ne rien révéler de sa condition. Pour se soustraire à l'aveu qu'elle avait failli déclencher, elle bifurqua du sujet pour dire à son père :

— Bah ! En autant qu'elle soit heureuse ! Après tout, un médecin, c'est mieux qu'un… Bon, je me comprends ! Iris se tire toujours d'affaire !

Ce qui rassura Narcisse qui s'était inquiété, un moment, de l'avenir de « sa préférée » dans les bras d'un médecin… divorcé ! En autant que ce dernier ne profite pas des occasions, pensa-t-il. Comme ce fut le cas pour lui au temps de Bella Maheu et des autres. Rose profita de cette accalmie pour ouvrir le téléviseur et regarder un film historique avec Viviane Romance. Ressassant dans sa tête sa relation platonique avec Blaise, elle soupirait de lassitude. Quelques baisers sur le front, sans plus, depuis toutes ces années. Sans s'avancer ni se prononcer, lui, libre ; elle également. On aurait pu jurer qu'il n'avait besoin que d'une amie, que d'une confidente… Blaise Bérubé qui, depuis tant de saisons, noué avec elle dans un fragile lien, ne lui faisait miroiter… rien !

Chapitre 10

Esther, sortie de l'hôpital après y avoir subi de sérieux examens, était rentrée chez elle, faible, mais en compagnie de Marguerite qui la soutenait de son bras et de son affection. Gwen, sa fille bien-aimée, les avait déposées à la porte sans prendre la peine d'entrer. Elle s'était aperçue que sa mère, malgré leur réconciliation, n'était plus la même avec elle. Aimante mais distante. Tout comme avec son gendre et sans grande tendresse pour son petit-fils. Ce dernier, instinctivement, comme tous les enfants ignorés, ne s'approchait plus d'elle. Comme s'il avait compris que sa grand-mère n'était pas portée sur les enfants. Encore moins sur un petit gars, elle qui avait élevé une fille avec des poupées, des dentelles et des petits ensembles de vaisselle. Lors de son séjour à l'hôpital, c'était Marguerite qu'elle réclamait. La seule à la comprendre, disait-elle. Sa petite soeur à qui elle parlait encore de la nouvelle Miss America et de l'acteur Tony Curtis qu'elle trouvait bel homme. Même malade, gravement malade, Esther ne se nourrissait que de futilités. À la télévision, elle ne regardait que les *quiz* où l'on gagnait des prix, ainsi que les émissions de variétés où l'on invitait des chanteuses françaises comme Annie Cordy. Elle s'attardait certes aux vedettes montantes d'ici mais, selon elle, les chanteurs de la vague actuelle étaient bien peu doués à côté d'un Dick Haymes des belles années.

Comme elles s'étaient vite écoulées les années qui avaient précédé les plus récents malheurs de la famille! Le pape Jean XXIII était mort l'année précédente, soit en 1963, le président Kennedy, assassiné et enterré la même année et, un an plus tôt, Gregory Peck remportait l'Oscar du meilleur acteur aux Academy Awards. Celle qui se terminait, 1964, allait laisser derrière elle le pauvre Nelson Mandela condamné à la prison à vie en Afrique du Sud, alors que Jean-Paul Sartre remportait et refusait le prix Nobel de la littérature. Aux États-Unis, on avait invité les Beatles au *Ed Sullivan Show*. Un groupe qui laissait froide la tante Esther qui leur avait préféré les Four Aces dix ans auparavant. On avait fêté Pâques chez les Des Oeillets. Le jambon avait été plus petit, les dévotions moins nombreuses. Seule Marguerite avait observé le carême pour ensuite aller se confesser le jeudi de la Semaine sainte. Noël n'avait guère été plus joyeux avec Esther qui, malade, avait demandé à sa soeur de veiller seule avec elle. Iris était en voyage avec le docteur Bernache, Jasmin réveillonnait chez son amie, Gabrielle Gince, alors que Violette et Fabien, interdits d'accès chez le paternel, avaient passé le temps des Fêtes en regardant la télévision tout en attendant l'heureux événement. Rose, seule avec son père peu pratiquant, s'était rendue à la messe de minuit pour y entendre les chants traditionnels. Rien d'autre pour le docteur ! Blaise n'avait pu les accompagner, un vilain rhume le retenait sous ses couvertures.

La froidure sévissait, l'hiver allait être long et la pauvre Esther dépérissait. Son mal, dont elle connaissait maintenant le nom, s'aggravait. Elle devenait de plus en plus maigre, elle qui avait été si bien portante. Lorsque Marguerite tentait de la convaincre d'aller en radiation, elle répondait :

— Qu'est-ce que ça va changer ? Ça n'a jamais sauvé personne. Ils vont me tuer plus vite avec ces traitements-là et j'ai peur de la mort ! C'est loin, c'est noir et on n'en revient jamais. On laisse tout derrière soi et, pire encore, on nous enfouit sous terre ! Comme si mourir n'était pas déjà un supplice...

— Esther, si au moins tu étais plus croyante...

— Allons, petite soeur, papa est-il seulement revenu nous dire ce qui se passait ? Et maman ? J'ai bien peur qu'après la vie ce soit exactement comme avant. Le néant ! Sans exister nulle part... Juste flotter... Ou la grande noirceur.

Marguerite tenta de changer de sujet, mais Esther, déprimée ce jour-là, avait ajouté :

— Fallait que ce sale cancer des ovaires s'abatte sur moi ! Qu'ai-je donc fait de mal pour mériter ça ? J'ai toujours été dévouée...

— Esther, cesse de parler de la sorte, rien n'est encore perdu !

— Tu es bien bonne de m'encourager, mais dans un tel combat, je sens que ce n'est pas moi qui serai la plus forte. Il est féroce comme un lion, ce mal-là ! Et c'est pas avec des pilules que je vais le renverser, l'animal !

Un mois plus tard, alors que l'aînée faiblissait davantage, sa petite soeur faisait tout en son pouvoir pour la distraire :

— Tu sais qui a gagné le concours Miss America ? C'est Vanda Kay Van Dyke, j'ai écrit son nom. La candidate de l'Arizona, je crois…

Regardant le mur, Esther lui avait répondu :

— Tant mieux pour elle !

— Le film *My Fair Lady* a remporté l'Oscar de l'année.

— Que veux-tu que ça me fasse, Marguerite, je ne l'ai pas vu ! Je vois que tu fais ton possible pour me remonter le moral, mais ces insignifiances ne m'intéressent plus.

— Que puis-je faire alors ?

— Rien ! Juste rester là et me regarder partir.

Narcisse ne se plaignait pas des absences prolongées de sa femme, il avait la maison à lui avec Rose pour s'en occuper. Comme cette dernière peignait dans ses moments libres, elle n'était guère dérangeante. Elle prenait ses appels, lui préparait ses repas, mais ça ne semblait pas suffisant pour le paternel. Lui désignant le panier d'osier, il lui avait dit : « Faudrait laver, Rose, je n'ai plus de sous-vêtements ! » Sa mère étant souvent chez Esther, elle se rendit compte assez vite qu'elle devenait, « par intérim », la servante de son père. Non plus l'une de ses « fleurs » ! Et ce rôle lui fit soudainement peur. S'il fallait que sa mère parte avant lui ? « Mon Dieu, quelle horreur ! » songea-t-elle. Il ne resterait plus qu'elle pour prendre soin du père vieillissant. Voilà pourquoi il était parfois plus gentil avec elle, allant jusqu'à lui payer trois toiles vierges par mois pour son chevalet. Rusé, le docteur Des Oeillets tenait à s'assurer d'une relève, si jamais Marguerite disparaissait avant lui ! Ce qui était plus que possible avec la frêle résistance de sa femme. Son père et sa mère, puis sa soeur qui s'en allait… On n'était pas fait fort dans cette famille. Rose, désespérée à cette idée, souhaitait que Blaise puisse s'avancer, lui offrir de l'épouser, même si elle ne l'aimait pas. Ou encore, d'aller vivre avec lui, même si c'était mal vu ! Iris le faisait bien, elle ? Et Violette donc ! Avec un bébé dans le ventre en plus ! Rose se devait d'envisager toute possibilité avant d'être prise au piège et d'en arriver un jour à être l'esclave de son père qu'elle ne pouvait supporter. Malgré les bonnes intentions passagères de ce dernier… Quitte à être déshéritée à son tour si… Ça viendrait sûrement, de toute façon. Narcisse n'avait qu'une héritière en tête, sa préférée ! Et comme Blaise Bérubé était fort à l'aise, il pourrait prendre soin d'elle. Si seulement la Vierge pouvait lui souffler à l'oreille qu'elle n'attendait qu'un mot pour accepter… Parce que, fière et orgueilleuse, jamais Rose Des Oeillets n'aurait fait les premiers pas. Même s'il devenait de plus en plus urgent qu'elle sorte de cette maison ! Parce que son père, la sentant sans doute soucieuse, venait de lui offrir deux autres toiles, quatre pinceaux et une nouvelle palette d'artiste !

Esther, allongée sur son lit, n'était plus que l'ombre d'elle-même. Elle, si belle, si voluptueuse jadis, n'était, hélas, qu'une moribonde avec des cheveux blancs en repousse sous sa teinture blonde. Gwen venait la visiter avec son mari, mais le petit-fils restait à la maison avec sa gardienne. Parce que sa grand-mère ne le réclamait pas. Un soir, alors qu'elle souffrait plus que de coutume, le docteur qui la soignait augmenta la dose de son calmant. Marguerite, le voyant faire, lui demanda :

— Ça ne va pas l'achever, une quantité comme ça ?

Pondéré, la prenant à part, il lui avait répondu :

— Elle souffre terriblement, madame. On ne laisse même pas un chien agoniser de la sorte. Votre soeur va partir, ses jours sont comptés. Laissez-moi au moins la soulager.

Marguerite se tut, mais une larme s'échappa de sa paupière. Du couloir, elle voyait Esther grimacer dans son lit pour ensuite s'apaiser sous l'effet du médicament. Seule avec elle après le départ du médecin, désemparée, elle avait téléphoné à Rose pour lui dire :

— Ta tante s'en va lentement. Ce n'est qu'une question de temps.

— Gwen n'est pas avec vous, maman ?

— Non, elle est chez elle. Elle est venue avec son mari, mais sa visite a été de courte durée. Elle appelle assez souvent cependant…

— Elle va donc vous laisser lui fermer les yeux ? Seule avec elle ? C'est sa mère, pourtant ! Ce serait à elle et non à vous d'accomplir ce geste !

— Oui, je sais, Rose, mais faut dire qu'Esther ne la réclame guère. Quand elle ouvre les yeux et qu'elle me voit, elle me dit : « J'avais peur que tu ne sois plus là. Tu restes auprès de moi, n'est-ce pas ? » Puis, je sens qu'elle tente de sa main décharnée de serrer la mienne en guise de tendresse… Ma pauvre soeur ! Si tu la voyais…

— Non, je ne veux pas, je n'irai pas, c'est trop pour moi. J'ai bien assez du père qui ne me laisse pas d'une semelle !

Et je me demande laquelle est la plus à plaindre, maman, vous ou moi ?

Le mois de mars allait céder sa place à avril et Esther, quasi squelettique dans son lit, ne se levait plus. Dormant presque sans cesse avec des doses de plus en plus fortes, il lui arrivait d'ouvrir les yeux pour demander :

— Tu es là, Margot ? Tu restes près de moi ?

Elle l'avait appelée Margot ! Comme lorsqu'elles étaient jeunes toutes les deux. Avant que Narcisse s'emporte pour ne plus entendre le diminutif. Esther était loin en arrière dans ses pensées. Comme si le berceau de son enfance allait l'accueillir de nouveau. Elle parlait à son père, à sa mère, parfois à son défunt mari... Mais ça s'arrêtait là, Jude Juneau ne refaisait pas surface dans sa mémoire ancienne. Pas plus que sa fille, Gwen, qu'elle n'avait pas désirée jeune mariée. Que ceux et celles que, d'elle-même, elle avait affectionnés ! Margot incluse ! Sa petite soeur qui lui tenait la main en l'étreignant de temps en temps sur son coeur :

— Ça va, Esther ? Tu te sens bien ? Ça va mieux avec les calmants ?

— Oui, mais je dors sans cesse avec ça... On ne jase plus, je te vois à peine...

— Aucune importance, je suis là, je te soutiens... Si tu savais comme je t'aime, ma grande soeur ! Je me demande encore ce que j'aurais fait sans toi. Tu m'as si souvent sauvée des méchancetés de Narcisse. Je l'ai épousé à ta place et c'est comme si tu avais décidé de m'en protéger par la suite.

— Oui, dès que j'ai su que tu n'étais pas heureuse, Marguerite. C'est un vilain, ce Des Oeillets, c'est une « fleur » qu'il voulait, pas une femme. Si seulement je m'en étais aperçue avant... Il a fait de même avec tes enfants, il en a fait un jardin pour les garder emprisonnés. Même Iris qui a tenté de le déjouer... Et tu ne peux rien faire...

— Arrête, ne parle plus, change de sujet, Esther, ça m'arrache le coeur de te voir faire de tels efforts. J'aurais dû être plus forte, l'affronter... Mais passons, tu as si peu de souffle...

— Tu es trop frêle, trop petite, Marguerite. Il t'a piétinée bien vite, il avait le dessus sur toi, tu étais sa «fleur» la plus fragile... Ah! si seulement papa avait empêché ce mariage!

— Ne lui reproche rien, c'est moi qui ai choisi de l'épouser. Sans lui, je ne me serais jamais mariée. Aucun autre homme ne m'aurait demandée.

— Qu'en sais-tu? Tu étais encore si jeune... Et si mignonne, Margot. Timide mais agréable. Violette te ressemble et elle a trouvé... Ouche! j'ai mal, j'ai peine à m'étirer la jambe. Donne-moi vite un autre calmant, je sens le monstre se réveiller en moi. Fais vite, Marguerite, avant qu'il ne m'attaque plus sauvagement!

Le visage ruisselant de larmes, Marguerite lui glissa d'une main tremblante l'avant-dernier cachet qu'elle avait jusqu'à ce que le médecin vienne la voir et lui en remettre d'autres. Se tordant de douleur, serrant la main de sa soeur tout en s'agrippant au drap de l'autre, Esther ressentit peu à peu les effets du comprimé qu'elle avait laissé fondre sous sa langue, incapable de l'avaler. Plus détendue, paisible même, fermant les yeux en gardant la main de sa soeurette dans la sienne, la pauvre femme s'assoupit, soupira légèrement et ne se réveilla plus. Le constatant, se dégageant de sa poigne, Marguerite recula de quelques pas et, la main sur la bouche, elle s'essuyait les yeux avec la manche de sa robe. Regardant Esther, s'assurant qu'elle était partie, elle lui croisa les mains l'une dans l'autre comme on allait le faire dans son cercueil et téléphona à sa nièce. D'une voix tremblante, elle lui révéla à travers ses hoquets :

— Ta mère nous a quittés, Gwen, elle ne souffre plus...

Au même moment, le médecin se pointait pour sa visite et, voyant Esther inanimée, blanche comme un suaire et déjà tiède, il dit à Marguerite qui tenait encore le combiné dans une main avec sa nièce au bout du fil :

— Cela vaut mieux ainsi. Le mal l'aurait rongée jusqu'aux os. Quelle pénible agonie. Dieu ait son âme !

L'église était bondée le jour des funérailles de madame veuve Albin Babin, née Esther Fougère. Gwen, vêtue de noir, le voile sur la figure, sanglotait de temps à autre sur l'épaule de son mari. La plus triste était Marguerite qui, en perdant sa soeur aînée, voyait son seul soutien moral s'envoler. À qui allait-elle confier ses peines désormais ? Ses filles, sauf Violette, n'étaient guère à l'écoute de ses doléances, et comme la « déshéritée » attendait la venue d'un bébé... Elle allait donc continuer à implorer, du haut du Ciel, son père, sa mère et maintenant Esther, quand elle aurait à subir les humiliations de son exécrable mari. En espérant que, de l'au-delà, l'aînée, trop tôt partie, soit encore le bouclier de sa petite soeur qu'elle venait d'abandonner sur Terre. Toute la famille s'était déplacée pour le service d'Esther, incluant Violette et Fabien que le docteur Des

Oeillets ignora complètement. Après l'éloge funèbre, on se dirigea vers le cimetière où l'on allait garder la dépouille dans un caveau jusqu'à ce que la terre dégèle et qu'on puisse l'enterrer avec ses parents dans le lot des Fougère. Esther, dans ses dernières volontés, avait exigé d'être inhumée avec les siens et non avec Albin qu'elle avait plus ou moins aimé. Ce qui avait déplu à Gwen. Après tout, sans l'avoir vraiment connu, Albin Babin était son père et elle acceptait mal le fait de le voir pourrir seul dans un autre coin du cimetière, sans celle qu'il avait aimée pour partager... son éternité. Ce qui avait incité Gwen à changer son testament et à demander d'être enterrée avec lui si jamais elle décédait avant son mari. Parce qu'il avait été un brave homme, selon tante Marguerite... Et qu'il l'avait choyée quand elle était petite, selon des « langues » bien intentionnées de la parenté. Après la brève cérémonie et le cercueil aspergé d'encens par le curé près du caveau, les gens s'apprêtaient à se disperser lorsque Marguerite, s'approchant de sa nièce, lui demanda :

— Puis-je faire quelque chose pour toi, ma petite fille ?

— Non, ma tante, ça va aller, je vais m'en remettre toute seule.

Sur un ton insensible qui avait étonné la sœur de la défunte.

Gwen hérita des quelques biens que possédait sa mère, de son compte en banque peu ronflant et, avec la complicité de son mari, vendit ce qu'elle possédait pour le suivre en Saskatchewan où il avait reçu une généreuse offre en notariat par une étude bien implantée dans cette province de l'Ouest.

Se dissociant de la famille, elle n'avait averti que sa tante de son départ, mais brièvement :

— Tu ne viendras pas nous voir avant de partir, Gwen ? Tes cousines aiment bien le petit.

— Si j'en ai la chance, ma tante. Je vous téléphonerai avant.

Mais la fille d'Esther n'en fit rien et coupa sec le lien sanguin qui l'unissait aux Des Oeillets. Sans téléphoner, sans même un au revoir, elle avait quitté le Québec pour la Saskatchewan avec son mari et leur enfant. Sans même laisser une adresse à sa tante ni à ses cousines. Ce qui avait fait dire à Rose :

— Une belle sans-coeur que celle-là, maman ! On l'a désennuyée depuis qu'elle est petite, on est allées à son mariage, on a tout fait pour être près d'elle et la voilà qui disparaît sans laisser d'adresse.

— Voyons, Rose, tu sais bien qu'elle va le faire, rétorqua sa mère. Laisse-la au moins s'installer… Elle va ensuite nous écrire ou téléphoner.

Mais Gwen Babin, fille de feu Albin et de feue Esther, ne donna plus de ses nouvelles à qui que ce soit. Ni à sa tante Marguerite ni à Rose dont elle avait été très près. Sans même songer qu'elle avait pu les chagriner. Voyant que la carte de Pâques n'était pas venue, Rose s'était écriée :

— Maudite ingrate ! Après tout ce qu'on a fait pour elle ! Bien ! Qu'elle aille au diable ! Si elle est plus heureuse avec les Anglais de l'autre province, qu'ils la gardent avec eux ! Sa mère doit lui en vouloir de l'autre bord !

Comme d'habitude, Marguerite n'avait pas osé se prononcer. Silencieuse, elle avait quitté le salon en se promettant d'allumer des lampions à sa soeur pour que sa nièce leur revienne. En vain ! Les Des Oeillets n'eurent plus de nouvelles de Gwen, fille d'Esther, leur unique cousine du côté de leur mère. Jamais ! Sans même savoir pourquoi !

Violette et Fabien, de leur côté, n'avaient pas mal réagi lorsque Narcisse avait détourné la tête en les voyant apparaître lors des obsèques de la tante Esther. Lui, surtout, qui détestait le docteur Des Oeillets et qui lui tournait le dos dès qu'il le pouvait. Il se foutait éperdument de ce père dénaturé. D'autant plus que Violette était déjà déshéritée, reniée et désavouée. Tout ce qui lui importait, c'était l'enfant quelle portait. Un futur flûtiste, espérait-il ou, si c'était une fille, une pianiste de concert ! Il n'avait que cela en tête. La musique de grand orchestre, quoi ! Avec son enfant pour prendre la relève ! Marguerite avait repris son rôle auprès de sa fille qui, dans ses derniers milles de grossesse, avait de «la misère» à se pencher pour enfiler ses chaussures, tellement son ventre lui coupait le souffle. Mais sa mère l'encourageait en lui disant que c'était normal, qu'elle n'avait pas à s'en faire, que toutes les grossesses donnaient du fil à retordre d'une façon ou d'une autre. Elle lui citait en exemple sa tante Esther qui en avait « arraché », sans toutefois lui rappeler qu'elle-même avait accouché comme une chatte ou presque sauf pour Jasmin. À chaque fois ! Elles avaient beau se ressembler physiquement, Violette n'était pas tout à fait « la réplique » de sa mère, comme le prétendait son père. Du moins, pas en… procréation !

Rose dormait comme une bûche lorsque le téléphone sonna en pleine nuit et qu'elle se leva péniblement pour répondre. Sa mère, également réveillée, se dirigeait elle aussi vers le couloir lorsque l'aînée répondit :

— Oui, allô ?

— Je parle à Rose ?

— Oui, qui est au bout du fil ?

— Fabien, le… l'ami de Violette.

— Qu'y a-t-il ? Que puis-je faire pour toi ?

— Rien pour moi, Rose, mais pour ta soeur…

— Qu'est-ce qu'elle a ? Où est-elle ?

— À l'hôpital… Elle a perdu l'enfant qu'elle portait.

— Oh ! mon Dieu ! Quel malheur ! Et…

Mais avant qu'elle poursuive, sa pauvre mère, qui lui tirait la manche de sa jaquette, lui cria :

— Qu'est-ce qu'il y a, Rose ? C'est Violette, hein ? Qu'est-il arrivé à ma petite fille ?

Rose fit attendre Fabien et, prenant sa mère par les épaules, elle lui indiqua une chaise en lui disant :

— Prenez ce siège, maman, ne vous énervez pas. Violette… Violette a perdu son bébé. Comme vous, maman, avec votre dernier…

La tête entre les mains, Marguerite sanglotait :

— Pauvre petite, elle le désirait tant. Mais elle… Comment se porte-t-elle ?

Rose reprit le combiné et demanda :

— Comment va-t-elle, Fabien ? Sa santé n'est pas en danger ?

— Non, physiquement, ça va, mais moralement… Elle est complètement démolie, Rose. Elle a un urgent besoin de quelqu'un, sa mère ou toi. Moi, je ne sais plus quoi faire, elle ne veut pas me voir et pleure sans cesse... C'était une fille, elle l'aimait déjà tellement, moi aussi...

— Écoute, je m'habille et j'arrive ! Le temps d'appeler un taxi...

Elle raccrocha, et sa mère, la regardant, lui dit :

— J'y vais avec toi, Rose ! Elle aura besoin de mon réconfort...

Sur ces mots, Narcisse s'était levé et, les apercevant aussi agitées, leur demanda :

— Qu'est-ce qui se passe ? Pourquoi tout ce vacarme ?

— Violette a perdu son bébé ! lui cria Marguerite.

Impassible, regardant ailleurs, il questionna :

— On a sauvé la mère ?

— Oui, mais elle a besoin de nous ! Rose et moi allons nous rendre...

— En pleine nuit ?

— Oui, papa ! C'est maintenant qu'elle a besoin d'avoir quelqu'un à ses côtés, pas demain ! Elle est désespérée !

— Il n'est pas là avec elle, lui ?

— Bien sûr, mais c'est de sa famille qu'elle a besoin présentement. De sa mère surtout pour la réconforter dans ses bras !

— Alors, allez-y, elle sera bien entourée.

— Vous pourriez peut-être nous y conduire ?

— Non, je vous ai entendues parler de taxi, prenez-le toutes les deux, moi après une dure journée... Désolé, mais je retourne me coucher.

Madame Des Oeillets et sa fille s'habillèrent à toute vitesse, appelèrent un taxi qui arriva en trombe et les deux femmes, nerveuses, angoissées, empruntèrent le chemin de l'hôpital alors que Narcisse, allongé dans son lit, ronflant bruyamment, avait vite retrouvé le sommeil interrompu. Sans la moindre émotion et aucune compassion pour sa troisième «fleur», d'abord cultivée et protégée, puis abruptement châtiée, pour l'avoir bravé avec un flûtiste qui l'avait souillée.

Rose et sa mère franchirent la porte d'entrée de l'hôpital où les attendait Fabien. Leur indiquant le numéro de la chambre au second étage, il refusa de les suivre, préférant les attendre sur un banc de l'accueil. Elles montèrent et, rendues à la porte de la chambre privée dans laquelle on l'avait transférée, elles se butèrent à une infirmière qui leur dit :

— Elle vient à peine de s'assoupir. Laissez-la dormir un peu, elle a tellement pleuré.

Marguerite et sa fille repérèrent des chaises de bois dans le couloir et allèrent s'y asseoir pour reprendre leur souffle, se calmer et attendre que la «presque maman» en deuil, durement éprouvée, se réveille. Quarante-cinq minutes plus tard, l'infirmière les avisa qu'elles pouvaient entrer, que la patiente était sortie de son sommeil. Apercevant sa mère, Violette fondit en larmes et Marguerite, s'approchant du lit, la souleva pour la prendre dans ses bras et la consoler :

— Ça va aller, ma petite fille, j'en ai perdu un moi aussi, je sais ce que tu vis…

Entre ses sanglots, sa fille lui répondit :

— Mais vous en aviez d'autres, maman! Moi, c'était le premier… Une petite fille que j'aurais choyée comme vous l'avez fait avec moi.

Rose s'approcha, voulut lui prendre la main, mais Violette s'en dégagea, encerclant le cou de sa mère de ses deux mains.

— Sois courageuse, ma petite fille… Ton Fabien est à l'envers, ne lui rends pas la tâche plus pénible. Il est triste lui aussi…

— Sans doute, mais c'est moi qui le portais, ce bébé-là, pas lui ! J'étais presque rendue à terme, maman, et la petite était morte dans mon ventre sans que je m'en rende compte. Elle bougeait si peu, elle était si sage… J'ai souhaité mourir avec elle quand on m'a dit qu'elle n'était plus en vie. Oh ! maman ! Quelle épreuve !

— Une épreuve aussi pour l'homme que tu aimes, Violette, lui murmura Rose. Ne t'en prends pas à lui, Fabien n'y est pour rien, il le voulait, cet enfant-là, lui aussi…

— Je sais, je sais… Et je n'ai pas été capable de le lui donner ! Vous vous souvenez, maman ? Papa était très mécontent quand vous avez perdu le dernier.

— Ne compare pas Fabien à ton père, Violette ! C'est le jour et la nuit !

— C'est vrai, mais je me demande s'il m'aime encore. Vous voyez ? Il n'est même pas là, maman ! Il est rentré pour aller dormir sur ses deux oreilles !

— Non, il est en bas sur un banc de bois ! lui cria Rose. Il nous a laissé la place sachant que tu pleurerais dans les bras de ta mère. Et c'est toi qui refuses de le voir comme s'il était responsable de quoi que ce soit… Tu as perdu ton enfant, Violette ! Ne fais pas en sorte de perdre maintenant celui qui t'aime ! lui clama l'aînée pour la secouer quelque peu.

Violette, encore sous le choc, ne répondit pas. Elle s'apaisa peu à peu tout en affichant un regard étrange qui inquiéta sa mère. Un regard dans le vide comme celui de Narcisse quand il perdait la tête. Marguerite, mal à l'aise, la sortit de sa torpeur en lui disant :

— L'important, c'est que tu te rétablisses, ma petite fille. Nous allons descendre et laisser Fabien remonter. C'est de lui que tu as besoin maintenant. C'est à deux qu'on fait le deuil d'un enfant, Violette. Pas seule comme j'ai eu à le faire... Et ensemble, priez le bon Dieu pour qu'il vous en donne un autre quand tu seras sur pied. Ne reproche surtout rien au Seigneur, il pourrait te punir et te laisser longtemps dans l'attente. Prie sa sainte Mère, Violette. Tu verras, elle va exaucer tes prières. Elle m'a tellement aidée au cours de ma vie, la Vierge Marie.

1966 et Jasmin Des Oeillets, qui allait avoir trente ans, avait annoncé un soir à ses parents :

— Papa, maman, je me marie ! En septembre probablement, Gabrielle cherche une date sur le calendrier. Il est temps que je fasse le saut, vous ne trouvez pas ? À mon âge, encore chez mes parents...

— Tu ne dérangeais pas, lui répondit Narcisse.

— La maison va être grande... avait murmuré sa mère.

Mais ils étaient heureux du choix de leur fils, Gabrielle Gince était une jeune femme distinguée. De deux ans plus jeune que Jasmin, elle travaillait avec lui depuis quelques années au laboratoire de recherche. Ils avaient été des collègues avant de s'apprivoiser et de se fréquenter sérieusement. Jasmin l'invitait rarement à la maison, mais madame Des Oeillets s'y était attachée dès la première rencontre. Une fille sur mesure pour leur fils introverti qui, sur les instances de sa mère, avait fini par présenter sa future à toute la famille. Ils allaient se marier sans préalablement se fiancer comme c'était la coutume. Une seule fête suffisait largement à ce «chercheur de microbes» timide et distant avec les gens. Son entregent se limitait à ses parents, à ses soeurs et à celle qu'il avait enfin choisie. Rose s'en était vite rapprochée, Gabrielle aimait ses tableaux, elle lui en avait même acheté deux pour mettre dans son trousseau. Iris avait été gentille, voire charmante avec elle, mais elle avait trouvé le moyen de dire à Rose, en catimini :

— Instruite, mais pas très jolie, la future belle-soeur. Elle fait maîtresse d'école avec ses lunettes rondes et son chignon. Faut dire que Jasmin n'a rien d'un acteur !

Rose, choquée, lui avait répondu :

— Tu sais, juste la beauté… Prends ton exemple, Iris, ça ne t'a pas menée loin !

— Tu oublies que je partage ma vie avec un médecin, pas n'importe qui !

— Oui, on le sait, on l'a tous rencontré ! Un divorcé ! Si sa première femme s'en est débarrassée, c'est pas bon signe, Iris. On ne bâtit pas grand-chose de solide sur les ruines d'une autre !

Mais Iris se foutait bien des conditions dans lesquelles elle vivait. Même si Bernard devait parfois la laisser seule pour s'occuper de sa fille unique. Que lui importait donc que la petite ne veuille pas la rencontrer ? De son côté, elle avait horreur des enfants ! Or, laissée seule quand Bernard se rendait chez son ex-femme pour prendre sa fille et l'emmener pour un petit week-end quelque part, Iris allait magasiner et ne se refusait rien avec la carte de crédit que le docteur Bernache lui avait autorisée. Des robes de grande qualité, des souliers dans les trois chiffres, des chapeaux... Il n'y avait que des bijoux qu'elle ne s'achetait pas, car son amant n'avait de cesse de revenir avec des écrins de velours de chez Birks ou Mappins. Et comme elle raffolait des bagues en or serties de pierres précieuses, elle en avait de toutes les couleurs cordées sur un doigt de satin sur sa commode. Iris, en voie d'atteindre ses trente-quatre ans, était dans la plus belle phase de son apparence. Femme à souhait, pulpeuse, aguichante, vêtue dernier cri des salons de défilés de mode, elle avait aussi garni ses tiroirs de lingerie fine... et sensuelle ! Pour que Bernard ne voie qu'elle ! Pour qu'il n'en regarde jamais une autre ! Pour qu'il l'aime sans cesse comme au premier jour ! Au creux du lit de bronze de leur spacieuse chambre, elle le comblait comme elle ne l'avait jamais fait avec les autres ! Audacieuse, quasi indécente, elle faisait tout en sorte pour satisfaire les fantasmes de Bernard, souvent hors de l'ordinaire. Le docteur, aussi beau était-il, aussi professionnel revêtu d'un sarrau, devenait une bête de sexe quand il n'avait plus que sa peau sur le dos. Et les superbes courbes de sa maîtresse le rendaient hors de lui lorsque allumé, brûlant de fièvre, il devait alléger sa forte libido. Iris se pliait de bonne grâce. À tout ! Parce qu'elle savait qu'il était très charnel et que son admirable corps de femme était sa plus belle arme... pour ne pas le perdre !

Le 17 septembre 1966, Jasmin Des Oeillets, de noir vêtu avec chemise blanche et noeud papillon gris, faisait son entrée à l'église de la paroisse de sa future épouse, escorté de son père qui, le menton en l'air, affichait la condescendance du médecin parvenu qu'il était devenu. Quelques minutes plus tard, au son de la *Marche nuptiale* entamée par l'organiste, la mariée, toute de blanc vêtue, voile sur les yeux, mains sous son bouquet, tenait le bras de son père. Assez jolie, ce matin-là, celle qu'Iris ne trouvait pas belle ; avec sa coiffure floue, bien maquillée et sans lunettes rondes sur le nez. Dans la première rangée des invités du marié : Marguerite, vêtue d'une robe d'un vert feuillage et d'un petit chapeau appareillé, tenait d'une main son petit sac brodé noir, en ajustant de l'autre le bouquet de corsage que Rose lui avait épinglé. Mais son mouchoir n'était pas loin, elle avait la larme facile, madame Des Oeillets. L'émotion était forte, c'était son benjamin qui la quittait. Pourtant, Narcisse lui avait dit avant d'entrer dans le lieu sacré : « Ne t'avise pas de pleurer, ça fait commun ! Les gens dignes restent posés et gardent la tête haute ! » Mais son coeur de mère avait fait fi des consignes de son mari. Rose avait porté ce qu'elle avait de plus élégant. Un deux-pièces beige, le chemisier qu'Iris lui avait offert, ses souliers lacés bruns, des gants de même teinte et un rang de perles au cou. Pas de boucles d'oreilles, elle détestait avoir à les visser. Coiffure maison, elle avait réussi sa mise en plis, mais personne n'y prêta attention. Blaise, à ses côtés, complet marine, bâillait déjà à l'idée que la cérémonie serait longue. Mais les convives des deux côtés n'avaient d'yeux que pour Iris lorsqu'elle arriva, légèrement en retard pour être remarquée, au bras du séduisant docteur Bernache que toutes les femmes présentes suivaient du regard. Elle, étole de vison ambre, robe de satin noir avec de multiples colliers et chaînettes en or qui descendaient jusqu'à la taille, avait laissé tomber ses cheveux roux jusqu'aux épaules. Longs pendants d'oreilles, multiples bagues, savamment maquillée, gourmette à breloques au poignet, souliers satinés à talons aiguilles, on aurait pu jurer que Rita Hayworth venait d'entrer au bras de son prince. Exactement ce qu'elle avait souhaité provoquer comme effet! Un peu plus en retrait, Violette et Fabien, elle encore triste, lui, indifférent à ce qui se passait, avait souri à madame Des Oeillets en croisant son regard. La seule de la famille qu'il aimait tendrement. Violette, encore en deuil dans son coeur, chemisier bleu, jupe noire, petit loquet d'argent au cou, avait noué elle-même son chignon de deux tresses. Fabien, complet brun légèrement froissé, cravate à pois blancs sur fond brun, avait détaché le premier bouton du col de sa chemise. Les cheveux en broussaille, il attendait, en soupirant, que le mariage se termine. Tout en soutenant le regard du docteur Des Oeillets qui, constatant son insolence, détourna une fois de plus la tête, sans jeter un oeil sur celle qu'il avait déshéritée parce qu'elle avait osé le défier. Les serments prononcés, le couple sortit sous une pluie de confettis et, dans l'auto louée avec chauffeur, se rendit à la salle où un buffet avait été commandé par le père de la mariée. Non sans avoir pris le portrait de groupe traditionnel sur les marches du parvis de l'église. Narcisse suivait bon gré mal gré. Il détestait les occasions où il y avait foule, il avait horreur des mariages et des réunions de société, mais ce jour-là, un peu plus joyeux, il avait même levé son verre à la santé des mariés dans l'espoir que Gabrielle et Jasmin lui donnent au moins un fils pour perpétuer le nom Des Oeillets, en l'affublant d'un prénom de fleur ou de plante afin d'en ensemencer son «jardin». Avec le nez en l'air du docteur et la fierté de l'horticulteur en plein coeur!

Les jeunes mariés n'étaient pas allés loin pour leur voyage de noces. Une belle auberge des Laurentides, mais quelques jours seulement, car le travail les réclamait. La recherche, la science avant tout! Tel était leur leitmotiv. L'argent était, de plus, habilement calculé puisqu'ils avaient fait l'acquisition, aidés par un prêt du père de la mariée, d'une assez belle maison avec une chambre d'invité à l'étage. Jamais Jasmin n'aurait osé emprunter de son père et ce dernier, comme si de rien n'était, n'avait pas levé le petit doigt pour proposer de les appuyer. Or, revenu à ses patients et recouvrant déjà ses arbustes de jute pour la saison froide, il fut surpris d'apprendre qu'Iris et Bernard étaient partis pour l'Écosse. Comme ça! Sans prévenir! Mais fier de sa «fleur» préférée, il n'avait pas sourcillé, heureux qu'Iris sache si bien se débrouiller. Quitte à payer en nature et de façon indécente, parfois, le luxe dont le docteur Bernache l'entourait. Ce que Narcisse ignorait. Rose, pour sa part, hochait la tête, madame Des Oeillets se questionnait, mais Violette s'en foutait et Jasmin se mêlait de ses affaires. Revenus de voyage un mois plus tard, Bernard décida d'acheter une somptueuse maison de pierres dans Westmount et d'y loger la plus que belle qui «l'honorait» si bien. Iris, de plus en plus mondaine, considérée dans le voisinage comme l'épouse du très beau médecin, visitait de moins en moins les siens. Indifférente, Rose ne la cherchait pas, mais sa mère, doutant un peu de son bonheur, priait pour qu'elle soit heureuse. Le plus meurtri était certes Narcisse qui, sans les visites d'Iris, se sentait lamentablement abandonné. D'autant plus qu'il s'était rendu compte que, sur le plan professionnel, Bernard Bernache n'avait aucun respect pour lui. De médecin à médecin, ils n'étaient guère au même diapason tous les deux. Bernard, devenu gynécologue réputé, regardait maintenant de haut le pauvre Des Oeillets qui, de sa maison, soignait encore les vieux à coups de « prescriptions » ! Sans la moindre évolution.

Un an, presque deux s'écoulèrent, l'Expo avait été un grand succès et le maire Jean Drapeau en était satisfait. L'inauguration de la ligne officielle du métro de Longueuil avait accueilli des visiteurs des quatre coins du monde. Rose et Blaise s'y étaient rendus souvent ; les pavillons des autres nations les avaient subjugués, surtout celui de la Russie, suivi de ceux des plus petits pays. Iris, qui n'aimait guère le cinéma français, était allée voir le film *Belle de jour* pour y admirer la très belle Catherine Deneuve. Sans remarquer le regard acide porté sur la « bourgeoisie », dont elle faisait maintenant « partie », de la part du réalisateur Luis Buñuel. De leur côté, Jasmin et sa femme étaient allés voir *La grande vadrouille* avec Louis de Funès. Depuis la mort de la tante Esther, on aurait dit que les films et les spectacles français ou d'ici avaient pris le dessus sur ce qui venait des États-Unis. Du moins pour les Des Oeillets. En septembre 1967, Machine Gun Molly tombait sous les balles des policiers. Une fin tragique qui aurait certes intéressé feu l'avocat Lauréat Fougère, père de Marguerite. L'année suivante, c'était décidé, on allait avoir du baseball majeur à Montréal, et la première greffe mondiale du genou allait être réalisée à

Québec. Dans un entrefilet et non à la une, on pouvait lire que Maurice Chevalier fêtait ses quatre-vingts ans ! En 1969, au moment où les gens se levaient sur l'année nouvelle, on ne savait pas encore que les Expos allaient disputer leur premier match et le gagner. Et encore moins qu'en Californie l'actrice Sharon Tate et quatre de ses invités allaient être sauvagement assassinés par Charles Manson et sa « famille » de tortionnaires composée de femmes paumées de sa secte. Une boucherie qui allait bouleverser le monde entier, d'autant plus que Sharon Tate, épouse de Roman Polanski, était enceinte de huit mois au moment du massacre. Iris qui l'avait vue dans *Valley of The Dolls* en avait pleuré de rage.

Mais chez les Des Oeillets, petit train continuait d'aller loin. Surtout pour Narcisse qui se vouait beaucoup plus à son vaste jardin qu'à ses rares patients. Il en était rendu aux fleurs exotiques et aux arbustes chinois. N'importe quoi, en autant qu'il pouvait bêcher, salopette propre lavée par sa femme dès que tachée. Rose le trouvait de plus en plus fou et Marguerite ne servait qu'à nettoyer ses outils et à lui faire à manger. Iris, toujours éprise de son beau médecin, semblait de plus en plus heureuse avec lui, dans leur vaste demeure de Westmount. Mais Bernard, tout en partageant son lit avec elle, avait les yeux grands ouverts sur quelques patientes avantagées. Certaines ne le consultaient que pour avoir le plaisir de se déshabiller devant lui. Autant dire qu'il n'avait pas toujours les mains dans ses poches de sarrau quand une dame de la haute, assez bien tournée, remontait lentement son bas noir avant de remettre sa culotte. Il rentrait souvent avec des livres sur la médecine qu'il remettait à Iris et qu'elle laissait de côté, préférant se replonger dans *Le garde du coeur,* de Françoise Sagan. Parce qu'on y parlait d'Hollywood ! Lui reprochant de ne pas prêter attention à ses livres sérieux, il avait ajouté :

— Je cherche à te cultiver, Iris.

Ce à quoi elle avait répondu spontanément :

— Aie ! Il y a assez de mon père qui nous a « cultivées » comme ses « fleurs » ! Change de terme !

— Que veux-tu dire ?

— Demande à Rose, tu vas avoir l'heure juste, Bernard. En attendant, amène-moi au cinéma, mon chéri. J'aimerais bien voir *Angélique et le Sultan,* avec Michèle Mercier. J'ai vu tous les autres films de la série ! Tu ne le regretteras pas, elle est plus belle que moi, celle-là !

Violette, après la perte de son enfant, avait promis à Fabien de le rendre père dès qu'elle serait rétablie. Mais elle sentait une certaine réticence de sa part. Il se protégeait avec ce que Blaise lui vendait discrètement de la pharmacie. Violette, outrée, lui avait demandé après quelques mois :

— Tu ne veux plus d'enfants, Fabien ? Tu as changé d'idée ?

— Ce n'est pas ça, mais…

— Mais quoi ?

— Je voyage tellement… Nous avons des concerts à donner jusqu'en Russie. L'orchestre a pris de l'importance, on nous réclame partout maintenant.

— Qu'est-ce que ça change ?

— Bien, avec une femme et un enfant derrière moi…

— Nous pourrions suivre !

— Voyons, Violette ! Comme si l'orchestre allait payer pour les membres de la famille des musiciens ! Penses-y un peu !

Craignait de s'emporter, elle préféra ne rien ajouter. D'autant plus que Fabien était de plus en plus distant. Pas seulement au lit, mais dans leur vie de tous les jours également. Le couple perdura quelques mois après le mariage de Jasmin, mais Fabien s'absentait de plus en plus et, laissée derrière, Violette l'attendait patiemment. Sans ressources, elle n'avait guère le choix, car enfant ou pas, son père qui l'avait déshéritée et rejetée ne semblait pas vouloir capituler. Un soir de début de semaine, alors que Fabien rentrait d'une petite tournée chez les Américains, il lui avait dit sans ménagement après une première gorgée de bière :

— Désolé, Violette, mais il faut qu'on se sépare.

Elle faillit tomber à la renverse. S'efforçant de garder son calme, elle demanda :

— Ai-je bien compris ? Tu veux me quitter, Fabien ?

— J'aimerais mieux que ce soit d'un commun accord. Je n'ai plus envie de cette vie à deux. Je voyage constamment...

Violette laissa couler quelques larmes pour l'attendrir, et le constatant, Fabien lui dit sèchement :

— Non, pas ça ! Pas de larmes, pas de drame, je t'en prie ! Nous avons eu nos belles années, mais notre couple bat de l'aile. J'ai besoin d'être libre, de m'appartenir afin de poursuivre. Ce qui te permettra d'envisager ta vie avec un autre.

— Mais je t'aime, moi ! Je t'aime de tout mon coeur...

— Violette, je t'en supplie, nous formons déjà un vieux couple...

— M'aimes-tu encore, Fabi ? Éprouves-tu...

— Non, pas de mièvreries, nous n'en avons plus l'âge. La rupture est inévitable. Il faut que je parte, que je sorte d'ici.

— Donc, c'est toi qui me quittes…

— Si telle est ta façon de voir les choses, si tu tiens à ce que j'encaisse seul le blâme, oui, c'est moi qui te quitte, Violette ! Nous ne sommes pas mariés, rien ne nous retient l'un à l'autre. J'ai besoin de mon autonomie. J'ai envie de bouger…

— Pour une autre femme, Fabien ?

— Non, pour ma flûte ! Je suis musicien, pas coureur de jupons !

Il avait haussé le ton et elle s'était remise à pleurer :

— Excuse-moi, je ne voulais pas te brusquer, mais je pars dès ce soir. Avec mes effets personnels, rien d'autre. Je te laisse le logement, je paierai le prochain mois d'avance.

— Et après ? Tu crois que je pourrai l'absorber seule ? Tu n'y parvenais même pas, toi, avec ton salaire ! Je n'ai pas d'emploi ! Je déprime sans cesse et, par-dessus ça, j'angoisse, je fais de l'anxiété…

— Ton père est médecin, consulte-le, Violette.

— Il m'a reniée et tu le sais fort bien ! Crois-tu que je vais aller me jeter à ses pieds comme une pénitente ?

— Alors, appelle ta mère, elle t'aime beaucoup, elle ne te laissera pas tomber…

— Parce qu'elle a plus de cœur que toi, elle !

Avant que la situation ne s'envenime et que Violette lui fasse une crise de nerfs, ce qui était devenu monnaie courante, Fabien préféra se réfugier dans sa chambre, ramasser ses vêtements et ses effets sans faire de bruit et sortir en laissant une somme d'argent sur la table. Voyant le geste,

Violette prit la liasse et l'éparpilla aux quatre coins de la pièce en lui criant :

— Toutes ces années ! Un enfant ou presque et j'empocherais l'argent de ma défaite ? Tu peux te le fourrer…

Elle se retint, mais son regard en disait long. Sans rouspéter, Fabien sortit avec son stock dans deux boîtes ficelées et se retrouva au coin de la rue en quatre enjambées. Le croyant encore dans l'escalier, elle avait refermé la porte avec fracas derrière lui, comme pour tenter de lui faire peur. Mais Fabien Fabre, essoufflé d'avoir couru et délivré de celle qu'il redoutait de plus en plus, avait sauté dans un taxi qu'il avait hélé pour se faire conduire chez un ami, un violoniste de l'orchestre qui l'hébergerait jusqu'à ce qu'il se trouve un pied-à-terre.

Violette garda ce lourd secret pour elle-même. Elle ne voulait avoir à quémander de l'argent auprès de sa mère ni à déballer les raisons de son échec à Rose. Prétextant que Fabien était en voyage, elle les invitait encore. Du moins pour les deux mois qui restaient. Puis, ne pouvant assumer le paiement du loyer toute seule, elle avait troqué son logement contre une chambre à louer bon marché dans le bas de la ville. Elle avait vendu les quelques meubles qu'elle avait et, déprimée, mais encore débrouillarde, elle avait déniché un emploi de serveuse dans un restaurant de basse classe de la rue Amherst appelé Chez Jos, avec un unique comptoir en fer à cheval et des tabourets pour les clients. Là où l'on servait des pâtés chinois, de la saucisse de porc avec boudin ou des *hamburgers steaks* avec patates pilées. Avec la soupe aux tomates et macaroni comme entrée, et le pudding chômeur ou les pruneaux comme dessert inclus. Là où elle récoltait de minables pourboires en vertu de la clientèle sans le sou ou presque. Et là, enfin, où les « gros porcs » des manufactures du quartier venaient lui roter en pleine face ! Elle avait dit à sa mère qu'elle avait déménagé, que Fabien était en tournée trop souvent, qu'elle travaillait pour aider au paiement du loyer. Un changement de cap qui rendit sa mère très suspicieuse. Un midi, sans qu'elle s'y attende, Marguerite, ayant retracé le restaurant où elle travaillait, s'y était présentée après le *rush* du dîner. Stupéfaite de voir sa mère au bout du comptoir, elle lui servit un café en lui disant :

— Attendez-moi, j'achève mes heures, nous irons jaser quelque part.

— Pourquoi pas chez toi ?

— Non, ailleurs, maman… On ira prendre un autre café sur la rue Sainte-Catherine.

À deux heures pile, attablées dans un petit restaurant, sa mère lui demanda :

— Vous vous êtes séparés, Fabien et toi, non ?

Violette baissa la tête tout en acquiesçant.

— Tout semblait pourtant bien marcher… Vous vous aimiez…

— Nous avons tout vendu, il est parti, je vis en chambre pas loin d'ici. Mais c'est moi qui l'ai quitté, maman.

— Pourquoi, Violette ? Qu'a-t-il donc fait ? Je l'appréciais tellement, ce garçon…

Relevant la tête, échappant un soupir, elle laissa tomber tristement :

— Il me trompait, maman.

Gabrielle et Jasmin, de leur côté, filaient le parfait bonheur dans leur belle maison trop grande pour eux. Narcisse, qui leur avait rendu visite, était enfin fier de son fils. Sans être médecin comme lui, il était sorti de sa coquille pour devenir un scientifique, ce qui n'était pas pour lui déplaire. Avec une bru de même calibre, le nez dans ses éprouvettes, l'oeil aux aguets. Madame Des Oeillets, sans son mari cependant, les visitait passablement souvent. Gabrielle affectionnait sa belle-maman. Rose se déplaçait également, sa belle-soeur, très aimable avec elle, était de surcroît la plus grande admiratrice de ses tableaux. Surtout quand elle peignait des oiseaux de toutes les couleurs qu'on ne retrouvait qu'à l'étranger. Au point de lui en faire vendre à ses collègues de laboratoire. Ce qui renflouait le pécule de Rose qui n'avait guère de revenus de son père. Que le strict minimum puisqu'elle était nourrie, logée, blanchie... avec de menues dépenses pour le cinéma quand Blaise ne l'y invitait pas. Rose peignait à merveille les volatiles rares, les chats, les animaux sauvages, les enfants et... les fleurs ! Moins portée sur les paysages et les natures mortes, ses toiles étaient d'un réalisme saisissant. Comme celle de deux fillettes jouant aux billes sur un carré de trottoir qu'elle avait intitulée *Gaminerie*. Le directeur du laboratoire l'avait achetée pour l'offrir à sa femme. Tout roulait à merveille dans ce ménage formé des jeunes époux Des Oeillets. Ils étaient tellement faits l'un pour l'autre que, depuis son union avec elle, Jasmin était sorti de son mutisme. De l'introverti qu'il était, il avait appris à communiquer et à s'exprimer sans qu'on le force à le faire. L'amour lui avait délié la langue et allégé le coeur. Il riait souvent, lui qui, avant, grattait ses rides de réflexion. Or, c'est au milieu de ce bonheur qui coulait comme l'eau du ruisseau sur un rocher que Gabrielle apprit qu'elle attendait un enfant. De la bouche de son médecin qui le lui avait confirmé. Jasmin, fou de joie, avait dit à sa mère : « Vous l'aurez votre petit-fils ou votre petite-fille, maman ! Enfin ! » Ce qui avait fait palpiter de bonheur le coeur de la future grand-maman, tout autant que celui de la future tante Rose. Seule Iris était restée indifférente. Elle avait dit à son amant : « Je me demande bien quelle sorte d'enfant ils auront, ces deux-là ! Pas tellement beaux ni l'un ni l'autre ! » Violette, apprenant la nouvelle de la bouche de sa mère, avait éprouvé un peu de bonheur, le coeur trop triste pour sauter de joie. Elle qui avait perdu le seul qu'elle aurait pu avoir… Et là, délaissée, avançant en âge, désabusée des hommes, elle savait qu'elle n'aurait plus la chance de tenir un enfant dans ses bras. Lorsque Narcisse eut vent de la nouvelle, il s'empressa de les inviter à la maison et de s'écrier en les regardant tour à tour :

— Un enfant ! Un ou une autre Des Oeillets ! Le nom qui se perpétue ! Bravo, mon fils ! Et une « fleur » de la seconde génération pour mon « jardin » !

Allumé, voire excité, c'était comme si la nature venait de le combler. Encore sous le coup de l'agitation, il ajouta en s'adressant à son fiston :

— Si c'est une fille, les prénoms sont encore nombreux ! Si c'est un garçon, tu l'appelleras Lotus en hommage à celui qui n'a pas survécu.

Gabrielle avait baissé la tête, Rose avait soupiré et Jasmin, le regardant droit dans les yeux, lui avait répondu :

— Non, papa, si c'est un garçon, Gabrielle veut l'appeler Jean-Luc. Si c'est une fille, ce sera Paule ou Caroline. Finis les enfantillages ! Derrière nous, ce jeu insensé du « jardin » et des « fleurs ». Les Des Oeillets que nous aurons ne seront ni des « plantes » ni des « fleurs ». Ils auront des prénoms courants. Finie cette absurdité qui nous a suivis toute notre vie ! Parfois, quand je prononce les prénoms des membres de la famille, j'ai l'impression d'être au jardin botanique, ce qui fait rire les collègues. Vous passez pour un original, papa, mais pas dans le bon sens du terme. Et comme les enfants que nous aurons viendront de Gabrielle, ce sera à elle, à elle seule, de les prénommer comme son coeur le ressent. Je lui en confère le droit et le choix ! Chez moi, c'est à deux qu'on planifie, papa. Autres temps, autres moeurs ! Nous ne sommes plus à l'époque où le père décidait et la mère se taisait.

Marguerite jubilait, Rose souriait en détournant la tête et le paternel, livide, cloué sur place, humilié d'être ainsi rabaissé par son fils, rétorqua :

— Nous avions pourtant une entente, toi et moi. Ta femme est-elle au courant de la clause du testament te concernant ?

— Oui, elle l'est, et ne vous en déplaise, papa, je n'ai aucune intention de la respecter. J'ai acquiescé naguère, trop jeune pour protester, mais je n'ai rien juré. Si cette clause qui n'a plus sa raison d'être persiste encore, nous en absorberons les conséquences, mais personne, pas même vous, ne viendra nous dicter quoi faire dans notre ménage.

— J'ai pourtant déshérité ta soeur, Jasmin...

— Oui, je sais, reniée en plus, et elle ne s'en porte pas plus mal.

— Ah non ? Elle gagne sa vie comme une mendiante dans un restaurant plein de coquerelles, son flûtiste s'en est débarrassé et elle habite une minable chambre. Quelle humiliation !

— C'est vous qui devriez avoir honte, papa ! Laisser la fille d'un médecin beurrer de moutarde des hot dogs dans un snack-bar ! Attendez que la clientèle apprenne que son père est le docteur Des Oeillets d'Outremont... Ou que l'une de vos patientes la reconnaisse en s'arrêtant avec une parente de ce quartier pour un café.

Voyant que Jasmin n'avait plus la langue dans sa poche, le docteur, accablé de perdre ainsi la face, releva le menton pour lui dire devant sa femme, sa mère et sa soeur :

— Puisqu'il en est ainsi, tu es déshérité, mon fils. Désolé, nous avions signé un pacte, il te fallait l'honorer.

— Que nous importe votre argent à Gabrielle et à moi, nous gagnons très bien notre vie, papa. Et c'est Iris qui va être ravie d'apprendre ça, car plus vous nous déshéritez, plus elle s'enrichit, votre « fleur » préférée ! En vivant dans le péché par-dessus le marché !

Chapitre 11

L es années 70 ! Celles du *Peace and Love* que Narcisse avait détestées. Quelle affreuse mode que celle des cheveux longs pour les garçons, des *jeans* troués et sales, de la marijuana, des petites lunettes rondes à la John Lennon, de la musique rock psychédélique et des chansons de Janis Joplin, morte d'une *overdose* à vingt-neuf ans. Dieu que les Des Oeillets se sentaient loin de tout ça ! Le cinéma avant-gardiste tournait des films comme *Flesh,* avec Joe Dallesandro qui, sans gêne, fut l'un des premiers acteurs de cette génération à s'exhiber nu à l'écran. Sans parler de ses partenaires mâles ou femelles qui, drogués la plupart du temps, se jetaient voracement sur lui. Andy Warhol, cinéaste controversé, le dirigeait dans des films comme *Trash* et *Heat* pour ensuite tourner à peu près n'importe quoi d'érotique en se servant des personnages de *Frankenstein* ou de *Dracula,* bref, ce qui se rapprochait du vampirisme. Tout, venant de lui, était à proscrire ! Quelle déchéance ! Le docteur et sa famille ne regardaient à la télévision que les émissions sérieuses ou les documentaires. Iris, toujours belle et féminine, se sentait parfois gênée de déambuler bien vêtue et de croiser, au coin d'une rue, un groupe d'adolescentes aux cheveux en broussaille, pas très propres, avec des chemises de chasseur à carreaux sur le dos et des bottines de bûcheron délacées dans les pieds. Comment les gars pouvaient-ils avoir envie de telles filles ? se posait-elle comme question. Elle se doutait bien que cette mode allait passer, mais en être submergée quand on a l'allure d'un mannequin n'était pas de tout repos. Même pour Iris qui, à quarante ans, faisait encore tourner les têtes après avoir connu le chic des décennies précédentes. En 1970, Nasser, le président d'Égypte, était mort, Boston avait remporté la coupe Stanley et le film *Midnight Cowboy* avait reçu l'Oscar de l'année. Dans un coin du journal, on pouvait lire que Pamela Ann Eldred avait été couronnée Miss America. Ce qui aurait plu à feue Esther qui aurait été ravie de voir que ce genre de concours se perpétuait en dépit des protestations des féministes et des beatniks de l'heure. Gabrielle et Jasmin avaient été les heureux parents d'un fils prénommé Jean-Luc, tel que souhaité par sa mère. Marguerite, heureuse d'être grand-maman, avait serré le poupon sur son coeur, mais Narcisse, fier et buté après avoir déshérité son fils pour « trahison », selon lui, n'avait pas assisté au baptême, même si le petit allait projeter son nom dans une nouvelle génération.

Au mois d'août 1971, l'Inde et la Russie avaient signé un pacte d'amitié d'une durée de vingt ans. Un mois auparavant, le monde de la musique prenait le deuil : Jim Morrison mourait à Paris à l'âge de vingt-sept ans. À Hollywood, l'Oscar de la meilleure actrice avait été attribué à Glenda

Jackson, pendant que le film *The Godfather,* qui allait devenir *Le parrain* dans sa traduction française l'année suivante, affichait des records d'assistance. Mais, chez les Des Oeillets, on favorisait encore le cinéma français, ce qui avait permis à Jasmin et à son épouse d'aller voir *La poudre d'escampette,* avec Michel Piccoli et Marlène Jobert, alors que Rose et Blaise avaient opté pour *Mourir d'aimer* avec Annie Girardot. Ce qui n'était pourtant pas le cas de Rose face à son éternel... prétendant! Et, tel que planifié par Gabrielle Gince, l'épouse de Jasmin, un autre enfant était en chemin.

Iris, toujours très séduisante, se rendait compte, néanmoins, que Bernard se désintéressait de son superbe « corps de femme ». Peu entreprenant depuis un certain temps, le docteur Bernache ne souffrait pas d'une baisse de libido pour autant, car aucune jolie fille n'échappait à son regard. En pleine force de la quarantaine, il savait qu'il pouvait enflammer les femmes un peu plus âgées, tout comme être désiré par les belles de vingt ou vingt-cinq ans ! Gynécologue, il n'avait que l'embarras du choix mais, à ce jour, Iris n'avait eu à redouter la moindre rivale. Bernard n'était qu'à elle, qu'à elle seule qui comblait tous ses fantasmes. Qu'à elle dont il était si fier de l'apparence. Du moins, le croyait-elle. C'était toujours avec empressement qu'il la présentait à d'autres médecins lors de colloques ou de congrès où elle l'accompagnait. Sachant fort bien que la plupart la désireraient. Consciente d'être exposée tel un trophée de chasse, Iris multipliait les sourires au gré de ses décolletés de plus en plus plongeants. Et ce, jusqu'à tout récemment ! Jusqu'à se qu'elle se rende compte qu'elle ne pouvait plus rien inventer au lit pour surprendre son amant dans leurs ébats. Et jusqu'au soir où, vêtue d'un déshabillé noir transparent, elle lui avait chuchoté :

— Que désires-tu, mon amour ? J'ai des instincts de tigresse...

À son grand étonnement, la tête enfouie dans l'oreiller, Bernard avait grommelé :

— Dormir, Iris !

Narcisse Des Oeillets, médecin de famille comme le qualifiait son inscription, avait décroché la pancarte de sa devanture de maison déjà depuis deux ans. On l'avait eu à l'usure comme « docteur » de quartier jusqu'à soixante-six ans. Bref, jusqu'à ce que sa dernière patiente, une nonagénaire fortunée, rende l'âme. Il avait refusé d'exercer en clinique et encore moins dans un hôpital. Il n'avait toujours pratiqué que de chez lui, au gré des quelques rendez-vous par-ci par-là que Rose acceptait jusqu'à ce qu'il prenne sa retraite de son honorable profession. Personne n'allait le regretter toutefois, il n'était guère aimé comme homme, et la plupart des gens du quartier avaient toujours douté de ses compétences. Médecin, certes, mais sans aucune mention honorifique. Son fils Jasmin, dans la recherche en laboratoire, avait quant à lui deux plaques soulignant son mérite accrochées à ses murs. Le fils avait surpassé le père ! Qui aurait pu le croire ? Surtout pas Narcisse qui, ayant eu vent de ces hommages, avait signalé à son aînée : « Il n'a pas à se gonfler la poitrine, on en donne à n'importe qui des plaques ovales en bois avec des inscriptions sur bronze qui vont ternir ! » Ce que Rose ne répéta pas, sentant que son père enviait l'acharnement de son fiston. Il aurait certes pu décrocher une mention d'honneur, Narcisse Des Oeillets, mais comme horticulteur et non comme docteur. Il avait le plus beau jardin des alentours. Si beau qu'il chassait même les oiseaux qui se posaient sur les branches de ses arbustes. Pour les éloigner davantage, il avait enlevé les bains où ils venaient s'humecter les ailes ou boire. Il ne tolérait que les papillons, et il fallait le voir avec son bout de bâton à la main lorsqu'un écureuil s'approchait trop des cerisiers. Et que dire des chats du voisinage qui, effrontément, venaient piétiner ses fleurs sauvages ou enfouir leurs besoins dans la terre fraîchement posée pour des bourgeons nouveau-nés !

Rose, quarante-trois ans, vieille fille à souhait, n'entretenait plus aucun espoir en ce qui avait trait à Blaise Bérubé. Ce dernier, déjà grisonnant, la fréquentait encore, mais comme on le fait d'une connaissance de parcours. Même plus de baisers sur le front, plus de main dans la main, Rose était devenue « l'amie » à qui l'on dit bonjour le matin, bonsoir le soir. Il l'invitait encore au cinéma et il payait son billet d'entrée, mais sa générosité s'arrêtait là. Lorsque l'anniversaire de Rose arrivait, il le soulignait d'une carte de souhaits postée la veille. Même manège pour la carte de Pâques ou celle de Noël. Pour la Saint-Valentin, plus rien ! C'était « la fête des amoureux », lui avait-il précisé quand il avait cessé de lui offrir des chocolats. Or, avec un supposé *chum* de longue date, Rose était aussi libre que pouvait l'être toute célibataire en quête d'un soupirant. Mais elle n'en cherchait pas ! Et aucun homme, malgré son oeil averti, n'avait fait les premiers pas pour elle. Ignorée, laissée pour compte par les veufs comme par les vieux garçons, elle sentait d'avance qu'elle allait finir ses jours seule. Ou au service de… son père ! Ce dernier accueillait Blaise avec amabilité, il savait que le pharmacien n'allait jamais proposer, et que sa «fleur» la plus âgée lui resterait intacte. Une sortie de temps à autre uniquement. Blaise l'avait emmenée voir *L'attentat,* avec Jean-Louis Trintignant, mais Rose n'avait pas aimé le film. De leur côté, Gabrielle et Jasmin étaient allés voir *Le grand blond avec une chaussure noire,* avec Pierre Richard, et ils avaient tant ri que Gabrielle, enceinte, avait dû se tenir le ventre à deux mains. Ce que Rose trouva stupide. Rire de la sorte pour un acteur dont elle n'aimait pas… la face !

Iris ne comprenait toujours pas pourquoi Bernard était de plus en plus distant. Inquiète à l'idée d'être délaissée, elle lui demanda un certain soir :

— Il ne t'arrive pas d'avoir envie qu'on se marie, chéri ? De toute façon, plusieurs de tes collègues nous imaginent déjà mari et femme.

— Non, je n'en ai pas envie. Je l'ai été une fois, cela m'a suffi. D'ailleurs, à quoi servirait un mariage puisque tu ne peux pas avoir d'enfants ? Ça changerait quoi ? Et tu avances en âge, Iris…

Foudroyée par ce dernier dard, elle répliqua :

— Toi aussi, Bernard ! Tu me précèdes, tu l'oublies à ce que je vois !

— Pour un homme, c'est différent. De toute façon, comme ça roule bien comme ça, pourquoi discuter de la situation ?

Craignant de signer son arrêt de mort en insistant davantage, Iris préféra changer de sujet et lui proposer :

— Ça te dirait d'aller voir le film *Le dernier tango à Paris,* avec Marlon Brando ? On dit que c'est spécial, unique, osé…

— Oui, on m'en a parlé… Bon, puisque tu le suggères, je ne dis pas non. Il faudra nous hâter cependant si on veut arriver pour la dernière représentation.

Sans hésiter, Iris refit son maquillage, enfila un pull vert assez provocant, tout en s'aspergeant de *L'air du temps* de Nina Ricci.

— Dieu que tu sens bon, toi ! Tu as encore le tour d'enjôler un homme !

« Encore », avait-il dit ? Comme si c'était là un ultime effort ? Elle aurait voulu lui manifester son mécontentement, mais se retint. Elle n'était plus en âge de perdre… son soutien ! Ils arrivèrent au cinéma à temps et se régalèrent du film carrément indécent. Bernard n'en revenait pas ! On était allé loin cette fois ! Iris, pour sa part, observait de près ce que la fille faisait à son amant dans le film ! Elle s'imaginait dans les bras de Brando, assurée qu'elle l'aurait comblé beaucoup plus que sa partenaire. Mais la vie réelle et le cinéma… Elle soupira, glissa sa main sur le genou de Bernard et lui signifia par ce geste qu'il ne perdait rien pour attendre. Sur le chemin du retour, dans la luxueuse voiture, elle descendait déjà la braguette de son pantalon… Lui retenant la main, il lui avait dit : « Pas si vite, Iris, on a toute la nuit pour ces choses-là ! » Dès leur arrivée, sans plus attendre, leur brutale « version » fut des plus époustouflantes ! À faire rougir Marlon Brando d'envie s'il en avait été témoin ! Apaisé, une main encore sur son sein, Bernard se leva d'un bond lorsque le téléphone sonna. Se précipitant nu dans son bureau, il décrocha et se mit à parler tout bas. Intriguée, Iris se glissa sur la pointe des pieds jusqu'au seuil de la porte pour l'entendre murmurer, même s'il éteignait sa voix d'une main sur la bouche : «N'appelle plus jamais ici, Janie ! Je ne suis pas seul ! À demain, ma chérie !»

Rose, désenchantée de sa vie monotone, déprimée de ne rien en attendre, décida d'aller passer une fin de semaine à Niagara Falls en Ontario, avec Violette à qui elle payait son séjour. La troisième de la famille Des Oeillets, la «mal-aimée», comme disait Jasmin en parlant d'elle, avait réussi à obtenir un petit congé de son restaurant de troisième ordre très achalandé. Le patron l'avait avertie : «Tu rentres à sept heures lundi, oublie pas ! Y'a plein d'clients pour le déjeuner et c'est au tour de la *waitress* du matin de partir en vacances !» Ce qui forçait Rose, évidemment, à revenir par l'autobus du dimanche soir. Mais peu importait, Violette n'était jamais allée nulle part, Rose pas davantage, et cette petite évasion leur ferait le plus grand bien. L'aînée tenait à ce que sa petite soeur, délaissée par son conjoint, déshéritée et rejetée par son père, puisse bénéficier d'un peu d'affection de sa part. Sa mère aurait souhaité se joindre à elles, mais il lui fallait se sacrifier pour être la bonne à tout faire de son mari. Surtout en l'absence de Rose ! Les deux frangines montèrent à bord de l'autobus le vendredi soir et le trajet fut agréable. En cours de route, Rose avait demandé à Violette :

— Pourquoi restes-tu collée à ce restaurant du bas de la ville ?

— Que veux-tu que je fasse d'autre ?

— Bien, je ne sais pas... mais pourquoi pas vendeuse dans un grand magasin, par exemple ?

— On n'a pas de pourboires comme vendeuse, Rose. Dans mon cas, chaque sou compte ! Et comme le salaire minimum est le même partout...

— Un restaurant plus chic, alors ?

— Non, mon anglais est trop faible et on demande des filles plus jeunes et de belle apparence. Je me suis informée.

— Tu n'as jamais songé à travailler dans une maison privée ?

— Comme servante ? Laveuse de planchers ? Tu n'y penses pas, non ?

— Je ne regarde que les bons côtés, Violette. Logée, nourrie, plus de loyer à payer...

— Et demander la permission pour aller pisser ? Non, Rose, pas d'esclavage de la sorte ! Il y a bien assez de toi qui devras le faire pour papa... Mais, au moins, c'est ton père ! Pas une maison étrangère !

— Qui te dit que j'ai l'intention de finir mes jours avec lui ?

— Mais quand maman ne sera plus là...

— J'y ai pensé, ne t'en fais pas ! Remarque que maman peut l'enterrer, son mari, elle n'est pas à l'agonie ! De toute façon, si c'était le cas... Mais avant d'être pognée de la sorte, il y a peut-être une autre porte...

— Laquelle ?

— Blaise, voyons ! On se fréquente encore, lui et moi !

— Rose ! Pour l'amour du Ciel ! Ça traîne depuis des années, cette histoire-là ! C'est usé comme un plancher !

Réveille ! Il ne va jamais t'épouser, ce vieux garçon-là ! Il l'aurait fait depuis longtemps si ça l'avait intéressé !

— C'est peut-être parce que je n'ai rien tenté de mon côté...

— Non, Rose, tu n'avais pas à essayer quoi que ce soit de ton côté ! Tu as toujours été libre. Tu perds ton temps avec lui ! Blaise, c'est pas un *chum*, c'est à peine un ami !

Violette avait visé juste et Rose détourna la tête, diminuée, préférant regarder le panorama qui lentement s'assombrissait en fin de journée. S'évadant du sujet, elle lui dit :

— Regarde Violette, il y a encore des oiseaux qui ne sont pas couchés !

— Sans doute des oiseaux de nuit... comme on en connaît !

— Tu parles de qui ?

— Le beau docteur d'Iris, voyons ! Il pratique sa médecine le jour, mais on le voit un peu partout le soir venu. Et pas avec elle !

— Qui t'a dit ça ? C'est pas des commérages, j'espère ?

— Non, non, des gens bien intentionnés, disons. La mère de la *waitress* du matin a même couché avec lui ! Une femme de pas loin de soixante ans, une bonne à rien, si j'en juge par son allure ! Du rouge à lèvres qui dépasse, des faux cils, du *make-up* jusqu'aux oreilles, la jupe serrée, les talons hauts, la poitrine qui veut bondir de son chandail ! Tu vois le genre ? Même sa fille en a honte !

— C'était sans doute avant qu'il rencontre Iris.

— Possible ! Mais ce qui se passe avant peut continuer après, non ?

Elles étaient arrivées à destination sans encombre. La petite chambre d'hôtel, peu coûteuse, était quand même très confortable. Elles prirent un léger goûter et se couchèrent assez tôt, courbaturées par ce voyage de plusieurs heures. Le lendemain, jour ensoleillé, les demoiselles Des Oeillets furent éblouies par la buée des chutes. Le bruit constant de l'eau, le bleu mêlé au blanc des vagues sur les roches, tout cela enchantait Rose qui n'avait vu de ce site qu'une simple carte postale. Mais elle n'avait jamais tenté de les peindre, ces chutes, c'était nettement trop commercial. Elles allèrent revêtir l'imperméable et s'amusèrent autant que des enfants en revenant trempées de leur passage à pied et en bateau sous les fortes tombées d'eau de l'attraction principale de Niagara. Rose avait peine à croire qu'elle se trouvait au même endroit que Marilyn Monroe quand elle avait tourné dans le film du même nom au cours des années 50. Les cheveux encore mouillés, elles se rendirent en autocar dans un petit jardin botanique afin de voir l'horloge en fleurs dont tout le monde parlait et qui les impressionna. Ah ! si seulement Narcisse avait vu ça ! Rose sortit sa caméra et croqua Violette qui lui offrait son plus charmant sourire juste à côté de cette oeuvre d'art que « l'horticulteur » trouverait superbe. Mais d'une pierre deux coups, car en admirant l'horloge sur la photo, Narcisse n'aurait d'autre choix que de voir sa fille « déshéritée » touchant de l'index une très jolie capucine orangée à côté du chiffre trois de l'immense cadran. Le soir venu, devant un bon repas de la salle à manger de l'hôtel deux étoiles, Rose commanda un carafon de vin blanc qu'elles se partagèrent, histoire de célébrer ce déplacement.

Puis, soudain, Rose demanda à Violette sans qu'elle s'y attende :

— As-tu trouvé pénible l'abandon de Fabien ?

— Heu… mais c'est moi qui l'ai quitté, il m'était infidèle…

— Non, Violette, à d'autres, ces sornettes. Maman l'a cru, tant mieux pour elle ! Mais je sais que Fabien n'aurait jamais commis un geste pareil. Il n'était pas du genre…

— Je l'avoue, je lui ai collé le blâme, mais j'étais tellement humiliée… Ça reste entre nous, n'est-ce pas ? Il m'a quittée pour sa musique, Rose, pour être libre de partir et de revenir sans que personne l'attende.

— Donc, tu n'en as pas trop souffert ?

Violette hésita, réfléchit et répondit d'un ton affligé :

— Pas comme de la perte de mon enfant.

— Ça ne se compare pas, je le sais, mais la présence de Fabien, ce qu'il t'apportait, le partage que vous aviez, la relation…

— Non, Rose, je sais où tu veux en venir, mais tout ça s'est atténué avec le temps. Quand un homme te dit qu'il ne t'aime plus, tu sèches vite tes larmes.

— Mais tu l'aimais, toi…

— Jusqu'au moment de la rupture. J'ai pleuré, Rose, mais j'ai pleuré de rage plus que de chagrin. De toute façon, sans enfant, plus rien ne nous rattachait l'un à l'autre.

— Donc, tu t'en es remise assez vite.

— Non, pas vite, un jour à la fois, mais le temps est un grand maître. Fabien parti, j'ai quitté le logement, ce qui veut dire que plus rien ne subsistait pour me le rappeler. Tu sais, quand tu arrives ailleurs et que l'odeur de l'autre n'y est pas, tout s'estompe graduellement. J'ai déchiré toutes ses photos et ses lettres des premiers temps, je ne suis pas du genre à rester accrochée aux souvenirs. C'est ce qui fait dépérir... J'avais quatre nouveaux murs avec rien dessus, pas même un cadre ni un bibelot d'avant, je les avais tous jetés. Je suis repartie à neuf avec l'aide de maman, et Fabien s'est évaporé de mes pensées. C'est en détruisant tout ce qui me le rappelait que je l'ai oublié.

— Et tu n'as cherché personne d'autre pour...

— Non, je t'arrête, je me suffis maintenant, je ne dépends plus de personne et j'ai fermé mon coeur à clé. Celle qui l'avait, cette clé, est partie avant de naître... Cette belle petite fille que je n'ai jamais vue... J'ai pleuré à en mourir, mais maman m'a tellement soutenue. Sans elle, je n'aurais jamais retrouvé ma stabilité.

— Donc, si j'en déduis, un homme, ça ne te manque pas !

— Non, pas une miette ! Je n'ai rien d'Iris, moi !

— Sûr que non, c'est une profiteuse et une arriviste, elle !

— Peut-être, mais admets qu'elle a la cuisse plus légère que nous deux ! Iris est sensuelle, voire sexuelle, ce que nous ne sommes pas, toi et moi. Nous penchons plus du côté de maman tandis qu'elle... Dommage qu'elle ait hérité des gènes de son père ! Et toi, Rose, il t'arrive de songer à rencontrer, à faire le saut ?

— Non, plus à mon âge... J'ai baissé les bras, je n'attends plus rien... Comme tu le disais, ce n'est pas avec un ami qu'on ébauche des projets de ce genre.

— Mais il n'y a pas que Blaise Bérubé sur terre !

— Oui, je sais, j'aurais dû y penser bien avant ! Je me suis accrochée, j'ai fait confiance au temps et tout s'est désagrégé. Même les prières n'ont rien donné !

— Tu as prié pour que Blaise et toi… ? Je ne te reconnais pas !

— Oui, je l'ai fait ! Désespérée ! Comme une folle à lier ! S'il existait des hôpitaux pour les victimes de l'insécurité, on m'y aurait enfermée ! Quand j'y pense… Toutes ces années perdues !

— Bah, ne gâchons pas notre voyage pour cet idiot qui n'a su rien comprendre ni t'apprécier. Plus peureux que ça, je cherche le terme…

— Niaiseux, Violette !

Après leur visite à Niagara Falls, les deux soeurs reprenaient l'autobus pour rentrer au Québec et, durant le long trajet, Rose avait demandé à sa soeurette :

— Ça ne te tenterait pas de revenir vivre à la maison, éventuellement ?

— Non, Rose, pas tant que le père sera vivant !

— Et si je réussissais à le convaincre de retirer son reniement, de te demander pardon ?

— N'en fais surtout rien, je ne veux plus le revoir et je ne veux pas de son argent ! Moi, je ne vis que pour maman. C'est elle qui m'a protégée de son aile, pas lui. J'ai été la moins aimée de ses enfants parce que je ressemblais à ma mère. N'est-ce pas écoeurant ? Il l'a même déjà dit devant elle dans l'un de ses emportements ! J'ai réussi à l'oublier ou presque, comme je l'ai fait pour Fabien. Ne réveille pas ces moments, je t'en prie ! Le seul bon souvenir que je garde en moi, c'est celui de ma petite qui n'a pas vu le jour. Un coeur de mère n'oublie jamais une telle épreuve. Et cette douleur, je la partage avec le Seigneur, Rose. Mais je t'en prie, change de sujet, ne tourne pas le fer dans la plaie.

— Je te ferai remarquer que ce n'est pas moi qui ramène cette affliction dans la conversation, Violette, c'est toi. J'en étais à l'avenir… Je te parlais seulement de revenir… Et si papa venait à partir ?

— Là, ce serait une autre paire de manches ! Maman m'accueillerait à bras ouverts et toi aussi, je le sais ! Mais ce n'est pas demain la veille… Le père est fort comme un boeuf ! Il n'est pas jardinier pour rien ! À part ses crises de foie qu'il soigne avec de la graine de lin… Faut bien être médecin pour se curer avec de si vieux remèdes !

— Médecin mon oeil ! Il en donne même à ses fleurs quand elles courbent la tige. Je le vois à quatre pattes, penché sur ses rosiers, en train d'enterrer des graines de lin sous terre ! Comme si les roses vivaient éternellement ! Même moi, je fane ! de s'écrier l'aînée.

Les deux soeurs éclatèrent de rire et un vieux monsieur quasi endormi se réveilla en sursaut. Enfin Montréal et, empruntant le métro avec leurs bagages, les deux soeurs rentrèrent chacune chez elles, heureuses de leur séjour doublé de retrouvailles. Rose n'eut pas à mettre la clé dans la porte, son père la surveillait de la fenêtre. La regardant entrer d'un air bête, il lui dit :

— Il était temps que tu reviennes, j'ai mal mangé !

Marguerite, qui s'attendait à de tels reproches, secouait la tête. Rose, ouvrant son sac à main, remit à son père des cartes postales avec des fleurs de tous les genres. Les yeux sortis des orbites, il les regardait et s'extasiait devant chaque espèce qu'il ne connaissait pas.

— Ce n'est rien ça, papa, j'ai pris des photos de l'horloge en fleurs ! Vous verrez quand le film sera développé… C'est de toute beauté ! Je n'ai jamais rien vu de comparable !

Le docteur avait retrouvé le sourire et Rose, s'approchant de sa mère pour que son père puisse entendre, lui dit :

— Voici un souvenir, maman, de la part de Violette qui vous embrasse.

Marguerite ouvrit le petit sac attaché d'un ruban pour y découvrir une petite bouteille d'eau scellée d'une rondelle de caoutchouc.

— Ça vient des chutes, maman ! Et, tiens ! Pourquoi ne pas la faire bénir ? Ça pourrait peut-être soulager vos migraines d'anxiété ? Et qui sait, vous en guérir ?

Deux jours plus tard, alors que Rose tressait ses cheveux, une phrase que Violette lui avait lancée concernant Blaise surgissait sans cesse dans sa tête : « Tu perds ton temps avec lui ! » Et elle avait raison ! Rose savait, de toute façon, que cette relation qui n'avait mené nulle part ne mènerait jamais à rien. Elle avait besoin d'un « ami » de la sorte comme d'un trou dans la tête ! Décidée à y mettre un frein, stimulée par les propos de sa soeur, c'est elle qui demanda à Blaise s'il désirait aller au cinéma le dimanche qui venait. N'importe où ! Film français ou américain, suivi d'un petit goûter au restaurant. Blaise, devant le choix qu'elle lui laissait pour une fois, lui avait suggéré :

— Que dirais-tu d'aller voir *Les assassins de l'ordre*, avec Jacques Brel ? Je suis curieux de voir comment il s'en tire comme acteur !

— Alors, allons-y pour celui-là !

— Tu es certaine ? Ce n'est guère ton genre de film...

— Aucune importance. En autant que ça te fasse plaisir.

Blaise, étonné de cette étrange attitude, se demandait si son « amie » devenue aussi conciliante était allée à Niagara Falls ou à Sainte-Anne-de-Beaupré ! Jamais il n'avait vu Rose aussi réceptive, aussi détachée, elle qui, d'habitude, tirait toujours « la couverte » de son côté.

Le dimanche arriva, c'était pluvieux et Blaise vint la prendre avec son parapluie noir... pour deux ! Ils se rendirent au cinéma en question et Rose, impatiente, avait hâte que le film se termine. À la sortie, Blaise s'empressa de lui demander :

— Tu n'as pas aimé, n'est-ce pas ?

— C'était passable. Pas mon genre, mais Brel se débrouille bien à l'écran. Je le préfère comme chanteur cependant.

Puis, trouvant un restaurant où ils commandèrent deux cafés et des brioches, elle s'empressa de lui annoncer :

— C'était notre dernière sortie, Blaise. Nous ne nous reverrons plus.

Il avait la bouche ouverte, un morceau de son dessert au bout de la fourchette. Surpris, il la regarda et, avalant sa bouchée, lui demanda :

— Pourquoi, Rose ? Qu'est-ce que j'ai fait ?

— Rien, Blaise. Justement, rien ! Tu n'as rien fait au cours de toutes ces années pour créer un rapprochement. Tu voulais me fréquenter, j'ai accepté, et vois ce que cela a donné. Pas la moindre proposition, aucun lien, qu'une simple et pure amitié.

— Je croyais que c'était ce que tu cherchais, Rose…

— Tu aurais pu t'en assurer, me le demander. Tu n'as jamais pensé que j'aurais pu avoir envie d'être ta femme ? D'avoir aussi des enfants ?

— Non, parce que moi, je n'y ai jamais songé. Je croyais que nous étions semblables tous les deux. Heureux dans notre célibat et fiers de partager une amitié.

— Voyons ! Quelle femme désire un tel cheminement ? Tu ne m'as embrassée durant toutes ces années que sur le front, même à mon anniversaire, pour ensuite cesser de le faire complètement. Plus de main dans la main… Rien ! Comme une amie de fille l'aurait fait ! Quel genre d'homme es-tu donc ?

Insulté de la comparaison « comme une amie de fille », Blaise afficha un air choqué et répondit :

— Le genre d'homme qui veut rester vieux garçon, Rose ! Si tu me l'avais demandé, tu aurais compris que ma destinée…

— Ma, mon… que toi ! Et moi, Blaise ? Toutes ces années à se fréquenter et je suis encore vierge ! À quarante-trois ans bien sonnés ! Tu trouves que c'est normal de ne jamais se rapprocher ? N'as-tu jamais eu envie de ce que tous les hommes désirent ?

— Peut-être, mais il t'aurait fallu me le signaler, insister, me forcer un peu la main… Je suis du genre timide, tu le sais pourtant… À force de te sentir à l'aise dans cette relation amicale, j'ai fini par m'y sentir bien moi aussi.

— Si je comprends bien, il aurait fallu que je m'offre !

— Pas à ce point-là, mais que tu me laisses sous-entendre…

— Tiens ! les rôles inversés maintenant ! D'habitude, ce sont les hommes qui font de telles avances. D'où sors-tu ? Et pour répondre à ta question, je te dirai que je l'ai fait, Blaise ! Plusieurs fois ! Et tu as toujours fait semblant de ne pas comprendre ! Tu as gardé tes distances parce que tu ne m'aimais pas assez pour me marier, Blaise Bérubé !

— J'allais en dire autant de toi... Mais comme notre entretien risque de tourner au vinaigre, mieux vaut clore le sujet.

— Je t'ai pourtant fait comprendre que je te quittais. Tu n'as pas réagi...

— À quoi bon ? Puisque telle est ta décision, je ne vais pas m'y opposer, Rose, et je vais la respecter. Si notre amitié ne te suffit pas...

— Non, au diable l'amitié ! Pas avec un homme et après tant d'années ! Raccompagne-moi, j'ai compris, la rupture te laisse indifférent.

Il ne répliqua pas, la ramena chez elle et, rendu à la porte, lui demanda :

— Alors, c'est définitif ? Je ne te reverrai plus ?

— Non ! J'ai assez perdu de temps ! Moi, un homme dépourvu de sentiments...

— J'en avais pour toi, mais... mais je n'aime pas les enfants.

Elle le regarda d'un air méprisant et lui répondit :

— C'est ça ! Va vendre tes sirops et tes médicaments ! C'est sans doute moins forçant que d'élever des enfants ! D'ailleurs, tu en aurais été incapable ! Il faut être jeune et en forme pour ça ! Pas vieux avant son temps !

Elle descendit et Blaise, bouche bée, le pied sur l'accélérateur, reprit sa route sans se soucier de ce qui venait d'arriver. En son for intérieur, libre comme l'air avec sa petite vie austère, il était presque soulagé d'être débarrassé d'elle à si bon compte. Parce que lui ne trouvait pas le moyen ni le courage de la quitter. Il n'avait pas réagi ni protesté, c'était bien évident, car avec le temps Rose Des Oeillets était devenue pour lui... un lourd encombrement!

Rentrant chez elle en rogne du peu d'intérêt qu'il lui avait manifesté, elle secouait son bonnet de pluie dans le portique lorsque son père s'approcha d'elle. Le regardant, elle lui dit:

— J'ai rompu avec Blaise! Je ne le reverrai plus, c'est fini!

Le père, étonné mais pas mécontent, la consola en lui disant:

— Bon débarras! C'était un bon à rien, ce pharmacien!

N'en croyant pas ses oreilles, Rose ne répliqua pas et alla s'enfermer dans sa chambre avec la rage au coeur, sa fierté bousculée. Se remémorant la scène, elle s'était rendu compte que Blaise n'avait rien fait pour la retenir ni protéger leur «amitié». Mais, d'un autre côté, elle avait fini de «perdre son temps» en écartant de la main le responsable de ses tourments. Dommage qu'elle n'y ait pas songé avant, se reprochait-elle. Et voilà que son père, avec sa phrase brutale concernant sa rupture, venait de faire état du peu de respect qu'il portait au pharmacien du coin. Ou plutôt, à celui qui aurait pu changer le cours de la vie de sa fille. Ouf! Quel soulagement pour lui! Rose aurait pu perdre son nom et son héritage! Soulagé de voir qu'elle était tombée sur un «innocent », il se frottait les mains d'aise, sachant que, délivrée de Blaise Bérubé, son aînée ne serait plus qu'à son service. Comme il l'avait toujours souhaité !

L'heure de la délivrance approchait pour Gabrielle. Le second bébé la martelait de coups de pieds qui lui faisaient dire à son mari :

— Ça va être un autre garçon ! On dirait un joueur de football ! Jamais une petite fille n'agirait de la sorte !

— Moi, garçon ou fille, je m'en accommoderai, Gaby. Et si c'est une fille, on en fera une championne de tennis puisqu'elle frappe de la sorte !

Ils s'esclaffèrent et, une semaine plus tard, après un accouchement plus difficile que le premier, Gabrielle mettait au monde un garçon de neuf livres, robuste, les poings serrés.

Narcisse, apprenant la naissance de l'enfant, osa encore penser que son fils finirait par entendre raison et l'appeler Lotus, celui-là, mais Jasmin, tel que convenu avec sa femme, le fit baptiser Jean-Michel. Le docteur fulmina et dit à Rose, les dents serrées :

— Je vais le déshériter... Oh ! que oui !

— C'est déjà fait, papa, lui répondit l'aînée en brossant une toile.

Jasmin, de plus en plus en évidence dans le domaine de la recherche en santé au laboratoire, était très près de ses deux fistons, Jean-Luc et Jean-Michel. Gabrielle, se remettant difficilement de l'accouchement, lui avait dit :

— Je n'en veux plus, Jasmin. Je suis déjà trop vieille... Deux, c'est suffisant.

— Comme bon te semblera, ma chérie. Ils forment une bonne paire tous les deux, ils vont grandir en partageant leurs jeux.

Puis, pliant son sarrau pour le mettre dans sa mallette, il ajouta :

— Savais-tu que Blaise avait vendu la pharmacie du coin ? Il travaille maintenant au centre-ville pour un confrère. Je me demande ce que Rose en pense.

— Rose l'a quitté. C'est fini entre eux. Ta mère me l'a confirmé.

— Quoi ? Après toutes ces années ? C'est donc pour ça qu'il a changé de quartier. Pauvre lui, il doit être démoli !

— Je n'en sais rien, Rose ne m'en a pas parlé, mais je crois qu'elle était lasse d'attendre après sa bonne volonté. Une si longue fréquentation et pas de demande en mariage...

— Drôle de type que ce Blaise Bérubé ! Vieux garçon jusqu'au bout des ongles ! Ça se voyait bien qu'il n'avait pas envie de se marier...

— Il aurait pu au moins le lui dire.

— Elle n'avait qu'à le lui demander ! répondit Jasmin, sans malignité.

Iris, de plus en plus malheureuse avec Bernard, savait maintenant qu'elle était cocufiée, qu'une autre fille était entrée dans la vie de son amant. Elle connaissait même son prénom : Janie ! Il ne l'avait que murmuré mais, avec son ouïe bien développée, elle l'avait saisi. Elle l'avait ensuite lu sur un bout de papier, sans nom de famille. Que Janie ! Bonne investigatrice, elle réussit avec l'aide de la secrétaire de Bernard à retracer la patiente en question, prétextant que Janie, dont elle avait égaré la carte d'affaires, devait lui confectionner des rideaux. La secrétaire retraça la Janie Jean en question, la seule du registre des dernières semaines. Mais elle se fit tordre le bras pour révéler les coordonnées de la patiente :

— C'est strictement confidentiel, madame Bernache.

— Voyons donc ! Je suis la femme de Bernard ! Je les avais tous, ces renseignements, je les ai mis je ne sais où. Ne soyez pas plus catholique que le pape !

— C'est que… je n'ai pas le droit… Même à vous…

— Ne soyez pas sotte, servez-vous de votre tête, mon mari serait le premier à vous le reprocher. Vous n'avez pas le droit pour n'importe qui, mais pas pour madame Bernard Bernache !

La secrétaire, intimidée par le ton ferme d'Iris, affolée aussi, lui répondit :

— Il faudrait que personne ne le sache, madame Bernache.

— Promis ! Même mon mari n'en saura rien si, de votre côté, vous restez discrète.

La secrétaire, comme si elle commettait une faute grave, lui murmura au bout du fil l'adresse et le numéro de téléphone de Janie Jean. Satisfaite, Iris la remercia et la pria d'être vigilante :

— N'en dites rien à mon mari, il n'aimerait peut-être pas que je vous dérange mais, entre vous et moi, tant de mystères pour une confection de rideaux !

La secrétaire, innocente à souhait, répondit naïvement :

— C'est curieux, mais je croyais qu'elle était massothérapeute, mademoiselle Jean. C'est du moins ce qu'elle a donné comme profession. Je l'ai dans son dossier !

— Heu… oui, mais elle est aussi couturière dans ses temps libres.

Iris avait raccroché enragée. Non seulement la fille avait vingt-six ans, mais elle était masseuse ! En plein ce qui pouvait séduire son sensuel amant. Une masseuse de troisième ordre ! pensa-t-elle. Avec tous les trucs du métier à sa portée ! Les huiles, la roulette anti-âge pour le visage, l'anti-stress à picots pour les fesses, les gants de cuir, l'ensemble deux-pièces *Divin* pour elle, assorti de bas noirs… Bref, tout ce qu'on pouvait trouver dans les revues spécialisées que Bernard faisait venir par la poste sous un nom d'emprunt. Sans qu'elle le questionne sur ce fantasme qu'elle croyait bénin. Jusqu'à ce jour ! Une masseuse plus jeune qu'elle, sans doute plus belle et mieux tournée puisque plus fraîche éclose. Comme il devait s'en donner à coeur joie, le gynécologue, sur le corps d'une fille aussi expérimentée ! Une fille avec un diplôme d'insanité accroché à chaque doigt ! Une fille de vie munie d'un certificat sûrement contrefait ! Iris était furieuse, surtout jalouse, et ce, pour la première fois. Inquiète de surcroît. Non seulement du fait de voir une autre lui ravir son amant, mais de constater l'âge de la « massothérapeute » qui tentait de l'évincer du portrait. Elle vieillissait, Iris Des Oeillets ! Aussi jolie était-elle encore, il lui fallait plus de maquillage pour aller de pair avec ses charmes. Encore agréable à regarder, elle savait au fond d'elle-même qu'il n'en était pas ainsi le soir venu lorsque déshabillée. Le corps déjà moins ferme laissait percevoir quelques bourrelets et les crèmes les plus coûteuses ne venaient pas à bout de la peau de son cou de plus en plus flasque. Bien sûr qu'elle était une amante de premier plan pour ce partenaire affamé de débauche. Parce qu'elle ne lui refusait rien, bien entendu… Sans savoir, cependant, si elle était plus habile et plus audacieuse que la masseuse… au creux d'un lit !

Munie des renseignements qu'elle avait soutirés de force à la secrétaire de son amant, Iris se rendit près de chez Janie Jean et attendit que cette dernière se manifeste. Ce qui n'était pas facile puisqu'il s'agissait d'un immeuble de six logements et de deux sous-sols. Elle vit des gens âgés entrer, puis une jolie femme avec un enfant en sortir, la trentaine avancée, pas du style de Janie. Un jeune couple arriva par la suite, lui, dans la vingtaine, elle, pas davantage, mais du genre étudiants… Enfin, une femme corpulente avec ses sacs de provisions. Elle avait peine à entrer et, de l'intérieur, une main lui tenait la porte. La dame la remercia et celle qui l'aidait sortit. C'était elle ! Janie Jean ! Aucun doute possible ! Une jolie blonde dans la vingtaine, cheveux longs épars au vent, maquillée à outrance, vêtue « vulgairement » avec un manteau trois-quarts en imitation de léopard. Des bottillons noirs à talons hauts, un sac verni doré sur l'épaule et une petite valise de cuir à la main gauche. Sans doute celle contenant ses crèmes, ses gants, ses longs bas noirs, ses jarretelles… Iris l'imaginait, assise sur Bernard, lui massant les aisselles, le cou, les bras… Tout en l'embrassant ! Folle de rage, elle aurait voulu lui sauter au visage, mais elle se retint. Non, Bernard, aussi génital était-il, ne pouvait tomber amoureux d'une pute de cette espèce ! Il n'avait eu recours qu'à ses services ! À moins, que, dépravé comme il l'était, il en avait fait sa « favorite » en titre ! Pour se détendre dans ses bras, nu, le soir venu, après une dure journée. Iris ne lui suffisant plus, il en aurait trouvé une autre de meilleur calibre ! Prise de panique, elle se mit en tête de reconquérir Bernard en sommant sèchement la garce de disparaître du décor. Oui, c'est ce qu'elle se promettait ! En l'affrontant de plein fouet !

Le lendemain, elle téléphona chez elle en se faisant passer pour une cliente éventuelle recommandée par une autre… et Janie Jean de lui répondre :

— Je doute fort qu'une femme ait pu vous recommander, madame, je ne masse que les hommes ! Je regrette…

Mal prise, Iris se tira d'affaire :

— Ne regrettez rien, je vous appelle pour mon mari, pas pour moi.

— Vous engagez une masseuse pour votre mari ? J'aurai tout vu ! Il aurait été plus facile de lui remettre mon numéro de téléphone, vous ne trouvez pas ?

— Écoutez, c'est moi qui le lui offre, ce massage… On le prend, ce rendez-vous ou pas ?

Janie accepta et Iris lui donna le numéro d'une chambre d'hôtel qu'elle avait louée, lui disant que «Pierre» l'y attendrait le soir venu. C'est donc de pied ferme qu'elle se rendit à l'endroit désigné, argent sur la table pour ne pas qu'elle rebrousse chemin. À l'heure convenue, Janie se présenta à la porte de la chambre et Iris lui ouvrit, la priant d'entrer et de s'asseoir. La dévisageant, la blonde lui dit :

— Il me semble vous avoir déjà vue quelque part…

— Une ressemblance sans doute, moi, je ne vous connais pas.

— Votre… votre mari n'est pas là ?

— Il retarde, mais rien ne presse, l'argent est sur la table.

La jeune femme l'empocha en lui disant :

— Vous n'allez tout de même pas rester là ? Je ne fais pas de ménage à trois !

— Écoutez-moi bien, mademoiselle Jean. Vous avez été payée ? Prenez ce fauteuil, détendez-vous et soyez bien à l'aise. Vous n'aurez pas de massage à faire, mais nous allons causer, vous et moi.

La jeune femme, de plus en plus intriguée, lui demanda :

— Puis-je fumer ? La cigarette vous dérange ?

— Non, je fume aussi. Vous désirez un *drink*, je vous en fais monter…

— Non, merci, j'aimerais mieux entendre ce que vous avez à me dire.

Changeant de ton et d'attitude, Iris lui dit en la regardant dans le blanc des yeux :

— Écoute Janie, tu laisses Bernard tranquille, tu disparais, tu n'acceptes plus ses appels ! Est-ce clair ?

Sursautant, Janie la regarda de plus près et lui répondit :

— Tiens ! J'y suis ! C'est là que je t'ai vue ! Dans un petit cadre sur son bureau de consultation…

— Qu'importe ! Tu as entendu ce que je t'ai dit ?

— Oui, mais je regrette, Bernard n'est pas qu'un simple client…

— Il ne peut être ton amant, je suis…

— Sa maîtresse, je le sais ! Ce qui ne me dérange en rien !

Iris, se levant, la toisa du regard pour ajouter :

— Comment oses-tu ? Je suis sa femme !

— Non, sa maîtresse ! Bernard est divorcé de sa femme et il a la garde partagée de sa fille. Je sais tout de lui. Et de toi, évidemment ! Et moi, ça ne me dérange pas d'avoir à le partager…

— Quelle insolence ! Je suis considérée comme sa femme… Après un certain nombre d'années, on…

L'autre l'interrompit brusquement :

— Non, ça va faire, je me fous de ton titre tout comme de ton argent ! Tiens ! Reprends-le ! Je ne charge pas pour discuter ! Mais tu vas t'arranger avec lui, ma belle ! Parce que si ce n'était pas moi qui étais là pour le satisfaire, ce serait une autre…

Sur ces mots, Janie lança sur la table les billets de banque qu'Iris lui avait remis pour ensuite lui crier :

— Je ne suis pas que la masseuse de Bernard, mais son amoureuse ! Il n'attend que ton départ pour que je prenne officiellement ta place ! Est-ce assez direct ? Tu l'as pris à sa femme toi, alors…

— Bernard était divorcé quand je l'ai rencontré ! Comment peux-tu me parler sur ce ton, petite salope ! Avec le métier que tu fais, t'imaginer qu'un gynécologue de renom…

— Et toi, tu sors d'où pour jouer les grandes dames ?

— Moi, je suis fille de médecin ! Pas une petite putain !

— Tiens ! Curieux qu'on fasse le même métier, non ? Fille de médecin ou fille de rien, on lui masse toutes les deux le dos et l'on se jette entre ses jambes pour assouvir ses bas instincts ! C'est ça que ton père, médecin, t'a appris à faire pour prendre dans tes filets un autre médecin pour te faire vivre ?

— Sors ! Déguerpis ! Et ne te montre plus devant lui ! Ton dossier a été déchiré ! Bernard n'est plus ton gynécologue…

Janie sourit, ouvrit la porte et lui lança à la dérobée :

— Ça me surprendrait, j'ai rendez-vous avec lui dès demain en matinée. Un petit examen privé...

Elle avait refermé brusquement la porte et, restée seule, Iris se demandait si elle n'était pas allée trop loin avec cette mise en scène de vingt minutes tout au plus. Janie allait certes tout lui répéter et elle deviendrait la peste de son « supposé mari », comme elle l'avait qualifié. Trop tard ! Elle avait gaffé, il lui fallait réparer, s'en sortir. Le quitter avant qu'il ne le fasse ? Non, ce serait tout perdre, la maison incluse. Lui piquer une crise de jalousie ? Surtout pas, Bernard pourrait carrément la foutre à la porte ! Que faire alors ? Être doucereuse ! Se comporter comme si elle était désolée, sans cris, sans bruit, pour l'amener à regretter ses gestes... Mais, comme il semblait comblé par la « blondinette » et fatigué d'elle, il fallait au moins qu'elle se sorte de cette histoire avec un bénéfice s'il décidait de rompre. Comme précédemment avec les autres ! Iris se foutait, au fond, qu'il s'envoie en l'air avec cette garce dont il se lasserait. La fille avait raison en lui disant que ça aurait pu être « une autre ». Bernard n'avait aucune fidélité de toute façon. Pourquoi s'être emportée de la sorte ? Cette masseuse était moins dangereuse que ses patientes d'occasion dont il faisait vite la conquête. Elle avait défendu sa « sécurité » et non son amour en confrontant ainsi Janie. Elle s'en voulait, elle s'en mordait les doigts... Car, intérieurement, elle ne l'aimait plus comme aux premiers jours, son riche médecin. Parce qu'elle sentait qu'il se lassait d'elle... Mais comme Iris détestait perdre, elle avait tout fait pour sauver sa barque en faisant croire à l'autre qu'elle défendait son bonheur. Pour ne pas lui dire qu'elle protégeait plutôt ses biens ainsi que ses compensations qui consistaient en bijoux, fourrures, diamants, bagues en or... Le rituel, quoi ! Il lui fallait donc être assez adroite pour sortir de ce filet avec quelques mailles de richesses autour du cou... Bien sûr qu'elle céderait la place à l'autre et à bien d'autres, si elle sortait de cette impasse avantagée. Elle en avait ras le bol des vices charnels de son amant. Elle qui n'avait véritablement aimé aucun homme à ce jour. Ni de coeur ni de corps. Depuis les inoubliables marques... du Danemark !

Bernard était rentré maussade ce soir-là. Il savait déjà ! Ce qui voulait dire que Janie l'avait appelé à son bureau en quittant la chambre d'hôtel. Il se versa un verre, elle s'alluma une cigarette et, confrontés l'un à l'autre, il lui demanda :

— Pourquoi as-tu fait ça, Iris ? De quel droit t'immisces-tu dans ma vie ?

Elle aurait voulu lui sauter au visage ! « S'immiscer dans sa vie ! » alors qu'elle la partageait depuis nombre d'années et qu'ils vivaient sous le même toit :

— Parce que je t'aime, Bernard !

— Tu m'aimes... tu m'aimes ! On pourrait jurer que tu as vingt ans !

— Non, c'est elle qui les a... Mais pourquoi ? Je ne te suffis plus ? Je vieillis ? Tu n'as plus envie ? Ai-je été maladroite ?

Ce flot de questions avait réussi ! Bernard, embarrassé, ne savait que répondre. Mal à l'aise, regardant partout, il répondit :

— Non, rien de tout cela, Iris… Tu es une femme magnifique, c'est moi qui suis affligé d'un problème…

Plus que réussie la manoeuvre, voilà qu'il se repentait, qu'il s'expliquait. Exactement ce qu'avait tramé consciemment Iris Des Oeillets ! Le laissant poursuivre sur sa lancée, elle se versa un doigt de Grand Marnier.

— Je t'ai aimée, tu le sais. Je t'aime encore, Iris, mais je suis un obsédé sexuel. Il y en a eu d'autres avant toi, avant Janie, et il y en aura d'autres après elle. Je suis dans un milieu qui me garde obsessionnel ! Il m'arrive même d'avoir peur de moi… Toutes ces femmes tour à tour allongées devant mes yeux. Surtout les jeunes avec des corps de déesses ! Elles s'offrent, Iris, elles veulent se donner, elles n'ont aucun problème d'ordre physiologique, elles viennent me voir pour se déshabiller…

— Parce qu'elles te trouvent beau et sensuel, Bernard. Tu les attires sans le vouloir…

— Oui, sans le vouloir… Mais c'est comme si l'envie dépassait la retenue. Je touche leur corps et je sens en moi… Je suis un être impudique, je n'y suis pour rien, c'est une maladie. J'étais déjà dans les sous-bois à quinze ans avec une femme de quarante ans ! Ça remonte à loin… J'étais obsédé par le déshabillage, je n'avais aucune pudeur… Voilà pourquoi je suis devenu gynécologue. Je les voyais toutes devant moi, nues sur la table, ma main furetant d'un sein à l'entrejambe…

Iris, le sentant défait, en profita pour jouer sa dernière carte :

— Ça ne peut continuer ainsi, Bernard. Je veux bien laisser la place à d'autres, je te comprends, même si je suis peinée… Mais, après notre long cheminement, me retrouver devant rien…

— Non, non, jamais je ne te ferais ça, Iris ! clama-t-il.

Lui qui était pourtant rentré ce soir-là avec l'intention de la foutre à la porte pour avoir « embêté » sa Janie. Voyant qu'elle gagnait du terrain, Iris, penaude, lui demanda :

— Que comptes-tu faire pour que je parte la tête haute, Bernard ?

— Ne crains rien, tu ne seras pas dépréciée. Pas après tout ce que tu as fait pour moi, Iris ! J'ai pris tes plus belles années !

Enfin ! Il venait de lui dire ce qu'elle aurait hurlé ! L'écoutant, regardant par terre comme une enfant bafouée, il fut pris de compassion et, lui relevant la tête, il perçut une larme sur sa joue. Une seule ! Celle qu'elle avait roulée dans son orbite toute la journée pour la laisser tomber au moment opportun.

— Écoute Iris, je garde ma spacieuse maison, c'est sûr ! Elle vaut une fortune ! Mais tu conserves tes bijoux, tes four-rures, tes bagues à diamants, bref, tout ce que je t'ai donné au cours des années. Puis, je te loge dans une jolie maison qui t'appartiendra. Tu la choisis raisonnablement et elle sera à toi. Et comme tu ne travailles pas et que les rentrées sont nécessaires, je déposerai une somme intéressante chaque mois dans ton compte de banque. Tant et aussi longtemps que tu ne referas pas ta vie avec un autre. Mais la maison sera à toi sans compromis.

Iris fit mine de rien, mais elle était ravie. Elle n'en espé-rant pas tant ! S'attendant d'avoir à le quitter en lui claquant la porte au nez après ce qu'elle avait fait, la voilà qui partait avec tous les honneurs décernés à celle que l'on écarte. Les mêmes qu'il avait offerts à sa légitime. À la seule et unique condition qu'elle sorte de sa vie et qu'elle n'entre plus en contact avec lui. Comme si Iris allait se plaindre d'une telle clause ! Elle avait déjà en vue une jolie maison de pierre dans Rosemont. Moins grandiose que la sienne, bien entendu, mais fort appréciable. Elle le regarda, retrouva un semblant de sourire sur mesure et lui dit en levant son verre de cristal :

— À tout ce qui peut te rendre heureux, Bernard !

Elle allait se lever, s'en aller, plier bagages, lorsqu'il la retint par le bras :

— Une dernière faveur, Iris... Ce soir, passe la nuit ici. Je te veux ! J'ai faim de toi ! Pour la dernière fois...

Déçue, mais ne le montrant pas, elle se versa un autre verre et, comme de coutume, descendit la fermeture éclair de son pantalon. Le *cash down* de sa future maison ! Puis, machinalement, elle l'entraîna jusqu'à la chambre où, nu comme un ver, il lui fit l'amour bestialement. Avec tout ce qu'il avait pu inventer de plus grossier pour la circonstance. Comme une bête sauvage ! Mais elle ferma les yeux, se plia à toutes ses caresses, ses ivresses et ses indélicatesses. Pour la dernière fois ! Le lendemain, alors qu'il était au bureau en train de séduire la petite « gueuse » dans un prétendu examen, elle vida ses tiroirs et ses armoires de leur contenu et partit sans faire de bruit vers une nouvelle destinée remplie d'espoir. Pendant que, le soir même, Janie Jean rentrait avec ses valises pour prendre la relève dans la vie et dans le lit du superbe « écœurant » qu'Iris venait de quitter, dans un plus qu'imminent... soulagement !

Décidément, ce fut l'année des ruptures chez les sœurs Des Oeillets. Suivant les traces de Violette, Rose avait mis un frein à sa longue fréquentation platonique avec Blaise et Iris avait été quittée par Bernard sans pour autant l'admettre. Deux sur trois avaient été rejetées du revers de la main, seule Rose avait appliqué d'elle-même les freins, quoique le «prétendant» en fût fort aise. Blaise parti travailler au centre-ville, voilà qui allait permettre à Rose Des Oeillets de retourner à la pharmacie du coin chercher les médicaments de la famille. Elle s'en était abstenue depuis leur séparation pour ne plus avoir à croiser celui qui lui avait fait «perdre son temps». Mais Blaise volatilisé, déménagé et loin de sa vue, Rose respirait de soulagement. Iris, pour sa part, installée depuis peu dans la maison que Bernard lui avait payée à Rosemont, se la coulait douce. Tout avait été signé sans qu'ils aient à se revoir. Bernard avait été d'accord avec le prix demandé sans chercher à la rencontrer. Et que dire des mensualités confortables qui allaient lui permettre de payer les taxes foncières ainsi que les meubles achetés qu'elle devait acquitter. Tel que convenu, et pour cause, elle n'avait pas cherché à entrer en contact avec lui. Sous aucun prétexte ! Elle l'avait laissé aux bons soins de Janie Jean. Comme cette dernière était masseuse dite «érotique», il allait de soi que Bernard Bernache, son ex-amant pervers, corrompu et malsain, allait être entre «bonnes mains» !

Novembre fléchissait et depuis une dizaine de jours, madame Des Oeillets filait un mauvais coton. Elle mangeait peu, elle vomissait, elle avait beau prendre des sirops digestifs et des sels de fruits, rien ne l'aidait. Avec un mari «médecin» qui lui disait: «Si ça ne va pas, consulte un docteur!» Trop idiot, le pauvre Narcisse, pour se pencher sur l'état de santé de sa propre femme. Trop «sans-coeur», disait Violette à Rose quand cette dernière s'en plaignait. «Il aime mieux s'occuper de ses fleurs, le vieux fou!» relançait Violette alors que Rose lui répliquait: «Il vient d'entrer des poinsettias en pot! Il pense qu'il va les garder jusqu'en mars avec des vitamines périmées qu'il garde dans son tiroir! Plus ça va, plus il empire! C'est à peine si nous existons dans cette maison, maman et moi!» Toutefois, malgré les supplications de son aînée, sa mère refusait de consulter un médecin:

— Ça va passer, c'est temporaire! Tout s'arrange avec le temps...

— Pauvre vous! C'est ce que vous nous avez ressassé depuis que nous sommes petites. Tout allait s'arranger avec le temps, et voilà qu'il en résulte deux enfants déshérités à qui il ne parle pas et une «fleur» préférée qui ne vient pas le voir, mais qui l'enfirouape avec n'importe quoi au bout du fil! Et vous... le mutisme!

— Est-ce un reproche, Rose? Tu me regardes d'un drôle d'air...

— Des reproches... Peut-être, maman, parce que vous n'avez pas toujours été correcte. Jamais vous ne vous êtes élevée contre lui pour nous défendre. Vous avez fermé les yeux devant ses injustices, vous lui avez permis, par votre retenue, de nous imposer le célibat. Vous avez prié, je n'en doute pas, mais vous auriez pu faire davantage!

— Allez! Vide-toi le coeur si ça te soulage!

— Je ne vous accuse de rien, maman, sauf d'avoir retenu votre langue quand vous auriez pu nous venir en aide. Vous avez été une bonne mère… en silence ! Vous évitiez même les sujets que nous voulions aborder. Vous baissiez les yeux quand je vous regardais en guise d'appel à l'aide ! Vous auriez pu le remettre à sa place, lui dire que la cour arrière c'était pour vos enfants, pas pour ses fleurs ! Vous avez joué son jeu, vous avez même courbé l'échine sur les prénoms ridicules qu'il choisissait pour nous ! Rose, Iris, Violette, Jasmin… Et même Lotus ! Dieu merci, il s'en est sauvé, celui-là !

— Il était impossible de lui tenir tête, Rose.

— Vous auriez pu, aussi petite étiez-vous ! Tante Esther le faisait, elle, et il en avait peur ! Si vous aviez haussé le ton juste une fois, une seule, il aurait peut-être pris son trou ! Mais non, la tête basse et la discrétion même ! Vous vous laissiez même humilier par lui ! Il vous trompait, maman, et vous ne le lui reprochiez pas !

— Je n'avais pas de preuves…

— Allons donc ! Bella Maheu et combien d'autres… Je le dénonçais et vous préfériez le croire ! Vous en avez toujours eu peur, maman. Comme une enfant qui craint son père ! Pourtant, il était fou, il l'est encore ! Il vous demande d'aller voir un docteur alors qu'il a encore sa trousse dans son bureau !

Rose, regardant sa mère, arrêta. Cette dernière, les larmes aux yeux, se tenait la poitrine d'une main, tout en s'épongeant avec la manche de sa robe. L'aînée, retrouvant une modération soudaine, lui dit :

— Ne pleurez pas, maman, je me suis emportée, je m'en excuse…

— Non, Rose, ne t'excuse pas, tu as raison. Je n'ai rien fait pour le freiner et j'en ai des remords. J'aurais pu l'empêcher de vous rendre malades dans sa démence. Il a gâché vos vies… Regarde ce qu'il a fait de toi… Et vois ce qu'Iris est devenue. Crois-tu que je ne sais pas quel genre de vie elle mène ? Un coeur de mère ne se trompe pas, il ressent tout, la joie comme le chagrin. Et Violette… Pauvre Violette qu'il a toujours méprisée parce qu'elle me ressemblait… Pauvre fille ! Reniée par la suite parce qu'elle s'est jetée dans les bras du premier venu. En quête d'affection ! Et que de malheurs depuis ! La perte de son enfant, sa rupture, son minable emploi dans un restaurant de basse classe, sa petite chambre avec vue sur un mur de ciment. Jasmin, quant à lui, a réussi à s'affirmer quand il s'en est détaché. Il lui a tenu tête, ses enfants ne sont pas des «fleurs» ni des «plantes». Il a brisé la folle coutume de son père et vois comme il a réussi. C'est ce que j'aurais dû faire, naguère…

— Maman, taisez-vous, vous êtes à bout de souffle !

— Tu viens de me reprocher mon mutisme, Rose, mon silence et ma lâcheté. Laisse-moi continuer, j'ai retrouvé le sens de la parole. Oui, j'ai été fautive et je vous en demande pardon. J'aurais pu toutes vous sauver et je vous ai laissé sombrer dans sa déraison. J'aurais dû le quitter, laver des planchers, aller vivre avec Esther ! J'aurais au moins sauvé mes enfants ! Je vous aurais épargné cette vie misérable qu'il vous a imposée. Aucune de mes filles n'est devenue mère… Même Violette ! Comme si ces enfants qui auraient pu naître avaient eu peur de lui ! Oh ! sainte miséricorde, bonne mère de Dieu, pardonnez-moi d'avoir péché, de ne pas être intervenue pour sauver ma progéniture !

— Maman ! Cessez ! Même la Vierge Marie n'a pas pu sauver son fils sur la croix !

— Ah Rose ! si tu savais... Si seulement je pouvais retourner en arrière...

Au même moment, Narcisse, se pointant dans la salle à manger, cria à sa femme :

— Le souper est-il prêt, Marguerite ? Il est déjà quatre heures et demie !

Rose, choquée, le toisa du regard pour lui répondre vertement :

— Vous mangez à l'heure des poules maintenant ? Si c'est le cas, faites comme elles ! Il y a de la salade et du blé dans le garde-manger, des fruits et des légumes dans la cave, leurs épluchures dans la poubelle et des lombrics en quantité dans le tas de terre près de la pioche rouillée !

Le soir venu, après plusieurs discussions véhémentes, dont une avec Rose au sujet des repas, le docteur se retira dans son ancien cabinet de pratique afin de mettre des veilleuses au-dessus des fleurs qui n'aimaient pas la noirceur et, charge accomplie, il se retira dans sa chambre pour reprendre son fauteuil et rouvrir *Regain,* de Marcel Pagnol, emprunté à la bibliothèque. Assises devant le téléviseur, Rose et sa mère regardaient un documentaire sur les animaux sauvages à Radio-Canada lorsque le téléphone sonna. C'était Violette qui voulait parler à sa mère. Cette dernière, retrouvant le sourire, s'empara du combiné :

— Allô ? Ça va, Violette ? Je suis contente de ton appel. C'est toujours un plaisir renouvelé. Quoi de neuf ?

— J'ai rien de neuf, maman, on se parle si souvent... Mais j'avais envie de vous entendre. Vous allez bien ?

— Oui… ça va. Je digère mal de ce temps-là, l'estomac me joue des tours. Mais avec le lait de magnésie, ça va finir par passer.

— Vous me semblez nerveuse. Tout va bien ? Vous en êtes certaine ?

— Oui, oui, ma fille, juste un peu essoufflée et agitée, mais c'est normal après les corvées de la journée.

— N'en faites pas trop ! Ne vous mettez pas à terre ! Surtout pour le père !

— Ne t'en fais pas, Rose est aux aguets ! Nous regardons la télévision en ce moment. Et toi ? Comment ça va au restaurant ? Tu n'as rien trouvé d'autre ?

— Non, pas encore, mais je cherche… Si seulement je pouvais entrer dans un magasin à chaînes, une épicerie, n'importe quoi ! J'aurais pu avoir un emploi à l'hôpital, mais moi, changer des lits souillés… Je préfère servir mes macaronis à la viande, c'est plus appétissant.

— Tout vient à point, ma fille. Sois patiente !

— Je le suis, maman, et je vous laisse pour que Rose ne regarde pas le programme seule, mais je vous rappellerai demain. Tiens ! Pourquoi ne pas aller au cinéma ensemble ? En ville on présente *Mort à Venise,* avec Dirk Bogarde et Silvana Mangano. On parle de chef-d'oeuvre !

— J'aimerais bien, mais pas cette semaine, Violette, j'ai des vertiges…

— Avez-vous consulté ? Papa vous a-t-il au moins auscultée ?

— Non, ça va passer… Je vais retourner à mon émission, Violette, Rose perd le fil de la présentation avec notre conversation.

— Bon, ça va, je vous embrasse.

— Moi aussi et fais de beaux rêves, ma petite.

Marguerite allait raccrocher lorsque Violette lui cria :

— Maman !

— Oui, je suis encore là…

— Je vous aime !

Étonnée d'un tel aveu délibéré, la mère ne put que répondre :

— Bien… moi aussi, ma fille. Du plus profond de mon coeur !

Elles raccrochèrent, et pendant que Rose regardait comment se nourrissait un guépard affamé, sa mère avait la tête ailleurs.

C'était la première fois de sa vie que Violette lui manifestait à ce point son amour et sa tendresse. De vive voix ! Ce qui l'avait émue et fortement touchée.

L'émission avait pris fin, Rose s'apprêtait à regagner sa chambre alors que sa mère, à la cuisine, buvait une tasse d'eau chaude.

— Ça ne passe vraiment pas ? Qu'avez-vous donc mangé…

— Rien de différent de vous autres, c'est comme si je ne vomissais que de la bile.

Rose, inquiète, affublée de regrets, lui dit :

— J'espère que ce n'est pas relié à tout ce que je vous ai dit, maman…

— Non, non, j'étais malade bien avant.

— Je sais, mais ça n'a pas dû aider. Si c'est de la bile… Je n'aurais pas dû, je n'ai rien à vous reprocher… Quelle maladresse !

— Non, Rose, et ne reviens pas sur le sujet. Tu n'avais pas tort dans tes reproches et je vais m'arranger pour faire absoudre mes erreurs par le Seigneur. Arrête de t'en faire avec ça ! Je préfère avoir un peu de bile dans l'estomac que de te savoir avec une boule dans la gorge. Il fallait que ça sorte un jour ou l'autre, et c'est fait. Ça t'a délivrée d'un fardeau, et moi, je suis capable de le prendre à ta place. Le mal est fait, mais à partir de maintenant tu ne me reconnaîtras plus, ma fille. Je vais faire tout ce que je peux pour me racheter aux yeux de mes enfants. Finie la crainte de ton père, tu m'as ouvert les yeux à temps !

— Ne vous angoissez pas avec ce sujet, maman. Pas dans votre état... Vous êtes certaine que vous allez vous sentir mieux avec cette eau chaude salée ? On a aussi du *Bromo Seltzer* sur une tablette de la petite pharmacie.

Il était onze heures, Narcisse dormait, Rose écoutait de la musique classique dans sa chambre pour tenter de trouver le sommeil, mais le concerto pour violon n'y parvenait pas. Elle n'avait en tête que les durs reproches faits à sa mère et elle regrettait amèrement de l'avoir bouleversée de cette façon. Cette mère si fragile, si chétive, que son père avait manipulée telle une marionnette au bout de ses cordes. «Pauvre maman... se répétait-elle. Pardonnez-moi, Jésus, je ne voulais pas la blesser ! Retenez-moi, Vierge Marie, lorsque j'agis ainsi !» Elle était dans ses prières et ses doléances avec le Ciel lorsqu'elle entendit un bruit venant de la cuisine. Comme si on avait renversé une chaise. S'emparant de sa robe de chambre au pied du lit, elle s'y rendit en descendant les marches sans les compter, pour trouver sa mère inanimée sur le plancher :

— Maman ! Maman ! Avez-vous trébuché ? Vous étiez grimpée ?

Marguerite, les yeux fermés, ne répondait pas. À ses côtés, un verre d'eau renversé et quelques pastilles fondantes à la menthe dont l'une écrasée sous son bras. Atterrée, affolée, elle remonta vite réveiller son père qui, parti pour sa nuit, mit du temps à descendre au chevet de sa femme, malgré les multiples « Dépêchez-vous ! » aigus de sa fille.

— Appelle vite une ambulance, Rose. C'est urgent !

— Qu'est-ce qu'elle a, papa ?

— C'est le coeur ! Ne perds pas une minute, je vais faire ce que je peux.

Mais ayant oublié sa pratique, il fit si peu et si mal que c'est l'un des ambulanciers qui tenta de la réanimer. En vain ! Madame Des Oeillets fut conduite à l'hôpital le plus près où, à l'urgence, malgré tous les efforts, on ne put que constater son décès. Foudroyée par un violent infarctus qui ne pardonnait pas, elle n'avait eu aucune chance de survie. À soixante-deux ans ! Rose, à ses côtés, pleurait de toute son âme ! Beaucoup d'égards furent apportés au docteur Des Oeillets en vertu de son statut, même retraité. Il avait soigné tant de gens qui étaient décédés à cet endroit. Apprenant la nouvelle, Violette perdit conscience et, retrouvant peu à peu ses esprits, elle pleura de rage, cria à l'injustice et se rendit à l'hôpital se jeter sur le corps inerte de sa mère. En larmes, elle disait à Rose :

— Nous devions aller au cinéma la semaine prochaine, elle et moi. Je lui ai même dit ce soir combien je l'aimais… Maman ! Ce n'est pas possible ! Pas subitement comme ça !

Craignant les foudres de la « mal-aimée », Narcisse avait préféré s'éloigner. Sans même avoir remarqué que, depuis son arrivée, Violette n'avait pas posé les yeux sur lui. Comme s'il avait été absent ! Parce qu'il était plus mort que sa mère, pour elle, ce père inexistant !

Le salon funéraire était plein à craquer. Toutes les bonnes âmes de la paroisse avaient défilé devant la dépouille de madame Des Oeillets. Le curé et son vicaire inclus. Si le docteur n'était guère aimé de ses concitoyens, il n'en était pas de même pour sa femme que tous saluaient et avec laquelle on pouvait piquer une bonne jasette. La journée de l'exposition du corps, Violette s'était penchée sur sa mère pour lui embrasser les mains en pleurant. Rose lui avait dit : « Attention, tu dénoues son chapelet ! » Mais celle qui avait adoré sa mère lui parlait comme si personne ne l'entendait : « Pourquoi êtes-vous partie, maman ? Si brusquement ? Nous devions sortir toutes les deux, nous revoir… » Reniflant, elle avait poursuivi : « Ah ! si seulement vous aviez consulté, maman… Vous seriez encore là avec nous… Et si seulement papa vous avait auscultée ! » Le docteur avait sursauté. Sa bougresse de fille avait eu le culot de lui faire un reproche devant les gens présents ! Il leva les yeux sur elle, voulut intervenir, mais préféra se taire de peur qu'elle devienne plus agressive envers lui. Il regardait Violette et il revoyait Marguerite à son âge. Même grandeur, même cou écrasé, même visage rond ! La réplique parfaite de sa mère ! Pas plus jolie qu'elle, sauf qu'elle avait plus de caractère.

Il ignora la remarque et murmura à une dame, témoin de la scène : « Elle est dans un état second. C'est le choc qui la fait parler de la sorte. Je suivais l'état de santé de mon épouse de très près. » Rose, éloignée du cercueil, pleurait en s'asséchant les yeux d'un mouchoir froissé. En silence. Car elle avait encore, au fond d'elle-même, la certitude d'avoir fait mourir sa mère avec sa remontrance. Sans doute un malencontreux hasard mais l'aînée, se culpabilisant, était certaine de lui avoir fait palpiter le coeur au point de l'éteindre. Elle demandait pardon à Dieu, elle implorait déjà sa mère d'intercéder pour elle, mais elle ne dévoila à personne la virulente conversation qu'elle avait eue avec elle la veille. De peur qu'on la blâme ! Elle qui, dès lors, serait assez châtiée d'avoir à vivre avec le remords et à s'occuper de son père. Ce qu'elle avait tenté d'éviter en forçant la main de Blaise, mais son destin, tracé d'avance, venait de lui indiquer la route à prendre. Celle de la servitude ! Regardant sa mère dans son cercueil, elle murmura en son for intérieur : « N'intercédez en rien concernant papa et ma charge envers lui. Après ce que j'ai fait, je mérite d'être punie. »

Iris n'était venue que le soir, vêtue de noir, mais du dernier cri. On aurait dit une riche veuve avec ses paillettes noires sur sa robe de soie. Manteau de fourrure noir, souliers de cuir vernis… Que du noir ! Mais en forte évidence ! Son père la prit dans ses bras et la serra contre lui avant qu'elle s'approche du corps. Ce geste spontané envers sa « préférée » le rassura. Les gens qui venaient de douter de lui avaient maintenant, grâce à Iris, l'image d'un père aimant. D'autant plus qu'elle lui avait dit : « Pauvre papa !

Elle s'occupait tellement de vous!» Il baissait la tête, tentait de l'apitoyer davantage sur son sort et Iris, regardant sa mère de loin, chuchota à son père: «Dommage... mais elle n'a jamais eu une bonne santé.» Puis, s'approchant du corps, elle s'agenouilla, se signa, fit une courte prière, mais ne versa aucune larme. Elle eut cependant la décence de sortir un mouchoir de son sac à main et faire mine de s'essuyer le bout du nez. Tout en cherchant des yeux la couronne de fleurs qu'elle avait fait parvenir le matin même. La plus grosse! Bien en vue devant la gerbe de Rose, cachée par le satin de la grosse boucle du tribut d'Iris. Violette, sans le sou ou presque, avait déposé un panier de fleurs qu'elle avait elle-même confectionné et marchandé au rabais chez un fleuriste du bas de la ville. Des fleurs pas tout à fait fraîches qui allaient survivre le temps des funérailles. Mais de grand coeur, avec une carte sur laquelle on pouvait lire: «Jusqu'à la fin des temps, je vous aimerai, maman!» signée de son prénom. Sans doute le panier que Marguerite aurait choisi pour accompagner son âme alors qu'elle s'envolait au paradis. Le plus humble, le plus sincère surtout. Jasmin, sa femme et leurs deux enfants arrivèrent un peu plus tard. Jasmin pleurait, il aimait beaucoup sa mère. Gabrielle, le mouchoir sur le coin de l'oeil, tentait de ne pas faire pleurer le plus jeune de ses fils qu'elle avait dans les bras. Mais, très proche de madame Des Oeillets, «Gaby», comme sa belle-mère l'appelait, n'était pas près d'oublier cette grand-maman qui avait cajolé ses enfants. Narcisse jeta une brève oeillade sur la petite famille, et son petit-fils, Jean-Luc, le plus vieux, le regardait d'un air frondeur. Sans savoir que ce grand et vieux bonhomme était son grand-père.

Jasmin n'adressa pas la parole à son père, il ne causa qu'avec ses soeurs à tour de rôle. Iris, voyant que le paternel était délaissé de ses enfants, alla prendre place à ses côtés afin de recevoir les condoléances des paroissiens et des plus proches voisins. Les enfants des regrettés patients du docteur défilèrent tour à tour au nom de leurs défunts parents. Aucune nouvelle de Gwen! Ne sachant où elle se trouvait, personne n'avait pu lui annoncer le décès de sa tante. La fille de feue Esther, délogée du cadre de la famille, n'avait donné signe de vie à qui que ce soit depuis son départ. Fabien, l'ex-ami de Violette qui avait aimé madame Des Oeillets comme sa propre mère, ne se manifesta pas, mais Bernard Bernache, malgré sa nouvelle « flamme », avait pris la peine d'envoyer un énorme bouquet à la regrettée maman d'Iris. Par savoir-vivre aussi pour le docteur Des Oeillets qu'il avait connu sans toutefois le respecter. La dépouille n'allait être exposée qu'une seule journée, soir inclus. Tel était le désir de Marguerite dans ses dernières volontés. À la toute fin de la soirée, alors que Rose était en route avec son père pour se rendre à la maison et qu'Iris avait sauté dans un taxi, Violette, Jasmin et Gabrielle virent apparaître Blaise Bérubé à la dernière minute. Discrètement, il alla s'agenouiller sur le prie-Dieu du cercueil pour y faire une prière et ensuite, gêné de regarder autour de lui, il offrit ses condoléances à Jasmin et à son épouse sans chercher personne d'autre, pour ensuite sortir, non sans avoir déposé, dans l'assiette de bronze à cet effet, une carte de sympathie fort bien choisie. Pour que Rose se rende compte que, malgré son mépris pour lui, il avait des « sentiments ». Du moins pour ses parents!

Décembre ! Quelle tristesse de rendre l'âme alors que les vitrines regorgeaient de jouets et de guirlandes. Les enfants attendaient la venue du père Noël, les sapins se décoraient dans les foyers et l'on allait mettre sous terre madame Narcisse Des Oeillets, née Marguerite Fougère. Avec les siens ! Dans le lot familial ! Par-dessus ses parents et à côté d'Esther dans ce coin de terre. C'était là son voeu le plus cher ! Retrouver son père, sa mère, sa soeur… Comme lorsqu'elle avait quinze ans ! Avant que la fatalité ne s'abatte sur elle. Vivre son éternité dans le bonheur ! Comme au temps où, sur les genoux de son père, elle tenait la crinoline que lui recousait sa mère. Alors que, devant le miroir, Esther nouait ses longues tresses… Voyant le cercueil descendre dans la fosse des Fougère, Narcisse avait dit à Iris : « Puisque mon nom n'était pas assez digne pour elle, je retirerai dès le printemps prochain les marguerites de mon jardin. » Jasmin, pas très loin, se rendait compte que son père n'avait plus toute sa tête. Ce que Rose savait, ce dont Iris se doutait et ce dont Violette se foutait ! Le vieux docteur, légèrement ployé par sa maigreur, suivait le cortège appuyé sur l'avant-bras de sa « fleur » préférée. La cérémonie sur place fut de courte durée. Le prêtre récita une brève prière et, après la descente du cercueil dans la terre qui n'était pas encore gelée, on pouvait dire que c'en était fini des Fougère ! Mais, n'en déplaise au docteur, les enfants survivraient avec leur sang dans les veines et l'appellation sur leur baptistaire. Même Gwen qui, mariée et portant le nom de son époux, disait ne plus être une Babin… encore moins une Fougère ! Violette avait fait une dernière crise et Rose, irritée, avait dû la rappeler à l'ordre. Le père avait dit à l'aînée : « Fais-la taire, elle exagère ! » Violette, enfin calmée, était repartie avec Jasmin et sa femme pour la journée. Rose rentra avec son père, et Iris, après avoir embrassé Narcisse, se dirigea vers la petite Mazda flambant neuve que Bernard venait de lui faire parvenir en guise de « prime » de rupture. S'allumant une cigarette, elle se regarda dans le petit rétroviseur du centre pour voir si son rouge à lèvres était encore intact, avant de reprendre le chemin de sa demeure. Triste fin d'année que celle-là, avec la mort de la mère, partie sans avertir. Cruelle adversité pour Rose qui devrait prendre la relève et désormais s'occuper seule de son père. Violette, livrée à elle-même, sans sa mère pour l'encourager, n'avait guère le coeur à la fête quand vinrent les festivités. Personne ne l'avait invitée ! Pas même Jasmin qui, avec l'accord de Gabrielle, se tiendrait encore plus éloigné de son père depuis la disparition de sa mère. Et du fait même, de Rose, d'Iris et de Violette, les trois « fleurs » du docteur que Jasmin ne fréquentait guère. Un coup de fil à Rose de temps à autre, mais pour se dire quoi ? Pas grand-chose !

Chapitre 12

Les années avaient filé d'une à l'autre et, en 1975, toujours aux prises avec son père dont elle prenait soin malgré elle, Rose Des Oeillets avait encore une jambe plus courte que l'autre et ses souliers orthopédiques n'avaient guère évolué. Elle avait fait l'acquisition d'une grosse chatte grise qu'elle avait appelée Boule parce qu'elle était ronde, pas loin d'être obèse. Le docteur détestait l'animal. Il le chassait sans cesse de son pied et disait à sa fille : « C'est une porteuse de microbes ! J'éternue ! J'y suis allergique ! Et tu la laisses courailler la nuit ! Elle mange comme une truie ! Et je te préviens, si je la vois une seule fois dans mes fleurs, je lui règle son compte ! » Ce qui ne dérangeait nullement Rose qui, faisant la sourde oreille, traçait déjà le profil de sa chatte sur sa toile encore vierge.

Dans la rétrospective des événements, le docteur avait appris en 1973 qu'un dernier contingent avait quitté le Vietnam et que le dollar américain avait été dévalué de 10 %. Le pape Paul VI avait reçu Golda Meir en audience et l'acteur

Laurence Harvey avait rendu l'âme. Au Québec, on dévoilait la statue de Duplessis, ce qui plaisait aux congrégations, mais qui déplaisait fortement à plusieurs citoyens... contestataires ! L'année suivante, le général Pinochet devenait le président du Chili ; un ouragan ravageait le Bangladesh en tuant quatre mille personnes et, plus près de nous, le ténor canadien Raoul Jobin mourait à soixante-sept ans. Mais ce qui avait retenu davantage l'attention chez les Des Oeillets, c'est que la belle Iris, quoique vieillissante, avait déniché un nouvel amant en la personne de Vladimir Zarov, un Russe de cinquante ans, probablement fortuné et entré «illégalement» au pays, avait-il eu le malheur de lui confier. Seul, sans famille, il jouissait d'une fortune venue on ne savait d'où et Iris, qui se doutait de ses «transactions d'affaires» avec des partenaires de Moscou, ne lui demandait aucun détail pour autant. Vladimir avait une superbe maison dans le quartier Snowdon, il était généreux, il la sortait, il la trouvait très belle et, contrairement à Bernard, il n'était pas une bête au lit. Ils s'étaient rencontrés par le biais d'une agence où le Russe s'était enregistré à la recherche de l'âme soeur. Il désirait faire la connaissance d'une femme de quarante ans et plus, jolie, indépendante de fortune et sans enfants. Des critères auxquels répondait tout à fait la belle Iris qui s'acheminait sur ses quarante-deux ans. Ils se donnèrent rendez-vous dans le hall d'un hôtel, il l'invita à souper et elle le trouva charmant. Plus blond que gris, les cheveux courts genre militaire, de beaux traits et un physique d'athlète, sans embonpoint, les biceps plus que fermes, Vladimir parlait le russe, l'anglais et le français. Cette dernière langue assez bien, mais comme il avait un fort accent et qu'Iris maîtrisait l'anglais sans problème, ils optèrent pour la langue de Shakespeare entremêlée parfois à celle de Molière pour échanger, se comprendre et bien s'entendre dans les moments... intimes ! Il avait trouvé Iris superbe avec l'attirail dont elle s'était affublée pour le rencontrer. Une jolie « tsarine » comme il l'avait qualifiée. Elle n'avait rien vérifié de ses dires, elle avait accepté son curriculum tel qu'il l'avait étalé, lui disant qu'il avait encore sa mère en Russie et un frère qui vivait en Ukraine avec sa femme et leurs enfants. Quelques sorties et, selon son désir, elle s'installa chez lui avec ses effets personnels, louant sa maison meublée à une cantatrice et à son mari qui allaient en prendre grand soin. Iris Des Oeillets et Vladimir Zarov formaient maintenant un couple, ce qui lui fit perdre le revenu mensuel que lui offrait Bernard, sans avoir toutefois à lui remettre la voiture qu'il ne lui avait pas réclamée. Avec l'argent de Vladimir, elle n'aurait certes aucun besoin de la « pension » de son ex-amant. D'autant plus que ses locataires défrayaient les taxes, le chauffage et les assurances, par un loyer élevé. Dans la famille, seule Rose avait été mise au courant de son... déménagement ! Cette dernière traita sa soeur d'imprudente et lui reprocha ses liaisons successives et sans valeur. Par jalousie, sans doute, n'ayant jamais eu dans sa vie un seul homme pour lui tâter le mollet. Iris venait de temps à autre visiter son père, se jeter dans ses bras, le serrer sur son coeur, pour préserver l'héritage et la maison familiale sur laquelle elle gardait les yeux. On aurait pu jurer quelle était devenue « agente immobilière » tellement sa « faim » des maisons était insatiable. Pour en tirer profit, bien sûr, mais pour assurer ses vieux jours, surtout ! Jasmin ne savait rien des « idées de grandeur » de sa soeur. Iris ne les fréquentait pas, sa femme et lui. Et encore moins Violette ! Elle ne se confiait qu'à Rose. Pour lui laisser la trace de ses déplacements, pour ne pas qu'elle la perde dans le néant. Et par mesure de précaution au cas où un mauvais sort s'acharnerait sur elle. Il fallait bien que quelqu'un puisse suivre ses allées et venues ! Elle gambadait tellement d'un homme à l'autre, d'une maison à une autre, d'un drap de coton à un autre de satin ! Avisée, elle ne présenta pas Vladimir à son père. D'autant plus que Narcisse avait été déçu de sa rupture d'avec Bernard. Il avait approuvé que sa « fleur » préférée soit au bras d'un docteur renommé. Beaucoup plus qu'il apprécierait la retrouver dans les bras d'un présumé homme d'affaires. Russe par-dessus le marché !

De son côté, Rose menait une existence minable. Seule avec son père, elle avait pris, elle s'en doutait, la relève de sa mère. Rien à l'horizon, pas de voyages, pas d'avenir, que lui, le misérable qui, dans son égoïsme, ne vivait que pour son jardin.

— Regarde, Rose, mes chrysanthèmes s'ouvrent ! Les tulipes viendront plus tard…

— Vous avez déraciné les marguerites ?

— Oui, ta mère n'est plus là, inutile de garder la fleur qui la représentait. Et je cultive de moins en moins de pivoines, elles fanent trop vite.

— Vous connaissez les définitions des fleurs, papa ?

— Des balivernes, tout ça ! Inventées par des poètes ! La rose rouge pour l'amour, le lys pour l'honneur, l'orchidée pour la délicatesse, le tournesol pour la chaleur… Foutaise ! Les fleurs ne sont que belles ! Certaines plus que d'autres !

Comme les femmes ! L'iris et l'élégance, j'y crois, je n'ai qu'à regarder ta soeur mais, avant tout, c'est le parfum qu'elles dégagent qui fait que les fleurs plaisent ou pas. Moi, même si c'est plus commun, je persiste à dire que c'est le lilas qui dégage la plus suave odeur. Les plus foncés sont les plus enivrants. Mais, mon Dieu qu'ils prennent de la place en se multipliant !

Il adorait parler horticulture. Avec quiconque lui vantait son jardin, même un voisin. Lorsqu'il se levait acariâtre, Rose s'empressait de lui annoncer qu'une fleur nouvelle venait d'éclore pour que son visage s'illumine. Elle aurait aimé aller travailler, poser sa candidature dans un grand magasin, il l'en avait empêchée :

— Une fille de médecin n'a pas à vendre de la literie pour gagner sa vie. Tu as tout ce qu'il te faut ici. Même un téléviseur couleur !

— Et si je rencontrais, papa, si j'avais la chance de faire ma vie ?

Méchamment, lui regardant le soulier, il lui avait répondu :

— Avec un tel pied ?

En 1975, on parlait dans les journaux du vol du coeur et du diadème de la Vierge au Cap-de-la-Madeleine. Une valeur de cinq mille dollars ! Les bonnes âmes avaient prié, en vain. Le clergé était outré. À Hollywood, Louise Fletcher recevait l'Oscar de la meilleure actrice pour son rôle dans *One Flew Over the Cuckoo's Nest*. Et, pendant que six cents employés de la Canadian Mint déclenchaient la grève, les États-Unis effectuaient des tests nucléaires à leur site du Nevada. En mars, à Los Angeles, Susan Hayward était décédée, ce qui avait navré Rose qui avait vu plusieurs de ses films, dont *I Want to Live*. L'actrice n'avait que cinquante-six ans. Iris, encore avec son Russe, amoureuse plus ou moins, multipliait les voyages avec lui. Il l'avait emmenée en Angleterre, en France, en Belgique, en Grèce, au Japon... Bref, presque partout, sauf dans son pays d'origine. Elle se demandait bien pourquoi, mais quand elle le questionnait, il changeait de sujet pour ne pas avoir à lui répondre. Elle avait cru un moment qu'il était interdit de séjour dans son propre pays, mais elle ne s'en inquiéta pas. Vladimir semblait *persona non grata* partout où il avait vécu, même au Canada où, pourtant, personne ne l'embêtait encore. Vivait-il sous deux identités ? Chose certaine, il n'était pas inscrit dans l'annuaire, bref, nulle part, et il lui avait demandé de se présenter aux voisins sous le nom de madame Des Oeillets et non madame Zarov, si on la questionnait. Pour ensuite l'avertir de leur parler le moins possible, de les saluer si nécessaire, sans plus. Iris, néanmoins, appelait Rose de temps en temps pour aller magasiner. L'aînée acceptait pour s'évader de son père, et ce dernier ne s'y objectait pas puisque ces sorties lui permettaient d'entrevoir Iris quand elle passait prendre sa soeur. Dans les magasins les plus en vue, Iris ne se privait de rien avec la carte de Vladimir. Elle voulait offrir des gâteries à Rose qui les refusait sans cesse. Sauf une croix délicate en or qu'elle allait porter jusqu'à son dernier jour après l'avoir fait bénir. Une croix de quatorze carats que Narcisse avait trouvée fort belle parce que choisie par sa « fleur » adorée. Mielleuse on ne peut plus, Iris avait acheté des boutons de manchette à son père, lui qui était sans cesse en salopette de jardinier. Mais il avait apprécié le geste. Sa « préférée » avait tellement le coeur sur la main… Avec l'argent des autres !

Plus en forme que jamais, Narcisse avait subi un examen médical complet qui s'était soldé par un : « Vous allez vivre jusqu'à cent ans, docteur Des Oeillets ! » Rose, présente lors du diagnostic, avait soupiré et s'était exclamée devant les infirmières : « Pas moi, cependant ! » Ce qui avait rendu Narcisse amer. Au retour, lui demandant la raison de cette remarque brusque et désobligeante, elle avait répondu dans un pieux mensonge, innocemment :

— J'ai dit cela parce que j'ai l'impression d'avoir la santé de maman.

Ce à quoi le paternel avait répliqué :

— Non, Rose, tu as la charpente de ton père, toi ! C'est Violette, la réplique de ta mère, qui va lever les pattes la première !

1976, le port de la ceinture devient obligatoire au Québec. Faye Dunaway reçoit l'Oscar de la meilleure actrice pour son rôle dans *Network*, et Narcisse, qui fête ses soixante et onze ans, a accepté d'aller souper au restaurant avec Rose et Iris pour célébrer son anniversaire. Le docteur, passablement en forme, commanda une salade et un foie de veau alors que les deux soeurs préférèrent le poisson frais du jour. Le vin blanc arrosa un peu les mets, pas beaucoup pour lui, le docteur buvait modérément. Rose se contenta d'un demi-verre et Iris se chargea du reste de la bouteille, se rendant jusqu'aux trois quarts. Narcisse, se tournant vers le passé, revoyait ses « fleurs » quand elles étaient petites. Il leur parla aussi, mais brièvement, de sa défunte femme, leur mère, dont il déplorait encore la fragilité.

— Est-ce qu'elle vous manque, papa? de lui demander Iris.

— Bah... un peu, oui, mais Rose la remplace si bien...

L'aînée n'osa rien ajouter et Iris, déviant du sujet, se rendit compte que son père ne tenait pas tellement à brasser des souvenirs ayant trait à Marguerite. Elle lui parla des fleurs qu'il allait planter au printemps puis, regardant Rose, lui dit qu'elle avait vu le film *Les noces de porcelaine,* avec Mylène Demongeot, parce que Vladimir aimait les films français.

— Vladimir? avait questionné le père. C'est qui, lui?

Prise au piège, mais gardant son calme, Iris répondit:

— Un ami, papa... un copain.

Rose, ennuyée de voir que tous craignaient les réactions du paternel, remit les pendules à l'heure:

— Non, papa, pas un copain! Vladimir est l'homme avec lequel Iris partage sa vie depuis près de deux ans maintenant.

— Rose!

— Il est temps qu'il le sache, Iris! Tu n'es plus une enfant, tu as droit à ta vie. Tu as vécu avec Bernard et il le savait. Alors... De toute façon, qu'importe avec qui tu sors ou avec qui tu partages ton existence, en autant que tu gardes ton nom...

— Elle a raison, Iris, tu peux fréquenter qui tu veux, mais reste une Des Oeillets, c'est tout ce que je te demande. Et tu n'as pas à t'en cacher. Ne me mens pas, je n'aime pas ça.

C'était la première fois que Narcisse grondait sa «fleur» préférée. Mais il l'avait fait si gentiment qu'Iris n'avait pas senti le reproche dans le ton de sa voix. Plus sûre d'elle, elle confessa:

— Oui, je vis avec Vladimir, papa. Un Russe pas marié, pas divorcé, pas d'enfants. Et à notre âge, nous n'en aurons pas.

— Est-il catholique ?

— Ça changerait quoi ? Vous-même ne pratiquez pas.

— Tu as raison, mais je redoute les gens qui appartiennent à des sectes...

— Papa, ce n'est pas le cas ! Vladimir n'appartient à rien !

— Bon, ça va, c'est ta vie, Iris, je ne m'en mêle pas.

— Violette n'a pas été aussi chanceuse ! s'exclama Rose.

— Violette attendait un enfant ! Elle m'a tenu tête ! C'est autre chose ! C'est comme Jasmin qui n'a pas respecté sa promesse !

Surprise de la tournure de la conversation, Iris se tourna vers Rose pour lui dire :

— Nous sommes ici pour fêter papa, pas pour lui faire un procès.

Rose, choquée et mal à l'aise à la fois, répondit d'un ton sec :

— Bon, ça va, demande l'addition au garçon, j'ai envie de rentrer.

Après quoi Iris embrassa son père et, dans sa nouvelle Mercedes payée par Vladimir, se dirigea vers la demeure familiale pour les déposer, lui et Rose, à la porte. À peine rentrés, encore dans le couloir, Narcisse dit à son aînée :

— L'âge n'a pas de prise sur Iris. De plus en plus belle, celle-là !

Rose avait de moins en moins de nouvelles de Violette. Cette dernière, encore derrière son comptoir en fer à cheval, servait ses dîners de « bûcheron » qui n'avaient guère augmenté de prix au fil du temps. La soupe aux pois ou aux tomates vermicelles était au menu régulier, comme le pudding au riz ou au tapioca pour dessert. Avec le plat principal assez chargé pour bourrer la panse des gars d'entrepôt ou des vendeurs à commission mal payés. Seule, sans amis ou presque, il lui arrivait cependant d'aller au cinéma avec l'autre *waitress*, quand le mari de celle-ci passait ses soirées à la taverne. Pour aller voir des films comme *Le cri du coeur,* avec Maurice Ronet, parce que la copine ne saisissait pas un mot d'anglais. Ou des films traduits présentés au cinéma Amherst, de préférence en programme double pour le même prix. Les clubs de nuit, pas pour elle, Violette détestait être invitée à danser. Elle n'était allée qu'une seule fois à la boîte à chansons du *Café Saint-Jacques* pour entendre Rina Ketty chanter *J'attendrai,* dont elle avait le disque. Distante, peu encline à se rapprocher des siens, pas même de son frère Jasmin, la troisième «fleur» du docteur Des Oeillets semblait se complaire dans sa médiocrité et sa solitude. Rose la sortait parfois de force, mais elle sentait de plus en plus que sa soeurette s'éloignait d'elle. Surtout depuis la mort de leur mère. C'était comme si, laissée à elle-même, elle avait décidé de couper peu à peu les ponts avec la famille. Au téléphone, elle parlait de moins en moins, répondait par oui et non aux questions de sa soeur aînée, anxieuse de raccrocher. Rose sentait que quelque chose n'allait pas, que Violette s'était détériorée depuis la perte de sa mère adorée. Si bien qu'elle en avait discuté avec son père qui lui avait répondu :

— Oublie-la, celle-là ! J'ai toujours su qu'elle n'était pas normale ! Une Fougère tout crachée !

Sans se douter que ce qui n'allait pas dans la tête de sa fille venait des déséquilibres de sa propre lignée. Déshéritée de son argent, Violette avait conservé, comme acquis, quelques neurones viciés de sa folie.

Un jour d'avril, alors que Rose était à la cuisine et que son père empotait des fleurs, le téléphone sonna. L'aînée décrocha le combiné et trouva au bout du fil nul autre que le patron de sa soeur :

— Écoutez ! Violette est à l'hôpital ! Elle a piqué une crise et a lancé des oeufs dans le vinaigre au visage d'un client ! C'est la deuxième fois qu'elle s'en prend à quelqu'un ! La première fois, c'est madame Chartier, une cliente régulière, qui s'est fait injurier par elle. Sans raison ! Aujourd'hui, la crise était plus forte et elle s'est mise à tout casser derrière le comptoir. J'ai tenté de la calmer... Impossible ! Elle m'a égratigné le visage ! J'ai appelé la police qui, après l'avoir maîtrisée, l'a amenée au poste, puis à l'hôpital où on l'a gardée. De toute façon, je ne veux plus la voir ici, elle est congédiée. Elle est dangereuse, votre soeur !

— Où est-elle ? Quel hôpital ?

— Je l'sais pas, appelez la police, ils vont vous l'dire ! J'pense qu'on l'a rentrée chez les fous dans le nord de la ville ou à l'asile ! Mais, j'vous l'répète, j'la veux plus...

Il n'avait pas eu le temps de terminer, Rose avait raccroché. Retrouvant son père au jardin et lui disant ce qui était arrivé, le vieux, sans s'énerver, lui répondit :

— Je savais que ça allait arriver... Les mêmes cellules nerveuses que sa mère !

— Papa ! Maman était normale ! Comment pouvez-vous dire de telles choses ?

— Ça s'en venait, ma fille, ta mère est morte avant. Même Esther avait des bibittes dans la tête ! Ça venait du côté des Fougère !

Rose, à force d'appels, finit par retracer l'endroit où sa soeur avait été conduite. Un hôpital psychiatrique où l'on gardait, à court ou à long terme, les aliénés, les déprimés, les hystériques... internés ! Jusqu'à ce que la famille se charge de les reprendre ou de les laisser aux bons soins du personnel de l'institution. Rose s'y rendit et, apercevant Violette assise dans une berceuse, la robe sale, voulut s'en approcher pour l'apaiser, la cajoler :

— Ne me touchez pas ! N'avancez pas, je ne vous connais pas !

— Voyons Violette, c'est Rose... Ta soeur ! Je suis venue voir ce qui n'allait pas...

Elle allait s'en approcher davantage lorsque Violette, les yeux hors des orbites, la menaça :

— Avance pas ! Retourne chez toi, la boiteuse !

Rose resta clouée sur place. Jamais Violette n'avait fait allusion à son handicap depuis leur plus tendre enfance. Et voilà que, dans sa démence, l'injure ajoutée au regard sur son pied venait d'être évacuée ! Ce qui la chagrina, mais moins que de se rendre compte que Violette semblait avoir sombré dans la folie. Une préposée prit la malade par la main et elle la suivit sans protester. Et sans se retourner pour voir si « l'infirme » était encore sur place. Le jeune médecin de garde avait dit à Rose :

— Il va falloir la garder, madame, elle peut s'avérer dangereuse.

— Va-t-elle retrouver la raison, docteur ? N'est-ce que passager ?

— Nous n'en savons rien encore ; elle devient vite agressive lorsqu'elle est contrariée. Nous devons l'isoler des autres. Elle est du genre dont il faut se méfier.

— Mon père est médecin… Il est retraité, mais peut-être qu'avec ses soins…

— Donc, elle ne divaguait pas quand elle parlait de son père qui était docteur.

— Non, mais il ne pratique plus, il est septuagénaire.

— De toute façon, il ne pourrait rien faire pour elle, le pauvre homme, elle a répété je ne sais combien de fois : « J'haïs mon père ! J'haïs mon père ! » S'était-il éloigné d'elle pour qu'elle en parle ainsi ?

— Oui, docteur, depuis plusieurs années. Il l'avait reniée et, depuis, elle souhaitait sa mort dans ses prières. C'était devenu une idée fixe chez elle.

— Ce qui s'ajoute au fait qu'elle criait à tue-tête qu'il avait fait mourir sa mère.

— Oh ! mon Dieu !

Violette ne revint pas à la maison ni ailleurs. On la garda dans cette institution et c'est Rose qui eut à signer les papiers pour la faire interner. C'est également elle qui se chargea de vider sa chambre, de vendre les meubles et de lui apporter ses effets personnels. Rose aurait préféré la sortir de cet endroit, mais Violette menaçait tout le monde et sacrait comme un charretier, elle qui avait été si bien élevée.

Narcisse ne voulait pas aller la visiter, il la craignait. Il avait peur qu'elle lui saute au visage d'après les révélations de Rose qui, elle-même, avait été mordue au bras pour avoir tenté d'ajuster son collet retroussé. Iris, renseignée sur la situation, refusa de se rendre sur les lieux en expliquant à Rose : « À quoi bon ? Si elle ne te reconnaît pas, toi qui l'as tant aidée, elle ne saura sûrement pas qui je suis, moi ! » Et elle n'avait pas tort puisque Violette prétendait n'avoir aucune famille, sauf un bébé qu'on lui avait enlevé. Ainsi qu'un père qui avait tué sa mère ! Ni soeur ni frère ! Rose lui apportait des fruits qu'elle jetait à la poubelle et, quand une infirmière lui offrait des fleurs, elle devenait livide, les écrasait du pied en criant : « Maudites fleurs laides ! » Elle n'en conserva qu'une seule qu'elle mit dans un verre d'eau, une… marguerite ! Les intervenantes penchées sur son cas se demandaient bien pourquoi. Que celle-là ! Aucune autre !

Avec l'été qui venait, avec Violette internée et Rose qui allait de temps en temps la visiter, la vie suivait son cours. Le docteur, faisant fi de sa troisième fille devenue folle, ne se préoccupait pas davantage de Rose qui, à ses yeux, était la « bonne à tout faire » bon marché de la maison et non son aînée. Il avait plus d'égards pour Iris quand elle daignait venir le visiter, mais la sentant établie, il la réclamait moins et se vouait corps et âme à son jardin.

Sauf que son oeil de lynx surveillait constamment l'ennemie. Boule ! La chatte qui tentait chaque jour d'aller faire sa crotte dans sa terre noire. Il la détestait et, au moindre pas de sa part en direction de ses fleurs, il la chassait d'un coup de balai ou de pelle. Rose avait beau la faire sortir par en avant, la chatte contournait la maison pour se diriger vers l'arrière défendu où la terre était fraîche, non sans essuyer un coup de pied du docteur qui, caché, la surveillait comme un chat guette une souris ! La pauvre bête, apeurée par cet homme qui lui voulait du mal, le fuyait même à l'intérieur dès qu'il entrait. Elle ne se sentait en sécurité que sur les genoux de Rose mais, têtue, dès qu'elle en avait la chance, elle se retournait vers l'arrière de la maison où le jardin l'attirait comme un aimant. C'était instinctif ! Elle avait réussi une fois ou deux à faire ses besoins dans la terre où les pivoines poussaient. Ce qui avait valu à Rose les hurlements de son père qui lui disait que sa maudite chatte avait fait son territoire dans… le sien !

Un soir de juin, alors que les journées étaient plus longues, Boule n'était pas rentrée pour quémander son plat. Rose, inquiète, la chercha partout et, s'informant à son vieux père, celui-ci lui avait répondu : « J'ai mieux à faire que de surveiller ta chatte ! Si un camion l'a écrasée, ce n'est pas moi qui vais pleurer ! » Rose, désemparée, la chercha encore et demanda au fiston de son voisin de l'aider à retrouver Boule. À deux, ils firent le tour du jardin sans rien piétiner, le garçon en avait été avisé. Puis, au bout de la cour, à l'entrée de la ruelle, il cria à Rose qui était beaucoup plus loin : « Venez voir, madame, je l'ai trouvée ! » Rose jeta un oeil en sa direction et vit le garçon qui regardait dans la poubelle, le couvercle à la main. À son air effaré, elle comprit vite et se dirigea à grands pas pour découvrir au fond de la poubelle, à demi couverte d'un papier journal, la chatte morte, la gueule encore ouverte. Reculant de trois pas, elle remercia le jeune voisin, remit le couvercle sur la poubelle et rentra en furie jusqu'au salon où son père lisait le journal. Il leva les yeux, il n'eut rien à lui demander, elle lui cria :

— C'est vous qui l'avez tuée ! Vous êtes odieux !

— Si tu parles de Boule, elle est dans un monde meilleur, maintenant, et elle ne déracinera plus jamais une orchidée.

— Comment avez-vous pu ? Un animal sans défense ! Elle m'appartenait ! Je l'aimais ! Elle me permettait de ne pas mourir d'ennui… Vous êtes infâme, papa… Une si belle chatte en bonne santé…

— Une sale bête, Rose ! Maligne ! Elle se vengeait de moi sur mes fleurs ! J'ai trouvé ses excréments jusque dans mes pots de terre fraîche ! Il fallait qu'elle disparaisse ! C'était une vilaine !

— Vous l'avez assommée à coups de pioche, je suppose ?

— Non, Rose, un médecin a des méthodes moins barbares. Elle n'a pas souffert, ta Boule, je l'ai empoisonnée.

1980 ! Une décennie nouvelle ! Remplie de promesses selon les astrologues dont les livres de prédiction se vendaient comme des petits pains chauds. Le premier jour de mars, à la surprise de tous, une tempête de neige allait s'abattre sur l'État de la Floride et, en avril, Guy Lafleur allait s'amener au *Joe Louis Arena* de Detroit avec cinq cent quarante-huit buts à sa fiche. Personne ne savait encore que le parti politique d'Indira Gandhi allait remporter les élections en Inde ni qu'aux États-Unis la jolie Cheryl Prewitt du Mississippi allait devenir Miss America. Ah ! si seulement feue Esther avait su cela ! Les saisons s'étaient enchaînées et, malgré tous les soins qu'on lui avait prodigués, Violette était encore internée à cause de ses hallucinations doublées, durant le jour, d'agressions verbales à l'endroit des autres patients et des préposés. Rose s'y rendait de moins en moins, sa soeur ne la reconnaissait plus et elle n'était pas toujours gentille avec elle. Combien de fois l'aînée s'était-elle fait dire qu'elle était laide par sa cadette? Mais Rose fermait les yeux sur ces insultes, Violette était malade. Mentalement malade! Un samedi de juin cependant, après être allée souper avec Iris au restaurant, Rose avait insisté pour qu'elle l'accompagne le lendemain à l'hôpital où était internée leur soeur.

— Ça va servir à quoi? Elle ne me reconnaîtra pas!

— C'est possible, Iris, mais ne serait-ce que pour voir sa réaction...

— Tu sais, moi, ces endroits-là...

— Oui, pas très agréables, je m'y traîne depuis les premiers jours.

Sentant qu'il y avait un reproche dans le ton, Iris répliqua:

— Bon, ça va, j'irai avec toi, mais on ne passera pas l'après-midi là! Je vais à un concert avec Vladimir demain soir.

— Juste une couple d'heures, Iris, pas plus, je te le promets. Au fait, c'est terrible cet écrasement d'un DC-10 d'American Airlines à l'aéroport de Chicago. Deux cent soixante-seize morts! Imagine!

— Rose, ça fait un an que c'est arrivé, cette tragédie-là! Tu es pire que papa qui revient encore avec le premier bébé éprouvette né par césarienne, il y a deux ans! Moi, je suis plus actuelle et ce qui m'intéresse, c'est le prochain film avec Romy Schneider, *La banquière*, qui va sortir en salle cet automne !

— Bon, d'accord, et j'irai le voir avec toi, ce film, si Vladimir me cède la place. Au fait, il va bien ? Quel concert allez-vous voir demain ?

— De la musique russe ! Ce sera ennuyant à en mourir, je le sens, mais qu'y puis-je ? Il me faut lui faire plaisir de temps en temps. Tu veux un autre café, Rose ?

— Non, on s'en va, un, c'est assez, je veux dormir cette nuit. Tu passes me prendre demain ? Je t'attendrai vers deux heures, ce n'est pas loin d'ici.

Tel que convenu, Iris était à la porte de la maison de son père à l'heure précise. De la fenêtre du salon, il lui envoya la main et elle répondit de la sienne. Rose sortit précipitamment, elle avait peur que son père décide de venir aussi. En cours de route, Rose regarda sa soeur et lui dit :

— Tu es d'un chic… C'est un hôpital, Iris, pas un club de nuit !

— Je sais, mais je n'aurai pas le temps de me changer à mon retour, Vladimir veut manger au restaurant avant le concert.

— Ça va jurer à côté des malades… Ils sont si mal attriqués !

— Bien, tant pis ! Ils me prendront comme je suis ! Et si Violette devient vilaine, je t'avertis, je déguerpis !

Entrées au parloir, les deux femmes dénichèrent un coin tranquille avec trois fauteuils et une petite table ronde. Les malades, déjà installés dans l'attente de leur parenté, dévisageaient Iris de la tête aux pieds. Les hommes surtout, dont certains ne semblaient pas avoir oublié l'attirance du sexe opposé. Violette arriva au bras d'une préposée et, lorsque Iris l'aperçut, elle sentit ses jambes ramollir. Sa petite soeur était méconnaissable ! Frêle, les cheveux coupés en balai, une jupe noire, une blouse blanche tachée de jus d'orange, un gilet de laine qui laissait à désirer et des pantoufles en guenille dans les pieds. Prenant place en face de ses deux soeurs, elle regarda Rose pour lui dire :

— Vous, je vous connais, vous venez de temps en temps, et vous êtes boiteuse. Mais elle, je ne l'ai jamais vue ! Une femme riche, je suppose ?

Elle avait désigné Iris d'un doigt croche et osseux, ce qui avait fait peur à cette dernière. Elle trouvait que Violette avait le regard dur et haineux. Un regard de sorcière, pensa-t-elle.

— Cette dame est ta soeur, Violette. C'est Iris ! Tu ne la reconnais pas ?

— Vous voulez rire de moi ? Je n'ai pas de soeur ! Juste une mère et elle est morte ! Y'a eu aussi Lotus, mais il est mort aussi !

Rose resta bouche bée. C'était la première fois que Violette parlait de Lotus, le plus jeune, mort avant d'être né. Peut-être le confondait-elle avec son propre bébé ? Pourtant, c'était une fille qu'elle n'avait pas réchappée, pas un garçon. À moins qu'elle ait vraiment eu un sursaut de mémoire pour ce petit frère dont la mort l'avait marquée. Comment savoir ? Mais ni Rose ni Iris ne relevèrent cet aveu soudain. Voyant qu'elle la fixait, Iris lui dit :

— Regarde, je t'ai apporté des chocolats !

— Rapportez-les, j'aime pas ça ! Pis les autres vont me les voler ! Pourquoi vous êtes habillée comme ça ? Vous allez dans des noces ?

— Non, c'est que je vais à un concert ce soir. Tu as l'air bien, Violette. On prend soin de toi ici ? Le personnel est aimable ?

— Les préposés ? Pas tous ! Y'en a qui sont bêtes comme leurs pieds ! Surtout le gros là-bas ! Y tapoche les plus p'tits, celui-là !

— Tu manges bien ?

— Non, c'est toujours froid pis la viande est dure comme de la roche ! On nous bourre comme des cochons avec d'la marde ! Excusez-moi, j'ai parlé mal. Vous me gênez, vous ! Avec vos bagues, vos colliers… Vous êtes bien trop chic pour être ici ! C'est quoi vot' maladie ?

Iris regardait Rose dans le but de partir, lorsqu'une énorme dame s'approcha d'elles pour leur demander :

— Vous avez vu le menu ? Ça va être bon à soir ! Un dessert-surprise !

Une patiente dont l'obsession était la nourriture. Regardant Violette, elle lui demanda :

— Tu dois avoir faim, hein ? Ça va être bon !

— Non, je n'ai pas faim ! Je ne mange pas, moi !

— Oui, tu as faim ! cria la grosse dame, l'oeil mauvais et la lèvre baveuse.

Voyant qu'elle ennuyait les visiteuses, une préposée la prit par le bras pour l'emmener loin d'elles et, tout en suivant, la dame corpulente disait à l'intervenante :

— J'ai hâte de voir ce qu'on va manger ! Ça va être bon ! J'espère qu'on va me servir la première ! Puis, s'il y a du vin, j'en veux deux verres ! Le dessert-surprise va-t-il être bien sucré ? Si c'est de la compote aux pommes, je vais la manger quand même ! Regardez ! Le chariot passe avec les petits pains ! Je vais les manger tous ! Même ceux qu'on cache pis que je finis par trouver !

Rose et Iris étaient décontenancées. Pauvre femme ! Au moins, elle ne se plaignait pas d'être mal nourrie, celle-là ! Rose parla de la pluie et du beau temps avec Violette alors qu'en sourdine on pouvait entendre une voix d'homme crier : « *Hello ! Anybody home ?* » À plusieurs reprises. Violette regarda Iris et lui dit :

— Vous n'avez pas à avoir peur de lui, il est attaché dans son lit. Il crie toujours la même chose et quand le monde se tanne, on vient le piquer pour qu'il dorme.

— Pauvre homme ! Il n'a pas de famille ? de s'enquérir Iris.

— Ben non ! Pareil comme tout l'monde ! Si y'en avait une, y serait pas ici ! Quand on a des parents morts, on sort plus d'ici ! Il y a des bénévoles qui viennent… Comme vous autres ! Pis… Ah ! y vont-tu le faire taire ?

Parce que pendant qu'elle parlait à ses soeurs, Violette pouvait encore entendre : « *Hello ! Anybody home ?* » de la part de l'abandonné aux cheveux blancs.

— Y'a pas loin de cent ans, vous savez. Je l'ai vu, y'a le visage ratatiné.

Iris avait remarqué que le vocabulaire de Violette, autrefois impeccable, avait pris une débarque. Au niveau du populo dont elle était entourée depuis son entrée à l'institution. À moins que ça se soit gâché durant ses années au restaurant *Chez Jos* du bas de la ville… De toute façon, à côtoyer des gens sans instruction, il y avait sûrement, dans le parler comme dans les manières, une forme de contagion. Elles allaient tenter de reprendre la conversation lorsque de loin elles entendirent :

— Viens changer ma couche ! J'suis toute trempe ! J'arrête pas d'pisser !

Iris avait sursauté et Violette l'avait rassurée :

— Vous n'avez pas à craindre, madame, elle sort pas d'sa chambre, c'te vieille-là ! Elle pisse partout !

Rose, pour changer de sujet, lui demanda si elle se souvenait de Jasmin, de son père...

— Jasmin ? Connais pas ! Mon père, je l'ai pas connu, y'est parti avant ma mère. Paraît qu'y était grand, y pliait en deux !

Agitée soudainement, Violette regarda Iris et lui demanda :

— Êtes-vous une femme riche pour avoir ce que vous avez sur le dos ? Vivez-vous aux États-Unis ?

Iris avait les larmes aux yeux et Violette, insensible, lui dit :

— Ben, si vous commencez à brailler comme toutes les autres ! Vous devriez pas, y vont vous enlever vos bijoux ! Bon, je pense que j'en ai assez, j'suis fatiguée, vous devriez vous en aller. Pis vous, avec les souliers lacés, emmenez pas d'visite la prochaine fois, j'm'épuise plus vite.

« Hello ! Anybody home ? » continuait-on d'entendre sans répit. Violette, les bras croisés, regardait Rose et Iris se lever de leur fauteuil. Puis, jetant un regard autour, elle s'écria : « Pas lui ! » Assis à une petite table dans un coin, un homme

dans la soixantaine avait pris place. Un homme d'une autre nationalité que Violette semblait détester. Laissant ses deux soeurs en plan, elle se dirigea vers lui et, la voyant s'approcher, le malade mit ses deux mains sur un tas de cennes noires devant lui. Le bravant, Violette lui demanda :

— Tu m'en donnes une ou deux aujourd'hui ?

L'homme, les yeux hagards sous ses lunettes démodées, l'air condescendant, lui fit signe que non, en couvrant davantage... sa fortune !

— Maudit pingre ! Séraphin ! Tu les voles aux autres ! lui cria Violette.

L'homme, quasi chauve, le visage rond, l'oeil sournois, lui faisait signe de s'en aller lorsque Violette, se retournant vers ses soeurs, leur cria :

— On sait même pas de quel pays y vient ! Maudite rapace ! Pis, regardez-lui les dents ! Y m'fait penser à Bugs Bunny !

Rose voulut intervenir, mais Violette, enflammée, continua :

— T'es laid, maudit puant ! T'as la face comme un étron !

« Violette, ça suffit ! Tu es vulgaire ! » lui dit une préposée en la prenant par le bras pour la conduire à sa chambre.

Rose et Iris, figées devant cette violence soudaine, entendirent leur soeur dire à la préposée : « J'l'haïs comme ça s'peut pas ! Y'est tellement *cheap* qu'y cache des sachets d'sucre dans son tiroir. Pis il les r'vend une cenne ou deux aux autres ! C'est pour ça qu'y a un tas d'cennes devant lui ! Y'a aussi les doigts longs ! Y surveille les cabarets avec les repas pis y pique les biscuits des autres pour les mettre dans sa poche ! Un vrai tas d'm... J'me r'tiens pour les dames, mais lui, je l'*flusherais* dans le bol ! » Mais la fin de son fielleux monologue se perdit dans le vide lorsqu'elle tourna le coin de l'entrée principale. Ses deux sœurs entendirent un autre sempiternel « *Hello ! Anybody home ?* » puis elles partirent à leur tour. Rendue à la voiture, Iris dit à Rose :

— Je suis bouleversée ! Je suis navrée pour elle, Rose, mais plus jamais je ne reviendrai ! Quel vocabulaire ! Je suis incapable de la voir dans cet état ! Sans parler des autres... Ah, Rose ! S'il est vrai que maman peut toucher le cœur du Seigneur, qu'elle lui demande de faire quelque chose !

Les arbres se départirent de leurs feuilles à plusieurs reprises avant qu'Outremont accueille son automne 1985. Narcisse Des Oeillets, quatre-vingts ans bien sonnés, était encore en excellente santé. Quelque peu arqué par l'horti-culture plus que par les ans, il était « gras dur » dans sa vaste maison avec Rose pour en prendre soin. Elle n'avait que cinquante-cinq ans pourtant, mais à force de passer ses jour-nées entre le vieillard et le tic tac de l'horloge, elle affichait l'apparence d'une femme flétrie. D'autant plus qu'elle ne faisait rien pour tenter de se rajeunir ne serait-ce qu'un brin. Ni du côté des produits de beauté ni du côté vestimentaire. L'allure « vieille fille » l'avait suivie toute sa vie, contrai-rement à Iris qui, avec seulement deux ans de moins, avait gardé le charme et le maintien qui plaisait tant à Vladimir. Ce dernier, pris dans un bourbier un an plus tôt, avait mis sa maison au nom d'Iris, de peur de la perdre. Ce qui était fort maladroit de sa part, mais Iris, ne connaissant pas la raison de ce « don » dit provisoire, ne lui posa aucune question. En étroite relation avec son pays, opérant encore sous des noms d'emprunt, elle l'entendait discuter en russe avec ses inter-locuteurs au bout du fil, une langue qui lui était étrangère. En anglais, parfois, pour les affaires, mais de plus en plus en français avec elle. Il la sortait, ils voyageaient ensemble, il lui achetait, à l'instar des précédents, tout ce qu'elle voulait sans pour autant être exigeant sur « la chose », juste normal comme un couple marié depuis plusieurs années. À croire que, pour les transactions de sa profession confidentielle, il avait besoin d'une femme à ses côtés. Pour effacer les doutes ? Elle n'en savait rien, mais ne se questionnait pas. Iris Des Oeillets était beaucoup plus du genre à dépenser qu'à… enquêter !

Jasmin avait quarante-neuf ans ; Gabrielle, deux de moins. Leurs fils, Jean-Luc et Jean-Michel, quinze et quatorze ans, grandissaient en sagesse et en beauté. Jean-Luc, cheveux noirs, yeux noirs, se dirigeait en informatique alors que Jean-Michel ambitionnait de devenir médecin comme son grand-père et son arrière-grand-père. Un troisième Des Oeillets avec le stéthoscope au cou, mais avec encore assez de temps pour changer d'idée. Blond comme sa mère, moins grand que son aîné, les deux frères, toutefois, s'entendaient à merveille. Sauf pour la musique puisque Jean-Luc aimait les chansonniers d'ici, comme Claude Dubois, et que le plus jeune avait un penchant pour la musique de Bruce Springsteen. Narcisse ne les avait pas vus grandir. Au fait, il ne les avait pas revus depuis que Jasmin avait sauté de la liste de ses héritiers. Jean-Luc l'avait croisé à la pharmacie il y a quelques années, mais le vieux l'avait ignoré ne sachant pas qu'il était son petit-fils. Or, au cours des saisons qui avaient précédé cet automne,

Jean Lesage avait rendu l'âme, la Société des Postes avait vu le jour et le courageux Terry Fox avait perdu son combat contre le cancer, ce qui avait attristé le pays en entier. Une autre mort, tragique cette fois, avait semé la consternation : celle du pilote automobile Gilles Villeneuve en 1982. Puis, en 1983, Sally Ride était devenue la première Américaine à se rendre dans l'espace. Côté cinéma, Meryl Streep avait reçu l'Oscar de la meilleure actrice pour son interprétation dans *Sophie's Choice* et Elizabeth Ward, une jolie brunette, était couronnée Miss America. Pour la plus grande joie d'Esther... sous terre ! Rose, livrée à elle-même, de moins en moins en contact avec Iris qui voyageait à travers le monde, ne visitait presque plus Violette qui, de plus en plus atteinte mentalement, lui avait égratigné le bras lors d'une visite parce qu'elle n'avait pas de gâteaux pour elle. On avait dû les séparer. Violette était devenue si violente avec la visiteuse, qu'elle appelait encore « madame », qu'on demanda à Rose d'espacer ses visites. Lors de leur dernière rencontre en février, c'est derrière une grille que Rose put s'entretenir avec sa soeurette à qui on avait rasé la tête parce qu'elle s'arrachait les cheveux avec ses ongles, au point d'avoir le cuir chevelu en sang. Agressive avec les autres patients, surtout Bugs Bunny qu'elle haïssait tant, il leur avait fallu la mettre en réclusion dans une chambre de laquelle elle ne sortait pas, sauf pour ses besoins hygiéniques, en compagnie de deux préposées. Un triste sort pour la seule Des Oeillets à avoir failli être mère. Rose, seule, ne voyant rien venir, s'était rapprochée de Jasmin et de Gabrielle qui l'invitaient de plus en plus souvent. Une belle complicité s'établit entre les deux belles-soeurs, la même que Gabrielle, jadis, avait développée avec sa belle-mère. Ensemble, elles faisaient du petit point et Gabrielle, qui travaillait maintenant dans une école privée, avait acheté deux autres toiles de Rose pour leur hall d'entrée. Elles allaient au théâtre ensemble, au cinéma parfois, et les neveux Jean-Luc et Jean-Michel avaient découvert en cette tante une femme charmante. Bref, Rose avait maintenant une autre raison de vivre : son frère et sa famille. Narcisse, conscient que son aînée se rendait souvent chez Jasmin et les siens, lui avait dit un soir :

— Tu ne devrais pas les fréquenter, Rose, je les ai déshérités !

— Ce qui ne semble pas les déranger, papa, ils sont à l'aise tous les deux. Et je me rapproche de Jasmin et sa femme pour m'éloigner de vous ! Je ne veux pas vieillir avant mon temps, moi ! J'ai retrouvé une sève de jeunesse avec eux !

— Ne sois pas impertinente, Rose, pense à ton héritage…

— Votre argent ? Pour ce qu'il vaut maintenant ! Je me demande même sérieusement s'il vous en reste assez pour une manufacture de cure-dents !

Rose, malgré l'interdiction de son père, avait fait l'acquisition de Noiraud, un petit chat noir comme le charbon et fort espiègle, car jeune encore. Narcisse se mit à le détester et à le bousculer, mais Rose qui craignait son père de moins en moins, l'avait menacé :

— Celui-là, si vous le maltraitez et si je le retrouve empoisonné, je vous dénonce, papa, et on va vous arrêter pour cruauté envers les animaux. Est-ce compris ?

— Comment oses-tu élever le ton, toi que j'héberge et que je nourris.

— En retour, je fais tout ici ! Sans moi, vous seriez bien mal pris ! Si jamais l'idée vous venait de vous débrouiller seul, dites-le-moi et je vais partir sans laisser d'adresse !

— Pourquoi me défies-tu de la sorte ? Je suis ton père, j'ai droit à ton respect, Rose ! Ta soeur Iris ne me parle pas de cette façon !

— Bien sûr que non, elle est aux îles Canaries avec son Russe ! La dernière fois qu'elle s'est montrée, c'était l'automne dernier. Pour s'assurer d'être encore dans vos bonnes intentions ! Ah ! la vlimeuse ! Je ne veux pas la dénigrer, c'est ma soeur et elle ne m'a rien fait de mal, mais plus ratoureuse qu'elle... Ça fait des années qu'elle vous manipule et vous êtes trop bête pour vous en rendre compte !

— Elle ne me manipule pas, elle respecte le pacte, elle a été intègre !

— Ah oui ? Faites-moi pas parler, papa, vous pourriez sursauter... Alors, pour la dernière fois, ne touchez pas à mon chat ! Même s'il se permet une crotte ou deux dans vos glaïeuls ou vos pétunias !

En novembre, alors que le temps était gris, presque froid, Rose s'apprêtait à se rendre au cinéma avec sa belle-soeur Gabrielle. Elles avaient planifié d'aller voir le film *Le soulier de satin*, d'après l'oeuvre de Paul Claudel, avec Marie-Christine Barrault. Rose avait soigné sa tenue ce soir-là. Elle avait même ajusté à ses lobes d'oreilles des perles entourées de pierres bleues, un cadeau de sa belle-soeur à son dernier anniversaire. Elle qui n'avait jamais porté de boucles d'oreilles de sa vie, ce que Gabrielle ignorait. Or, joliment parée, le sac à main sous le bras, elle attendait en surveillant de la fenêtre que la voiture de Gabrielle s'arrête devant sa porte. Elle aperçut des phares et une auto qui, lentement, tournait dans le rond-point de son avenue. Elle allait sortir lorsque la sonnerie du téléphone l'en empêcha. Sans doute un mauvais numéro, songea-t-elle, mais elle s'empressa de répondre avant que son père le fasse d'une autre pièce :

— Oui, allô ?

— Madame Rose Des Oeillets, s'il vous plaît.

— Elle-même ! Que puis-je faire pour vous ?

La voix de la femme au bout du fil se fit plus grave :

— Je suis l'infirmière en chef de l'hôpital psy... je veux dire de l'institution. C'est au sujet de votre soeur, Violette.

— Je vous écoute, que se passe-t-il ?

— C'est que... Pas facile à dire, encore moins à annoncer, mais votre soeur est décédée en début de soirée.

Rose crut défaillir ! Violette ? Encore jeune et physiquement en forme ? Retrouvant un peu de souffle, elle demanda en baissant un peu le ton pour ne pas alarmer son père :

— J'ai peine à vous croire... Quel mal l'a emportée ?

— Elle... elle s'est suicidée, madame.

Rose sentit ses jambes fléchir et prit vite un siège. Incapable de parler, elle attendit que l'interlocutrice reprenne la parole :

— Je sais que ce n'est pas facile pour vous et je m'en excuse, mais vous êtes la seule personne que je pouvais joindre.

— Elle était... Était-elle déprimée ?

— Allez donc savoir ! C'est possible avec ces personnes... Elle était plutôt agitée ces derniers temps. Pas au point de redouter un tel geste, cependant. Cette semaine, on l'a surprise en train de pleurer, c'était la première fois qu'elle faisait preuve de sensibilité. Quand on a tenté de savoir ce qui l'attristait, elle s'est vite essuyé les yeux pour ne pas avoir à se confier. Puis, elle est redevenue menaçante. Il nous a fallu refermer sa porte à clé.

— De quelle façon s'est-elle enlevé la vie ?

— Avec des médicaments qu'elle avait dérobés on ne sait pas où pour en avoir pris autant. Elle devait les enfouir dans ses vêtements... En plus des siens, évidemment ! Pourtant, avec la surveillance ! Mais avec tous ces patients agités, certains faits nous échappent. On avait recommencé à lui donner quelques heures de liberté dans la grande salle pour la sortir de l'isolement. Un ou une complice, peut-être ? Qui sait ? La dose était plus ou moins forte, mais avec son état de santé plutôt précaire, selon le médecin... On a fait tout ce qu'on a pu, madame, mais en vain. Elle a donc été transportée à la morgue, c'est à vous de prendre la relève. Je vous donne les coordonnées...

Rose avait pris un papier pour tout noter et comme la belle-soeur s'impatientait dans la voiture, elle lui faisait de grands signes, l'invitant à entrer... Gabrielle se pointa au salon et voyant Rose secouée, démoralisée, lui demanda :

— Qu'est-ce qu'il y a ? Ça ne va pas ? Tu es toute pâle...

— Violette est morte, Gaby, on vient de m'appeler, elle s'est enlevé la vie.

— Oh ! mon Dieu ! Quel drame affreux ! Appelle vite Jasmin !

Au même moment, Narcisse se montra le bout du nez et, apercevant les deux femmes en larmes, questionna à son tour. Rose, stoïque, lui répondit :

— Violette est morte, papa. On vient de m'appeler de l'hôpital psychiatrique.

Sans broncher, le père avait demandé :

— Morte de quoi ? Elle n'était pas souffrante…

— Elle s'est suicidée ! Ils ont tenté de la réanimer, mais sans succès.

Le père, sans même chercher à savoir de quelle façon sa fille s'était tuée, répliqua d'un ton plutôt soulagé :

— Dieu ait son âme, Rose. Ta soeur était condamnée. Ta mère en prendra soin de l'autre côté.

Iris, de retour de voyage, avait sursauté en apprenant la nouvelle, mais sans éclater en pleurs pour autant :

— Pauvre elle ! Quelle triste fin ! Elle ne l'a pas eue facile, celle-là !

Jasmin se montra plus compatissant et se reprochait de ne pas être allé la visiter alors qu'elle était internée. Rose avait beau lui dire que c'était inutile, qu'elle ne l'aurait pas reconnu, qu'il lui répondait, repentant :

— C'était quand même ma soeur. C'est elle qui jouait avec moi quand nous étions enfants, elle me donnait ses friandises… Et je n'ai même pas eu le courage d'aller lui en porter durant ses années d'internement. Je m'en veux… Elle n'avait que cinquante et un ans…

— Allons, cesse de te morfondre, Jasmin. À défaut de lui avoir offert des bonbons de son vivant, nous lui ferons un bel enterrement, lui dit sa femme en le consolant.

Mais le « bel enterrement » fut intime et discret. On ne voulait pas que le voisinage apprenne que la fille du docteur s'était suicidée. On ne l'exposa pas, on ne l'inscrivit pas dans la nécrologie de *La Presse*, et le curé de la paroisse célébra une messe pour elle en prétextant qu'elle avait été payée pour les âmes des fidèles défunts. Puis, on l'ensevelit dans la fosse de la famille Des Oeillets, là où reposaient les restes du petit Lotus que Marguerite avait tenu à enterrer, même s'il était mort avant d'être né. D'où la prémonition, sans doute, quand elle l'avait mentionné au parloir... La plus frêle des «fleurs» du docteur à y être enterrée allait reposer en paix avec son petit frère jusqu'à ce que d'autres les rejoignent, le «jardinier» le premier. Quelques badauds vinrent lire le monument par curiosité, mais retournèrent bredouilles, ils n'avaient pas connu Violette Des Oeillets qu'ils prirent pour une cousine, vu son jeune âge. Iris et Vladimir n'avaient pas assisté à la sépulture. Elle avait visité sa soeur vivante, elle, avait-elle répondu à Jasmin qui lui en faisait le reproche. Jean-Luc et Jean-Michel, par respect, étaient venus assister à la descente du cercueil de cette tante qu'ils ne connaissaient pas. Plus frondeur que son frère, Jean-Luc avait dévisagé son grand-père, mais ce dernier avait détourné la tête. Pas même un sourire au cadet qui se cassait le cou pour attirer son attention. Le vieux docteur, conduit par le vicaire, rentra vite chez lui en se promettant bien d'enlever les violettes de ses pots intérieurs et de son jardin dès le printemps prochain. Les fleurs mortes n'avaient pas à renaître dans sa terre fraîche. Violette Des Oeillets, la plus malheureuse des trois soeurs, avait souffert toute sa vie d'un manque de tendresse et d'affection. Sauf de la part de sa mère qu'elle avait peut-être voulu aller rejoindre dans son découragement. À moins que sa petite ne l'ait appelée, ses petits bras tendus vers elle… Personne n'avait cherché à savoir ce qui avait provoqué ce geste insensé. Alors qu'on parlait d'elle dans la voiture et que Jasmin n'en finissait plus de la plaindre, Rose finit par lui dire :

— J'ai manqué de tout ce qu'elle a manqué, moi aussi. Et Violette a été, d'une certaine manière, plus chanceuse que moi avant de perdre la raison.

— Que veux-tu dire ? insista son frère.

— Elle a tellement été aimée de maman, elle a été sa préférée longtemps… Et puis, elle a eu la chance de savoir ce qu'était un homme, elle ! Pas moi !

Chapitre 13

En février 1986, le premier ministre suédois Olof Palme était assassiné à Stockholm, ce qui avait laissé Narcisse indifférent. À la fin de l'hiver, le club de hockey Canadien remportait la coupe Stanley, ce qui le fit sourire un peu, mais lorsqu'il apprit que Wallis Simpson, la duchesse de Windsor, était morte en Europe, il avait dit à Rose : « Bon débarras, celle-là ! Elle a fait abdiquer un roi ! Elle était divorcée en plus ! Et pas belle ! Dieu ait son âme ! ». De plus en plus grognon, négatif à outrance, il se plaignait constamment des repas et des collations préparés par sa fille. Habituée à ses boutades, elle le laissait marmonner tout en enfilant sa laine pour terminer au petit point le magnifique goéland qu'elle voulait offrir à sa belle-soeur. Narcisse, le nez dans un magazine d'horticulture, avait quand même un oeil sur des coupures de journaux non lues de l'année dernière. Ainsi, apprenait-il, un an plus tard, qu'un violent tremblement de terre d'une magnitude de huit sur l'échelle de Richter avait secoué le Mexique. Bilan : plus de neuf mille morts ! Un autre bout de journal en retard disait qu'une émeute mortelle à Bruxelles, lors de la Coupe d'Europe de football, avait fait trente-huit morts. Ce qui avait fait dire à Rose : «Tout ça pour un ballon ! Bande de fous ! J'aurais honte de mourir de cette façon !» Il lui annonça ensuite le décès de Simone Signoret, ce qu'elle savait depuis belle lurette. Mais il avait trouvé le moyen d'ajouter : «C'était une bonne actrice, elle avait de beaux yeux, mais elle n'était pas féminine !» Ce qui avait fait sourire Rose. Son père s'arrêtait encore devant les charmes des femmes. Octogénaire ! Voyant sans doute sa chère Iris dans les plus belles actrices !

Iris n'était guère dans les parages, pourtant. Depuis la mort de Violette, elle n'était pas revenue voir son père. Elle l'appelait de temps en temps, il la suppliait de venir faire un tour, mais elle se trouvait sans cesse un prétexte. Un voyage, la plupart du temps. Au bord de la mer avec Vladimir en hiver, en Europe au printemps, et près des plages de la Virginie l'été, quand on annonçait une longue période de pluie à Montréal. Un tissu de mensonges ! Car, les tourtereaux étaient plutôt… au bord de la rupture ! Le Russe semblait en avoir assez de sa «tsarine» vieillissante. D'autant plus qu'Iris le faisait dépenser à tour de bras. Pour des bijoux de valeur qu'elle déposait ensuite dans un coffret de sûreté à la banque. Vladimir, toujours en «affaires» douteuses, s'absentait de plus en plus fréquemment, laissant sa maîtresse derrière lui, le sac à main bien rempli. Mais Iris s'ennuyait ! Personne à qui parler, personne avec qui sortir, et elle ne comptait pas se rapprocher de Rose qu'elle avait écartée de sa route depuis que cette dernière ne quittait plus sa belle-soeur d'une semelle. Cette chère Gabrielle qui avait redonné le goût de vivre à Rose ! Avec elle, c'était les sorties au théâtre, au cinéma, les terrasses des petits restaurants durant l'été, en plus des soupers à la maison où elle était souvent invitée. Ce qui lui permettait de voir Jasmin et ses deux neveux, Jean-Luc et Jean-Michel, choyés sous le toit paternel, qui aimaient bien leur tante. Avec Gaby, elle était allée voir *Lune de miel*, avec Nathalie Baye. Un film comme ci, comme ça, mais Rose ne se plaignait jamais. L'important, c'était d'être éloignée de son père pour une journée ou une longue soirée. Ce dernier, un repas ou un lunch dans le réfrigérateur, maugréait d'avoir à manger froid ou d'avoir à réchauffer un plat. Il tentait parfois de la retenir en lui disant : « Tu devrais laver, je n'ai plus de sous-vêtements ! » Rose se rendait à sa chambre, ouvrait le tiroir de la commode et en trouvait trois ou quatre qu'elle flanquait sur le lit. Le vieux, pris au piège rétorquait : « Je voulais dire des bas... » Et elle lui en sortait douze paires, lavées pliées !

En 1987, la population mondiale avait franchi le cap des cinq milliards et, le 6 janvier, lors de la guerre Iran-Irak, le président irakien, Saddam Hussein, se déclarait prêt à conclure une paix juste et honorablement durable avec l'Iran. Ce qui avait fait dire à Narcisse : « Je ne lui fais pas confiance, il a l'air hypocrite, cet homme-là ! » En février, le cinéaste controversé Andy Warhol s'éteignait à l'âge de cinquante-neuf ans. Ce qui laissa un point d'interrogation chez les Des Oeillets, le docteur et sa fille ne le connaissaient pas. Mais ce qui intéressait Rose, à part sa peinture, c'était son chat Noiraud. Plus affectueux que Boule l'avait été, il était sans cesse aux pieds de sa maîtresse à se frôler à ses chevilles pour ensuite grimper sur ses genoux. Mais le docteur ne l'aimait toujours pas et le chassait dès qu'il entrait dans son cabinet, qu'il avait gardé intact, ou dans le vivoir où il lisait. Noiraud, à l'instar de Boule, aimait sortir et gratter la terre noire où poussaient des arbustes et des fleurs. Narcisse l'avait à l'oeil, la pioche à la main. Un jour, alors que Rose peignait des mouettes en vol, elle vit entrer son chat qui titubait. Il avait presque l'écume à la gueule, et la vieille fille se douta de ce qui avait pu arriver. Elle questionna son vieux père qui lui répondit :

— J'y ai pas touché, Rose ! Je l'ai pas vu de la journée !

— Ça s'peut pas, il est sorti trois fois par en arrière !

— Ben, il a dû prendre un autre bord et se cacher. Il y a des chiens dans le quartier...

Rose, voyant que sa petite bête agonisait lentement, s'en empara, appela un taxi et se fit conduire chez un vétérinaire. Sur les lieux on fit vomir le chat, on lui donna tous les soins nécessaires et on le sauva, mais le docteur avait averti Rose :

— On a tenté de l'empoisonner, madame. Je ne sais pas avec quoi au juste, mais je pense qu'il va s'en remettre. Ne lui faites absorber que ces gouttes pendant quelques jours, avec un peu de nourriture sèche.

Mademoiselle Des Oeillets, épouvantée, furieuse, connaissant « l'empoisonneur », revint à la maison et, regardant son père d'un air sévère, ne répondit pas quand il lui demanda :

— Qu'est-ce qu'il avait ?

Elle déposa le chat sur son matelas dans le panier d'osier et, sortant avec ses gros souliers bien lacés dans les pieds, descendit les marches de la galerie arrière et piétina toutes les nouvelles repousses près de l'escalier.

La voyant agir, n'en croyant pas ses yeux, son père lui cria :

— Es-tu devenue folle ? Qu'est-ce qui te prend ? Mes semences ! Mes fleurs !

Remontant les marches, elle s'essuya les pieds, le regarda dans les yeux et lui répondit :

— J'ai terminé ce que Noiraud avait commencé ! Maintenant, si ça vous le dit, allez-y, empoisonnez-moi aussi !

Les années 1988 et 1989 s'étaient dispersées, laissant derrière elles des joies, des peines, de bons et de mauvais souvenirs. Jean-Luc et Jean-Michel étaient devenus des adultes accomplis. L'aîné, l'informaticien, vivait maintenant dans un loft avec une copine. L'autre débutait ses études en médecine. Vivant encore sous le toit familial, Jean-Michel fréquentait une étudiante en droit qu'il comptait épouser, leurs études achevées. Narcisse, fier d'apprendre que le deuxième de ses petits-fils, en plus de porter son nom, allait embrasser sa profession, demanda à Rose s'il pouvait le rencontrer pour faire plus ample connaissance. Le jeune homme hésita, mais accepta finalement de rendre visite à son grand-père qui le réclamait. Condescendant, froid, Narcisse lui avait serré la main en lui disant :

— J'espère que tu seras un aussi bon médecin que tes aïeux.

— J'essaierai, grand-père, je ne vous promets rien.

— Sais-tu que je te ressemblais à ton âge ? Sauf que j'étais plus grand !

— Possible, mais je suis plus costaud, si je me fie à vos photos d'antan.

Le vieux docteur sourcilla et poursuivit devant Rose qui ne disait rien :

— Il paraît que tu fréquentes une belle jeune fille que tu comptes épouser dans quelques années ?

— Oui, on s'entend bien, Jacinthe et moi !

Le vieux avait frémi. Se levant, il s'écria :

— Pas possible ! Un prénom de fleur ! Comme moi quand j'ai épousé ta grand-mère ! Quelle merveilleuse coïncidence ! Dis, si jamais vous avez des enfants... tu pourrais...

— Je pourrais quoi ?

— Bien, les appeler Lotus ou Pâquerette ? Les prénoms de fleurs, c'est si joli... Et comme ta future partirait le bal...

— Ça me surprendrait, parce que Jacinthe trouve ridicule que mes trois tantes et mes grands-parents aient des prénoms de fleurs ! Elle trouve absurde que papa se prénomme Jasmin, elle dit que c'est un nom de famille. Alors, ne comptez pas sur elle pour faire un autre jardin ! Son prénom, Jacinthe, ne vient pas de la fleur en question, mais plutôt en hommage à l'une des trois enfants de Fatima que sa mère incluait dans ses dévotions.

Rose, se retenant de rire, avait esquissé un sourire malin. Narcisse, voyant que son petit-fils se payait sa tête avec la complicité de sa fille, lui dit en se levant :

— Bon, allez, j'ai du travail maintenant... Content de t'avoir vu. Bonne chance dans tes études.

Ajustant son col de chemise, Narcisse ne tendit pas la main à Jean-Michel qui, le voyant s'en aller, lui demanda :

— Vous n'aimeriez pas rencontrer Jean-Luc, grand-père ?

— Heu... pas vraiment... Qu'est-ce qu'il fait déjà, celui-là ?

— Il est informaticien et il fait de très bons salaires.

Sans savoir ce qu'était l'informatique, ça sonnait comme un métier, ce travail-là, le vieux lui répondit d'un air hautain :

— Non, pas intéressé ! Moi, les métiers… Mon admiration va à ceux qui ont des professions !

Sorti du cabinet où son grand-père l'avait reçu comme s'il avait été en consultation, sans lui offrir à boire, Rose s'empressa d'inviter Jean-Michel à la cuisine et de lui servir un café avec des petits beignes à la vanille qu'elle avait fait frire la veille. Puis, le regardant affectueusement :

— J'espère que tu ne t'en fais pas avec ce qu'il t'a dit… Il radote, ton grand-père.

— C'est sans importance, mon père m'avait prévenu et vous savez, ma tante, il est désagréable parce qu'il le veut bien. Je crois que ce serait un dur effort de sa part que d'être aimable. Je me demande comment ses patients ont fait pour lui être fidèles.

— Quels patients ? Les vieux riches devant lesquels il faisait des courbettes ? Ils sont tous morts d'avoir été mal soignés, les pauvres gens. Ton grand-père n'a mis tout son savoir-faire, médecine incluse, que pour traiter ses fleurs ! Penché sur elles et ses plantes, il négligeait les maladies de ses propres enfants !

Au cours de ces dernières années, l'acteur français Michel Auclair était décédé, ce qui avait peiné Gabrielle qui l'aimait énormément. Rose, un peu moins… En Algérie, une révolte populaire avait fait quatre cents morts. En juillet de la seconde année, le vol 232 de United Airlines s'écrasait à Sioux City, faisant cent onze morts. En Espagne, le chômage touchait 17,3 % de la population active et, en novembre, la chute du mur de Berlin marquait la fin symbolique de la guerre froide. Finalement, comme pour alléger les événements, le 17 décembre, le premier épisode des *Simpsons* était présenté au petit écran.

L'année 1990 s'était levée avec ses vents froids, ses neiges, et les plantes recouvertes de jute secouées de tous côtés. Rose avait finalement averti son père que s'il arrivait quelque chose à Noiraud, elle allait appeler la police et qu'il serait montré du doigt dans le quartier. Elle avait aussi profité des longs congés pour aller au cinéma avec sa belle-soeur voir le film *Hôtel de France,* avec le beau Vincent Perez dont plusieurs femmes raffolaient ; elle, pas tout à fait… Narcisse, seul dans sa maison, attendait que sa « fleur » préférée, Iris, se manifeste, mais cette dernière n'avait pas téléphoné. Elle n'avait que posté une carte de souhaits arrivée en décembre qui se lisait : *Joyeux Noël et Bonne Année* en italique, signée de son prénom, pas un mot de plus, aucun ajout, rien ! Le docteur se demandait où pouvait être sa « fleur » en ce temps où la famille importait, mais il n'en sut rien. Rose non plus. Iris ne se confiait plus à son aînée comme elle le faisait naguère. La complicité s'était grandement désagrégée et Rose, choquée d'un tel désintéressement, ne cherchait plus de son côté à avoir des nouvelles d'elle. « Qu'elle fasse sa vie avec son Russe ! avait-elle dit à Jasmin. Moi, je peux m'en passer ! Tant pis si papa en est peiné. Il va finir par comprendre que son "héritière" n'a pas le coeur qu'il croyait qu'elle avait pour son père ! »

Le testament, maintes fois modifié chez le notaire, ne laissait plus que Rose et Iris comme héritières de la supposée fortune de leur père, ainsi que de la maison d'Outremont et des biens qu'elle contenait. Cette dernière était certes à considérer, mais pour ce qui était de l'argent qu'il possédait, Rose doutait fort qu'il soit riche comme il le prétendait. Son bas de laine avait certes perdu de ses « piastres » avec les trous occasionnés par aucune rentrée d'argent depuis longtemps. Sans parler de ce qu'il sortait pour vivre décemment après avoir payé ses taxes, son chauffage, les réparations nécessaires et tout ce qui s'ajoutait, comme les assurances, l'électricité, le téléphone, les médicaments… Bref, tout ce que ça prend quand on reste en vie… trop longtemps ! C'était à n'en plus finir ! Avec, en plus, Rose à nourrir ! Ce qui n'avait pas empêché l'aînée de dire à Jasmin :

— Tu auras quand même la moitié de ma part ! C'est trop injuste de t'avoir déshérité de la sorte pour l'avoir bravé une seule fois.

— Non, Rose, tu garderas ce qui te revient. C'est toi qui l'as sur les bras depuis que maman est partie. Tu devrais même avoir la maison entière à toi, pas avoir à la séparer avec Iris qui n'a jamais rien fait pour lui.

— Qu'importe, Jasmin ! Il l'aime, sa préférée ! Ça remonte à loin ! Selon lui, elle est belle comme l'étaient les femmes du côté des Des Oeillets. Les Fougère n'étaient pas à la hauteur de sa vanité. Il a oublié tante Esther, elle était d'une beauté rare…

— Tu ressembles pourtant à papa, Rose. Une vraie Des Oeillets !

— Peut-être, mais je ne suis pas assez pimpante pour lui. De plus, n'oublie pas que je suis « infirme », moi, pas elle !

Papa ne m'a jamais pardonné d'être née avec ce handicap. Comme si j'avais choisi de naître ainsi ! Et il savait fort bien qu'avec Blaise c'était attendre en vain ! Père était sûr et certain que je serais un jour « sa servante » si maman partait avant lui. Il a eu du flair, c'est ce que je suis ! Tandis qu'Iris, « sa muse » comme il l'appelait parfois, c'était sa fierté. Elle l'est encore, elle l'inspire dans son jardinage, paraît-il, même si elle ne se montre plus ou presque. C'est sa « fleur » préférée, vieillissante ou pas. Pour lui, elle existe, celle-là !

— C'est trop injuste, trop ingrat ! lança Gabrielle. Ton père est un monstre, Jasmin ! Et il n'a même pas aimé ses deux seuls petits-fils ! Est-ce Dieu possible ? Les deux seuls à perpétuer son nom !

— À son âge, il n'a plus toute sa tête, Gaby…

— Son âge ? s'écria Rose. Même jeune, il n'avait pas toute sa raison. Il avait déjà de la folie dans les yeux, on pouvait la discerner quand il était contrarié. Et la pauvre Violette en a hérité, c'est ça qui l'a tuée ! Le même regard, la même démence…

— Ce qui ne l'a pas poussé à s'enlever la vie, lui… murmura Jasmin.

— Non, trop lâche pour le faire ! Il n'a pas eu le courage de sa troisième fille, le père !

Iris ne donna de ses nouvelles qu'en 1991. Téléphonant chez son père, elle causa avec Rose comme si elle lui avait parlé la veille. Elle lui annonça qu'elle avait finalement vendu sa maison louée à la cantatrice à un comptable retraité, avec un énorme profit. Puis, elle lui apprit que tout s'achevait entre Vladimir et elle sans lui en donner les raisons. Elle eut même le culot de demander à Rose si elle voulait aller voir le film *Monsieur Hire* avec elle. On en parlait en bien, Michel Blanc était superbe, précisa-t-elle.

— Tu te paies ma tête ou quoi ? Ça fait deux ans que tu ne me donnes pas signes de vie, Iris, et tu nous reviens comme un cheveu sur la soupe, comme si de rien n'était !

— Tu ne m'as pas appelée davantage, Rose, tu avais mon numéro !

— Je ne parle pas pour moi, Iris ! Je me fous de ce que tu fais avec ton Russe et encore plus avec ton argent ! Je te parle au nom de ton père ! Il aurait pu crever que tu n'en aurais rien su ! Quelle ingrate tu es ! Sa préférée ! Sa révélation…

— Arrête, ne m'insulte pas, je t'appelle pour me rapprocher, Rose, pas pour me faire engueuler. J'ai eu un paquet de troubles ! Ça se gâte avec Vladimir, on approche de la rupture, il me fait la vie dure…

— Donc, c'est parce que tu as besoin d'aide que tu te manifestes ?

— Non ! J'ai toujours réglé mes problèmes toute seule, mais tu es ma seule soeur… On a grandi ensemble, Rose, on a échangé, on s'est confiées…

— Tu oublies que tu as aussi un frère, une belle-soeur et deux neveux, Iris ! Ils existent eux aussi !

— Ah oui ? Faudrait peut-être que Jasmin me le confirme, il n'a jamais rien voulu savoir de moi, celui-là ! Sa femme non plus !

— Parce que tu t'es éloignée d'eux, Iris !

— Non, non, souviens-toi, il avait coupé les ponts avec la famille. Il ne vivait que pour sa « Gaby » sans se préoccuper de nous.

— Heu… Qu'importe ! C'est loin tout ça ! Moi, je me suis rapprochée d'eux et j'ai trouvé en Gabrielle une soeur comme j'en aurais souhaité une !

— Merci pour moi ! Très aimable, Rose Des Oeillets !

— Je ne te visais pas… mais attends, Iris, je te passe papa. C'est à lui qu'il faut parler, ça va lui remonter le moral.

Iris n'eut pas la chance de protester ou d'ajouter quoi que ce soit, Rose avait laissé le combiné sur la table et était allée quérir son père qui était arrivé en courant malgré ses courbatures. S'emparant du récepteur, il le porta à son oreille d'une main tremblante et cria presque dans le micro :

— C'est toi, Iris ? Ma « fleur » ! Que je suis content ! Tu vas venir me voir, hein ? Je veux te revoir avant de mourir…

Il avait des sanglots dans la voix, ce qui réussit à émouvoir Rose, pas Iris. Cette dernière lui demanda de ses nouvelles, lui avoua qu'elle n'était plus aussi belle, qu'elle vieillissait, qu'elle avait presque cinquante-huit ans, et il lui répondit :

— Tu seras toujours une femme magnifique ! Les actrices…

Elle l'avait interrompu, sans doute pour le rassurer sur de prochaines visites, et elle raccrocha sans avoir reparlé à Rose qui, constatant le fait, avait dit à son père :

— Vous devez être content, non ? Vous l'avez eue au bout du fil.

— Oui, avec sa voix douce comme du miel. Elle va venir, Rose, il faudra lui préparer un bon souper. Tu as du vin, j'espère ?

Effectivement, plus rien n'allait dans les amours d'Iris et de Vladimir. Les querelles étaient nombreuses et Iris sentait que son Russe voulait s'en défaire, mettre un terme à leur étrange concubinage. Vladimir semblait à court d'argent, les téléphones à l'étranger étaient incessants. Ne sachant pas encore ce qu'il faisait dans la vie, Iris se rendait compte qu'il était de moins en moins généreux envers elle. Il la faisait vivre, mais tout juste. Si mal que, sentant la soupe chaude, c'est elle qui lui dit un soir :

— On arrive à la fin, toi et moi. Mieux vaut régler nos choses.

— Quelles choses ? Je te fais vivre depuis si longtemps...

— Je ne vais quand même pas repartir juste avec mon linge, Vladimir !

Voyant que le ton montait, il lui dit, mi-anglais, mi-français :

— Va-t'en ! *Get out ! Don't bother me and I won't bother you !*

— Quoi ? Tu penses que je vais m'en aller comme ça et que tu vas t'en tirer à si bon compte ? C'est mal me connaître, Vladimir Zarov ! J'ai été ta fidèle compagne...

— Que veux-tu de plus que tout ce que je t'ai donné ?

— Très simple ! La maison ! Juste ça, Vladi !

— La maison ? Tu es folle ou quoi ? Elle est à moi, tu n'en as rien payé, je la possédais avant de te connaître !

Le bravant du regard, risquant d'y laisser sa peau, elle l'apostropha :

— Écoute Vladimir ! Je sais tout de toi ! Tu me donnes la maison ou je te fais déporter ! Tu es illégal ici ! Aimerais-tu mieux la perdre aux mains du gouvernement ? Ou de la police ?

— La police ? *Are you sick ?* Je ne suis pas un bandit !

— Non, mais ce que tu fais n'est pas honnête et tu le sais ! Tu as pris des risques, on t'a à l'oeil à présent !

Iris, sans le savoir, avait visé juste. Mais elle craignait que sa vie soit maintenant en danger en le menaçant de la sorte. Il aurait pu l'étrangler sur-le-champ et se débarrasser de son corps dans le fleuve avec un bloc de ciment attaché à la cheville. Presque certaine de gagner son point, cependant, elle osa ajouter :

— Écoute, que la maison, et puis, ni vus ni connus après ! Elle a même été à mon nom temporairement… Alors… Tu sais, j'aurais pu la vendre en ton absence et déguerpir… Mais je suis une femme honnête, je ne suis pas du genre *trouble maker* ! Je préfère discuter et en arriver à une saine entente.

— Et si je ne le fais pas ? Tu sais à qui tu parles, toi ?

— Oui, je sais et tout ce que tu me dis en ce moment, on l'entend. Alors, si tu ne veux pas t'attirer plus d'ennuis…

— Tu m'as fait mettre sur écoute ? Tu n'as pas peur de ce qui pourrait t'arriver, Iris ?

— M'arriver quoi ? Des menaces maintenant ? Tu es bien gauche, Vladi, je viens de te dire que…

— Non, personne ne m'écoute ! Tu mens, tu tentes de me mettre au pied du mur, mais tu me sous-estimes, Iris. Tu ne sais rien de moi et tu oses m'affronter ! Tu me crois seul dans l'organisation ? Que ferais-tu si on sonnait en pleine nuit pendant que je ne suis pas là ?

Elle avait été frondeuse, elle n'avait pas eu d'autre choix pour arriver à ses fins, mais elle avait frémi. Elle sentait qu'elle était allée trop loin… Le seul fait de lui avoir menti

436

au sujet de « l'écoute » l'avait rendu méfiant face à elle. Il l'avait aimée, voilà qu'il la détestait soudainement, mais le moment était mal choisi pour qu'il s'attire des ennuis. C'était énigmatique dans les deux sens ! Elle ne savait rien de lui, mais lui, de son côté, ne savait presque rien d'elle, sauf qu'elle était sa maîtresse et qu'elle était nécessaire dans ses déplacements. Iris était fille de médecin... Voilà qui rehaussait le portrait quand on cherchait à savoir qui elle était. Jamais il n'avait cherché plus loin... Mais, s'il avait su qu'Iris avait déjà eu un gangster dans sa vie... Pour l'instant, c'est elle qui craignait, on pourrait lui régler son compte sans que personne le sache... Mais, dans un revirement inattendu, Vladimir, retrouvant son calme, la regarda, s'alluma un cigare et lui dit d'un ton quasi affable :

— Bon, écoute, si tu prends juste la maison et que ça s'arrête là, ça va. Je vais la remettre à ton nom dès demain. Après, je pars, mais je la vide de tous les meubles et de tout son contenu. Tu me donnes cinq jours pour faire tout ça.

Surprise d'un si rapide dénouement, méfiante face aux nuits qui venaient, elle croyait quand même rêver, elle allait avoir une autre maison qu'elle meublerait de tout ce qu'elle avait entreposé. Mais craintive, elle avait peur qu'il s'agisse d'un traquenard. Ne sachant quoi répondre, elle lui demanda doucereusement :

— Est-elle entièrement payée, Vladi ?

— Tu dois le savoir, elle a déjà été à ton nom ! *For God's sake, what a stupid question!*

Il avait repris son air soucieux, il la regardait d'une étrange façon. Dieu qu'elle n'était pas confortable dans son fauteuil. Elle coucha à l'hôtel ce soir-là. Elle avait terriblement peur que Vladimir Zarov, en qui elle n'avait pas confiance malgré toutes ces années, la fasse disparaître ! Seul ou avec des complices.

Toutefois, le lendemain, tel que convenu, Vladimir convoqua Iris chez le notaire. Il lui fit don de la maison, mais à l'état brut, vidée de tout son contenu tel qu'entendu. Le contrat stipulait que le « don » était fait en vertu d'un long partage de vie de la part de la dame. Ce qui était loin de « la vie à deux » qu'elle croyait avoir menée. Bref, elle lui avait été utile, mais comment ? Dieu seul le savait ! En sortant du bureau du notaire, Vladimir se dirigea vers sa voiture et la laissa retourner à la sienne, non sans ajouter :

— Je ne veux plus jamais te revoir, Iris. Tu as la maison ? *Alors, out ! Forever !* Je vais quitter le Canada bientôt et ne me cherche pas, je serai mort pour toi !

— Tu n'entendras plus parler de moi, Vladimir. Je n'ai qu'une parole.

Iris Des Oeillets s'en tira fort bien une fois de plus ! Une maison que Vladimir vida en moins d'une semaine alors qu'elle habitait temporairement à l'Auberge des Gouverneurs. Mais, dès que le temps fut écoulé, elle s'empressa de se rendre à Snowdon et de mettre la maison en vente de peur de la perdre dans une saisie, si jamais Vladimir avait des ennuis avec des créanciers ou la justice. Fait étrange, elle remarqua qu'on avait fait un large trou dans l'un des murs du sous-sol. Comme si on en avait retiré quelque chose de lourd. Ce qui la mit davantage sur ses gardes. Mais rien de ce qu'elle avait appréhendé ne se produisit. Son Russe s'évapora dans la nature, elle ne sut jamais où il s'était réfugié. Aux États-Unis ? En Suisse où ils avaient souvent séjourné ? Elle préféra ne plus se poser de questions et, motivée par l'argent qu'elle venait d'encaisser par la vente rapide de la maison, elle fit l'acquisition d'un élégant condo à l'Île-des-Soeurs qu'elle meubla de ce qu'elle avait de plus beau dans l'entrepôt. Tout ça, sans avoir touché à un seul sou de son rondelet compte en banque qui prenait, mois après mois, de respectables proportions. Avec la forte somme obtenue de la maison de Zarov, elle réussit même à acheter à bas prix, à Miami, un autre condo pour ses hivers à venir. Décidément, la « fleur » préférée du docteur avait, à ce jour, assez bien réussi dans la vie... grâce à ses hommes ! Sans hautes études, avec sa seule beauté, elle avait fait sa marque sans déroger de la « promesse » faite à son père. Pas de mari, pas d'enfants ! Et pour cause ! Que des hommes qui l'avaient entretenue pour ensuite s'en lasser, sans la laisser pour autant dans la rue. Le plus surprenant était qu'elle réussissait, chaque fois, à s'en sortir avantagée, en quittant comme en étant quittée ! Plus que confortable dans ses économies, Iris Des Oeillets savait maintenant qu'avec quelques précautions elle pourrait poursuivre sa vie sans dépendre d'un autre homme. Quelques amants d'occasion ? Peut-être ! Comme le *lifeguard* de la *Swimming Pool* en Floride qui, avec ses vingt ans, ne dédaigna pas pour autant le corps encore très ferme de cette femme de presque trois fois son âge !

Les années 90 allaient amener des événements que le vieux docteur apprendrait par la télévision ou le journal. Les futilités ne retenaient pas son attention, mais la crise d'Oka, le conflit entre les Mohawks et la Sûreté du Québec l'avaient mis hors de lui. « Allez chercher l'armée ! » avait-il crié au lecteur de nouvelles. Par contre, le plan de paix au Cambodge l'avait calmé. Rose, peu intéressée par ces événements, s'était plutôt arrêtée sur le décès de l'actrice Ava Gardner qu'elle avait admirée dans plusieurs films. Narcisse s'intéressa ensuite à la première présidence de Jean-Bertrand Aristide en Haïti et fut peiné de la mort du cardinal Paul-Émile Léger, archevêque de Montréal. Non pas parce qu'il trempait ses doigts dans l'eau bénite, Narcisse n'allait pas à l'église, mais parce que l'auguste prélat avait atteint un haut siège dans la religion catholique. Puis, en 1992, il fut bouleversé par la tuerie à l'Université Concordia où Valery Fabrikant, un ancien professeur en génie mécanique, avait assassiné quatre collègues de travail. « Quelle infamie ! s'était-il écrié. Tous des gens instruits ! » Aux États-Unis, William « Bill » Clinton devenait président du pays et Rose, de son oeil averti, trouvait qu'il avait du charisme. Mais elle s'intéressa davantage au roman *Une autre vie*, la traduction de *Changes,* de Danielle Steel, que sa belle-soeur lui avait recommandé. En mai, on apprenait le décès de Marlene Dietrich, et Jean-Luc, le fils aîné de Gabrielle, avait demandé à sa mère : « C'était qui, elle ? »

Jasmin, après un sérieux examen de conscience, avait annoncé à sa femme l'année suivante :

— Je vais aller visiter mon père. Seul. Pour m'en rapprocher un peu avant qu'il parte. Il est déjà très âgé…

— En autant qu'il ne pense pas que tu vas le voir pour lui téter une part de l'héritage. Il est tellement méfiant…

— Non, pas à ce point-là, il sait que je vis bien, qu'on a ce qu'il nous faut, que nos enfants sont élevés, qu'ils gèrent bien leur vie... C'est sans doute ce qui le dérange un peu, il aime qu'on dépende de lui.

— Rose va-t-elle être là ?

— Non, elle a décidé de venir ici pour me laisser seul avec lui.

— Bonne idée ! J'avais justement envie d'aller voir le film *La nuit de l'océan,* avec Jeanne Moreau. Elle va sûrement m'accompagner.

— Sais-tu que vous êtes devenues de bonnes amies, elle et toi ?

— Tu veux savoir pourquoi ? C'est parce que vous êtes pareils tous les deux, mon chéri ! Le même caractère, le coeur sur la main...

— Des qualités que notre bonne mère possédait, Gabrielle.

En 1993, Holly Hunter remportait l'Oscar de la meilleure actrice pour son rôle dans *The Piano*, Jean Chrétien devenait premier ministre du Canada et Melchior Ndadaye était élu président du Burundi, un pays de l'Afrique de l'Est, entouré du Congo à l'ouest et du Rwanda au nord. Rose avait demandé à son père :

— C'est où le Burundi, papa ?

— Heu... peut-être dans le bout de l'Australie... J'sais-tu, moi ?

Coincé, il avait contourné la question en disant à sa fille que l'Espagnol Sergi Bruguera avait remporté la finale des Internationaux de France de Roland-Garros. Elle qui ne connaissait rien au tennis et lui, qui, de coutume, ne s'y intéressait pas !

C'est ce jour-là que Jasmin s'était rendu chez son père afin de passer quelques heures en sa compagnie. Il était arrivé avec des croissants, du jambon, des fromages, de belles tomates rouges et un pain croûté. Bref, tout ce qu'il fallait pour bruncher avec le paternel qui semblait ravi du choix de son fils, surtout lorsqu'il aperçut les carrés aux dattes que Gabrielle lui avait préparés la veille. Assis à la table l'un en face de l'autre, Narcisse lui dit en le regardant :

— Tu as bonne mine. Moins freluquet qu'avant. Tu es rendu à quel âge maintenant ?

— Cinquante-sept ans dans un mois, papa. Ça passe vite...

— C'est encore bien jeune comparé à moi... Quatre-vingt-huit ans révolus ! Pas tuable, ton père, Jasmin ! L'ouïe encore bonne, l'oeil averti ! Je surveille ce que je mange... Si ta mère en avait fait autant, elle serait peut-être encore de ce monde. Mais elle cuisinait gras, elle mangeait n'importe quoi.

— Maman était de nature fragile, ça n'avait rien à voir avec sa nourriture. Elle nous cuisinait de très bons repas. On a toujours bien mangé avec elle. Les légumes étaient en abondance sur la table.

— C'est ça ! Défends-la ! Fais-moi passer pour un menteur, Jasmin ! C'est moi qui vivais avec elle, pas toi ! J'étais docteur en plus !

— Papa ! C'était ma mère, pas une étrangère ! Elle s'est donnée corps et âme pour ses enfants !

— Pas tous ! Elle avait ses préférences !

— Non, papa, elle nous a tous aimés. Elle s'est rapprochée de Violette parce qu'elle la sentait délaissée, ce qui était normal. C'est vous qui aviez des préférences, pas elle ! Je devrais dire «*une* préférence»: Iris ! Elle est la seule que vous avez toujours aimée.

— C'est faux ! Rose aussi a été choyée !

— Allons donc ! Vous lui avez reproché son handicap toute sa vie ! Vous l'avez sans cesse humiliée… Vous avez toujours été narcissique, papa. Vous portiez bien votre prénom ! Au départ, c'était Esther que vous deviez épouser…

— Mais c'est sa soeur que j'ai choisie !

— Pour son prénom, papa, pas pour elle. C'est la «marguerite» que vous avez épousée, pas la femme ! Vous l'avez toujours diminuée ! Maman n'a servi qu'à partir votre «jardin», pour ensuite le garnir de «fleurs», rien de plus. Vous ne l'avez pas rendue heureuse.

— Dis donc ! Est-ce que notre entretien va tourner au vinaigre ?

— Tel n'était pas mon but, papa, mais sachez que vous n'avez plus un enfant en face de vous mais un homme accompli. Je veux bien vous respecter, ne pas porter atteinte à votre dignité, mais ne tentez pas de me bourrer le crâne avec vos persuasions, elles sont périmées. Vous nous avez déshérités à tour de rôle, papa ! Reniés même ! Violette est morte dans le dénuement…

— Ne parle pas d'elle ici, Jasmin, je t'en prie. Violette était une «fleur» flétrie. Elle n'avait que le sang de sa mère dans les veines… Pour ce qui est de l'héritage, je peux changer mon testament et te remettre…

— Surtout pas ! Je n'ai pas besoin de votre argent ni d'une part de la maison. Léguez tout ce que vous possédez à vos deux filles qui n'ont pas eu la chance de faire leur vie, elles… Rose, surtout !

— Qui aurait voulu d'elle ? Elle boite ! Même Blaise l'a quittée !

— Non, papa, c'est Rose qui s'en est lassée. Blaise Bérubé, c'était de la guenille ! Pas un homme ! Rose aurait pu trouver mieux, mais Blaise était le seul que vous acceptiez dans les parages parce qu'il n'était pas dangereux. Avec lui, vous étiez certain que Rose n'allait pas perdre son nom de fille.

— Pourquoi es-tu si vilain, Jasmin ? Tu n'aimes pas ton père, hein ?

— C'est vous qui me cherchez, papa ! Maître de tout, maître de rien ! Je suis venu ici pour m'enquérir de votre bien-être, pour faire un peu la paix, pour enjoliver votre journée et, d'un seul mot, vous me faites bondir de ma chaise ! Gabrielle avait raison…

— Ne me parle pas de ta femme, Jasmin, c'est elle qui a tout démoli du grand « jardin » ! En donnant à ses enfants des prénoms ordinaires, des prénoms composés, par-dessus le marché ! Elle est venue détruire ce que j'avais si bien ensemencé. Dieu va la punir !

Voyant que son vieux père déraisonnait, qu'il avait les yeux hagards, l'air ahuri, Jasmin préféra ne pas s'emporter et offrit un carré aux dattes à son père qui, le goûtant, s'écria :

— C'est ta femme qui a fait ça ? Bonne pâtissière !

Il venait de la descendre comme du poisson pourri pour ensuite l'encenser pour un carré aux dattes. Narcisse Des

444

Oeillets en perdait de jour en jour. Sa mémoire comme sa rancune s'éteignait graduellement. Ses bontés se transformaient en vilenies et l'inverse allait de pair. Jasmin changea de sujet, bavarda avec lui de tout et de rien, du danseur de ballet Rudolf Noureev qui venait de mourir du sida, une maladie que le docteur ne connaissait pas. « Plus intéressé par l'horticulture que par la science », songea Jasmin. On parlait du terrible fléau à tous les réseaux et le vieux médecin s'entretenait encore de la polio et de la tuberculose. Pas d'une seule maladie de l'ère contemporaine.

Constatant que son père souriait, Jasmin lui demanda la raison de cette soudaine bonne humeur :

— C'est parce que je suis content ! Ton plus vieux, Jean-Luc, se marie, et il m'a dit que sa première fille s'appellerait Pâquerette. Une nouvelle « fleur » pour mon « jardin » !

Jasmin était perplexe, c'était Jean-Michel et non Jean-Luc qui comptait se marier. L'aîné vivait maintenant seul dans son loft, il avait bien une blonde, par-ci par-là, mais rien de sérieux. Un célibataire endurci, comme disait de lui sa mère. Narcisse dérapait ! Il regardait dans le vide maintenant et, poursuivant sur sa lancée, il ajouta :

— Ton Jean-Michel m'a promis, lui, qu'il voulait plusieurs enfants ! Il va les nommer Lotus, Pétunia ou même… Lilas ! Imagine ! Il va être comme moi, un docteur-horticulteur avec un jardin rempli de fleurs. Il va faire honneur aux Des Oeillets, celui-là !

Puis, plissant le front, l'octogénaire marmonna :

— En autant qu'il ne tombe pas sur une femme qui n'aime pas le jardinage… Comme la tienne, Jasmin !

Peu à peu, Narcisse sortait de son état second après avoir confondu bien des choses. D'autant plus qu'il avait refusé de recevoir Jean-Luc après avoir accueilli Jean-Michel. Bref, il n'avait jamais échangé un seul mot avec l'aîné de ses petits-fils. Retrouvant son air maussade et regardant Jasmin, il lui demanda :

— Tu comptes rester encore longtemps ? On a fini de manger...

— Bien, si c'est ce que vous voulez, je peux m'en aller...

— Ce serait apprécié, j'aime faire la sieste l'après-midi. Après avoir vérifié l'état de mes fleurs cependant, car le fichu Noiraud de ta soeur... Ah ! l'animal ! Il a déterré des racines de pivoines pour faire son tas, hier ! Si Rose n'avait pas été là, je l'aurais battu, son maudit chat !

— Tous les animaux aiment la terre fraîche, papa.

— Oui, il y en avait un qui venait piétiner mes fleurs. Le chat du troisième voisin. Gris, malpropre, la tête dure... Je l'ai attendu de pied ferme et il va le chercher, son chat, le bonhomme. Il est dans une gazette au fond de ma poubelle ! Comme Boule dans l'temps !

— Papa, vous n'avez pas fait ça ?

— Chut ! Pas un mot à personne ! Les vidanges sont ramassées demain.

— Bon, je m'en vais, je vous laisse vous reposer.

— Fais donc ça, mon gars ! J'ai d'autres chats à fouetter, moi !

Le vieux partit à rire et rectifia :

— C'est une citation ! Des « chats à fouetter »... Comme avoir autre chose à faire. Pas des chats à tuer ! Un par mois, c'est assez !

Le vieux serra la main de son fils sans l'inviter à revenir le voir. Jasmin avait espéré un peu de considération, voire de tendresse, de ce vieux père octogénaire, mais il n'en fut rien. Narcisse s'empressa même d'ouvrir la porte pour que Jasmin sorte « au plus sacrant ». Afin d'aller vérifier si l'une de ses vivaces s'était ouverte subitement.

Quelques heures plus tard, Rose réintégrait le domicile et, s'enquérant de la visite de Jasmin, son père lui répondit :

— Il n'a pas grand-chose à dire, celui-là. Pareil comme sa mère ! Le cou rentré dans le collet pis les deux yeux dans le même trou !

— Papa ! Pourquoi dites-vous cela ? Jasmin est fort bel homme ?

— Tu trouves ? On sait bien, avec ce que tu as eu comme chum, toi… N'importe qui est plus beau que Blaise Bérubé, mais c'est pas ton frère qui va faire tomber les femmes dans les pommes !

— Pourquoi le ferait-il ? Il en a une !

— Je sais… Chaque torchon trouve sa guenille !

— Vous êtes ignoble, papa ! Ils forment un très beau couple !

— Ça revient à ce que je disais…

Ne relevant pas son sarcasme, Rose ajusta ses lunettes et devint soudainement embarrassée, son père lui fixait le pied :

— Quoi ? Qu'est-ce qu'il y a encore ? Mon infirmité ?

— Non, mais pourquoi tu portes toujours des souliers noirs ou bruns ? Pourquoi pas des blancs de temps en temps ?

Indignée, Rose lui répondit :

— Pourquoi pas des rouges, un coup parti ? On pourrait voir mon handicap à deux milles d'ici !

En ce 24 février 1994, le chanteur français Jean Sablon, que feue Marguerite avait beaucoup écouté à la radio jadis, mourait à l'âge de quatre-vingt-huit ans. Un an plus jeune que Narcisse ! On allait aussi beaucoup parler de la victoire de Pete Sampras au tournoi de tennis de Wimbledon et un peu de la dévaluation de 15 % du peso mexicain. En juin, un essai nucléaire à Lap Nor, en Chine, avait fait peur au vieux docteur, mais il ne se soucia guère des violents troubles du nord du Cameroun. C'était trop loin ! Gabrielle et Rose étaient allées voir le film *Modigliani,* avec Richard Berry, dans un cinéma de répertoire, car elles l'avaient raté à sa sortie. Gaby avait aimé la vie, les amours et les années de drogue du célèbre peintre ; Rose, un peu moins. Elle avait préféré *Scent of a Woman,* avec Al Pacino, un mois plus tôt. En mars, alors que Rose vaquait à ses occupations, elle reçut un appel interurbain de la Floride et reconnut la voix d'Iris :

— Rose ? C'est moi ! Ça va ?

— Oui, si on veut, mais quel bon vent t'amène ? Tu appelles si rarement…

— Je fais ce que je peux, j'ai du travail à faire…

— Ah oui ? Où ça ? Dans le sable, les deux pieds dans les vagues ?

— Ne sois pas cynique, Rose… Je t'appelle de bonne foi…

— Pour parler à papa ? Il n'est pas là, il est sorti faire sa petite marche.

— Je veux d'abord m'informer de toi. La santé est bonne ?

— Oui, on dirait que j'ai hérité du père. Je suis en forme. Et toi ?

— Moi ? Ça ne peut aller mieux ! Je me la coule douce, je l'avoue, mais pour une sexagénaire, je me tire bien d'affaire.

— Tu as un nouvel homme dans ta vie ?

— Non, c'est fini les liaisons à long terme. Je n'en veux plus !

— Tu dois t'ennuyer alors ?

— Pourquoi ? Il y a le court terme, les rencontres éphémères…

— Tu veux dire les rencontres d'un soir ?

— Rose ! Tu me juges vraiment mal ! Je ne suis pas du genre…

— À d'autres, Iris ! Tu as toujours adoré séduire les mâles ! Tu t'en vantais même à seize ans ! Il a quel âge, celui qui te désennuie présentement ?

— Aucun ! Il est parti, il a changé d'hôtel, il travaille à Tampa maintenant. Je ne le vois plus, c'est terminé.

— Je présume qu'il était plus jeune que toi ? Tu n'as pas répondu…

— Pas un gamin quand même ! Nino a trente ans.

— Iris ! C'est la moitié de ton âge ! Tu devrais avoir honte !

— Honte ? Est-ce de ma faute si je ne fais pas mon âge ? Si les hommes me donnent à peine quarante ans ? Vais-je me laisser courtiser que par des septuagénaires chauves et bedonnants qui traînent leurs maladies, pour être *politically correct,* comme on dit ici ?

— Tout de même !

— Oui, tout de même ! Je me conserve, moi, je garde ma peau fraîche, je prends des vitamines, je fais du *fitness*...

— Est-ce à dire que moi... Non, un interurbain coûte trop cher pour qu'on en arrive à s'obstiner de la sorte !

— Oublions ça, Rose, mon coup de téléphone était de bonne foi comme je te le disais, je me demandais si tu avais envie de passer une ou deux semaines avec moi.

— Où ? Pas en Floride, j'espère !

— Bien... c'est là que j'habite l'hiver, Rose ! Pourquoi ne viendrais-tu pas ? Ça te changerait les idées, ça te reposerait...

— Es-tu folle ? Je n'ai jamais pris l'avion de ma vie !

— Il y a un commencement à tout.

— Non, j'ai peur de ces engins dans le ciel. Comme disait maman : « Les oiseaux dans le ciel, les poissons dans l'eau et les hommes sur Terre ! »

— Allons, ne sois pas vieux jeu... Tu aimerais le sable chaud...

— Merci, Iris, mais c'est non. Pas pour moi, la Floride ! Et j'ai à prendre soin de papa. Il n'a que moi.

— Tu pourrais demander à Jasmin de s'en occuper, non ?

— Absolument pas, ton offre ne m'intéresse pas, je ne bouge pas d'ici, moi ! Pourquoi n'invites-tu pas papa à te rejoindre ?

— Voyons donc, il est presque nonagénaire ! Que veux-tu qu'il fasse sur les plages de la Floride ? Et l'avion à son âge, pense à son coeur... Il n'est plus assurable en cas de maladie. Tu imagines ce que ça coûterait une hospitalisation ici ?

— Il est plus en forme que tu ne le crois, Iris ! Un vrai chêne !

— Écoute, Rose, je t'ai invitée à venir, pas lui ! Si ça ne t'intéresse pas, je n'insiste pas, mais ne tente pas de donner ta place à quelqu'un d'autre.

— Tu pourrais inviter Jasmin et sa femme ?

— Pas intéressée. Surtout elle !

— Et tes neveux ? Jean-Luc apprécierait un tel voyage. Ce n'est plus un enfant, il a son propre appartement… Et toi qui t'entends si bien avec les plus jeunes…

— Non, je ne le connais même pas. Oublie ça, Rose, et oublie-moi, je ne te rappellerai pas. Quand tu voudras causer, tu sais où m'appeler, tu as mes deux numéros. D'ici là, chacune sa vie.

— Oui, Iris, comme ce fut presque toujours le cas. Moi, je m'arrange très bien avec Gabrielle et Jasmin… Tiens ! J'entends papa qui monte les marches, tu veux lui parler ?

— Désolée, je n'ai plus le temps, on m'attend. Ce sera pour une autre fois. Bonne journée, Rose.

— Bonne…

Mais Rose ne put aller plus loin, Iris avait raccroché. Avant que son père n'ouvre la porte d'entrée. Pour ne pas avoir à lui parler, elle, sa « fleur » préférée. Rose ne lui fit pas mention de l'appel qu'elle venait de recevoir, ça l'aurait blessé d'apprendre qu'Iris avait raccroché, et c'est elle qui en aurait absorbé les retombées. Mais Rose, se remémorant sa conversation doublée d'une invitation, n'avait pas osé dire à Iris que la raison première de son refus était la comparaison qu'on ferait d'elles en les sachant presque du même âge. Rose ne se voyait pas dans les restaurants de Miami, devant un Nino ou un autre, avec ses jupes et ses blouses de coton alors qu'Iris s'y présenterait comme une vedette de la télévision. Désarmée devant sa soeur de deux ans sa cadette, elle ne pouvait l'affronter de la sorte sans visiblement s'humilier. Iris était trop belle pour qu'elle puisse la concurrencer. Les cheveux roux, la poitrine ferme, la taille fine, les bijoux, les talons hauts… Tandis qu'elle, cheveux gris noués, lunettes au bout du nez, vêtements démodés, inspirerait sans doute la pitié avec sa jambe plus courte que l'autre dans un soulier lacé… surélevé !

Épilogue

1995! L'année où un attentat meurtrier allait être per- pétré par Timothy McVeigh à Oklahoma City, en plein centre-ville, faisant cent soixante-huit morts et six cent quatre-vingts blessés. Narcisse fut si renversé qu'il s'écria: «Dans quel monde de fous vivons-nous?» Rose Kennedy, doyenne du clan, s'était éteinte en janvier à l'âge de cent quatre ans et, pour le plaisir des jeunes, le soixante-quatrième album de la série Lucky Luke, *Belle Starr,* s'emparait du marché de la bande dessinée. Rose, qui avait réveillonné chez Jasmin, s'était plainte de son père. Depuis un certain temps, il était devenu odieux avec elle, exigeant sur-le-champ tout ce dont il avait besoin comme si elle était sa servante. Et ce, sans affabilité aucune. On avait beau attribuer ses emportements à son âge avancé, que l'aînée répondait promptement: «Non, j'ai toujours été sa tête de Turc! Il aime s'en prendre à moi! Il ne m'a jamais aimée et il le manifeste ouvertement maintenant. Je suis son souffre-douleur constamment! Mais il ne l'emportera pas en paradis... Il m'a fait gâcher ma vie, le vieux sacripant!»

Devant une telle exaspération, son frère se taisait et sa belle-soeur baissait les yeux, sachant fort bien que Rose avait raison. Depuis sa plus tendre enfance, son père, du haut de ses six pieds, l'avait toujours bafouée. À cause de son « infirmité » ! Souvent raillée, elle tentait de lui remettre la monnaie de sa pièce, car elle était, de ses enfants, celle qui avait le plus son caractère. Celle qui avait aussi ses traits... Une Des Oeillets plus qu'une Fougère, ce qu'il n'appréciait guère. À cause de son erreur de « géniteur » dont, sans le dire, il se culpabilisait. Or, ce n'est qu'aux petites heures que Rose avait regagné le toit paternel après la nuit de l'An nouveau. Narcisse qui dormait comme un loir ne l'entendit pas rentrer. Comme il ronflait très fort, sa fille comprit qu'il était... en bonne santé ! Elle déposa le joli foulard de soie qu'on lui avait offert dans l'un des tiroirs de sa commode et tira profit des dernières heures de la nuit. Au lever du jour, passablement en forme, elle avait préparé le déjeuner de son père qui surveillait de près la survie de ses poinsettias et, comme chaque année, elle enleva les boules et les guirlandes du sapin pour tout ranger dans le placard approprié. Narcisse, sans lui souhaiter une bonne année ni à s'attendre à ce voeu de la part de sa fille, lui dit :

— C'est déjà fini, les Fêtes... Personne n'est venu nous visiter...

— Papa ! C'est vous qui ne voulez pas sortir ! Si vous étiez venu chez Jasmin, vous auriez bénéficié d'un bel entrain... Il y avait un bon buffet froid, de la musique d'ambiance... Jean-Luc était là avec son amie de coeur, elle s'appelle Sylvie et elle est très jolie. Jean-Michel était là aussi avec son étudiante en droit. On a mangé, on a ri, on a dansé !

Lui regardant le pied, il lui demanda :

— Toi aussi ?

— Oui, papa, moi aussi ! Un *slow* avec Jean-Michel. J'ai peut-être un handicap, mais je ne suis pas en fauteuil roulant. Toujours le mot pour être déplaisant ! Même au jour de l'An !

— De toute façon, ça ne m'intéresse pas, les réveillons.

— Bon, passons, j'ai le sapin à sortir... Au fait, où est Noiraud ?

— Dans la salle de bain d'en haut, la porte barrée.

— Pas depuis hier ? C'est vous qui l'avez enfermé là ?

— Qui d'autre ? Je l'ai surpris à gratter un pot de terre ! Maudit chat ! Ça meurt donc jamais, ces bêtes-là ?

— Oui, quand on les empoisonne, papa !

Puis vint la fête de Narcisse Des Oeillets. Ses quatre-vingt-dix ans révolus, le cadeau qu'il cherchait, l'absence de son gâteau de fête, ses reproches, sa virulente prise de bec avec Rose qui en profita pour se vider le coeur et le darder de ses flèches les plus vives... Rose qui, au bout de sa corde, n'avait pas épargné son père en le flagellant de torts qui l'humiliaient à en perdre patience... Il avait déblatéré sur sa pauvre mère, sur son frère, sur elle, et Rose, ce jour-là, écoeurée de le subir depuis tant d'années, lui avait vomi de sa langue bien pendue les reproches les plus durs qu'on puisse faire à un père. En allant jusqu'à le renier et à cracher sur son héritage avant même qu'il ne la déshérite. Abattu, la voyant préparer ses bagages, il avait tenté de l'amadouer, de la raisonner ; il l'avait suppliée de ne pas le laisser seul. Et quand il lui demanda où elle irait, elle avait hurlé : « Au diable, papa! Au diable vert!», en tournant les talons pour le laisser seul avec ses faux remords et ses prétendus regrets. Parce que Narcisse Des Oeillets n'avait rien à se reprocher, selon lui, sinon d'avoir engendré, naguère, une fille avec une jambe plus courte que l'autre.

Et Rose était partie! Avec deux valises, son manteau sur le dos, son bonnet sur la tête, ses *rainettes* en caoutchouc par-dessus ses souliers, sans regarder son père qui, dans un ultime effort, lui cria:

— Tu ne peux pas faire ça! On n'abandonne pas son père...

Mais Rose avait brusquement refermé la porte derrière elle pour se diriger au coin de la rue où, d'une cabine téléphonique, elle avait appelé un taxi. Car, l'aînée de la famille, tremblante non de froid mais de rage, ne s'en allait pas au «diable vert», mais tout droit chez son frère.

Gabrielle l'accueillit à bras ouverts et Jasmin, une tasse de café chaud à la main, l'aida à retirer son manteau. Sans savoir encore ce qui s'était passé, il lui dit en regardant les valises par terre:

— Tu es ici chez toi, Rose. Ton calvaire est fini. Tu vas vivre heureuse avec nous. Demain, l'un des garçons ira chercher Noiraud. Il t'a encore fait suer, hein?

Rose, retrouvant son souffle, les yeux embués de colère, lui avoua:

— C'est moi qui ai explosé, Jasmin... Le jour de son anniversaire en plus... Mais j'étais rendue au bout du rouleau. Les reproches fusaient une fois de plus, il me torturait moralement, il crachait son venin hypocritement, il vénérait Iris et descendait tous les autres… J'ai tout échappé par terre, mon aiguille à broder incluse, et je l'ai attaqué de plein fouet. Sur toutes ces années d'enfer passées avec lui, sur ses injustices, sur…

Et Rose se mit à pleurer d'épuisement en se remémorant la violente scène qui venait de se produire moins d'une heure auparavant.

— Retrouve ton calme, tu n'as rien à te reprocher, Rose, tu as été d'une patience à toute épreuve… Il fallait que ça se termine, sinon tu serais morte avant lui.

— Je ne lui ai rien offert pour son anniversaire. Pas même une carte, j'en étais incapable. Depuis le début de l'année, il me déchirait le coeur chaque jour… D'un petit coup de lame à la fois… Il ne m'a pas épargnée, crois-moi ! Dans ma hargne, je l'ai renié et je lui ai dit de garder son héritage. Je le regrette un peu, car, cet argent, j'aurais aimé le partager entre Jean-Luc et Jean-Michel. Ils en ont plus besoin que moi à leur âge.

— Je douterais que papa te déshérite… Pas après toutes ces années à le…

— N'hésite pas ! À le torcher ! Il ne m'a pas lâchée d'un pouce ! Il croit que ce n'est qu'une passade, que je vais y retourner, mais c'est fini, Jasmin ! Je ne peux plus lui voir la face ! Que de cruauté mentale et de méchancetés de sa part ! Tout ça pour sa folie furieuse des fleurs ! On a gâché notre vie à cause de lui ! Violette et moi surtout, car Iris s'en est tirée indemne ! Elle n'aimait pas les enfants, elle avait plein d'hommes et elle amadouait le père constamment. Elle est comme lui au fond, égoïste à outrance ! Toi, tu t'en es bien sorti, Jasmin, parce que tu lui as tenu tête, mais il t'a déshérité, le vieux chenapan ! Il n'a jamais voulu voir tes enfants ! Sauf Jean-Michel, une seule fois ! Adulte ! Ses petits-fils ! Vous êtes pourtant les seuls à perpétuer son nom… Plus fou que ça, cherchez-le ! Juste à penser qu'il a épousé notre mère pour son prénom ! Quelle démence ! Il n'a vécu que pour son jardin…

— Rose ! Arrête ! Tu te vires les sangs ! lui lança Gabrielle.

— Oui, elle a raison, de renchérir Jasmin. Détends-toi, tu as ton toit ici. Tout est meublé. Tu n'auras qu'à prendre tes effets personnels.

— Ce que je vais faire au plus sacrant ! Mais, avant de l'abandonner à son sort, parce que je ne suis pas cruelle, je vais demander à madame Chabel de venir en prendre soin pour ses repas, sa lessive, son entretien… Je la dédommagerai, bien sûr, mais ce sera de courte durée, car, dès demain, Iris n'aura pas d'autre choix que de le prendre en main. Je vais la sortir de Miami en pas pour rire, elle ! En laissant ses jeunes amants dans leur chaise longue ! Elle ne s'est privée de rien, celle-là !

— Oui, je sais, mais ne l'envie pas, Rose, elle n'est sans doute pas plus heureuse pour autant. Elle est seule, complètement seule, elle s'est éloignée de nous. Imagine ce que va être son avenir…

— Son avenir ? Tu veux dire sa fin, car à notre âge, il y a beaucoup plus d'années derrière que devant. Sexagénaire, ce n'est pas le commencement ! Surtout quand on en est rendue à payer pour ses menus plaisirs… Et elle ne sera pas seule, elle aura le père avec elle, tu l'oubliais ? Allons donc, son unique héritière ! Moi, j'aurai la chance de vieillir auprès vous deux. Quelle récompense !

Malgré ce long plaidoyer, Jasmin sentait que Rose n'avait jamais prisé que sa soeur cadette, si belle, avait eu tant d'hommes dans sa vie, puis strictement dans son lit, alors qu'elle... Encore vierge à presque soixante-cinq ans.

Le vieux passa la nuit seul. Noiraud, n'apercevant pas sa maîtresse, s'était caché sous le lit pour l'attendre et éviter ainsi les coups de bâtons du cruel Narcisse dès qu'il s'en approchait. Mais, au petit matin, le chat se glissa par la porte entrouverte et se faufila jusqu'au gros pot de poinsettias blancs pour y laisser sa crotte dans la terre encore humide.

Rose avait fait le nécessaire et, tel qu'entendu au bout du fil, madame Chabel se présenta chez le docteur vers dix heures :

— Que faites-vous ici ? Vous ai-je appelée ?

— Non, docteur Des Oeillets, c'est votre fille qui l'a fait. Je viens prendre soin de vous à sa place. Je préparerai vos repas, j'entretiendrai vos vêtements, je ferai le ménage... Bref, tout ce que Rose m'a demandé de faire, car elle ne reviendra pas, elle me l'a confirmé.

— La sans-coeur ! Abandonner son vieux père de la sorte ! Et où est-elle, cette ingrate ? Réfugiée chez son frère, je suppose ?

— Oui, mais pas réfugiée, installée. Elle m'a dit que l'un des fils passerait prendre ses effets personnels qu'elle allait lister. Elle ne remettra plus les pieds ici, a-t-elle ajouté. Alors, je peux rester ? Vous avez déjeuné ?

— Non, pas encore, je l'attendais! Je croyais à une boutade... Mais entrez donc madame Chabel, ne restez pas dans le portique, on gèle dehors, ça traverse les murs! Et puisque c'est comme ça...

Sans ajouter quoi que ce soit à l'endroit de sa «gardienne temporaire», Narcisse se rendit à son bureau, ouvrit un tiroir, prit un carnet, chercha un numéro confidentiel et le composa.

En plein milieu de l'après-midi, chez Jasmin, alors que Rose prenait le thé en causant avec sa belle-soeur, les deux femmes furent interrompues par la sonnerie du téléphone. Gabrielle répondit et, regardant Rose après avoir dit: «Un moment s'il vous plaît...», lui fit signe que l'appel était pour elle:

— Oui, allô?

— Mademoiselle Rose, c'est le notaire Drouin qui vous appelle. J'arrive de chez votre père qui m'a convoqué de toute urgence. C'est la dame de compagnie qui m'a indiqué où vous atteindre... Je ne sais comment vous le dire, mais il a encore changé son testament.

Rose, n'en croyant pas ses oreilles, lui demanda:

— Déjà? Et il m'a déshéritée, je suppose?

— Heu... en effet, mademoiselle Rose. J'ai tenté de l'en dissuader, j'ai même énoncé tout ce que vous avez fait pour lui mais, entêté, presque choqué de mon hésitation, il m'a menacé de faire affaire avec quelqu'un d'autre si je n'obtempérais pas. Je m'en excuse...

— Ne vous excusez pas, notaire, je m'y attendais. Pas si tôt, néanmoins...

— Il a tout légué ce qu'il possède à votre soeur, Iris. Son argent, la maison et tous les meubles. Bref, tous ses biens. Elle est devenue son unique héritière, rien pour vous ni pour votre frère. C'est vraiment injuste...

— Je vous le répète, ne soyez pas mal à l'aise, on s'y attendait, Jasmin et moi. De toute façon, ça faisait longtemps que mon frère avait sauté de son testament. Il ne lui restait que moi...

— Vous savez, tout est signé, madame Chabel lui a servi de témoin. Tout a été fait en bonne et due forme, mais votre frère et vous pouvez faire opposition, contester cette décision... Surtout vous, qui lui avez été si dévouée jusqu'à ce jour.

— Je n'en ferai rien, notaire. Qu'il le garde, son argent, qu'il le donne à ma soeur, c'est elle qui prendra la relève auprès de lui désormais.

— Oui, mais une courte relève. À son âge avancé... Je pourrais vous appuyer dans une démarche...

— Non, n'allez pas plus loin ! C'est signé ? Tournez la page ! Je vais bien vivre de mes propres rentes, ne craignez rien.

— J'imagine que vous avez été prudente sur ce plan, mais entre vous et moi, outre la maison qui vaut son pesant d'or, votre père n'est pas si riche qu'on le croit... Ce qu'il possède était une petite fortune il y a quarante ans, mais dans le contexte actuel, ce n'est pas énorme. D'autant plus qu'il vit depuis longtemps sur son avoir... Je ne peux, malheureusement, dévoiler de chiffres...

— Et je vous en sais gré ! Vous les communiquerez à Iris quand le moment viendra. Elle qui le croit multimillionnaire !

— Oh ! mon Dieu ! Quelle déception ce sera pour elle !

C'est finalement le vendredi, deux jours après avoir quitté son père, que Rose téléphona à Iris en Floride. Cette dernière, étendue dans un hamac avec, non loin d'elle, un jeune Latino prénommé Geraldo, n'eut qu'à faire un geste pour que son amant de la journée lui tende le combiné :

— *Hello !*

— Tiens ! Tu réponds en anglais maintenant ? Tu t'américanises, ma petite soeur ?

— Rose ! Quel bon vent t'amène ! Si tôt... Pas papa...

— Non, fausse joie ! Il est increvable, celui-là ! Et tu auras l'occasion de le constater toi-même dès dimanche !

— Je ne comprends pas... Que veux-tu dire ?

— Qu'il va te falloir rentrer pour t'en occuper, Iris. Il n'a que toi maintenant. Je l'ai quitté avec mes valises, il y a deux jours.

— Tu... tu l'as abandonné à son sort ?

— Non, ne t'en fais pas, il me restait une once de pitié ! Madame Chabel en prend soin jusqu'à ce que tu arrives pour prendre la relève.

— Crois-tu sérieusement que je vais tout quitter ce que j'ai ici pour aller prendre la relève, Rose ? Faire ce que tu faisais dans sa maison qui sent le vieux ?

— Tu n'auras pas le choix, Iris, à moins que tu te désintéresses de son avoir. Il m'a rayée de son testament, hier, tu es maintenant sa seule héritière ! As-tu bien entendu ? Que toi pour sa fortune, sa maison et ses biens personnels ! Et comme il a quatre-vingt-dix ans, tu n'auras pas à attendre longtemps pour en bénéficier.

Iris, muette de stupéfaction, quelque peu sous l'effet du choc et ayant retenu le mot « fortune » sur lequel sa soeur avait appuyé, cherchait quoi lui répondre pendant que son jeune éphèbe lui massait la cuisse de sa main bronzée :

— Pourquoi… Pourquoi a-t-il fait ça ? Qu'est-il arrivé ?

— Une violente querelle entre lui et moi, Iris ! J'étais rendue au bout de ma corde et je lui ai déversé tout ce que j'avais sur le coeur depuis toutes ces années. Puis, j'ai claqué la porte avec deux valises et je suis maintenant installée chez Gabrielle et Jasmin jusqu'à la fin de mes jours. Son argent, tu peux l'avoir, je m'en fous, je n'ai pas besoin de grand-chose pour vivre, moi. Sa maison, tu peux l'avoir aussi, ça t'en fera une autre à revendre avec le temps… Es-tu là ?

Iris retenait sa respiration. Étonnée et comblée à la fois. Le fait d'apprendre que « la maison » serait à elle seule… Que cela…

— Oui, je suis là, je t'écoutais… Mais c'est injuste, je te remettrai ta part…

— Je n'en veux pas ! Il m'a déshéritée ? Qu'il aille au diable ! Et si vraiment tu trouves qu'il y a injustice, partage ton héritage avec les fils de Jasmin. Ce sont eux qui en ont le plus besoin, leur vie commence…

— Je le ferai, compte sur moi ! Mais là, je dois vraiment y aller ? En janvier ? S'il a madame Chabel…

— Écoute Iris, moi, à ta place, je prendrais le premier avion. S'il ne te voit pas arriver pour te jeter dans ses bras, je ne jure de rien, le numéro du notaire est dans le creux de sa main. Ne t'arrange pas pour qu'il lègue tout ce qu'il possède à madame Chabel parce qu'elle prend soin de lui. À son âge, tout est possible. Il n'est pas seulement fou, il est imprévisible ! Tu es mieux d'arriver et de mettre de l'ordre dans ses affaires et dans sa tête, sinon…

— J'ai compris. Qu'importe le prix du billet, je vais arriver dimanche et je vais le raisonner avant qu'il dépérisse davantage !

— Et qu'il te déshérite à ton tour pour laisser ça aux missionnaires ! Tu es la seule encore en lice…

— Bon, ça va, je vais tout arranger. Et si j'ai à te joindre, ce sera chez Jasmin ?

— Oui, mais si ce n'est pas nécessaire, ne te sens pas obligée. Pense plutôt aux deux fils de ton frère.

Elles avaient raccroché et Iris, descendant du hamac, entourant de ses mains ridées le corps de Geraldo d'à peine vingt ans, lui dit :

— Je pars en voyage, mon lapin, mais je reviendrai. Sois bien sage.

À bord de l'avion qui la ramenait à Montréal, Iris songeait à ses affaires et à sa vie. Elle avait laissé son condo de Miami aux bons soins d'un vieux couple asiatique qui montait la garde lorsqu'elle s'absentait. Geraldo était retourné sur les plages afin de tuer le temps avec d'autres baigneuses d'un certain âge, retrouvant ainsi les gigolos qui l'avaient précédé dans les bonnes grâces de madame Des Oeillets et qui avaient trouvé d'autres proies. Ce qui était la règle du sable et de la mer. Mais voilà qu'à bord de l'appareil, rangée deux, siège près du hublot, avec un verre de vin à la main, elle se demandait ce qu'elle allait faire de cet héritage qui lui pendait au bout des doigts. Chose certaine, elle ne retournerait plus à Miami. Elle mettrait son condo en vente et ferait revenir ses effets personnels par l'entremise du couple chinois qui, moyennant quelques liasses de billets verts, s'en chargerait promptement. Désormais, elle irait plutôt passer ses hivers à différents endroits du sud, tels la Jamaïque, la Barbade, le Costa Rica… ou ailleurs ! En changeant de destination chaque fois et en habitant son luxueux condo de l'Île-des-Soeurs durant les trois autres saisons. Le vol n'avait pas été turbulent et l'avion se posa en douceur sur la piste. Dès son entrée à l'aéroport, elle téléphona de son cellulaire à la maison et s'entretint avec madame Chabel, l'avisant qu'elle pouvait rentrer chez elle, qu'elle arriverait dans l'heure qui allait suivre. À bord de l'auto louée à son arrivée, Iris manigançait. Elle savait déjà ce qu'elle allait faire. Comme elle avait son père dans sa poche, il allait suivre ses instructions à la lettre, les yeux fermés. Sûr et certain que sa « fleur préférée » ne voulait que son bien.

Narcisse, ravi, vint lui répondre dès que la sonnette tinta. La surveillant de la fenêtre, il l'avait vue descendre de sa voiture et monter les quelques marches de la demeure familiale. La priant d'entrer en vitesse à cause du froid, il s'exclama, la regardant :

— Dieu que tu es belle ! Tu es blonde maintenant ? Tu me rappelles l'actrice Virginia Mayo que Jasmin aimait tant dans les films bibliques.

— Merci du compliment, papa, mais vous avez l'air en forme, vous aussi !

Puis, le serrant contre la fourrure de son manteau, elle lui murmura :

— Je vais prendre soin de vous, papa, vous n'aurez plus à vous en faire.

— Ta soeur m'a abandonné, Iris! Quelle ingrate!

— Je sais, je sais… Mais n'en parlons plus, je suis là maintenant…

Il la fit passer au salon et les éloges fusèrent à son égard:

— Quelle jolie «fleur» tu es encore! Tes souliers sont-ils en or?

Elle éclata de rire, lui serra la paume de la main et répondit:

— Non, juste dorés, papa. Lamés. C'est la mode aux États-Unis.

Puis, ouvrant son sac à main, elle lui présenta un petit écrin. Surpris, il lui demanda:

— C'est pour moi? Pourquoi?

— Pour votre fête, papa. J'ai préféré l'apporter que de le poster.

Le vieux ouvrir l'écrin de velours bleu pour y découvrir une épingle à cravate avec l'initiale N gravée argent sur or:

— Oh! qu'elle est belle! Mais je ne m'endimanche pas souvent…

— Qu'importe! Gardez-la pour les grandes occasions, on ne sait jamais…

— Tu sais, Jean-Luc, l'aîné de Jasmin, il est venu chercher Noiraud hier et il m'a à peine adressé la parole. Il est de connivence avec son père et Rose, celui-là! Quoique le chat… Bon débarras!

Iris rencontra le notaire, l'amadoua du mieux qu'elle put et lui annonça que son père voulait lui donner la maison sur-le-champ. Intrigué, maître Drouin avait froncé les sourcils, mais elle le rassura :

— Ça vient de lui, vous pouvez l'appeler, il faudra procéder.

Le notaire s'exécuta et, ayant Narcisse au bout du fil, lui demanda :

— Vous désirez céder la maison à votre fille de votre vivant, docteur Des Oeillets ?

— Oui, oui... Iris a eu une bonne idée ! C'est trop grand pour moi et, avec cet argent, elle pourra me trouver un bel appartement. C'est elle qui s'occupe de tout. Préparez la paperasse, je n'aurai qu'à signer.

Le notaire, perplexe, ne voulant pour autant perdre Iris comme éventuelle cliente, lui dit en raccrochant :

— Je m'excuse, je n'avais pas de doutes, mais sans son accord de vive voix, je ne pouvais procéder à tout changement. Et je le fais au bout du fil vu son âge, car autrement...

— Oui, je comprends, ça va, l'interrompit-elle. Vous pouvez faire cela le plus vite possible ? J'ai beaucoup d'autres affaires à régler.

La passation des droits de la maison se fit en deux temps, trois mouvements. Iris était d'ores et déjà propriétaire de la vaste maison d'Outremont. Celle dans laquelle elle avait grandi avec d'autres « fleurs »... dont elle semblait avoir oublié les pétales et les noms. Sous l'influence de sa fille, Narcisse n'avait aucune objection. À rien ! Sauf qu'en partant, il allait perdre son jardin. Le lui disant avec des trémolos dans la voix, elle le réconforta :

— Voyons, papa... On n'emporte pas un jardin au paradis... Vous allez le perdre tôt ou tard et, à votre âge...

— Tu as raison, je ne suis pas loin de ma tombe, moi !

— Non, ne parlez pas de la sorte, mais là où vous irez, vous pourrez cultiver des fleurs en pot. J'ai des graines de semence dans mes bagages…

— Des coquelicots, j'espère ! Je les voudrais pour le début de l'été ! Est-ce possible ?

— Tout est possible, papa. Attendez d'être là…

— C'est où ça, là, Iris ?

— Là où l'on va vous traiter comme un roi, papa !

Rose savait qu'Iris était arrivée, mais cette dernière s'était abstenue de la rappeler chez Jasmin. L'aînée n'avait guère été invitante à ce qu'elle le fasse, mais Rose avait cru que, pour revoir ses neveux, elle donnerait signe de vie. Sans se douter que sa soeur, dans son silence envers eux, s'emparait de la maison de la famille. Le notaire, cette fois, n'avait pas prévenu Rose de ce changement. Comme elle était déshéritée, il n'avait pas à le faire. D'autant plus qu'Iris risquait de devenir une future cliente avec son actif, et non l'aînée avec ses maigres revenus. Or, pendant que Rose espérait qu'Iris songe à Jean-Luc et Jean-Michel pour l'héritage paternel, cette dernière, en catimini, déménageait son vieux père dans une résidence pour personnes âgées. Montant jusqu'au troisième étage par l'ascenseur avec Iris et le concierge de l'immeuble qui suivait avec les bagages, Narcisse fut étonné de se retrouver dans une grande chambre avec un petit vivoir adjacent et une salle de bain pas plus grande qu'une cuiller. Le vieux docteur, stupéfait, regarda sa fille et lui dit :

— Tu parlais d'un appartement, Iris, pas d'une chambre. Je suis autonome, moi…

— Papa, ce n'est pas une résidence pour les malades, vous allez être choyé ici. Il y a une grande salle à manger en bas, de bons repas...

— Je n'aime pas manger avec des étrangers ! Tu me connais, pourtant ! Non ! Je préfère retourner dans ma maison. Je vais mourir d'ennui ici, et je n'aime pas certains visages que j'ai croisés en entrant.

— Allons, soyez raisonnable, papa, je viendrai vous visiter chaque jour ou presque. Nous allons manger ensemble, causer dans votre vivoir, à l'écart... Il y a des gens bien ici, des avocats, des juges...

— Ah oui ? Où ça ? Vais-je les rencontrer, Iris ? Ça console un peu...

— Bien sûr ! Vous arrivez à peine... D'ici quelques jours, ce sera une autre histoire. Faites-moi confiance, papa. Ne suis-je pas votre « fleur » préférée ?

— Oui, Iris ! La plus belle ! Mais... où vais-je cultiver mes fleurs ici ?

— Vos fleurs en pot ? Dans le vivoir, papa !

— Voyons ! Il n'y a pas de soleil !

— Alors ici, sur le rebord de la fenêtre.

— On peut à peine y déposer deux pots.

— C'est tout ce que ça prend pour des coquelicots et des pensées...

— Tu as raison, c'est ce que je veux... De petites fleurs... Pas de pivoines !

Iris laissa échapper un soupir de soulagement et se retira tout doucement après avoir embrassé son père et lui avoir promis de revenir. Une charmante dame du comité de la résidence allait prendre la relève. Conduire Narcisse à la salle à manger, lui expliquer les consignes de l'endroit, ce qui était permis ou non… Une résidence de laquelle le retraité docteur Narcisse Des Oeillets ne sortirait jamais, à moins que, sénile, on le déplace dans une moins coûteuse…

Iris, plus rapide qu'un lièvre, se mit dès le lendemain, papiers en main, à contacter un agent pour vendre la maison. Mais elle n'eut pas à retenir ses services, car le notaire lui offrit de l'acheter pour son fils qui, marié, vivait inconfortablement dans un logement avec sa femme et leurs trois enfants. Iris, soulagée de ne pas avoir à poser de pancarte d'une agence immobilière que Rose, Jasmin ou ses neveux risquaient d'apercevoir, se départit de la maison et des meubles de son père à un prix dérisoire suggéré par le notaire. Beaucoup moins qu'elle en aurait tiré avec un courtier, mais elle avait accepté l'offre. Le notaire, empressé, lui avait fait miroiter : «Comptez que vous n'aurez pas de commission à verser !» Ce qu'elle avait considéré et «gobé» en croyant aussi, intérieurement, qu'elle accomplissait une bonne action en la léguant à un couple avec trois jeunes enfants. Tout comme les Des Oeillets naguère ! Mais le va-et-vient de la rue Querbes n'avait pas échappé à madame Chabel qui, devant les faits, avait appelé Rose chez son frère :

— Je ne sais trop ce qui se passe, mademoiselle Rose, mais la maison de votre père semble avoir été vendue.

— C'est impossible ! Mon père n'aurait jamais fait une chose pareille ! Son jardin…

— Je vous le dis, je ne le vois plus, votre père ! Et je peux vous assurer qu'une jeune famille est en train de s'y installer.

J'ai vu des allers et retours, des boîtes de carton transportées... Venez le constater par vous-même !

— Je le ferai, madame Chabel. Merci de votre appel.

Mais Rose, plus rusée, appela le notaire qui la renseigna sur tous les faits accomplis depuis leur dernière conversation. Le don de la maison à sa sœur, la résidence où son père était logé, ainsi que l'achat de la maison par son fils, père de famille avec une femme et trois enfants. Rose, décontenancée au bout du fil, lui reprocha :

— Et vous ne m'avez pas avertie !

— Vous oubliez le secret professionnel, Rose. Je suis notaire...

— Et hypocrite, maître Drouin ! Mais, en mon âme et conscience, je vous pardonne. En autant que la maison accueille de jeunes enfants... Je n'ai plus rien à vous dire.

Elle avait raccroché et Jasmin, qui avait saisi quelques bribes de la conversation, commenta :

— Elle l'a déjà placé ? Elle se débrouille bien, la Iris, non ?

— Oui, dans une résidence de Laval, m'a dit le notaire. Elle s'en est débarrassée, la garce ! Plus vite que je ne le pensais ! Mais c'est peut-être entre ces murs, seul, qu'il va payer tout le mal qu'il a fait, le vieux torrieux ! En plus de se rendre compte que sa « fleur préférée » nous a tous déracinés de son jardin maudit ! Comme on le fait des pissenlits !

Narcisse Des Oeillets, de sa fenêtre, attendait en vain les visites d'Iris. Elle se montra quelque peu au début, espaça les rencontres et finit par ne plus s'y rendre six mois plus tard. Désemparé, laissé à lui-même, l'ex-médecin d'Outremont dépérissait dans cette chambre qu'il quittait de moins en moins. On lui montait ses repas, on le forçait à prendre une douche, bref, il devenait de plus en plus un fardeau pour le personnel de cet endroit où les résidents devaient être autonomes. Horticulteur au fond du coeur, il avait réussi à cultiver des fleurs dans six pots empruntés ici et là, dont trois se trouvaient sur le plancher. Agressif, peu aimable, repoussant ceux et celles qui tentaient de s'interposer, on fit appel à sa fille pour lui dire que son père perdait de plus en plus la raison et qu'il fallait, sans plus attendre, songer à le changer de résidence. Iris vint le voir, il la reconnut à peine pour ensuite la vouvoyer et lui demander de partir, qu'il désirait dormir. Rose et Jasmin, de leur côté, n'avaient pas cru bon de le visiter, il ne les avait jamais réclamés. Comme s'ils n'existaient plus pour lui. Quand on le questionnait sur ses enfants, il répondait qu'il avait une fille unique, Iris. Sur sa femme? Il ne se souvenait pas d'elle ou si, du moins de son prénom, Marguerite! En ajoutant: «Une petite "fleur" malade, celle-là! Chétive! Grosse comme un pou!» Songeur, d'un air triste, il ajouta: «Avec une jambe plus courte que l'autre...» Parce que Rose, sans qu'il le veuille, était ancrée dans sa mémoire. Peut-être pas son visage, mais son infirmité. Iris, avec l'aide du comité, réussit à dénicher un autre endroit où il se vit confiné dans une petite chambre, avec une seule toilette pour l'étage. Le grand corps maigre s'y rendait encore, de temps en temps. Par instinct! Mais la tête ne raisonnait plus. Mêlé, perdu, se croyant encore dans son jardin, il longeait le couloir afin d'arroser d'un verre d'eau les plantes vertes ici et là. On le surprit même, un jour, en train d'arroser des fleurs en plastique, collées sur la porte de chambre d'une voisine, à l'aide d'une éprouvette qu'il gardait pour ses tests d'urine.

Le temps passa, les saisons se succédèrent et Rose, toujours heureuse chez son frère, profitait des quelques derniers plaisirs de la vie avec sa belle-soeur, Gabrielle. Elles étaient allées voir le film *Sense and Sensibility,* avec Hugh Grant et Emma Thompson. Dans sa version française, bien entendu. Rose peignait encore. Des chats, des chiens, des oiseaux, mais pas de fleurs, elle les avait en horreur. Même au petit point, c'étaient les canards et les animaux sauvages qui avaient sa préférence. Elle les enfilait de sa main veineuse farcie de fleurs de cimetière. Jean-Luc habitait son loft, il avait rompu avec Sylvie, il comptait rester célibataire. Jean-Michel, pour sa part, reçu médecin depuis peu, avait épousé sa douce Jacinthe devenue avocate. Il pratiquait dans les quartiers défavorisés, là où les gens avaient le plus besoin de soins. Un docteur Des Oeillets humain. Enfin !

Noiraud n'était plus de ce monde. Écrasé par un camion en traversant la rue. Trop âgé pour courir et s'en sauver. Rose avait pleuré, s'était essuyé les paupières et n'avait plus accueilli de chats sous le toit de son frère. Gabrielle, sans trop le lui dire, était allergique. De ces deux Des Oeillets, c'est Jasmin qui partit le premier. Un infarctus ! Brusque et sournois comme celui de sa mère. On l'avait enterré seul dans un nouveau coin du cimetière. Pour que sa femme et sa soeur l'y rejoignent un jour. Iris avait fait parvenir des fleurs, une carte mortuaire, sans se déranger pour honorer le mort de sa présence. Ou, pour ne pas revoir Rose et Gabrielle, et

encore moins ses neveux qu'elle ne désirait pas connaître...
Pour que le reste de l'héritage, un jour, ne soit qu'à elle.

Narcisse Des Oeillets s'affaiblissait de plus en plus. On appela sa fille Iris, la priant de venir le voir, alléguant que son père s'en allait tout doucement... Il avait quatre-vingt-quinze ans... Mais, rentrant de la République dominicaine après les mois d'hiver, Iris prit tout son temps, espérant qu'il serait mort avant qu'elle s'y rende. Lorsqu'elle se pointa à la résidence six heures plus tard, son père avait, en effet, rendu l'âme. Ce qui lui évita de lui voir le visage sous le drap blanc. Narcisse, qu'on avait tenté de gaver à l'aide d'un bâtonnet de bois, s'était étouffé avec sa salive et, aux prises avec un hoquet répétitif, son coeur avait cessé de battre. La bouche encore ouverte, un pois vert écrasé sur la langue.

Iris se chargea des funérailles. Aucune exposition du corps, un cercueil modeste, une gerbe d'iris en guise de coussin, on le descendit dans le trou juste à côté de Violette, sa «fleur» la plus bafouée. «Comme si elle avait mérité de l'avoir à ses côtés pour l'éternité...» avait murmuré Rose lorsqu'elle avait appris le fait. Deux jours plus tard, accompagnée de sa belle-soeur, elle se rendit sur la fosse afin de causer avec Violette et de réciter une courte prière pour son père. Par politesse ! Iris, qui n'attendait que les millions entassés de son père décédé, faillit tomber à la renverse lorsque le notaire l'informa que son héritage consistait en une somme de cent mille dollars ! Toutes ces années ! Toutes ces privations, ces mises en scène, pour un si maigre montant. Pas même le prix d'une maison ! Le notaire, mal à l'aise de la situation, lui murmura : « C'était une grosse somme dans le temps ! Imaginez si vous aviez à la partager ! » Iris, se contentant de hocher la tête, ne répondit pas. Rose, tout comme sa belle-soeur et ses neveux, ne sut jamais ce que la « fleur préférée » avait encaissé. Secret professionnel, une fois de plus !

Dans la cour arrière où, jadis, quatre enfants ne pouvaient poser les pieds, trois petits d'aujourd'hui s'en donnaient à coeur joie, sautant d'une dalle à l'autre. Là où les fleurs avaient poussé, un carré de sable avait été mis en place, enfouissant sous lui les racines écrasées du jasmin et des violettes d'antan. Et, à l'endroit où les pivoines perdaient leurs pétales alors que les glaïeuls et les jonquilles s'émancipaient, des balançoires faisaient grincer leurs chaînes. Seul le lilas avait survécu au carnage... Dernier vestige et unique rescapé d'un jardin qui, follement ensemencé par un médecin déséquilibré... avait tant fait pleurer !